Tourne la page pour découvrir ton poster !

Anglais

Espagnol

Allemand

Histoire-Géographie – EMC

Histoire

Géographie

Enseignement moral et civique

Physique-Chimie – Technologie

L'énergie et ses conversions

Organisation et transformation de la matière

Des signaux pour observer et communiquer

Mouvements et interactions

Technologie

SVT

La planète Terre

Le vivant et son évolution

Le corps humain et la santé

Pour comprendre toute la cinquième !

Dans cet ouvrage, parfaitement conforme au programme officiel de la 5e, vous trouverez **tous les outils pour bien accompagner votre enfant** tout au long de l'année, en appui du cours dispensé en classe ou comme support des révisions de vacances.

1 Les doubles pages types dans chaque matière

Chaque double page présente **tout ce que l'enfant doit savoir et savoir faire** sur chaque **notion fondamentale** du programme.

Retiens l'essentiel !
Un résumé de cours que l'enfant devra bien connaître.

Bien prononcer (piste audio)
En langues, tous les exemples sont à écouter sur le site www.hachette-education.fr : téléchargement gratuit du fichier AUDIO MP3

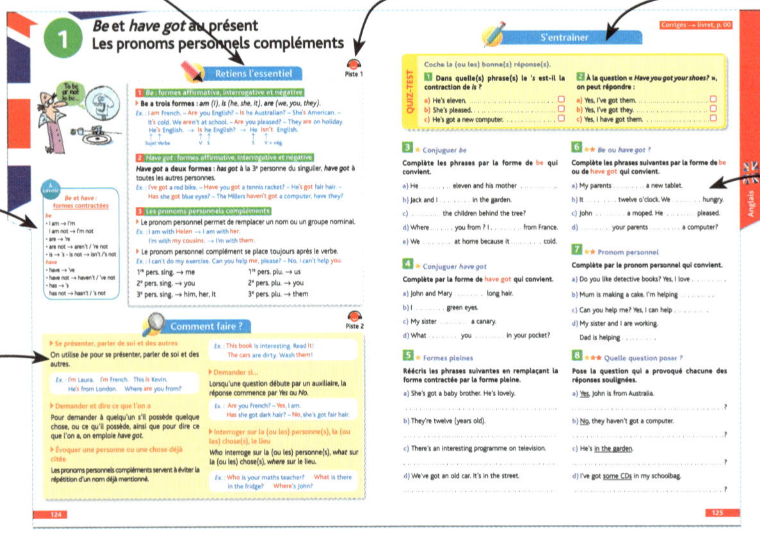

QUIZ-TEST
Un test rapide pour vérifier que l'enfant a bien compris le cours.

Encadrés « Mot-clé », « Attention ! », « À savoir »
Des définitions, conseils ou compléments de cours, pour aider l'enfant

S'entraîner
Des exercices gradués (faciles : ★ à plus difficiles ★★★) pour un entraînement progressif.

Comment faire ?
Tout pour savoir appliquer le cours dans les exercices : des explications pas à pas, systématiquement illustrées par des exemples.

2 Les dictées

Vous trouverez aux pages 251 à 253 un ensemble de **dictées de phrases** conçues pour clore les révisions des leçons de français portant sur l'orthographe.

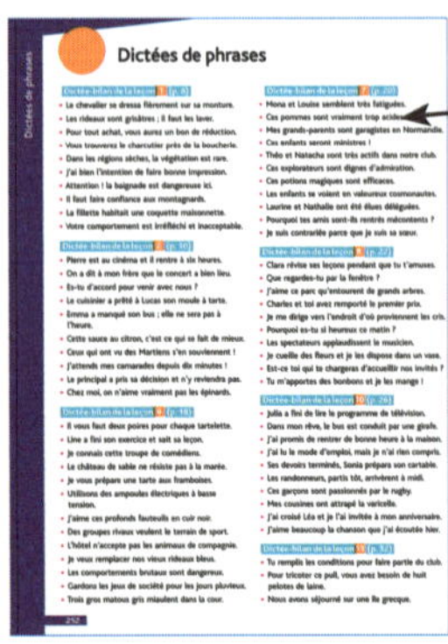

Cartouche Dictée
Ce cartouche vous indique que la leçon donne lieu à une dictée-bilan.
Il vous renvoie à la page où se trouve cette dictée.

Dictée-bilan
Cette dictée de phrases aidera l'enfant à consolider les apprentissages de la leçon.

3 Le Guide Parents détachable

Le Guide Parents vous propose :

- **des conseils** pour bien accompagner votre enfant tout au long de l'année ;
- **tous les corrigés détaillés** des exercices de l'ouvrage.

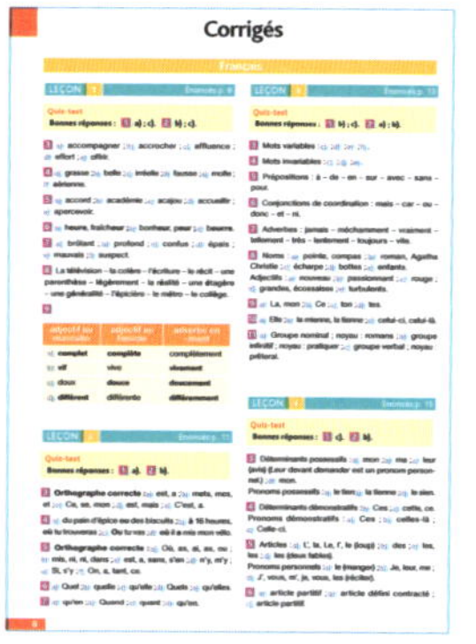

4 Le poster détachable

Le poster, ou dépliant détachable, vous présente les **dates et cartes-clés** du programme d'histoire-géographie.

5 Les tableaux de référence en anglais, français et géographie

En fin d'ouvrage, retrouvez des savoirs de référence en anglais (liste des verbes irréguliers), en français (conjugaisons) et en géographie (carte du monde).

Les verbes irréguliers en anglais

Conjugaisons

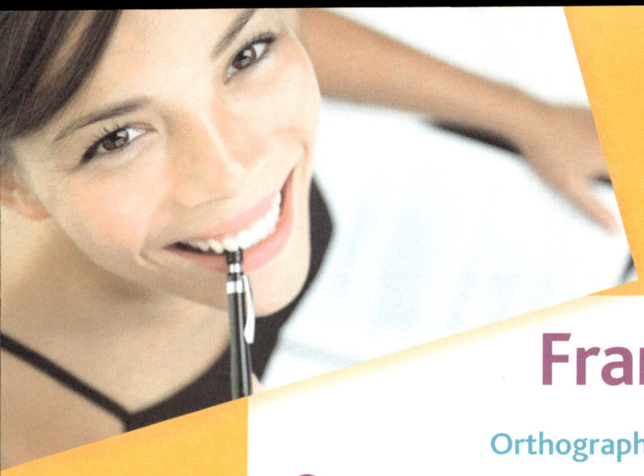

Français

Orthographe – Grammaire

Conjugaison

Lecture - Écriture

1 L'orthographe des mots

Retiens l'essentiel

Voir aussi dictée p. 252

1 Les doubles consonnes au début d'un mot

On double la consonne quand les mots commencent par :

- ***ac-*** : *Ex.* : accord, acclimatation, accrocher, accueillir, accompagner...

Exceptions : académie, acajou, acompte...

- ***af-, of-, ef-*** : *Ex.* : affection, affiche, affamé, affluence, affliction, affreux, effort, effectuer, offrir....

Exceptions : afin, Afrique, africain...

- ***ap-*** : *Ex.* : apporter, apprendre, appeler, apprenti, apposer, appui, appartenir...

Exceptions : apercevoir, apaiser, aplatir, apitoyer, apostrophe...

2 La fin des mots

Le féminin des noms et des adjectifs

Lorsqu'un nom ou un adjectif se termine par une consonne au masculin, cette consonne finale est généralement doublée au féminin.

Ex. : une chienne, une lionne, réelle, ancienne, grosse...

Les noms féminins

Il y a souvent un *-e* à la fin des mots féminins.

Ex. : une rue, une vue, la vie, la pluie, la baie, la monnaie, la roue, la joue....

Les noms féminins en *-té* ne prennent pas de *-e* final.

Ex. : la réalité, la société, la vérité...

Exceptions : une dictée, une montée, une pâtée...

Les noms terminés par *-eur* ne prennent pas de *-e* final.

Ex. : un marcheur, la vapeur, un vendeur, la chaleur, un chauffeur, la peur...

Exceptions : l'heure, le beurre, la demeure...

À savoir

Les familles de mots

Pour trouver la lettre finale d'un mot, pense aux mots de la même famille.

Ex. : la literie/un lit.

Mots féminins particuliers

- Mots féminins sans *-e* final.
Ex. : une tribu, la vertu, la souris, la brebis, la fourmi, la nuit, la paix, la forêt...
- Certains mots ont deux orthographes.
Ex. : une clé, une clef/ une cuiller, une cuillère...

Comment faire ?

Bien utiliser les accents

→ Bien distinguer la prononciation de l'accent aigu de celle de l'accent grave.

Ex. : un été, une émission, une idée, la réalité, une planète, il sème...

→ Sur certains mots, l'accent grave est remplacé par un accent circonflexe.

Ex. : la fête, une crêpe, il bêle, il mêle....

→ On ne met pas d'accent sur le *e* devant une double consonne ou un *x*.

Ex. : il jette, elle est belle, un exemple...

→ Certains mots ont un accent circonflexe sur une autre voyelle que le *e*.

Ex. : le théâtre, un bâton, un château, un rôti, un hôpital, un maître, un dîner...

Écrire les adverbes en *-ment*

→ Les adverbes en *-ment* se forment à partir des adjectifs.

Ex. : agréable/agréablement ; facile/facilement.

→ Quand l'adjectif se termine par *-ant* ou *-ent*, le *m* est doublé.

Ex. : courant/couramment ; patient/patiemment.

Corrigés → livret, p. 8

S'entraîner

QUIZ-TEST

Coche la (ou les) bonne(s) réponse(s).

1 **Le (les) mot(s) correctement orthographié(s) est (sont) :**

a) *apprendre.* ☐
b) *Affrique.* ☐
c) *offrir.* ☐

2 **Le (les) mot(s) correctement orthographié(s) est (sont) :**

a) *apparement.* ☐
b) *paisiblement.* ☐
c) *fièrement.* ☐

3 ★ Les doubles consonnes

Complète les phrases avec des mots de la leçon.

a) Mon père va nous .... à la gare.

b) Tom veut .... un cadre au-dessus de son lit.

c) Évitez le bus aux heures d'................ .

d) Fais un petit .... ; tu vas y arriver !

e) Il compte nous .... deux places de cinéma.

4 ★ Les doubles consonnes

Donne le féminin des adjectifs suivants.

a) gras ....
b) beau ....
c) irréel ....
d) faux ....
e) mou ....
f) aérien ....

5 ★★ Simple ou double consonne ?

Complète les phrases avec les mots de la leçon.

a) Un .... a été signé entre les deux gouvernements.

b) En France, les dates des vacances scolaires varient selon l'................ .

c) Cette table en .... massif est très lourde.

d) Nous devons être à 18 heures au collège pour .... nos correspondants.

e) Le navigateur commence à .... la terre à l'horizon.

6 ★ *-eur* ou *-eure* ?

Complète les mots.

a) Il faudra se lever de bonne h........ pour débuter notre randonnée dans la fraîch........ .

b) Par bonh........ l'orage n'a pas fait de dégâts et il y a eu plus de p........ que de mal !

c) Le b........ est un produit laitier comme la crème.

7 ★ Les mots de la même famille

Mets les adjectifs suivants au masculin.

a) brûlante ....
b) profonde ....
c) confuse ....
d) épaisse ....
e) mauvaise ....
f) suspecte ....

8 ★★ Les accents

Complète ces mots avec des accents aigus ou graves.

la television – la colere – l'ecriture – le recit – une parenthese – legerement – la realite – une etagere – une generalite – l'epiciere – le metro – le college

9 ★★ Les adverbes

Complète le tableau suivant.

	adjectif au masculin	adjectif au féminin	adverbe en *-ment*
a)	....	....	complètement
b)	....	vive	....
c)	doux	....	....
d)	....	différente	....

2 Les confusions à éviter

Retiens l'essentiel

Voir aussi dictée p. 252

Mot-clé

Les homophones grammaticaux

Ce sont des mots qui se prononcent de la même manière mais qui n'ont pas la même classe grammaticale et qui ne s'écrivent pas de la même façon. Pour savoir quel mot choisir, il faut trouver sa classe grammaticale et chercher si on peut le remplacer par un autre mot.

Ex. : Il **a** *(avait)* une chemise **à** rayures.

1 Homophones grammaticaux

- **et ≠ est** (*était*) **ou** (*ou bien*) **≠ où** **a** (*avait*) **≠ à** **ce ≠ se**
ces ≠ ses ≠ c'est ≠ s'est **mais ≠ mes**
- **ni ≠ n'y** *Ex.* : Il n'y a ni vent ni pluie.
- **sans ≠ s'en**
Ex. : C'est une maison sans volet. Il s'en désintéresse.
- **tant ≠ t'en**
Ex. : J'ai tant de crayons que je peux t'en prêter un.
- **si ≠ s'y** *Ex.* : Si tu veux, on s'y rend tout de suite.
- **peu ≠ peut**
Ex. : Il peut arriver d'un instant à l'autre. J'ai peu de temps.
- **on ≠ on n'** *Ex.* : On y va ! On n'y va plus.
- **quel ≠ qu'elle**
Ex. : Quel étourdi ! Je voudrais qu'elle *(qu'il)* me conseille.
- **quand ≠ quant** (*quant à, quant au...*) **≠ qu'en** (*que + en*)
Ex. : **Quant** à Léa, je ne sais pas **quand** elle viendra. **Qu'en** penses-tu ?

2 Les principaux accords

- **Le verbe avec son sujet** (voir leçon 8).
- **Le pronom avec le nom qu'il remplace.**
Ex. : Nicolas et son frère ont téléphoné, ils rappelleront plus tard.
- **L'adjectif avec le nom auquel il se rapporte** (voir leçon 6).
Ex. : Ces chats sont sauvages.

Comment faire ?

Bien connaître les quatre étapes d'une dictée

1. Le professeur lit une première fois le texte ; cette lecture te permet de comprendre de quoi il s'agit.

2. Le professeur dicte le texte ; ne t'arrête pas pour réfléchir sur un mot, tu perdrais le fil ; contente-toi de souligner le mot qui te pose un problème.

3. Le professeur relit le texte ; cette relecture te permet de vérifier que tu n'as pas oublié de mots.

4. Le professeur te laisse du temps pour relire ; c'est le moment de réfléchir méthodiquement à ce que tu as écrit.

Bien relire le texte que l'on a écrit

Il faut se livrer à une véritable chasse aux fautes. Vérifie systématiquement :

→ l'accord des verbes avec leur sujet ;

→ l'accord des adjectifs ;

→ l'accord des participes passés ;

→ les confusions qu'il faut éviter : *et/est*, *a/à*... ;

→ les pluriels : dès que tu vois un déterminant au pluriel (*des*, *les*...), vérifie que tu as bien mis au pluriel tous les mots concernés.

Ex. : Les petits chiens sont nés hier.

Corrigés → livret, p. 8

S'entraîner

QUIZ-TEST

Coche la (ou les) bonne(s) réponse(s).

1 La phrase correctement orthographiée est :

a) Si tu n'aimes pas ce jardin, nous n'y retournerons plus. ☐

b) S'y tu n'aimes pas ce jardin, nous n'y retournerons plus. ☐

c) Si tu n'aimes pas ce jardin, nous ni retournerons plus. ☐

2 La phrase correctement orthographiée est :

a) On a pas vu quelle route suivre. ☐

b) On n'a pas vu quelle route suivre. ☐

c) On n'a pas vu qu'elle route suivre. ☐

3 ★ Choisir le bon homophone

Dans les phrases suivantes, raye les mots mal orthographiés à l'intérieur de la parenthèse.

a) Lucas (*et*, *est*) allé visiter le Louvre avec sa classe et il (*a*, *à*) beaucoup apprécié les antiquités grecques.

b) Je (*mais*, *mes*, *mets*) (*mais*, *mes*, *mets*) outils dans leur boîte (*et*, *est*) j'arrive.

c) (*Ce*, *Se*) chat (*ce*, *se*) couche toujours sur (*mon*, *m'ont*) lit.

d) Il (*est*, *et*) malade, (*mais*, *mes*) il vient quand même.

e) (*C'est*, *S'est*, *Sait*) Jules Verne qui (*a*, *à*) écrit *Vingt mille lieux sous les mers*.

4 ★★ *Ou et où, a et à*

Dans les phrases suivantes, il y a six erreurs d'orthographe. Entoure-les et corrige-les.

a) Que voulez-vous que j'achète, du pain d'épice où des biscuits ? ....

b) Nous irons, a 16 heures, dans un petit magasin ou tu trouveras les perles que tu cherches. ....

c) Où tu vas à la piscine, ou tu vas jouer au tennis, mais tu n'as pas le temps de faire les deux. ....

d) Je ne sais pas ou il à mis mon vélo. ....

5 ★★ Choisir le bon homophone

Dans les phrases suivantes, entoure les mots correctement orthographiés à l'intérieur de la parenthèse.

a) (*Ou*, *Où*) (*a*, *à*, *as*)-tu rangé le livre que je t'(*ai*, *es*, *est*) prêté ? Tu l'(*a*, *as*, *à*) mis dans ta bibliothèque (*ou*, *où*) dans ton bureau ?

b) Je n'ai (*m'y*, *mis*) (*n'y*, *ni*) sel (*ni*, *n'y*) poivre (*dans*, *d'en*) le gratin.

c) Il (*et*, *est*) tellement distrait qu'il (*a*, *à*) gagné la course (*sans*, *s'en*) (*sans*, *s'en*) rendre compte.

d) Tout va mal : je (*ni*, *n'y*) comprends rien et je (*mis*, *m'y*) prends très mal.

e) (*Si*, *s'y*) tu as besoin d'explications, appelle Mehdi car il (*si*, *s'y*) connaît en électronique.

f) (*On*, *on n'*) (*a*, *à*) (*tant*, *t'en*) travaillé pour (*ce*, *se*) spectacle !

6 ★★ *Quel et qu'elle*

Complète avec *quel*, *qu'elle*, *quels*, *quelle*, *quelles* ou *qu'elles*.

a) .... appartement voulez-vous visiter ?

b) Je ne sais pas du tout à .... heure tes cousins vont arriver.

c) Pour se présenter à cette compétition, il faut .... s'entraîne davantage.

d) .... livres avez-vous étudiés cette année ?

e) À moins .... ne prennent l'avion, tes amies ne pourront être auprès de toi demain.

7 ★★★ *Quand, quant et qu'en*

Complète avec *quand*, *quant* ou *qu'en*.

a) Ce bermuda me plaît, ... penses-tu ?

b) .... partez-vous aux États-Unis ?

c) La 5e A ira au Futuroscope de Poitiers, ... à la 5e C, elle ira sans doute à Londres.

d) Ce pull est trop petit ; je ne sais .... faire.

3 Les classes grammaticales (natures)

Retiens l'essentiel

1 Mots variables et mots invariables

- On distingue les classes grammaticales de **mots variables** et de **mots invariables**.
- Un mot variable peut prendre la marque du féminin, du pluriel, changer de personne.
  Ex. : Classe des noms : *chaise(s), lion(ne), souris, tapis...*
- Un mot invariable ne change jamais de forme.
  Ex. : Classe des adverbes : *jamais, vraiment, aujourd'hui...*

2 Les cinq classes grammaticales des mots variables

- **Les verbes** ;
- **les noms** (communs ou propres) ;
- **les pronoms** sont des remplaçants (voir leçon 4) ;
- **les adjectifs qualificatifs** précisent le sens des noms (voir leçon 5) ;
- **les déterminants** accompagnent les noms (voir leçon 4).

3 Les cinq classes grammaticales des mots invariables

- Les **adverbes** précisent le sens d'un adjectif ou d'un verbe : *hier, loin, toujours, vite, vraiment...* ;
- les **prépositions** introduisent un mot ou un groupe de mots : *à, dans, par, pour, en, vers, avec, de, sans, sous, chez, malgré, sur...* ;
- les **conjonctions de coordination** relient deux mots ou deux groupes de mots : *mais, ou, et, donc, or, ni, car* ;
- les **conjonctions de subordination** introduisent une proposition subordonnée conjonctive : *que, puisque, dès que, quand, parce que, lorsque, étant donné que...* ;
- les **interjections** expriment une émotion : *ah ! oh ! hélas !...*

Mot-clé

La classe grammaticale

Tous les mots appartiennent à une classe grammaticale déterminée, et cette classe (ou nature) **ne varie pas** d'une phrase à l'autre.
Elle est indiquée dans le dictionnaire.

À savoir

Pour se souvenir

- **Prépositions :** *Adam part pour Anvers avec 200 sous chez Malgrésur.*
  [à-dans-par-pour-en-vers-avec-de-sans-sous-chez-malgré-sur]
- **Conjonctions de coordination :** *Mais où est donc Ornicar ?*
  [mais-ou-et-donc-or-ni-car]

Comment faire ?

Bien différencier la classe grammaticale et la fonction d'un mot

→ On peut trouver la **classe** d'un mot dans le dictionnaire, pas sa fonction.

→ La **fonction** d'un mot se définit toujours par rapport à un autre mot (un verbe, un nom ou un adjectif), pas sa classe grammaticale.

Identifier un groupe de mots

Il faut identifier la classe du noyau du groupe de mots.

Ex. : – J'ai mangé une grande assiette de pâtes. (groupe nominal : centré sur un nom) ;
– Je cherche mon cahier de maths. (groupe verbal : centré sur un verbe) ;
– Courir le marathon est ambitieux. (groupe infinitif : centré sur un infinitif).

Corrigés → livret, p. 8

S'entraîner

QUIZ-TEST

Coche la (ou les) bonne(s) réponse(s).

1 Le mot *jeu* :

a) est un adverbe. .... ☐
b) appartient à une classe de mots variables. .. ☐
c) est un nom. .... ☐

2 Le mot *dans* est :

a) un mot invariable. .... ☐
b) une préposition. .... ☐
c) un adverbe. .... ☐

3 ★ Les mots variables

Dans la liste suivante de termes grammaticaux, coche ceux qui désignent une classe grammaticale (nature) de mots variables.

a) interjection ☐ | d) nom commun ☐
b) attribut du sujet ☐ | e) déterminant ☐
c) pronom personnel ☐ | f) pronom relatif ☐

4 ★ Les mots invariables

Dans la liste suivante de termes grammaticaux, coche ceux qui désignent une classe grammaticale (nature) de mots invariables.

a) COS ☐ | d) conjonction de coordination ☐
b) déterminant ☐ | e) adverbe ☐
c) préposition ☐

5 ★ Les prépositions

Dans la liste suivante, surligne les prépositions.

à – mais – chaque – car – de – quand – en – sur – qui – avec – que – très – sans – pour – quelque

6 ★ Les conjonctions de coordination

Dans la liste suivante, surligne les conjonctions de coordination.

dans – quoique – mais – car – est – lequel – ou – où – que – dont – donc – vers – et – ni – non

7 ★★ Les adverbes

Dans la liste suivante, souligne les adverbes.

content – jamais – méchamment – vraiment – tellement – innocent – très – lent – lentement – toujours – vite – malgré

8 ★ Les noms et les adjectifs qualificatifs

Entoure en bleu les noms et en rouge les adjectifs.

a) La pointe de mon nouveau compas est déjà cassée !
b) Ce roman d'Agatha Christie est passionnant.
c) J'aime beaucoup ton écharpe rouge.
d) J'aime bien également tes grandes bottes écossaises.
e) Ces enfants sont vraiment turbulents.

9 ★ Les déterminants

Relève les déterminants dans les phrases de l'exercice 8.

....

10 ★★ Les pronoms

Remplace les groupes nominaux en gras par un pronom.

a) **Ma sœur** a 14 ans.

....

b) C'est **ma gomme**, ce n'est pas **ta gomme**.

....

c) Ne choisis pas **cet abricot**, prends **cet abricot-là**.

....

11 ★★ Les groupes de mots

Précise la nature des groupes de mots en gras après avoir souligné le mot noyau.

a) **Les romans de chevalerie** me passionnent toujours.

....

b) J'aimerai **pratiquer la lutte**. ....

c) Je **prêterai ma raquette à Sam**. ....

4 Les principaux pronoms et déterminants

Retiens l'essentiel

1 Les principaux pronoms

- Le pronom **remplace** un nom, un groupe nominal, un adjectif, un verbe à l'infinitif...

Ex. : Je voudrais bien aider. → Je le voudrais bien.
(aider : groupe infinitif)

- Il peut avoir toutes les fonctions (sujet, COD...) du mot qu'il remplace.
- Il existe différentes catégories de pronoms : les **pronoms possessifs** (*le mien, le tien*...), les **pronoms démonstratifs** (*celui, celle*...), les **pronoms relatifs** (qui, dont...).
- Les **pronoms personnels** sont les plus courants. On distingue les pronoms personnels sujets (*je, tu, il, elle, on, nous, vous*...) et les pronoms personnels compléments (*me, te, moi, le, la, lui, eux*...).

2 Les déterminants

Les déterminants font partie du groupe nominal. Ils s'accordent en genre et en nombre avec le nom qu'ils introduisent.

- Les **articles :** les articles indéfinis (*un, une, des*) ; les articles définis (*le, la, les* ; *l'* ; *du, des, au, aux*) ; les articles partitifs (*du, de la, de l'*). Ces derniers désignent une partie de la chose et on peut les remplacer par « un peu de ».
- Les **déterminants possessifs** sont : *mon, ton, son, ma, ta, sa... notre, votre, leur, leurs*.
- Les **déterminants démonstratifs :** formes simples (*ce, cet, cette, ces*) ; formes composées (*Ex.* : ce livre-ci, ces histoires-là.)
- Les **déterminants indéfinis** : *chaque, plusieurs*... (*Ex.* : chaque jour, plusieurs jours...)
- Les **déterminants exclamatifs et interrogatifs** : *quel, quelle* (*Ex.* : Quelle heure est-il ? Quels beaux projets !)
- Les **déterminants numéraux** : *un, deux, trois*...

Pronom *leur*

Leur placé devant un verbe est un **pronom personnel invariable** ; c'est le pluriel de *lui*.

Ex. : Je lui parle. → Je leur parle.

À savoir — Transformation des articles définis

- ***Le*** et ***la*** peuvent perdre leur voyelle : c'est l'article défini élidé ***l'***.

Ex. : ~~le~~ écrivain → l'écrivain

- Au contact de la préposition ***de*** et de la préposition ***à***, les articles définis ***le*** et ***les*** se contractent : à + le = **au** ; de + le = **du** ; à + les = **aux** ; de + les = **des**.

Ex. : le titre ~~de le~~ livre → le titre du livre

Comment faire ?

Éviter de confondre pronoms et déterminants

Les **déterminants** accompagnent le nom alors que les **pronoms** les remplacent.

Ex. : Ton (déterminant possessif) crayon est mieux taillé que le mien (pronom possessif).

→ **Les articles définis** (*le, la, les, l'*) sont placés devant un nom ; les **pronoms personnels** (*le, la, les, l'*) sont placés devant un verbe.

→ Ne pas confondre le pronom personnel *leur* avec le **déterminant possessif** *leur* / *leurs* et le **pronom possessif** *le leur* / *la leur* / *les leurs*.

Ex. : Je leur (pron. pers.) ai rendu leur (dét. poss.) gomme et leurs (dét. poss.) stylos. Ces feuilles ne sont pas les leurs (pron. poss.) mais les miennes.

Trouver la fonction d'un pronom

Pour trouver la fonction d'un pronom, il faut mettre à sa place le mot ou le groupe qu'il remplace.

Ex. : Je regarde le chat (COD). → Je le (COD) regarde.

Corrigés → livret, p. 8

S'entraîner

QUIZ-TEST

Coche la (ou les) bonne(s) réponse(s).

1 ***Lui* est :**

a) un déterminant. ☐
b) un pronom personnel sujet. ☐
c) un pronom personnel objet. ☐

2 Dans la phrase « Ton idée est intéressante. », *ton* est :

a) un déterminant démonstratif. ☐
b) un déterminant possessif. ☐
c) un pronom personnel. ☐

3 ★ Pronoms ou déterminants possessifs

Dans les phrases suivantes, souligne les déterminants possessifs sans les confondre avec des pronoms possessifs.

a) Mon cheval est, comme le tien, un pur-sang.

b) Ma rédaction raconte l'histoire d'un éléphant ; que raconte la tienne ?

c) Il faut leur demander leur avis.

d) Je vais lui prêter mon parapluie car elle a oublié le sien.

4 ★ Pronoms ou déterminants démonstratifs

Dans les phrases suivantes, souligne les déterminants démonstratifs sans les confondre avec des pronoms démonstratifs.

a) Ces journalistes connaissent bien ce dont ils parlent.

b) Ces cerises sont plus sucrées que celles-là.

c) Celle-ci est une rose-thé extrêmement parfumée ; vous saurez sûrement apprécier cette couleur si veloutée et ce parfum si suave.

5 ★★ Pronoms personnels ou articles

Dans les phrases suivantes, entoure les articles et souligne les pronoms personnels.

a) L'agneau, dans la fable *Le Loup et l'Agneau*, explique que le loup ne doit pas le manger.

b) Je leur ai demandé de me réciter des fables.

c) Dans les fables, les personnages sont souvent deux animaux : leurs comportements sont opposés.

d) J'ai appris les deux fables que vous m'avez lues et je vais vous les réciter.

6 ★★ L'article *du* : défini ou partitif

Dans les phrases suivantes, indique si *du* est un article défini contracté ou un article partitif.

a) Je voudrais **du** chocolat et un morceau de pain.

....

b) Tu peux appuyer ton vélo sur le bord **du** trottoir.

....

c) Je vais acheter **du** pâté pour préparer les sandwichs.

....

7 ★★★ Fonction des pronoms

Donne la fonction de l'expression en rouge et remplace cette expression par le pronom personnel qui convient. Quelle est la fonction des pronoms personnels ?

a) Il souhaite **gagner cette compétition**.

....

Elle souhaite gagner **cette compétition**.

....

b) Nous vous demandons **de bien vouloir attacher vos ceintures**.

....

Le commandant de bord vous demande de bien vouloir attacher **vos ceintures**.

....

c) Le chien ressemble **à son maître**.

....

d) Oui, je suis **heureux**.

....

5 L'adjectif qualificatif et le complément du nom

Retiens l'essentiel

À savoir

Le groupe nominal

- Le groupe nominal minimal est composé d'un nom et du déterminant qui l'accompagne.
- Le nom est souvent accompagné d'éléments qui peuvent être supprimés : adjectif épithète, CdN…

Reconnaître un adjectif

L'adjectif se reconnaît à ce qu'on peut le faire précéder de « quelque chose de » ou « quelqu'un de ».
Ex. : quelqu'un d'aimable
→ *aimable* est un adjectif.

1 L'adjectif qualificatif

▶ **L'adjectif** précise une qualité ou une caractéristique du nom auquel il se rapporte et avec lequel il s'accorde. L'adjectif fait souvent partie du groupe nominal. Il peut aussi appartenir au groupe verbal.

▶ **Les fonctions de l'adjectif**

→ **Épithète du nom :** l'adjectif fait partie du groupe nominal.
Ex. : Il a écrit un roman policier. (*policier* : épithète du nom *roman*.)

→ **L'attribut du sujet** fait partie du groupe verbal. Il se rapporte au sujet par l'intermédiaire d'un verbe (verbe *être*, verbes d'état, ou verbes employés comme verbes d'état).
Ex. : Notre roman est captivant. (*captivant* : attribut du sujet *roman*.)

2 Le complément du nom

▶ Le CdN apporte des précisions sur le nom auquel il se rapporte.
Ex. : C'est un livre de grammaire.
↑ CdN *livre*

▶ Le CdN est le plus souvent introduit par une préposition.
Ex. : Je connais bien les rues de Grenade.

Comment faire ?

▶ **Trouver la fonction d'un adjectif**

Il faut tout d'abord repérer le nom auquel se rapporte cet adjectif et regarder les éléments (verbe ou virgule) qui sont présents dans la phrase **entre le nom et son adjectif** :

→ s'il n'y a ni virgule, ni verbe, l'adjectif est **épithète du nom** ;

Ex. : Ce pull bleu et noir te va bien. (*Bleu* et *noir* sont deux épithètes du nom *pull*.)

→ s'il y a une ou plusieurs virgules et qu'il s'agit d'une énumération (liste) d'adjectifs à l'intérieur d'un groupe nominal, alors les adjectifs sont tous **épithètes du nom**.

Ex. : C'est un chevalier très fort, très entraîné, très courageux. (*Fort, entraîné, courageux* sont des épithètes du nom *chevalier*.)

→ s'il y a un verbe entre l'adjectif et le nom, l'adjectif est **attribut du sujet**.

Ex. : Ce pull est devenu trop petit. (*Petit* est attribut du sujet *pull*.)

Il ne faut pas confondre l'attribut du sujet et le COD. Les adjectifs ne sont jamais COD.

▶ **Ne pas confondre le CdN et le COI du verbe**

Ex. : Il nous parle de son voyage.
(Il nous *parle* de quoi ?
de son voyage complète un verbe ;
c'est le COI du verbe *parler*.)

Ex. : Il nous fait le récit de son voyage.
(Il nous fait le *récit* de quoi ?
de son voyage complète un nom ;
c'est le complément du nom *récit*.)

Corrigés → livret, p. 9

S'entraîner

QUIZ-TEST

Coche la (ou les) bonne(s) réponse(s).

1 Dans la phrase « Ce court roman me semble original. », *court* est :

a) un adjectif. ☐
b) l'attribut du sujet *roman*. ☐
c) l'épithète du nom *roman*. ☐

2 Dans la phrase « Je m'occuperai du rangement de ma chambre. », *de ma chambre* est :

a) le COI du verbe *s'occuper*. ☐
b) un complément circonstanciel de lieu. ☐
c) le complément du nom (CdN) *rangement*. ☐

3 ★ Repérer les adjectifs qualificatifs

Dans le texte suivant, souligne les adjectifs et relie-les au nom auquel ils se rapportent.

La Sérafina était une jeune femme de vingt-quatre à vingt-cinq ans, à qui l'habitude de jouer les grandes coquettes avait donné l'air du monde et autant de manège qu'à une dame de cour. Sa figure, d'un ovale un peu allongé, son nez légèrement aquilin, ses yeux gris à fleur de tête, sa bouche rouge dont la lèvre inférieure était coupée par une petite raie, comme celle d'Anne d'Autriche, et ressemblait à une cerise, lui composaient une physionomie avenante et noble.

Théophile Gautier, *Le Capitaine Fracasse*.

4 ★★ Fonctions des adjectifs qualificatifs

Relie les adjectifs indiqués en rouge dans la colonne de gauche à leur fonction dans la colonne de droite.

a) Le capitaine est **courageux**. •	• 1. épithète du nom *capitaine*
b) Le capitaine est un homme **courageux**. •	• 2. attribut du sujet *homme*
c) Cet homme est **courageux**. •	• 3. attribut du sujet *capitaine*
d) Le **jeune** comédien joue le rôle du capitaine. •	• 4. épithète du nom *comédien*
e) Cet homme est un capitaine **courageux**. •	• 5. épithète du nom *homme*
f) Ce comédien est vraiment très **jeune** ! •	• 6. attribut du sujet *comédien*

5 ★★ Reconnaître le CdN

Dans les phrases suivantes, souligne les CdN et entoure le nom auquel chacun d'eux se rapporte. Tu trouveras un CdN par phrase.

a) Il a offert à sa mère un magnifique bouquet de lys.

b) J'aimerais beaucoup avoir ce joli cochon d'Inde.

c) Les chaussures en cuir sont beaucoup plus résistantes.

d) Les sommets des Alpes restent enneigés en été.

e) Je voudrais un café sans sucre, s'il vous plaît.

f) Je lis un roman sur les chevaliers.

6 ★★ CdN ou COI ?

Indique si les mots en rouge sont COI du verbe ou CdN, et précise à chaque fois à quel verbe ou à quel nom ils se rapportent.

a) Si je n'ai pas le temps de **déjeuner**, je m'achèterai un sandwich au **jambon**.

....

b) Ils nous ont dit qu'ils pensaient bien à **vous**.

....

c) Je vous invite **à lire** ce roman d'**aventures** pendant les grandes vacances.

....

d) Les toits du **château** de **Chambord** sont particulièrement ouvragés.

....

e) Je participe à une **compétition** de **judo**.

....

6 Les accords dans le groupe nominal

Voir aussi dictée p. 252

Retiens l'essentiel

1 Le pluriel des noms

- La **plupart des noms** prennent un ***s*** au pluriel. Les noms terminés par ***-eu***, ***-au*** et ***-eau*** prennent un ***x***.

Ex. : des films, des trous, des éventails, des jeux, des manteaux.

- Les noms en ***-al*** font leur pluriel en ***-aux***.

Ex. : un animal → des animaux ; un journal → des journaux.

Exceptions

- Des pneus, des bleus, des landaus…
- Des poux, des bijoux, des hiboux, des choux, des genoux, des joujoux, des cailloux.
- Des coraux, des émaux, des travaux, des vitraux…
- Des bals, des carnavals, des chacals, des festivals…

2 L'accord de l'adjectif qualificatif

- L'adjectif **s'accorde en genre et en nombre avec le nom** auquel il se rapporte.
- Les adjectifs de couleur s'accordent sauf s'ils sont composés ou désignent quelque chose qui existe (un végétal le plus souvent).

Ex. : une fleur bleue, une fleur bleu ciel, des pulls verts, des pulls vert citron, des chaussures marron, des chaussettes orange.

Bien que désignant quelque chose qui existe, les adjectifs de couleur *rose*, *mauve*, *pourpre* et *fauve* **s'accordent**.

Ex. : des bonnets roses et fauves.

3 L'accord du déterminant

- Le déterminant **s'accorde avec le nom** auquel il se rapporte.

Ex. : un roman, les manuels, cet agenda, cette histoire.

- Les déterminants indéfinis *chaque* et *aucun* sont toujours au singulier.

Ex. : chaque collégien, aucun élève.

Comment faire ?

Bien repérer la chaîne des pluriels

Lorsque tu écris un déterminant pluriel, pense qu'il est suivi d'un nom au pluriel qui, s'il est sujet, commande la terminaison d'un verbe. Ce nom peut être accompagné d'un ou plusieurs adjectifs.

Ex. : Les vaillants chevaliers se préparent pour le tournoi.
adjectif — nom — verbe

Bien écrire les déterminants numéraux

→ Les déterminants numéraux sont **invariables** sauf **20** et **100** qui prennent un ***s*** quand ils sont multipliés et non suivis d'un autre nombre.

Ex. : 200 : deux-cents ; 80 : quatre-vingts ; 280 : deux-cent-quatre-vingts ;
281 : deux-cent-quatre-vingt-un ; 2 020 (2 000 + 20) : deux-mille-vingt.

→ ***Millier*** (= 1 000), ***million*** et ***milliard*** se mettent au **pluriel**.

Ex. : trois-milliers de personnes.

Corrigés → livret, p. 9

S'entraîner

QUIZ-TEST

Coche la (ou les) bonne(s) réponse(s).

1 La (ou les) forme(s) correcte(s) est (sont) :

a) *de beaux jeux.* ☐
b) *chaque vitraux.* ☐
c) *cet anniversaire.* ☐

2 La (ou les) forme(s) correcte(s) est (sont) :

a) *des hiboux marrons.* ☐
b) *quatre choux verts.* ☐
c) *quatre-vingt-dix perles jaune citron.* ☐

3 ★ Pluriel des noms

Mets les mots suivants au pluriel.

un chapeau – le feu – un landau – un bal – le corail – un portail – un genou – un sou

....

....

4 ★★ Pluriel des adjectifs et des noms

Mets les expressions suivantes au pluriel.

a) un vaisseau spatial → ....

b) une idée originale → ....

c) un foulard bleu → ....

d) une eau usée → ....

e) un festival très fréquenté → ....

f) un tapis gris → ....

5 ★ Accord du déterminant

Place l'article indéfini (*le*, *la*, *l'*, *les*) qui convient devant les noms suivants.

a) .... histoire
b) .... héros
c) .... réflexion
d) .... réflexe
e) .... poésie
f) .... poème

6 ★★ Accord du déterminant

En t'aidant d'un dictionnaire, place l'article indéfini (*un*, *une*) qui convient devant les noms suivants.

a) .... tentacule
b) .... orbite
c) .... oasis
d) .... pétale
e) .... alvéole
f) .... entracte

7 ★★ Accord du déterminant

Relie le déterminant au nom qu'il accompagne.

a) chaque •	• fourmis
b) plusieurs •	• souris
c) cette •	• permis
d) toutes ces •	• amis

8 ★★ Adjectifs de couleur

Entoure les adjectifs qui peuvent accompagner l'expression *les gants*.

jaunes – vert – rouge foncé – marron – rose – fauves – bleu marine – citrons – blancs

9 ★★ Déterminants numéraux

Écris en toutes lettres les nombres suivants.

a) 4 700 ....

b) 680 ....

c) 820 ....

10 ★★★ Accords dans le groupe nominal

Mets au pluriel les mots en rouge et effectue les modifications nécessaires.

a) Tu pourras entrevoir le somptueux **bal** de la cour par ce petit **soupirail**.

....

b) Aimes-tu son **pull** rouge, vert foncé et orange ?

....

c) J'ai vu un **fauteuil** bancal dans l'**appartement** royal !

....

7 Le sujet et l'attribut du sujet

Voir aussi dictée p. 252

Attention !

Le pronom qui précède le verbe n'est pas toujours son sujet.

Ex. : Nous vous écoutons. (Nous : sujet)

Je les écoute. (Je : sujet)

Mots-clés

Verbe attributif : verbe avec lequel se construit un attribut du sujet. Ainsi, le verbe ***être*** et les **verbes d'état** sont des verbes attributifs.

Verbes d'état : ils expriment une manière d'être ou un changement d'état du sujet.

Retiens l'essentiel

1 Le sujet du verbe

Le sujet est le mot ou le groupe de mots qui détermine la terminaison du verbe.

Ex. : Nous venons avec vous. Les premières étoiles apparaissent.

▸ **La place du sujet :** le sujet est le plus souvent placé **avant** le verbe. Dans certains cas, il est placé **après** : c'est le **sujet inversé**.

On trouve notamment un sujet inversé :
- dans la tournure interrogative ; *Ex.* : Où est-il ?
- dans la proposition incise ; *Ex.* : « Bonjour ! » dit-il.

▸ **La classe grammaticale du sujet :** le sujet peut être un nom ou un groupe nominal, un pronom, un verbe à l'infinitif ou une proposition subordonnée.

Ex. : Nager me détend. Qu'il vienne me surprendrait.

2 L'attribut du sujet

▸ **La classe grammaticale (nature) de l'attribut du sujet.**

L'attribut du sujet peut être :
- un nom ; *Ex.* : Son père est médecin.
- un pronom ; *Ex.* : Ce livre est le tien.
- un verbe à l'infinitif (ou groupe infinitif) ; *Ex.* : L'important est de participer.
- un adjectif ; *Ex.* : Il est heureux.
- un participe passé ; *Ex.* : Ces sportifs paraissent entraînés.
- une proposition subordonnée. *Ex.* : L'essentiel est qu'il se repose.

Comment faire ?

▸ **Bien repérer le sujet du verbe**

Pour repérer le sujet, il faut trouver l'élément qui répond à la question « *Qui est-ce qui* ? » posée à partir du verbe ; cet élément peut être souligné par la tournure « *C'est ... qui* ».

Ex. : Pierre parle. → C'est Pierre qui parle.

▸ **Reconnaître les verbes attributifs**

Un verbe attributif peut toujours être remplacé par le verbe *être*.

Ex. : Il tombe malade. → Il est malade. (malade : attribut)

Il tombe de haut. → Il ~~est~~ de haut. (de haut : CCL)

▸ **Reconnaître les attributs du sujet**

Il ne faut pas confondre attribut du sujet et COD :

→ Le verbe *être* et les verbes d'état ne peuvent jamais avoir de COD.

Ex. : Il appelle Jean.
(Il ≠ Jean. *Jean* : COD du verbe *appeler*)
Il s'appelle Jean.
(Il = Jean. *Jean* : attribut du sujet *il*)

→ Le verbe *être* et les verbes d'état ne sont pas toujours suivis d'un attribut du sujet.

Ex. : Il reste jusqu'à demain. (CCT du verbe *rester*)

Corrigés → livret, p. 9

S'entraîner

QUIZ-TEST

Coche la (ou les) bonne(s) réponse(s).

1 Dans la phrase « Quand parut le jour, le vaisseau repartit. », le sujet de *parut* est :

a) *quand*. ☐
b) *le jour*. ☐
c) *le vaisseau*. ☐

2 La phrase qui contient un attribut du sujet est :

a) Nous restons à la maison. ☐
b) Noémie est élue déléguée. ☐
c) Mon journal paraît le jeudi. ☐

3 ★ Reconnaître le sujet

Dans les phrases suivantes, entoure les verbes conjugués et souligne leur sujet.

a) Où courez-vous aussi vite ?

b) Sans doute le facteur m'apportera-t-il la lettre que j'attends.

c) Lancelot, Perceval et Galaad sont trois chevaliers de la Table ronde.

d) Comment s'appelle le roi qui préside l'assemblée des chevaliers de la Table ronde ?

e) Il se nomme le roi Arthur.

f) Au fond du jardin poussent des fraisiers.

4 ★ Reconnaître un verbe d'état

En essayant de les remplacer par le verbe *être*, indique si les verbes en rouge sont attributifs ou non.

a) Le boulanger **se lève** tôt pour cuire son pain.

....

b) L'astronome **examine** le ciel avec son télescope.

....

c) Le chirurgien **semble** fatigué après plusieurs heures d'opération. ....

d) Notre équipe locale **reste** une des meilleures de la région. ....

5 ★ Reconnaître un verbe attributif

Dans les couples de phrases suivantes, souligne le verbe employé de manière attributive.

a) 1. Il croit vraiment en ce qu'il fait.
2. Il se croit le plus malin.

b) 1. Nathalie a fini son problème.
2. Nathalie a fini la première.

c) 1. Il a vécu heureux pendant des années.
2. Il a vécu pendant trois ans au Chili.

6 ★★ Reconnaître l'attribut du sujet

Souligne les attributs du sujet et entoure le sujet auquel ils se rapportent.

a) Ce meuble est une commode Louis XV.

b) Il a l'air satisfait de son contrôle d'histoire.

c) Le patineur français a été proclamé vainqueur par tous les membres du jury.

d) Les chiens demeurent fidèles à leurs maîtres.

e) Elle est revenue ravie de son séjour en Chine.

7 ★★★ Attribut du sujet ou COD ?

Complète les phrases avec les pronoms personnels *le*, *la*, *l'*, *les*. Donne à chaque fois la fonction du pronom (COD du verbe ou attribut du sujet).

a) – Avez-vous lu ce roman ?

– Oui, nous ...... avons lu. → ....

b) Pour l'instant, elle n'est pas très raisonnable, mais elle ...... deviendra. → ....

c) Grand-Père est plus âgé que Grand-Mère, mais il ne ...... paraît pas. → ....

d) – As-tu apporté tes feutres ?

– Non, je ...... ai oubliés. → ....

e) Quelle est cette fleur ? Je ne ...... connais pas.

→ ....

8 L'accord du verbe avec son sujet

Voir aussi dictée p. 252

Retiens l'essentiel

1 L'accord du verbe

La **terminaison** du verbe est **commandée par le sujet**. Le sujet peut être un nom ou un groupe nominal, un pronom, un verbe à l'infinitif ou une proposition subordonnée.

Ex. : Les élèves disputent un match ; ils espèrent tous gagner.
GN (Les élèves) — pronom (ils)

2 Accords particuliers

▸ Quand le verbe a **plusieurs sujets au singulier**, il se met au **pluriel**.
Ex. : Ce bleu et ce rose s'accordent bien.

▸ Quand le verbe a plusieurs sujets dont un à la 1re personne, il se met à la 1re personne du pluriel.
Ex. : Solène et moi étudions le violoncelle.
3e pers. (Solène) — 1re pers. (moi)

▸ Quand le verbe a plusieurs sujets dont un à la 2e personne, il se met à la 2e personne du pluriel.
Ex. : Victor et toi assisterez au conseil de classe.
3e pers. (Victor) — 2e pers. (toi)

▸ Lorsque le sujet est *la foule* ou *le monde*, le verbe est au **singulier**.
Ex. : La foule est innombrable. Tout le monde est là.

▸ Le verbe se met au **pluriel** quand le sujet est *la plupart*, *beaucoup*, *plusieurs*, *certains*…
Ex. : Certains ne connaissent pas ce film mais la plupart l'ont vu.

À savoir — Verbe au singulier

Quand le sujet est un infinitif ou une subordonnée, le verbe est au **singulier**.
Ex. :
Participer est l'essentiel.
infinitif (Participer)
Qu'ils participent est essentiel.
subordonnée (Qu'ils participent)

N'oublie pas !

Quand le sujet comprend une 1re et une 2e personnes, le verbe se conjugue à la 1re personne du pluriel.
Ex. : Toi et moi devons tomber d'accord.

Comment faire ?

▸ Repérer le sujet

Pour trouver le sujet d'un verbe, on pose la question « *Qui est-ce qui ?* » suivie du verbe.

Ex. : Notre cathédrale que visitent de nombreux touristes est un joyau de l'art gothique.

Qui est-ce qui *visitent ? Les touristes.* → verbe au pluriel
Qui est-ce qui *est ? Notre cathédrale.* → verbe au singulier

▸ Bien accorder un verbe dont le sujet est *qui*

→ Lorsque *qui* est un pronom interrogatif, le verbe est au singulier.

Ex. : Qui est là ? Je me demande qui est là.

→ Lorsque *qui* est un pronom relatif, le verbe s'accorde avec l'antécédent.

Ex. : Ce sont tes frères qui s'y connaissent. C'est moi qui ai retrouvé ton livre.
antécédent (tes frères) — antécédent (moi)

Corrigés → livret, p. 9

S'entraîner

QUIZ-TEST

Coche la (ou les) bonne(s) réponse(s).

1 La (ou les) phrase(s) correcte(s) est (sont) :

a) Mattéo et toi peuvent nous aider. .... ☐
b) Julie et moi avons assisté à la scène. .... ☐
c) Léa, vous deux et moi allons jouer. .... ☐

2 La phrase correcte est :

a) Je ne sais pas qui dessinent le mieux. .... ☐
b) Ce n'est pas moi qui l'ai dit. .... ☐
c) La plupart pratique une activité le mercredi. ☐

3 ★ Accord du verbe avec un pronom

Associe chaque verbe à son sujet.

a) nous •	• écoutes
b) tu •	• chanteront
c) elle •	• préparons
d) vous •	• imaginait
e) ils •	• faites

4 ★ Accord en personne, genre et nombre

Associe chaque verbe à son sujet.

a) elle •	• sont repartis
b) Tanguy et moi •	• a participé
c) la plupart •	• est partie
d) tout le monde •	• se sont promenées
e) Clarisse et Léa •	• sommes arrivés

5 ★★ Accord du verbe avec *qui*

Complète avec le verbe *avoir* ou le verbe *être* au présent de l'indicatif à la personne qui convient.

a) C'est Tom qui .... proposé cette sortie.

b) Nadia, qui .... déjà arrivée, ... tout installé.

c) Ce sont les professeurs qui .... mis en place ce club de théâtre.

d) C'est toi qui m'.............. raconté cette histoire et c'est moi qui l'.............. répétée à ta sœur.

e) Toi qui .... grand, peux-tu attraper les livres qui .... rangés tout en haut ?

f) José et moi, qui .... tout organisé, ... été félicités.

6 ★★ Accord au pluriel

Mets au pluriel l'expression en rouge et effectue les modifications nécessaires.

a) Le cheval fait le tour du manège au pas, puis il se met au trot.

....

....

b) Il est venu rendre son livre à la bibliothèque.

....

c) Le chien vient nous voir, repart, revient comme s'il voulait nous dire quelque chose.

....

....

d) Celui qui m'a emprunté mes feutres doit me les rendre tout de suite.

....

....

7 ★★★ Repérer le sujet et conjuguer

Mets au présent de l'indicatif les verbes entre parenthèses.

a) Les comédiens *(savoir)* ....-ils bien leur rôle et *(pouvoir)* ....-ils nous montrer leur talent ?

b) Aucun de mes amis ne *(porter)* .... un pantalon de cette couleur !

c) Pratiquer une activité sportive *(être)* .... nécessaire à notre santé.

d) Hector et moi ne *(réussir)* .... pas à ouvrir la porte.

e) Que tu sois prêt nous *(étonner)* ....

9 Les compléments d'objet : le COD et le COI

Retiens l'essentiel

1 Définition

Le COD (complément d'objet direct) et le COI (complément d'objet indirect) complètent le verbe. Ils ne peuvent être supprimés.

- **Le COD** se rattache directement au verbe et n'est pas introduit par une préposition.

Ex. : Robinson Crusoé quitte son île déserte. (son île déserte : COD)

Robinson Crusoé la quitte. (la : COD)

- **Le COI** est introduit par une préposition sauf quand il s'agit d'un pronom personnel placé avant le verbe.

Ex. : Robinson Crusoé se réjouit de l'arrivée d'un navire. (l'arrivée d'un navire : COI)

Robinson Crusoé s'en réjouit. (en : COI)

- Certains verbes sont complétés à la fois par un COD et par un COI.

Ex. : Robinson Crusoé donne un nom à l'Indien. (un nom : COD ; l'Indien : COI)

2 Classe grammaticale du COD et du COI

Le COD et le COI peuvent être :

– un nom ou un GN ; *Ex.* : J'ai mangé sept glaces.

– un pronom ; *Ex.* : Je me souviens bien d'elle.

– un verbe à l'infinitif ou un groupe infinitif ; *Ex.* : J'aime jouer de la clarinette.

– une proposition subordonnée. *Ex.* : J'aimerais que tu assistes à mon concert.

À savoir

Verbes transitifs et verbes intransitifs

- **Un verbe intransitif** n'admet pas de complément du verbe.
- **Un verbe transitif direct** admet un COD.
- **Un verbe transitif indirect** admet un COI.
- **Un verbe à double transitivité** admet deux compléments du verbe de construction différente.

Comment faire ?

Repérer un COD

Un COD répond aux questions « *qui ?* » ou « *quoi ?* » posées à partir du verbe.

Repérer un COI

Il répond aux questions « *à qui ?* », « *à quoi ?* », « *de qui ?* », « *de quoi ?* » posées à partir du verbe.

Ex. : Robinson Crusoé se réjouit de quoi ? de l'arrivée d'un navire (*COI*).

Employer les pronoms personnels COD et COI

Le plus souvent les pronoms personnels COD et COI sont placés avant le verbe. Quand le verbe est complété par un COD et par un COI, le COD vient avant le COI.

Ex. : Je mange ta glace. → Je la mange. (ta glace : COD ; la : COD)

Ex. : Tu ressembles à ton frère. → Tu lui ressembles. (à ton frère : COI ; lui : COI)

Ex. : Je raconterai cette histoire aux petits. (cette histoire : COD ; aux petits : COI)

→ Je la leur raconterai. (*la* : l'histoire ; *leur* : les petits)

Corrigés → livret, p. 10

S'entraîner

QUIZ-TEST

Coche la (ou les) bonne(s) réponse(s).

1 Dans la phrase « Je t'emprunte ta règle. », le pronom *t'* est :

a) COD du verbe *emprunter*. ☐
b) COI du verbe *emprunter*. ☐
c) sujet du verbe *emprunter*. ☐

2 Le verbe *appartenir* est :

a) un verbe transitif direct. ☐
b) un verbe transitif indirect. ☐
c) un verbe intransitif. ☐

3 ★ Remplacer le COD par un pronom

Dans les phrases suivantes, remplace les COD en rouge par le pronom personnel qui convient.

a) On recherche l'homme qui a attaqué une banque.

....

b) Qui mangera les fruits que j'ai posés sur la table ?

....

c) Ici, la nuit, on entend une chouette.

....

d) La nuit, nous admirons les étoiles.

....

4 ★★ Reconnaître le COD

Dans les phrases suivantes, souligne le COD du verbe en rouge, et donne sa classe grammaticale.

a) Le directeur exige que tu ailles le voir. ....

b) Manon croit connaître notre secret. ....

c) Ma lettre est achevée ; je la posterai tout à l'heure.

....

d) Le loup de la fable mange l'agneau innocent.

....

5 ★ Reconnaître le COI

Souligne les COI dans les phrases suivantes et relie-les au verbe dont ils sont compléments.

a) Louis XV succède à Louis XIV.

b) Pauline raffole des desserts au chocolat.

c) Maman profite de notre aide pour jardiner.

d) Léa a longuement parlé de ses vacances.

6 ★ COD et COI

Afin de constituer des phrases, choisis les éléments dans chacune des colonnes et relie-les.

sujet + verbe	*COD*	*COI*
a) Le maître donne •	• du pain •	• à la cliente.
b) Le boulanger vend •	• de la soupe •	• au professeur.
c) L'élève rend •	• sa copie •	• à son chien.

7 ★★ Verbes transitifs et intransitifs

Entoure l'intrus et justifie ta réponse.

chasser – examiner – recevoir – sursauter – laisser – entendre – écrire – lire

....

8 ★★★ COD et COI

Remplace les COD et les COI par le pronom personnel qui convient.

a) Marie-Hélène apportera ses devoirs à Sylvie.

....

b) J'ai participé aux championnats de France !

....

c) Le surveillant donne un bon conseil aux élèves.

....

d) Monsieur Martin demande un renseignement au policier.

....

10 Le verbe : orthographe et accord du participe passé

Voir aussi dictée p. 252

À savoir

-é ↑ -er

Pour distinguer les terminaisons ***-é*** et ***-er***, il faut remplacer le verbe par un autre verbe (*prendre, vendre, mordre*...).
Ex. : Il a commencé *(appris)* à travailler *(vendre)*.

Participe passé et verbe conjugué

Quand une forme verbale est au présent ou au passé simple, elle peut se mettre au futur, ce qui n'est pas possible avec un participe passé.
Ex. : il finit → il finira ; il a fini → il a ~~finira~~.

Retiens l'essentiel

1 Le participe passé au masculin singulier

- Le participe passé des verbes en ***-er*** (1er groupe) se termine par ***-é***.
Ex. : j'ai décidé.

- Les participes passés des autres verbes (2e et 3e groupes) peuvent se terminer par ***-i***, ***-u***, ***-s***, ***-t***. Pour connaître la dernière lettre d'un participe passé au masculin singulier, il suffit de le mettre au féminin.
Ex. : il a saisi (2e groupe), il est parti, il a voulu, il a pris (prise), il a fait (faite).

2 L'accord du participe passé

- **Employé sans auxiliaire**, le participe passé s'accorde en genre (masculin ou féminin) et en nombre (singulier ou pluriel) avec le nom auquel il se rapporte.
Ex. : Bien entraînés, les nageurs ont remporté la compétition.

- **Employé avec l'auxiliaire *être***, le participe passé s'accorde en genre et en nombre avec le sujet du verbe.
Ex. : Les nuages sont poussés par le vent.

- **Employé avec l'auxiliaire *avoir***, le participe passé ne s'accorde jamais avec le sujet.
Ex. : Les nuages ont caché le soleil.
pas d'accord → COD
car le COD
est placé
après le verbe

Allons plus loin : quand il est employé avec *avoir*, le participe passé s'accorde avec le COD si celui-ci est placé **avant le verbe.**
Ex. : J'ai rassemblé des documents et je les ai étudiés.
pas d'accord car le COD est placé après le verbe — COD — COD — accord car le COD est placé avant le verbe

Comment faire ?

Accorder le participe passé

→ Pour accorder un participe passé, on peut se demander à quel mot il se rapporte.

Ex. : Elle est félicitée. (Qu'est-ce qui est félicitée ? elle → accord).

→ Avec l'auxiliaire *avoir*, l'accord ne s'effectue que si on a déjà écrit le mot auquel se rapporte le participe.

Ex. : C'est cette couleur que j'ai choisie ? (Qu'est-ce qui est choisi ? cette couleur : déjà écrit → accord).
J'ai choisi cette couleur ? (Qu'est-ce qui est choisi ? cette couleur : pas encore écrit → pas d'accord).

Corrigés → livret, p. 10

S'entraîner

QUIZ-TEST

Coche la (ou les) bonne(s) réponse(s).

1 Le participe passé correctement orthographié est :

a) il a *dis.* ☐

b) il a *applaudi.* ☐

c) il a *apprit.* ☐

2 Les phrases correctement orthographiées sont :

a) Ma sœur est venue m'aider. ☐

b) Il s'est engagé a nous entraînés. ☐

c) Nous avons repéré les sites utiles. ☐

3 ★ Participe passé au féminin et au masculin

Écris les participes passés au féminin puis au masculin singulier.

a) sortir : elle est .... il est ....

b) peindre : elle est .... il est ....

c) croire : elle est .... il est ....

d) construire : elle est .... il est ....

e) conquérir : elle est .... il est ....

f) craindre : elle est .... il est ....

4 ★ Participe passé au masculin

Écris au masculin singulier le participe passé des verbes suivants.

a) pâlir ....

b) courir ....

c) atteindre ....

d) entendre ....

e) promettre ....

f) rendre ....

g) traduire ....

h) suivre ....

5 ★★ Participe passé, verbe conjugué ou infinitif ?

Associe les phrases avec la forme manquante.

a) Elles se sont .... •

b) Ils ont .... le chien. •

c) Je vais sortir me .... •

d) Les chiens qu'elles ont .... sont fatigués. •

e) ....-vous un peu sur la plage. •

f) Ils se .... chaque dimanche. •

• promener

• promenez

• promenaient

• promené

• promenés

• promenées

6 ★ Accorder le participe passé

Écris le participe passé des verbes entre parenthèses.

a) Line est *(aller)* .... à la piscine et a *(retrouver)* .... ses amis.

b) Nous avons *(vivre)* .... une aventure incroyable !

c) Julia et Noémie ne sont pas encore *(partir)* ....

d) Nous avons *(décider)* .... de nous inscrire.

e) Mes parents sont *(venir)* .... nous encourager.

7 ★ Accorder le participe passé

Barre dans les parenthèses la forme qui ne convient pas.

a) Alice a (*acheté/achetée*) des bonbons et a (*mangée/mangé*) les plus gros.

b) As-tu (*lu/lus*) les livres (*conseillé/conseillés*) par la documentaliste ?

c) José et Wilfried ont (*choisi/choisis*) d'apprendre la guitare.

d) Karl et Monica sont (*arrivés/arrivées*) en avance à leur cours.

8 ★★★ Accorder le participe passé

Accorde les participes passés en rouge si nécessaire.

a) Bien décidé....... à travailler, les deux amis se sont entraidé....... et ont beaucoup progressé....... dans toutes les matières.

b) Les livres que vous m'aviez conseillé....... je les ai tous trouvé....... à la bibliothèque.

c) Tu dois réviser la leçon que tu as appris....... .

d) Quelles histoires avez-vous donc raconté....... à cet enfant ? Il est mort de peur !

11 Les compléments circonstanciels

À savoir

Principaux compléments circonstanciels

- Il existe des compléments circonstanciels :
  - de lieu (CCL) ;
  - de temps (CCT) ;
  - de cause ;
  - de moyen ;
  - de manière ;
  - de but.
- On n'emploie pas l'abréviation CCM car elle pourrait désigner le complément circonstanciel de manière ou le CC de moyen.

Retiens l'essentiel

1 Définition

▶ Le complément circonstanciel (CC) apporte des précisions concernant les circonstances de l'action exprimée par le verbe.

▶ Il peut être déplacé et supprimé. Il ne fait partie de la phrase minimale.

2 Construction

▶ Le CC peut être construit directement. *Ex.* : Il est venu nous voir ce matin.

▶ Il peut aussi être introduit par :

– une préposition ; *Ex.* : Il se dirige vers la clairière.

– une conjonction de subordination. *Ex.* : Il viendra dès que tu l'appelleras.

3 Classe grammaticale (nature)

Le complément circonstanciel peut être :

– un nom ou un groupe nominal ; *Ex.* : Il navigue sur un grand voilier.

– un pronom ; *Ex.* : – Vas-tu à la fête de l'école ? – J'en reviens.

– un verbe à l'infinitif ou un groupe infinitif ;

Ex. : On a aménagé le marché pour attirer les touristes.

– une proposition subordonnée ;

Ex. : L'émotion a été immense quand Armstrong a marché sur la Lune.

– un adverbe ; *Ex.* : Tu marches trop rapidement.

– un gérondif (*en* + participe présent). *Ex.* : Il est parti en riant aux éclats.

Comment faire ?

▶ Ne pas confondre le complément circonstanciel et un autre complément

Ex. : Il parle à Pierre *(à qui ?)*. Il marche à petits pas *(comment ?)*.
↑ COI ; ↑ CC de manière

Ex. : Les animaux nocturnes dorment le jour *(quand ?)*.
↑ CC de temps

Je préfère le jour à la nuit.
↑ COD ; ↑ COS

▶ Ne pas confondre le moyen et la manière

Le **CC de moyen** désigne quelque chose de **concret** (objet, instrument) ; le **CC de manière** désigne quelque chose d'**abstrait** (on ne peut le toucher).

Ex. : L'artiste jongle avec des quilles. L'artiste jongle avec adresse.
↑ CC de moyen ; ↑ CC de manière

Corrigés → livret, p. 10

S'entraîner

QUIZ-TEST

Coche la (ou les) bonne(s) réponse(s).

1 Dans la phrase « J'ai apporté ma guitare pour répéter. », *pour répéter* est :

a) un complément circonstanciel de lieu. ☐
b) un complément circonstanciel de moyen. ☐
c) un complément circonstanciel de but. ☐

2 Le complément circonstanciel peut être :

a) un adjectif qualificatif. ☐
b) un groupe nominal. ☐
c) une proposition subordonnée. ☐

3 ★ Phrase minimale

Réduis les phrases suivantes en barrant les compléments circonstanciels.

a) En Atlantique Sud, les tempêtes sont souvent d'une extrême violence.

b) Par habitude, ma grand-mère va toujours au marché à la même heure.

c) Nous avons trouvé ce matin, au marché, une très jolie théière.

d) Philéas Fogg, dans *Le Tour du monde en 80 jours*, voyage en train, en bateau, à cheval, à pied…

4 ★ CCL

Souligne les compléments circonstanciels de lieu.

a) On a retrouvé le voleur au fond d'un bois.

b) Frédérique rêve d'habiter au bord d'un lac.

c) Chaque été, je suis chez mes grands-parents, en Auvergne.

d) Mes lunettes sont bien rangées dans leur étui.

5 ★ CCT

Dans les phrases suivantes, souligne les cinq compléments circonstanciels de temps et indique leur classe grammaticale.

a) Lorsqu'il pleut, il n'est pas très agréable de camper.

....

b) En automne, nous allons souvent ramasser des champignons dans les bois.

....

c) Quand ils sont très petits, les bébés pleurent la nuit.

....

6 ★★ CCL ou CCT ?

Entoure l'intrus et justifie ta réponse.

a) en avance – en Italie – en une année – en septembre – en même temps

....

b) dans le tiroir – dans le ciel – dans dix ans – dans les bois – dans le salon

....

c) jusqu'à la maison – jusqu'à la rivière – jusqu'au coin de la rue – jusqu'à demain

....

7 ★★ Manière ou moyen ?

Surligne en rose les CC de manière et en vert les CC de moyen.

a) Nous irons à vélo jusqu'au château et nous roulerons très prudemment en raison de la circulation.

b) Grâce à cette colle, tu pourras fixer solidement les pièces de la maquette.

8 ★★★ Distinguer les compléments

Dans les phrases suivantes, donne la fonction des mots soulignés (COD, COI, CC). N'oublie pas de préciser à quel verbe se rattachent les CO.

a) Le malade attend <u>le jour</u> (1) <u>avec impatience</u> (2).

....

b) Maman fait <u>des recommandations</u> (1) <u>à mes frères</u> (2) <u>au moment du départ</u> (3).

....

12 Phrases verbales et non verbales

Retiens l'essentiel

À savoir : Proposition et verbe conjugué

- Un verbe conjugué n'est **ni à l'infinitif ni au participe** (sans auxiliaire).
- Dans une phrase, il y a autant de propositions que de verbes conjugués.

1 Phrase non verbale, phrase simple et phrase complexe

▶ Une **phrase non verbale** ne contient aucun verbe conjugué.

Ex. : Quelle chance !

▶ Une **phrase verbale** contient un ou plusieurs verbes conjugués :

– la **phrase simple** contient un seul verbe conjugué.

Ex. : Il se dépêche. Quelle heure est-il ? Il est arrivé !

– la **phrase complexe** contient plusieurs verbes conjugués.

Ex. : Il se dépêche tellement qu'il en oublie ses clés !

2 La proposition

L'ensemble des mots centrés sur un verbe conjugué s'appelle une **proposition**. Le verbe joue le rôle d'un **noyau** au cœur de la proposition.

Ex. : La cigale voudrait / que la fourmi lui donne à manger.
(La cigale voudrait : 1re proposition ; que la fourmi lui donne à manger : 2e proposition)

3 Les trois sortes de propositions

▶ La **proposition indépendante** se suffit à elle-même.

Ex. : [Je suis d'accord][et je viens].

▶ La **proposition principale** dirige une subordonnée. La **proposition subordonnée** dépend d'une principale ; elle est introduite par un mot subordonnant.

Ex. : [Je voudrais vraiment] [que tu restes m'aider].
(Je voudrais vraiment : Prop. principale ; que tu restes m'aider : Prop. subordonnée)

4 La proposition subordonnée relative

La proposition subordonnée relative fait partie du groupe nominal car elle donne des précisions à propos du nom auquel elle se rapporte.

Ex. : Le roman que je viens d'écrire est un roman de science-fiction.

Les trois sortes de propositions subordonnées

- La **sub. relative** est introduite par un pronom relatif.
- La **sub. conjonctive** est introduite par une conjonction de subordination.
  Ex. : Théo est absent parce qu'il est malade.
- La **sub. interrogative** est introduite par un pronom ou un adverbe interrogatif.
  Ex. : Je ne sais pas pourquoi Tom est absent.

Comment faire ?

▶ **Pour repérer les propositions**

1. Je souligne et je compte les verbes conjugués.
2. J'entoure les mots subordonnants : ce sont les premiers mots des propositions subordonnées.
3. Je repère la proposition subordonnée et la proposition principale qui la dirige.

Ex. : Le médecin veut / (que) tu restes couché.
(Le médecin veut : prop. principale ; que tu restes couché : prop. subordonnée)

4. Les propositions qui restent sont des propositions indépendantes.

▶ **Pour repérer une subordonnée relative**

La relative est introduite par un pronom relatif (*qui, que, quoi, dont, où, lequel…*) qui remplace un nom.

Ex. : Voici le conseil que je te donne. (*que* remplace *conseil*.)

Corrigés → livret, p. 10

S'entraîner

QUIZ-TEST

Coche la (ou les) bonne(s) réponse(s).

1 La phrase « Raconte-moi ce que tu as fait cet été. » comporte :

a) une proposition. ☐
b) deux propositions. ☐
c) trois propositions. ☐

2 Dans la phrase « Je crois que j'ai oublié mon cahier de maths. », *je crois* est :

a) une proposition principale. ☐
b) une proposition subordonnée. ☐
c) une proposition indépendante. ☐

3 ★ Repérer les propositions

Combien de propositions compte chacune des phrases suivantes ?

a) Quand la mer est haute, le Mont-Saint-Michel est une île. → ....

b) Tom est parti le dernier, mais il a quand même gagné car il est le plus rapide. → ....

c) Le professeur de français nous a demandé d'acheter une comédie de Molière ; il s'agit des *Fourberies de Scapin*. → ....

4 ★ Les propositions subordonnées

Dans les phrases suivantes, souligne les verbes conjugués, entoure les mots subordonnants et encadre les propositions subordonnées.

a) Chaque jour, le laitier passe déposer la quantité de lait que nos amis anglais ont commandée.

b) Un animal nocturne est un animal qui mène une vie active la nuit.

c) Le classeur qui a été oublié dans cette salle a été déposé au bureau des surveillants.

5 ★★ Les propositions principales

Dans les phrases suivantes, surligne les propositions principales. Attention ! toutes les phrases n'en contiennent pas nécessairement une.

a) Il se jette sur son assiette et dévore tout en trente secondes.

b) Si tu te jettes ainsi sur ton assiette, tu auras mal au ventre.

c) Le caillou que tu as lancé sans faire attention aurait pu blesser quelqu'un.

6 ★★ Les différentes propositions

Classe les propositions qui composent les phrases suivantes dans le tableau ci-dessous.

a) [Même si nous nous dépêchons (A)], [nous manquerons le train (B)].

b) [Il fait trop chaud (C)], [je préfère rester à l'ombre (D)].

c) [Le Principal a réuni tous les délégués de classe pour leur expliquer (E)], [ce que devait être leur rôle lors des conseils de classe (F)].

d) [Dès que nous nous couchons (G)], [le coq des voisins se met à chanter (H)] ; [on dirait (I)], [qu'il le fait exprès (J)].

propositions principales	....
propositions subordonnées	....
propositions indépendantes	....

7 ★★ Construire une subordonnée relative

Avec les deux propositions indépendantes proposées à chaque fois, construis une phrase complexe contenant une subordonnée relative.

a) Ce document a été trouvé en Italie. Il date du XIIe siècle. ....

b) Je vous parle d'un roman de Jules Verne. Ce roman se déroule en Afrique. ....

....

c) Comment s'appelle ce roman ? L'action de ce roman se déroule en Afrique. ....

....

13 Les différents types et formes de phrases

Retiens l'essentiel

Voir aussi dictée p. 252

À savoir

Les trois niveaux de langue

- Le style familier
  Ex. : Tu risques de dégringoler.
- Le style courant
  Ex. : Tu risques de tomber.
- Le style soutenu
  Ex. : Tu risques de choir.

⚠ La phrase interrogative

- **L'interrogation totale** porte sur la totalité de la phrase.
  Ex. : Reviendra-t-il ?
- **L'interrogation partielle** porte sur une partie de la phrase.
  Ex. : Quand reviendra-t-il ? (La question ne porte que sur le mot « quand ».)

1 Les types de phrase

▸ **La phrase déclarative** délivre une information. Elle se termine par un point ou des points de suspension.
Ex. : Je reviens dans cinq minutes. Soudain, la porte s'ouvrit…

▸ La **phrase impérative** exprime un ordre, une interdiction, un conseil. Elle se termine par un point ou par un point d'exclamation.
Ex. : Reviens vite ! Défense de plonger. Séparer les blancs des jaunes.

▸ **La phrase interrogative** pose une question. Elle se termine par un point d'interrogation. *Ex.* : Où sont-ils ?
La construction de la phrase interrogative varie selon les niveaux de langue :
– soutenu : *Ex.* : Êtes-vous d'accord ?
– courant : *Ex.* : Est-ce que vous êtes d'accord ?
– familier : *Ex.* : Vous êtes d'accord ?

2 Les formes de phrases

▸ **La forme exclamative** exprime un sentiment (admiration, jalousie), une émotion (peur, surprise) ou une sensation.
Ex. : Quel beau spectacle ! → phrase déclarative exclamative
Cours ! → phrase impérative exclamative

▸ **La forme négative**
Pour écrire une négation correcte, il faut employer deux adverbes de négation.
Ex. : Je ne dors pas. Je ne dors jamais !
Personne ne mange autant de bonbons ! Rien ne m'est impossible.

Comment faire ?

▸ **Bien utiliser les niveaux de langue**

Le langage familier est réservé à l'oral ; à l'écrit, tu dois utiliser le style courant ou soutenu. De plus, on ne s'adresse pas de la même manière à tout le monde. Ainsi, tu peux avoir recours à un vocabulaire familier lorsque tu parles à un camarade mais c'est impossible lorsque tu t'adresses au Principal de ton collège, à un professeur, à ton médecin…

▸ **Bien identifier les types de phrases**

→ Un point d'interrogation : phrase interrogative ;
– un point : phrase déclarative ou impérative ;
– un point d'exclamation : phrase déclarative ou impérative.

▸ **Distinguer les interrogations totales et partielles**

→ Pour différencier l'**interrogation totale** de l'**interrogation partielle**, il faut considérer les réponses possibles à la question posée.
– Interrogation totale : réponses par *oui* ou *non*.

Ex. : Part-il ? Oui. / Non.

– Interrogation partielle : nombreuses réponses.

Ex. : Quand part-il ? Demain, dans une heure, le mois prochain…

Corrigés → livret, p. 10

S'entraîner

QUIZ-TEST

Coche la (ou les) bonne(s) réponse(s).

1 Le niveau de langue de la phrase « La folie s'est emparée de son esprit. » est :

a) familier. ☐
b) courant. ☐
c) soutenu. ☐

2 La phrase « Je me demande bien ce qu'il peut faire. » est :

a) une phrase déclarative. ☐
b) une phrase interrogative. ☐
c) une phrase impérative. ☐

3 ★ Les niveaux de langue

Indique à quel niveau de langue appartiennent les mots suivants.

a) le ciné.........................
b) un village.....................
c) égarer....................
d) perdre ....

4 ★★ Les types de phrases

Indique le type des phrases suivantes extraites des *Fourberies de Scapin* de Molière.

a) « Regardez-moi entre les deux yeux. »

....

b) « C'était toi, traître, qui faisais le loup-garou ? »

....

c) « Ô ciel ! Je suis perdu ! »

....

d) « Mon père arrive avec le Seigneur Géronte et ils me veulent marier. »

....

5 ★★ Les formes de phrases

Mets les phrases suivantes à la forme négative.

a) As-tu apporté ton maillot de bain ?

....

b) J'ai déjà fini mon exercice.

....

c) Quelqu'un a déposé un livre pour toi.

....

6 ★★ Les interrogations totales ou partielles

Dans les interrogations suivantes, extraites des *Fourberies de Scapin*, surligne les interrogations partielles.

a) « Mais que diable allait-il faire dans cette galère ? »

b) « N'est-ce pas quatre cents écus que tu dis ? »

c) « N'y avait-il point d'autre promenade ? »

d) « Où est donc cet argent ? »

e) « Pauvre Géronte, que feras-tu ? »

f) « Qu'y a-t-il Scapin ? »

g) « Holà, es-tu aveugle que tu ne me vois pas ? »

7 ★★ La phrase interrogative

Récris en langage courant puis soutenu les interrogations suivantes.

a) Tu viens avec nous au cinéma ?

....

....

b) Vous savez parler chinois ?

....

....

c) Pourquoi tu ne réponds pas ?

....

....

d) Nous partons à Lyon quand ?

....

....

14 La conjugaison du verbe : les principes

Voir aussi dictée p. 253

À savoir

Verbes d'action ou d'état

Le verbe exprime une action ou un état.

- Les **verbes d'action** expriment un mouvement, une transformation...
  Ex. : Il court.
- Les **verbes d'état** expriment une situation.
  Ex. : Il est heureux.

Être, *sembler*, *rester*, *devenir*, *paraître*, *demeurer* sont les principaux verbes d'état.

Mot-clé

Modes

- Les **modes personnels** : on les appelle ainsi car le verbe varie selon la personne du sujet (1re, 2e ou 3e). L'*indicatif* exprime une action certaine. Le *subjonctif* et le *conditionnel* expriment des actions incertaines. L'*impératif* exprime un ordre une interdiction, un conseil.
- Les **modes impersonnels** : l'*infinitif*, le *participe et le gérondif*. Le verbe ne varie pas selon la personne.

Retiens l'essentiel

1 Définition

Le verbe est le **noyau central d'une proposition** ; les fonctions essentielles de la phrase dépendent de lui. Le verbe peut se conjuguer, et il s'accorde avec son sujet.

2 Classification des verbes

▸ **Les verbes d'action** (*lire, dessiner, descendre...*) **et les verbes d'état** (*être, sembler, devenir...*).

▸ **Les trois groupes traditionnels**

– **1er groupe** : verbes en *-er*, sauf ***aller*** qui appartient au 3e groupe ;
– **2e groupe** : verbes en *-ir* dont le participe présent est en ***-issant*** ;
Ex. : grandir, grandissant.
– **3e groupe** : autres verbes. *Ex.* : dire, faire, prendre...

▸ **Les auxiliaires**

– ***avoir*** et ***être*** sont les deux auxiliaires grâce auxquels se forment les différents temps composés ;
– ***aller*** peut servir d'auxiliaire pour conjuguer un futur proche de l'indicatif.
Ex. : Je vais peindre.

3 Conjugaison des verbes

La conjugaison des verbes s'organise en **modes** et en **temps**, chaque mode comprenant plusieurs temps.

4 Voix pronominale, voix active, voix passive

▸ Certains verbes peuvent se conjuguer à la **voix pronominale**.
Ex. : *se promener* : je me promène, tu te promènes, il se promène...

▸ Les verbes transitifs directs, c'est-à-dire les verbes qui admettent un COD (voir leçon 9), peuvent se mettre **au passif**.
Ex. : Le facteur (sujet) apporte un colis. Un colis (sujet) est apporté par le facteur (complément d'agent).

Comment faire ?

▸ **Bien conjuguer un verbe**

Pour bien conjuguer un verbe, il faut repérer sa terminaison à l'infinitif et connaître par cœur la conjugaison de certains verbes modèles (voir pages 256-257).

▸ **Comprendre le rôle du participe et de l'infinitif**

→ **Le participe passé** s'utilise souvent comme un adjectif ; mais il ne faut pas oublier qu'il est un verbe et qu'il peut avoir des compléments.

→ **L'infinitif** peut avoir des compléments, et être complément lui aussi d'un autre verbe.

Corrigés → livret, p. 11

S'entraîner

QUIZ-TEST

Coche la (ou les) bonne(s) réponse(s).

1 ***Devenir* est :**
a) un verbe d'action. ☐
b) un verbe d'état. ☐
c) un verbe au mode infinitif. ☐

2 Dans la phrase « Ce restaurant m'a été recommandé. », le verbe est :
a) à la voix pronominale. ☐
b) à la voix active. ☐
c) à la voix passive. ☐

3 ★ Infinitif et groupe

Dans les phrases suivantes, donne l'infinitif des verbes en rouge et indique leur groupe.

a) Le roman de Renart **a été écrit** au Moyen Âge.

....

b) En ancien français, on **appelle** le renard un goupil.

....

c) Renart, le goupil rusé, **saisit** toutes les occasions qui se présentent et il **joue** des mauvais tours à ses compagnons. ....

d) Ainsi, Ysengrin, le loup, **s'associe** souvent avec Renart et il **est** sévèrement **puni** de sa naïveté.

....

4 ★★ Mode et temps

Donne le mode et le temps des verbes en rouge dans les phrases suivantes.

a) « Ysengrin, je **voudrais** que tu **viennes** me retrouver dans ce puits qui est le paradis », **crie** Renart à son compère. ....

....

b) Ysengrin **croit** vraiment que Renart est au paradis et il décide de le **rejoindre en s'installant** dans un des deux seaux. ....

....

c) Mais Renart, **installé** dans l'autre seau, en profite pour **remonter**. ....

....

d) Renart, qui **était tombé** par mégarde dans le puits, est sauvé et il remercie Ysengrin **en se moquant** de lui.

....

5 ★★ Voix pronominale

Parmi les verbes suivants, entoure celui qui ne peut pas se mettre à la voix pronominale.
laver – imaginer – croire – mourir – nourrir – promener – étonner – vanter – dormir

6 ★★ Actif ou passif

Dans les phrases suivantes, souligne les verbes conjugués et indique s'ils sont à la voix active ou à la voix passive.

a) Renart, du fond du puits, appelle Ysengrin.

....

b) Ysengrin le rejoint et permet ainsi à son compagnon de sortir. ....

c) Une fois de plus, le loup est trompé par le renard.

....

d) Il est abandonné au fond du puits par son compagnon qui n'aura pas pitié de lui. ....

....

7 ★★★ Fonction de l'infinitif

Dans les phrases suivantes, donne la fonction des mots en rouge (en précisant le verbe auquel se rattache la fonction).

a) Renart aime **tromper** ses compagnons.

....

b) Ysengrin voudrait bien **se venger**.

....

c) Ysengrin pense savoir **imaginer** des tours ; mais il n'est pas assez malin.

....

15 Le présent de l'indicatif

Retiens l'essentiel

Voir aussi dictée p. 253

À savoir

Les différentes utilisations du présent

- Le présent de l'indicatif exprime une action qui se déroule au moment où l'on parle **(présent d'actualité)**.
- Il peut aussi exprimer :
  – une **habitude** ;
  Ex. : Pierre se lève à 8 heures.
  – une **vérité générale**.
  Ex. : La Terre tourne sur elle-même.
- **Le présent de narration** rend vivant un récit.
  Ex. : Le chevalier s'élance.

Les verbes *appeler* et *jeter*

- Les verbes *appeler* et *jeter* se conjuguent avec un ou deux *l*, ou un ou deux *t*, selon qu'on entend le son « e » (*nous jetons, vous appelez*...), ou le son « è » (*j'appelle, tu jetteras*...).
- Tous les verbes ne suivent pas ce modèle.
  Ex. : *geler* : je gèle, nous gelons ; *acheter* : j'achète, nous achetons.

1 Les conjugaisons régulières

▶ **Les terminaisons des verbes en *-er*** (1er groupe) sont toujours *-e, -es, -e, -ons, -ez, -ent*.

Ex. : *jouer* : je joue, tu joues, il joue, nous jouons, vous jouez, ils jouent.

▶ **Les terminaisons des autres verbes** (2e et 3e groupes) sont de quatre sortes :

1. *-s, -s, -t, -ons, -ez, -ent*.

Ex. : *finir* (2e groupe) : je finis, tu finis, il finit, nous finissons, vous finissez, ils finissent.
partir : je pars, tu pars, il part, nous partons...

2. *-ds, -ds, -d, -ons, -ez, -ent*.

Ex. : *prendre* : je prends, tu prends, il prend, nous prenons...

3. *-x, -x, -t, -ons, -ez, -ent*.

Ex. : *vouloir* : je veux, tu veux, il veut, nous voulons...

4. *-e, -es, -e, -ons, -ez, -ent*.

Ex. : *offrir* : j'offre, tu offres, il offre, nous offrons...

2 Les irrégularités

▶ **Les verbes en *-yer***

Le *y* se transforme en *i* devant un **e** muet ; le *y* est une lettre qui s'entend (« *ill* »).

Ex. : j'appuie, j'emploie, ils appuient, ils emploient, nous appuyons, vous employez.

Les verbes en *-ayer* connaissent deux formes.

Ex. : je paie/paye, il essaie/essaye, ils balaient/balayent.

▶ **Les verbes en *-indre* et *-soudre***

Ils ne suivent pas le modèle de *prendre* mais celui de *partir*.

Ex. : *craindre* : je crains ; *rejoindre* : tu rejoins ; *peindre* : il peint ; *résoudre* : je résous.

▶ **Les verbes irréguliers**

Ex. : *aller* : je vais, tu vas... ; *dire* : je dis, nous disons, vous dites ; *faire* : je fais, nous faisons, vous faites...

Comment faire ?

▶ **Faire attention au -e muet**

→ **Verbes en *-ier, -uer, -ouer***

Ex. : *crier* : je crie, tu cries, il crie ; *distribuer* : je distribue ; *avouer* : j'avoue.

Examine bien l'infinitif d'un verbe pour connaître sa terminaison au présent.

Ex. : *parier* (1er groupe) : je parie, tu paries ; *rire* (3e groupe) : je ris, tu ris.

→ **Verbes en *-er*** (1er groupe)

Ex. : j'envoie, je balaie, j'appuie, tu essuies, il nettoie...

Corrigés → livret, p. 11

S'entraîner

QUIZ-TEST

Coche la (ou les) bonne(s) réponse(s).

1 Au présent de l'indicatif, le verbe *répondre* se conjugue au singulier :

a) je réponds, tu réponds, il répond. ☐
b) je répond, tu répond, il répond. ☐
c) je répons, tu répons, il répont. ☐

2 Au présent de l'indicatif, les verbes *s'écrier* et *écrire* s'écrivent respectivement :

a) *je m'écrie, j'écris.* ☐
b) *je m'écrie, j'écrie.* ☐
c) *je m'écris, j'écris.* ☐

3 ★ Choisir la bonne terminaison

Associe le verbe à son sujet.

a) je •	• dessinons
b) tu •	• approuvent
c) il •	• faites
d) nous •	• crie
e) vous •	• descends
f) ils •	• revient

4 ★ Choisir le bon modèle de conjugaison

Écris chaque verbe à la 1re personne du singulier du présent de l'indicatif.

a) savoir ....
b) essayer ....
c) jouer ....
d) coudre ....
e) envoyer ....
f) voir ....

Que remarques-tu ?

....

5 ★ Choisir la bonne terminaison

Barre dans les parenthèses les formes qui ne conviennent pas.

a) Je (*prend/prends*) le bus de 16 h 30. Et toi, à quelle heure (*pars/part*)-tu ?
b) Tu ne (*crois/croit*) jamais ce que je te (dis/dit).
c) J'(*apprends/apprend*) ma leçon, je (*fini/finis*) mon exercice et je (*viens/vient*) te voir.
d) Paul (*distribut/distribue*) les cartes.
e) Pourquoi ne (*lies/lis/lit*)-tu pas cet article ?
f) Je (*coure/cours/court*) beaucoup plus vite que toi !

6 ★ Conjuguer au présent

Écris au présent les verbes entre parenthèses.

a) À quoi (*songer*) ....-vous ?
b) Nous (*nager*) .... la brasse et le crawl.
c) Lorsque Paul (*vouloir*) .... raconter une histoire, il (rire) .... tellement qu'il ne le (*pouvoir*) .... pas.
d) Sophie (*avoir*) .... de l'admiration pour ce que vous (*dire*) .... et (*faire*) ....

7 ★★ Les difficultés du 3e groupe au présent

Complète le tableau au présent de l'indicatif.

infinitif	1re personne du singulier	2e personne du pluriel
a) comprendre	....	....
b) craindre	....	....
c) dire	....	....
d) entendre	....	....
e) éteindre	....	....
f) faire	....	....

8 ★★ Les valeurs du présent

Donne la valeur des présents dans les phrases.

actualité – habitude – vérité générale – narration

a) Le roi **décide** alors de se lancer à l'assaut du château.
→ ....
b) Chut ! Je **lis** ! → ....
c) Le pin **est** un arbre au feuillage persistant. → ....
d) Monsieur Martin **promène** son chien chaque matin de 7 h 30 à 8 h. → ....

16 Le futur de l'indicatif et le présent du conditionnel

Voir aussi dictée p. 253

À savoir

Valeurs du futur

- Le futur exprime une action qui aura certainement lieu.
Ex. : Je viendrai demain.
- Il peut aussi exprimer un ordre.
Ex. : Tu rangeras ta chambre d'ici demain !

À savoir

Valeurs du présent du conditionnel

- Le présent du conditionnel exprime souvent un futur dans le passé.
Ex. : Il nous a dit qu'il viendrait.
- Il a aussi une valeur d'atténuation.
Ex. : Je voudrais un peu d'eau.

Retiens l'essentiel

1 Le futur

La règle

Les terminaisons du futur sont les mêmes pour tous les verbes :
-ai, -as, -a, -ons, -ez, -ont.

Ex. : *partir* : je partirai, tu partiras, il partira, nous partirons, vous partirez, ils partiront.

Pour la majorité des verbes, le futur se forme à partir de l'infinitif du verbe.

Ex. : *crier* : je crierai, nous crierons ; *finir* : je finirai, nous finirons ; *dormir* : je dormirai, nous dormirons.

Les irrégularités

– Verbes en *-yer* : le *y* se transforme en *i* devant un *e* muet.

Ex. : j'emploierai, nous emploierons, j'appuierai, nous appuierons.

– Les verbes en *-ayer* peuvent se conjuguer de deux manières :

Ex. : je paierai/payerai ; nous paierons/payerons.

– Certains verbes du 3ᵉ groupe sont irréguliers.

Ex. : *pouvoir* : je pourrai, nous pourrons ; *savoir* : je saurai, nous saurons ; *aller* : j'irai, nous irons ; *faire* : je ferai, nous ferons.

2 Le présent du conditionnel

La règle

Le présent du conditionnel se forme à partir du même radical que le futur ; on ajoute à ce radical les terminaisons de l'imparfait.

Ex. : *faire* : je ferais, tu ferais, il ferait, nous ferions, vous feriez, ils feraient.

Les irrégularités

Ce sont les mêmes que pour le futur.

Comment faire ?

Bien conjuguer les verbes *appeler* et *jeter*

→ Les verbes *appeler* et *jeter* doublent leur *l* ou leur *t* au futur (*j'appellerai, nous appellerons ; je jetterai, nous jetterons*) et au présent du conditionnel (*j'appellerais, nous appellerions ; je jetterais, nous jetterions*).

→ Tous les verbes ne suivent pas ce modèle :

Ex. : *au futur* : j'achèterai, je pèlerai ;
au présent du conditionnel : j'achèterais, je pèlerais.

Bien conjuguer les verbes *courir* et *mourir*

→ *Courir* et *mourir* doublent leur *r* au futur (*je courrai, nous courrons ; je mourrai, nous mourrons*) et au présent du conditionnel (*je courrais, nous courrions ; je mourrais, nous mourrions*).

→ Le verbe *nourrir*, du 2ᵉ groupe, est régulier au futur (*je nourrirai, nous nourrirons*) et au présent du conditionnel (*je nourrirais, nous nourririons*).

Corrigés → livret, p. 11

S'entraîner

QUIZ-TEST

Coche la (ou les) bonne(s) réponse(s).

1 Au futur, la (ou les) forme(s) exacte(s) est (sont) :

a) *il raconta.* ☐
b) *il verra.* ☐
c) *il saisira.* ☐

2 Au présent du conditionnel, la (ou les) forme(s) exacte(s) est (sont) :

a) *je saurais.* ☐
b) *nous parions.* ☐
c) *ils pourraient.* ☐

3 ★ Reconnaître un verbe au futur

Souligne les verbes au futur.

a) Pourras-tu me prêter ton livre de maths ce soir ? J'ai oublié le mien ; je le récupèrerai dans mon casier lundi.

b) Nous jouerons cette pièce le mois prochain.

c) Nous souhaiterions vous voir jouer cette semaine !

d) Tanguy voudrait devenir avocat ; il fera sans doute des études de droit.

4 ★★ Le *e* muet

Complète le tableau suivant.

nom	verbe au présent de l'indicatif	verbe au futur de l'indicatif
Ex. : un cri	je crie	je crierai
a) un pari	....	....
b) un tri	....	....
c)	je me réveille	....
d) un oubli	....	....

5 ★★ Conjuguer au futur

Écris au futur les verbes entre parenthèses.

a) Le mois prochain, nous (*essayer*) .... de gravir cette montagne ; il nous (*falloir*) .... apporter des tentes et des provisions.

b) Dès qu'il (*savoir*) .... planter un piolet dans un rocher, nous lui (*apprendre*) .... l'escalade.

c) Tu (*ranger*) .... ta chambre, tu (*faire*) .... ton lit, tu (*revoir*) .... tes leçons et ensuite, nous (*jouer*) ....

6 ★ Futur et présent du conditionnel

Complète le tableau.

futur : 1re pers. du singulier	futur : 3e pers. du singulier	présent du conditionnel : 3e pers. du singulier
a) je plierai	....	....
b)	il verra	....
c)	....	il dirait
d) je serai	....	....
e)	il saura	....
f)	....	il aurait

7 ★★ Conjuguer au présent du conditionnel

Mets les verbes suivants à la 1re personne du singulier du présent du conditionnel.

a) croire ....
b) voir ....
c) venir ....
d) courir ....
e) parier ....
f) payer ....
g) craindre ....
h) aller ....

8 ★★ Futur ou présent du conditionnel ?

Mets les verbes entre parenthèses au futur ou au présent du conditionnel.

a) Écris-moi dès que tu le (*pouvoir*) ....

b) Je savais bien que ce livre te (*plaire*) ....

c) Vous (*devoir*) .... aller voir ce film, car je pense que vous l'apprécierez.

d) Je voudrais bien savoir sur quoi (*porter*) .... le contrôle de géographie.

17 L'imparfait et le passé simple

Voir aussi dictée p. 253

À savoir

Valeur de l'imparfait

L'imparfait exprime une action passée non limitée dans le temps.

Valeur du passé simple

Le passé simple exprime une action passée limitée dans le temps.

Aller au passé simple

J'allai, tu allas, il alla, nous allâmes, vous allâtes, ils allèrent.

Retiens l'essentiel

1 L'imparfait

L'imparfait se forme à partir du radical du verbe à la 1re personne du pluriel au présent auquel on ajoute les terminaisons *-ais, -ais, -ait, -ions, -iez, -aient.*

Ex. : nous payons (présent) → je payais, nous payions

2 Le passé simple

La terminaison du verbe au passé simple varie selon le groupe auquel il appartient :

- **Verbes en *-er*** (1er groupe) **:** *-ai, -as, -a, -âmes, -âtes, -èrent.*

Ex. : je parlai, tu parlas, il parla, nous parlâmes, vous parlâtes, ils parlèrent.

- **Autres verbes** (2e et 3e groupes) **: il existe trois types de conjugaison, un type en *i*, un type en *u*, un type en *in*.**

Ex. : – *Conjugaison en* i : je finis, tu finis, il finit, nous finîmes, vous finîtes, ils finirent. (2e groupe)
je partis, tu partis, il partit, nous partîmes, vous partîtes, ils partirent.

– *Conjugaison en* u : je voulus, tu voulus, il voulut, nous voulûmes, vous voulûtes, ils voulurent.

– *Conjugaison en* in *(celle des verbes* venir, tenir *et de leurs composés) :* je vins, tu vins, il vint, nous vînmes, vous vîntes, ils vinrent.

- **Avoir :** j'eus, tu eus, il eut, nous eûmes, vous eûtes, ils eurent.

Être : je fus, tu fus, il fut, nous fûmes, vous fûtes, ils furent.

Comment faire ?

Bien orthographier les deux premières personnes du pluriel à l'imparfait

→ Pour les verbes en *-ier* et certains verbes du 3e groupe, le *i* de la terminaison s'ajoute au *i* du radical.

Ex. : *crier* : nous criions ; *rire* : vous riiez.

→ Pour les verbes en *-yer* et certains verbes du 3e groupe : le *i* de la terminaison s'ajoute au *y* du radical.

Ex. : *envoyer* : nous envoyions ; *croire* : vous croyiez ; *voir* : nous voyions.

Faire attention à la 1re personne des verbes en *-er* au passé simple

→ Pour les verbes qui ne sont pas en *-er* (2e et 3e groupes), la 1re personne du singulier est identique à la 2e personne du singulier et ressemble à la 3e personne du singulier.

Ex. : Je vins, tu vins, il vint.

Mais pour les verbes en *-er*, la 1re personne du singulier est différente des deux autres personnes du singulier.

Ex. : je portai, tu portas, il porta.

Faire attention à l'accent circonflexe

Au passé simple, seules la 1re et la 2e personne du pluriel ont un accent circonflexe sur la terminaison.

Ex. : nous décidâmes, vous finîtes, nous vînmes.

S'entraîner

QUIZ-TEST

Coche la (ou les) bonne(s) réponse(s).

1 À l'imparfait de l'indicatif, la (ou les) forme(s) exacte(s) est (sont) :

a) *j'aimerais.* ☐
b) *nous vérifions.* ☐
c) *vous cueilliez.* ☐

2 Au passé simple, la forme exacte est :

a) *je me leva.* ☐
b) *je me levai.* ☐
c) *je me levais.* ☐

3 ★ Le radical de l'imparfait

Mets les verbes suivants à la 1re personne du pluriel du présent et de l'imparfait.

infinitif	présent	imparfait
a) frémir	....	....
b) craindre	....	....
c) oublier	....	....
d) payer	....	....

4 ★★ Conjuguer à l'imparfait

Récris à l'imparfait les phrases suivantes.

a) Nous parions que Benoît est le plus rapide.

....

b) Le castor ronge inlassablement le même tronc.

....

c) Chaque année, l'équipe reçoit une récompense.

....

d) Nous voyons des montagnes au loin et nous croyons bien que ce sont les Alpes. ....

....

5 ★ 1re pers. du singulier au passé simple

Écris au passé simple la 1re personne du singulier des verbes suivants.

a) finir ....
b) être ....
c) manger ....
d) tenir ....

6 ★ 3e pers. du singulier au passé simple

Écris au passé simple la 3e personne du singulier des verbes suivants.

a) lacer ....
b) entendre ....
c) intervenir ....
d) croire ....

7 ★★ Trouver l'infinitif

Donne l'infinitif correspondant aux formes verbales suivantes.

a) ils eurent ....
b) ils durent ....
c) nous vînmes ....

8 ★★ Présent et passé simple

Parmi les verbes suivants, entoure les trois formes qui sont communes au présent et au passé simple.

a) je vis
b) j'écrivis
c) je grandis
d) je repris
e) je dis
f) je descendis
g) je fis
h) je souris
i) je promis

9 ★★ Imparfait et passé simple

Complète le tableau suivant.

infinitif	passé simple	imparfait
a) faire	je	je ....
b) savoir	....	....
c) trier	....	....
d) mettre	....	....
e)	je vis	....

18 Les modes subjonctif et impératif

Retiens l'essentiel

Voir aussi dictée p. 253

1 Les valeurs des modes

- Une même action peut être formulée au mode indicatif, au mode subjonctif ou au mode impératif. Le mode apporte des informations au sujet de la réalisation de l'action.
  – **Mode indicatif** : l'action est certaine
  – **Mode subjonctif** : l'action n'est pas certaine ; elle dépend d'une autre action.
  Ex. : Je veux que tu ailles à la piscine. *(Il n'est pas certain que tu y ailles.)*
- **Mode impératif** : on n'est pas certain que l'ordre soit exécuté.
  Ex. : Pars à la piscine. *(Il n'est pas certain que tu partes à la piscine.)*

2 Le présent du subjonctif

- **Avoir :** que j'aie, que tu aies, qu'il ait, que nous ayons, que vous ayez, qu'ils aient.
- **Être :** que je sois, que tu sois, qu'il soit, que nous soyons, que vous soyez, qu'ils soient.
- Pour les autres verbes, les terminaisons sont : *-e, -es, -e, -ions, -iez, -ent,* ajoutées à un radical qui n'est pas toujours celui du présent de l'indicatif.
  Ex. : *pouvoir* : je peux *(indicatif)*, que je puisse *(subjonctif)*.

3 Le présent de l'impératif

- Les formes verbales sont les mêmes qu'au présent de l'indicatif sauf :
  – pour les verbes en *-er* ;
  Ex. : *chanter* : chante, chantons, chantez (*à l'indicatif* : tu chantes).
  – pour les autres verbes dont le présent est en -e.
  Ex. : *cueillir* : cueille, cueillons, cueillez (*à l'indicatif* : tu cueilles).
- Certains verbes sont irréguliers.
  Ex. : *savoir* : sache ; *aller* : va.

À savoir

Les personnes à l'impératif

L'impératif ne se conjugue qu'à **trois personnes** et **sans pronom** de conjugaison : la 2e personne du singulier (pense), la 1re personne du pluriel (pensons) et la 2e personne du pluriel (pensez).

Comment faire ?

Bien conjuguer le présent du subjonctif

→ Attention aux personnes du pluriel du présent du subjonctif ! On peut trouver ***ii*** *(que nous pariions)* **ou** ***yi*** *(que nous envoyions, que nous croyions)*, comme à l'imparfait de l'indicatif.

→ Attention aux verbes du 3e groupe ! Leur radical est bien différent parfois de celui de l'indicatif.

Ex. : *aller* : que j'aille ; *savoir* : que je sache ; *vouloir* : que je veuille ; *faire* : que je fasse…

Bien conjuguer à l'impératif

→ Attention au verbe *aller* à l'impératif : *va, allons, allez ; va-t-en ; vas-y.*

→ Attention à la négation à l'impératif : *ne pas courir, ne pas crier, ne pas cueillir…*

S'entraîner

QUIZ-TEST

Coche la (ou les) bonne(s) réponse(s).

1 Au présent du subjonctif, le verbe *avoir* se conjugue au singulier :

a) *que j'aie, que tu aies, qu'il ait.* ☐
b) *que j'ais, que tu ais, qu'il ait.* ☐
c) *que j'aie, que tu aies, qu'il aie.* ☐

2 Le (ou les) verbe(s) à l'impératif sont :

a) *cours.* ☐
b) *prends.* ☐
c) *cueille.* ☐

3 ★ Former le subjonctif

Écris les verbes au subjonctif.

a) donner : il faut que je ……
b) dire : il faut que tu ……
c) voir : il faut qu'il ……
d) être : il faut que nous ……
e) prendre : il faut que vous ……
f) aller : il faut qu'ils ……

4 ★★ Le pluriel du présent du subjonctif

Écris les verbes à la 1re personne du pluriel de l'imparfait de l'indicatif et du présent du subjonctif.

infinitif	imparfait de l'indicatif	présent du subjonctif
a) avouer	……	……
b) gagner	……	……
c) oublier	……	……
d) payer	……	……

Que remarques-tu ?

……

5 ★★ Présent de l'indicatif et du subjonctif

Complète le tableau suivant.

infinitif	présent de l'indicatif	présent du subjonctif
a) rougir	ils ……	qu'ils ……
b) plier	nous ……	que nous ……
c) revenir	tu ……	que tu ……
d) briller	nous ……	que nous ……
e) prendre	il ……	qu'il ……

6 ★ Présent du subjonctif

Écris au présent du subjonctif les verbes entre parenthèses.

a) Il est important que vous (*être*) …… là le jour de la fête du collège.

b) Mes parents voudraient que nous (*organiser*) …… un goûter pour l'anniversaire de Marie.

c) Je veux que tu (*faire*) …… ton lit avant de partir à l'école.

d) Il faut que tu …… (*venir*) me voir.

e) Tom aimerait que nous …… (*connaître*) notre rôle par cœur.

f) Que Jérémy …… (*être*) en retard n'est une surprise pour personne !

g) Si tu veux que nous …… (*avoir*) le bus de 16h30, il faut que nous …… (*se dépêcher*) !

7 ★ Présent de l'impératif

Mets les verbes suivants au présent de l'impératif à la 2e personne du singulier.

a) prendre ……
b) continuer ……
c) écrire ……
d) venir ……
e) lire ……
f) courir ……
g) chanter ……
h) applaudir ……

8 ★★ Mode et temps

Donne le mode et le temps des formes verbales suivantes.

a) que tu saches ……
b) je serai ……
c) je saurais ……
d) écoute ……

19 Les temps composés de l'indicatif

Voir aussi dictée p. 253

Retiens l'essentiel

1 La formation des temps composés de l'indicatif

Les temps composés de l'indicatif se forment à l'aide de l'**auxiliaire** (*avoir* ou *être*) et du **participe passé**. À chaque temps simple correspond un temps composé : l'auxiliaire se met au temps simple correspondant.

2 Les temps composés de l'indicatif

- présent → passé composé

Ex. : j'ai dansé, nous avons dansé, je suis allé(e), nous sommes allé(e)s.

- imparfait → plus-que-parfait

Ex. : j'avais dansé, nous avions dansé, j'étais allé(e), nous étions allé(e)s.

- passé simple → passé antérieur

Ex. : j'eus dansé, nous eûmes dansé, je fus allé(e), nous fûmes allé(e)s.

- futur → futur antérieur

Ex. : j'aurai dansé, nous aurons dansé, je serai allé(e), nous serons allé(e)s.

3 À la voix passive

Au passif, le verbe conjugué à un temps composé est en trois parties.

Ex. : elle a été entendue (*passé composé*) ; elle avait été entendue (*plus-que-parfait*) ; elle eut été entendue (*passé antérieur*) ; elle aura été entendue (*futur antérieur*).

4 Le participe passé

- **Auxiliaires** : *avoir* → **eu** (*Ex.* : j'ai eu) ; *être* → **été** (*Ex.* : j'ai été).
- **Verbes en *-er*** (1er groupe) : participe passé en **-é**. *Ex.* : parler → parl**é**.
- **Autres verbes** (2e et 3e groupes) : pour connaître la dernière lettre du participe passé, il suffit de le mettre au féminin.

Ex. : faire : elle est fai**te** → fai**t** ; prendre : elle est pri**se** → pri**s** ; partir : elle est parti**e** → parti ; saisir (2e groupe) : elle est saisi**e** → saisi.

À savoir — Présent et passé du conditionnel

Le conditionnel présent des auxiliaires permet de former le conditionnel passé.
Ex. : j'aurais aimé, je serais allé(e).

⚠ L'accord du participe passé

- Lorsque le verbe se conjugue avec l'**auxiliaire *avoir***, le participe passé ne s'accorde pas avec le sujet.
- Mais lorsque le verbe se conjugue avec l'**auxiliaire *être***, le participe passé s'accorde en genre et en nombre avec le sujet (voir leçon 10).

Ex. : Elles **sont** venu**es** et elles **ont** chant**é**.

Comment faire ?

Repérer la voix et le temps d'un verbe

Ex. : Il a mangé.
- Il a mangé par ~~quelqu'un~~ → impossible.

Donc le verbe est à la voix active.
- Je regarde tout le verbe pour identifier le temps : a mangé → passé composé.
- Conclusion : le verbe « a mangé » est au passé composé actif.

Ex. : Il est mangé.
- Il est mangé par quelqu'un → possible.

Donc le verbe est à la voix passive.
- Je ne regarde que l'auxiliaire pour identifier le temps : est → présent.
- Conclusion : le verbe « est mangé » est au présent passif.

Corrigés → livret, p. 12

S'entraîner

QUIZ-TEST

Coche la (ou les) bonne(s) réponse(s).

1 Le verbe *eurent apprécié* est :

a) au plus-que-parfait de l'indicatif. ☐
b) au passé antérieur de l'indicatif. ☐
c) au passé simple de l'indicatif. ☐

2 Le verbe *avaient été appréciés* est :

a) au plus-que-parfait de l'indicatif. ☐
b) à l'imparfait de l'indicatif. ☐
c) à la voix passive. ☐

3 ★ Passé composé

Récris au passé composé les phrases suivantes.

a) Lancelot n'hésita pas à affronter les plus terribles dangers. ....

....

b) L'enfant descendit l'escalier en glissant sur la rampe.

....

c) Madame Rose alla prendre son petit déjeuner, puis remonta dans sa chambre. ....

....

d) Le docteur Lenoir ouvrit la porte du bureau.

....

4 ★★ Participe passé

Donne au masculin singulier le participe passé des verbes suivants.

a) grandir ....
b) prédire ....
c) vouloir ....
d) faire ....
e) asseoir ....

5 ★ Identifier un temps composé

Indique le temps des verbes suivants.

a) j'avais voulu ....
b) ils eurent accepté ....
c) tu seras revenu ....
d) vous avez recommencé ....

6 ★★ Temps composés

Donne la forme verbale correspondant aux indications entre parenthèses.

a) comprendre (*passé antérieur, 3e personne du singulier*) ....

b) rester (*futur antérieur, 2e personne du pluriel*)

....

c) voir (*plus-que-parfait, 1re personne du pluriel*)

....

d) revenir (*passé composé, 3e personne du pluriel*)

....

7 ★★ Voix passive

Écris les phrases suivantes au passif.

a) Le jardinier avait ramassé les feuilles mortes.

....

b) Le Petit Chaperon Rouge a préparé cette galette.

....

c) Le cyclone aura arraché les toits mal fixés.

....

8 ★★★ Voix et temps

À quelle voix et à quel temps sont ces verbes ?

a) il est récompensé ....
b) il avait chanté ....
c) il eut été entendu ....
d) il eut choisi ....
e) il a été démonté ....

20 Les verbes : les terminaisons à distinguer

Retiens l'essentiel

1 Imparfait ou passé simple : *-ais* ou *-ai* ?

Il ne faut pas confondre la 1re personne du singulier au passé simple et la 1re personne du singulier à l'imparfait.

Ex. : je portai *(passé simple)* ↑ je portais *(imparfait)*

Pour éviter la confusion, il faut mettre la phrase à la 3e personne du singulier.

Ex. : Chaque semaine, je portais (il portait) une galette à ma grand-mère.
Un jour, je portai (il porta) une galette et je rencontrai (il rencontra) le loup.

2 Futur ou présent du conditionnel : *-rai* ou *-rais* ?

Le futur et le conditionnel se prononcent de façon identique (ou très proche) à la 1re personne du singulier. Pour choisir entre *-ai* et *-ais*, il faut mettre le verbe à la 3e personne du singulier.

Ex. : Je vous assure que je viendrai vous applaudir. (Je vous assure qu'il viendra...).
Si j'avais un billet, je viendrais. (S'il avait un billet, il viendrait.).

3 Participe passé ou infinitif : -é ou *-er* ?

Pour distinguer le **participe passé en *-é*** et **le verbe à l'infinitif en *-er***, il faut remplacer le verbe par un verbe du 3e groupe : *prendre/pris, vendre/vendu, mordre/mordu.*

Pour être efficace, il faut toujours utiliser le même verbe du 3e groupe.

Ex. : J'ai regardé (~~*prendre*~~/*pris*) un film. Je vais regarder (*prendre*/~~*pris*~~) un film.

4 Participe passé ou verbe conjugué : *-i, -is, -it/-u, -us, -ut*

Pour savoir si le verbe est conjugué ou s'il s'agit d'un participe, on peut le mettre au futur simple.

Ex. : Il finit (*finira*) son exercice. Il a fini (~~*finira*~~) son exercice.

À savoir

Passé simple en *-ai*

Seuls les verbes en *-er* ont la 1re personne du passé simple en *-ai*.

Ex. : je nageai, j'allai, je finis, je pris, je voulus, je vins.

Accord de l'infinitif et du participe passé

Le verbe à l'infinitif est invariable mais le participe passé, lui, peut s'accorder.

Ex. : il/elle va se lever ; il s'est levé, elle s'est levée.

Comment faire ?

▸ Bien distinguer participe passé et verbe conjugué

→ Le participe passé se comporte comme un adjectif, il prend un *-e* au féminin et un *-s* au pluriel.

Ex. : pris/prise/prises ; écrit/écrite/écrits/écrites

Comme pour l'adjectif, il faut regarder à quel mot il se rapporte.

→ Le verbe conjugué varie selon la personne ; il faut chercher son sujet.

Ex. : je parle, tu parles ; j'écris, il écrit.

▸ Résoudre un problème d'orthographe concernant un verbe

Pour bien écrire la terminaison d'un verbe, il est souvent utile de le remplacer par :

→ une autre personne :

Ex. : Je me levais (*il se levait*) quand...
Soudain, je me levai (*il se leva*).

→ un autre temps :

Ex. : il comprit (*comprendra*)/il a compris (*il a* ~~*comprendra*~~).

→ un autre verbe :

Ex. : il va se promener *(il va prendre)*/il s'est promené *(il s'est* ~~*prendre*~~*)*.

S'entraîner

Corrigés → livret, p. 12

QUIZ-TEST

Coche la (ou les) bonne(s) réponse(s).

1 La (ou les) phrase(s) correctement orthographiée(s) est (sont) :

a) J'ouvris la porte et m'avançais dans le couloir. ☐

b) Je voudrais deux croissants, s'il vous plaît. ☐

c) Je rangerai ma chambre demain. ☐

2 La (ou les) phrase(s) correctement orthographiée(s) est (sont) :

a) Tu m'as dit que tu viendrais. ☐

b) J'ai acheté un poisson rouge et je vais le dressé. ☐

c) Valentin crut qu'un vaisseau s'était poser. ☐

3 ★ Imparfait et passé simple

Conjugue les verbes à la 1re et à la 3e personne du singulier de l'imparfait et du passé simple.

	imparfait		passé simple	
infinitif	1re pers.	3e pers.	1re pers.	3e pers.
a) poser	....	....	....	....
b) jouer	....	....	....	....
c) trier	....	....	....	....

4 ★ Futur et présent du conditionnel

Conjugue les verbes à la 1re et à la 3e personne du singulier du futur et du présent du conditionnel.

	futur		présent du conditionnel	
infinitif	1re pers.	3e pers.	1re pers.	3e pers.
a) donner	....	....	....	....
b) employer	....	....	....	....
c) louer	....	....	....	....
d) plier	....	....	....	....

5 ★ Changer de personne

Écris les phrases à la 1re personne du singulier sans changer le temps du verbe.

a) Jules rentrait chez lui quand il tomba nez à nez avec un extraterrestre.

....

b) Comme Andréa se préparait à sortir, elle pensa soudain qu'elle oubliait son cahier de maths.

....

....

6 ★★ Imparfait ou passé simple ?

Choisis la bonne terminaison pour le verbe selon qu'il est au passé simple ou à l'imparfait.

a) Dans mon rêve, j'étais un chevalier ; je m'appel...... Lancelot et je mont...... un magnifique cheval.

b) Le cheval me jeta à terre ; je bouge...... un bras ; j'agit...... mes doigts de pied. Tout allait bien !

7 ★★ Futur ou présent du conditionnel ?

Choisis la bonne terminaison selon que le verbe est au futur simple ou au conditionnel présent.

a) J'aimer...... beaucoup vous aider mais je ne ser...... pas là demain.

b) Je ne déménager...... certainement pas avant juillet.

c) Je voudr...... un pull qui aille avec ce pantalon.

8 ★ Participe passé ou verbe conjugué ?

Souligne les participes passés.

a) Tu tiens mal ton stylo quand tu écris.

b) Adrien est parti en claquant la porte.

c) Emma voulut rejoindre ses camarades.

d) Line aurait bien voulu nous accompagner.

9 ★★★ Participe passé ou verbe conjugué ?

Complète les phrases avec les formes verbales suivantes.

écris – écrit – écrits – relu – relus

a) As-tu .... ton devoir avant de le rendre ?

b) J'................ un message à Caroline.

c) Tu avais .... ton nom sur ton dessin.

d) Je .... les messages .... rapidement.

21 Les types de textes et les genres littéraires

Retiens l'essentiel

1 Les différents types de textes

- Un **texte narratif** raconte une histoire réelle ou imaginaire. Dans un texte narratif, il se passe quelque chose.
- Un **texte descriptif** décrit un paysage, un objet, un animal, une personne. Le texte descriptif est comme un arrêt sur image.
- Un **texte explicatif** donne des informations. Il peut s'agir d'une recette, d'un mode d'emploi, d'un article d'encyclopédie....
- Un **texte argumentatif** cherche à faire partager une opinion.

2 Les œuvres littéraires narratives

- **Le conte** est un récit court qui exprime une morale. On y rencontre des personnages et des événements merveilleux.
- **La fable** est un court récit en vers. Comme le conte, elle transmet une leçon.
- **Le roman** est un long récit qui raconte une histoire plus ou moins imaginaire. Les personnages ont une psychologie et ressemblent à des personnes réelles.
- **La nouvelle** est un roman très court.

3 La poésie

- Un poème touche le lecteur en employant la langue de façon particulière.
- Dans la poésie traditionnelle, les textes sont en vers et obéissent à des règles particulières : longueur des vers, types de rimes...
- Aujourd'hui, les poètes sont libres de faire ce qu'ils veulent avec les mots. On rencontre des poèmes en **vers libres** ou des **poèmes en prose** (pas de vers).

4 Le théâtre

Les pièces de théâtre sont destinées à être jouées devant un public par des comédiens. Le texte a une forme particulière : les **répliques** (paroles) sont précédées par le nom du personnage qui les prononce. Les **didascalies** (indications destinées à la mise en scène) sont en italique.

Ex. : SCAPIN *se mettant à genoux* : Monsieur !

Diversité des textes

Dans un même genre littéraire, on peut rencontrer des types de textes différents. Le roman, par exemple, associe souvent passages narratifs et passages descriptifs.

À savoir — La comédie

La **comédie** est un sous-genre théâtral qui dénonce des comportements et des caractères en faisant rire. **Molière**, au XVIIe siècle, a écrit des comédies qui sont toujours jouées : *Les Fourberies de Scapin*, *Le Malade imaginaire*...

À savoir — L'argumentation

Le **texte argumentatif** présente un raisonnement et des arguments pour convaincre.

Comment faire ?

Comprendre la situation de communication

On distingue :

→ celui qui parle, qui écrit : c'est le **locuteur**, l'**auteur**, le **narrateur** ;

→ celui qui écoute, qui reçoit le message, qui lit le texte : c'est l'**auditeur**, le **destinataire**, le **lecteur**.

Analyser un texte narratif

→ Le récit peut être à la 1re ou à la 3e personne.

→ Le texte progresse : c'est le schéma narratif (voir leçon 25).

Étudier un dialogue

→ Les personnages sont-ils en accord ou en opposition ? Comment se manifeste cette entente (ou cette opposition) ?

→ Y a-t-il un personnage qui mène le dialogue (qui interroge, ordonne...) et un personnage qui se contente de répondre ?

Corrigés → livret, p. 13

S'entraîner

QUIZ-TEST

Coche la (ou les) bonne(s) réponse(s).

1 Un texte qui défend une opinion est :

a) explicatif. .... ☐
b) argumentatif. .... ☐
c) défensif. .... ☐

2 La fable est un texte :

a) narratif. .... ☐
b) argumentatif. .... ☐
c) poétique. .... ☐

3 ★ Les types de textes

Reconstitue les trois textes.

- Texte narratif : phrases ....
- Texte descriptif : phrases ....
- Texte argumentatif : phrases ....

Phrases 1 de chaque texte :

a) Là ondulaient les magnifiques épis d'un blé très haut sur tige, très long de chaume ; là s'étendaient quelques plantations de ce « Koukouroutz », qui est le maïs du pays.

b) Frik retourna sa lunette, et, après en avoir frotté les verres avec sa manche, il la remit à son œil.

c) Dans tout ce que je viens d'entendre, il n'y a rien, je le répète, qui ne soit très simple.

Phrases 2 de chaque texte :

d) C'était bien une fumée qui se déroulait à la pointe du donjon.

e) Le chemin conduisait à la lisière d'une forêt de pins et de sapins, aux dessous frais et sombres.

f) Ce qui n'est pas douteux pour moi, c'est que le château des Carpathes est maintenant occupé.

Phrases 3 de chaque texte :

g) Plus bas, la Sil promenait son cours lumineux, filtré par le cailloutis du fond.

h) Par qui ?...

i) Elle montait droit dans l'air calme, et son panache se confondait avec les hautes vapeurs.

Phrases 4 (deux textes) :

j) Frik, immobile, ne parlait plus.

k) Je l'ignore.

Phrases 5 (deux textes) :

l) [...] Soudain, il rabaissa la lunette, et, portant la main au bissac qui pendait sous son sayon : « Combien votre tuyau ? » demanda-t-il.

m) En tout cas, ce ne sont point des esprits, ce sont des gens qui ont intérêt à se cacher, après y avoir cherché refuge... sans doute des malfaiteurs...

Toutes ces phrases sont extraites du roman de Jules Verne, *Le Château des Carpathes*.

4 ★★ Étudier un texte

Le texte qui suit est extrait de la comédie de Molière, *Les Fourberies de Scapin*. Lis attentivement ce passage, puis réponds aux questions.

Octave : Ah ! fâcheuses nouvelles pour un cœur amoureux ! Dures extrémités où je me vois réduit ! Tu viens, Sylvestre, d'apprendre au port que mon père revient ?

Sylvestre : Oui.

Octave : Qu'il arrive ce matin même ?

Sylvestre : Ce matin même.

Octave : Et qu'il revient dans la résolution de me marier ?

Sylvestre : Oui.

Octave : Avec une fille du seigneur Géronte ?

Sylvestre : Du seigneur Géronte.

Octave : Et que cette fille est mandée de Tarente ici pour cela ?

Sylvestre : Oui.

Octave : Et tu tiens ces nouvelles de mon oncle ?

Sylvestre : De votre oncle.

Octave : À qui mon père les a mandées par une lettre ?

Sylvestre : Par une lettre.

Octave : Et cet oncle, dis-tu, sait toutes nos affaires ?

Sylvestre : Toutes nos affaires.

Octave : Ah ! parle si tu veux, et ne te fais point de la sorte arracher les mots de la bouche.

Molière, *Les Fourberies de Scapin* (I, 1).

a) En étudiant les signes de ponctuation utilisés par Octave puis par Sylvestre, montre l'opposition entre les deux personnages.

....

b) Montre qu'Octave et son valet Sylvestre sont bien des personnages de comédie.

....

....

22 Comprendre et analyser un texte et une image

Retiens l'essentiel

1 Identifier le type de texte

▸ Texte littéraire et texte non littéraire

Les textes littéraires montrent un véritable travail sur le langage ; les écrivains cherchent à provoquer une émotion chez leurs lecteurs.

Les textes de la vie courante dont le but est utilitaire ne sont pas des textes littéraires.

▸ Les genres et les types de textes

Voir page 48.

2 Les différentes images

▸ On distingue l'**image fixe** de l'**image mobile** (le cinéma). Les images fixes peuvent être : un tableau (huile, pastel, collage...), une gravure, une photographie (noir et blanc ou couleur).

▸ Les images peuvent être en relation avec un texte : l'adaptation d'un roman au cinéma, l'illustration d'un texte, une bande dessinée...

3 L'explicite et l'implicite

▸ Les **informations explicites** sont celles que l'on peut comprendre immédiatement : les noms des personnages, ce qu'ils font...

▸ Les **informations implicites** sont celles que l'on doit déduire de la lecture du texte : les sentiments d'un personnage, les intentions de l'auteur...

Ex. : « Tu as des yeux magnifiques ! » dit Maxime à Inès. *(Informations explicites : le nom des deux personnages ; information implicite : Maxime est amoureux d'Inès).*

À savoir

Les caractéristiques d'une image

Pour étudier une image, il faut s'interroger sur les **différents plans** (premier, second, arrière), sur ce qui attire notre regard (comment et pourquoi ?), le choix des **couleurs** (contrastées ou toutes en nuances), des **lignes** (courbes ou droites), les **effets de symétrie**...
Il faut aussi situer l'image dans son **contexte** (époque du tableau, de la photographie).

Comment faire ?

▸ Comprendre un texte et une image

→ En premier lieu, il faut dégager les informations explicites : qui sont les personnages, que font-ils ? où et quand se situe la scène racontée ou représentée ?

→ Il faut ensuite approfondir l'étude et dégager les informations implicites : quelle impression se dégage du texte ou de l'image ? qu'a voulu faire l'auteur (le peintre, le photographe) ?

▸ Répondre à l'écrit à une question sur un texte ou sur une image

À l'écrit, il faut soigneusement rédiger la réponse à la question posée :

– en reprenant les mots de la question dans la première phrase de la réponse ;

Ex. : Que représente la gravure ? La gravure représente...

– quand il s'agit d'une question sur un texte, en justifiant la réponse par des citations et en plaçant chaque citation entre guillemets.

Corrigés → livret, p. 13

S'entraîner

QUIZ-TEST

Coche la (ou les) bonne(s) réponse(s).

1 Les informations explicites :

a) sont sous-entendues. ☐
b) sont clairement exprimées. ☐
c) sont à deviner. ☐

2 Une réponse à une question sur un texte peut commencer par :

a) le pronom *il*. ☐
b) la conjonction *parce que*. ☐
c) la reprise des mots de la question. ☐

LE RENARD ET LE BOUC

Capitaine Renard allait de compagnie
Avec son ami Bouc des plus hauts encornés :
Celui-ci ne voyait pas plus loin que son nez ;
L'autre était passé maître en fait de tromperie.
La soif les obligea de descendre en un puits :
Là chacun d'eux se désaltère.
Après qu'abondamment tous deux en eurent pris,
Le Renard dit au Bouc : « Que ferons-nous, compère ?
Ce n'est pas tout de boire, il faut sortir d'ici.
Lève tes pieds en haut, et tes cornes aussi ;
Mets-les contre le mur : le long de ton échine
Je grimperai premièrement ;
Puis sur tes cornes m'élevant,
À l'aide de cette machine[1],
De ce lieu-ci je sortirai,
Après quoi je t'en tirerai.
– Par ma barbe, dit l'autre, il est bon ; et je loue
Les gens bien sensés comme toi.
Je n'aurais jamais, quant à moi,
Trouvé ce secret, je l'avoue. »
Le Renard sort du puits, laisse son compagnon,
Et vous lui fait un beau sermon.
Pour l'exhorter à patience[2].
« Si le ciel t'eût, dit-il, donné par excellence[3]
Autant de jugement que de barbe au menton,
Tu n'aurais pas, à la légère,
Descendu dans ce puits. Or adieu : j'en suis hors ;
Tâche de t'en tirer, et fais tous tes efforts ;
Car pour moi, j'ai certaine affaire[4]
Qui ne me permet pas d'arrêter en chemin. »
En toute chose il faut considérer la fin.

La Fontaine, *Le Renard et le Bouc.*

(1) à l'aide de cette machine : grâce à cette machination, à cette invention.
(2) exhorter à patience : inciter à être patient.
(3) par excellence : heureusement pour toi.
(4) certaine affaire : une occupation quelconque.

3 ★★ Le genre

En t'aidant de la leçon 21, indique en quoi on peut dire que ce texte est une fable.

....

....

4 ★ Le plan de la fable

Pour constituer le plan de la fable, remets dans le bon ordre les éléments suivants, et complète les numéros des vers.

a) Vers .... à .... : la solution du Renard et l'approbation du Bouc. ....

b) Vers .... à .... : présentation des deux personnages. ....

c) Vers .... : la morale. ....

d) Vers .... à .... : le départ du Renard. ....

e) Vers .... à .... : le problème qui se pose aux deux personnages. ....

5 ★★ Étudier une image

Quel passage de la fable cette image illustre-t-elle ?

Le Renard et Le Bouc, gravure de Gustave Doré, 1866.

....

23 S'exprimer correctement

Retiens l'essentiel

1 La phrase correcte

Une phrase correcte est une phrase qui respecte les codes de la langue (place des mots, construction...). Elle est compréhensible mais peut être absurde.

Ex. : Je lui les brocolis. *(phrase incorrecte et incompréhensible)*
Je des brocolis mange. (phrase incorrecte mais compréhensible)
Je mange des brocolis. (phrase correcte et compréhensible)
Les brocolis me mangent. (phrase correcte, compréhensible mais absurde)

2 La différence entre l'oral et l'écrit

expression orale	expression écrite
Je peux hésiter. *Ex.* : Tom mange un croissant ; non, c'est une brioche.	J'écris une phrase achevée. *Ex.* : Tom mange une brioche.
J'utilise des phrases non verbales. *Ex.* : Oui, d'accord.	Je privilégie les phrases verbales. *Ex.* : Je suis d'accord.
J'utilise le niveau de langue **familier** quand je m'adresse à des camarades et **courant** quand je parle à un adulte. *Ex.* : Tom aurait pas une calculatrice à me prêter ? *(familier)* *Ex.* : Est-ce que Tom aurait une calculatrice à me prêter ? *(courant)*	J'utilise les niveaux de langue courant ou soutenu. *Ex.* : Est-ce que vous pourriez m'envoyer des documents sur votre région ? *(courant)* *Ex.* : Pourriez-vous m'envoyer des documents sur votre région ? *(soutenu)*

À savoir

Phrase minimale ou enrichie

Les phrases correctes peuvent être minimales ou enrichies. Pour développer une phrase minimale, on étoffe les **groupes nominaux** et on ajoute des **compléments circonstanciels**.

Ex. : Mon chat mange ses croquettes. → Mon petit chat roux mange chaque soir ses délicieuses croquettes.

Comment faire ?

▸ Écrire une phrase interrogative correcte

Il faut veiller à l'inversion du sujet.

Ex. : Pourquoi lis-tu ce livre ?
Pourquoi prend-il ce bus ?
Pourquoi consulte-t-il ce site ? *(On ajoute « -t- » pour faciliter la liaison.)*

▸ Écrire une phrase négative correcte

La négation est double.

Ex. : Je ne crois pas. Je ne viendrai plus.
Je ne mange jamais de brocolis.
Personne n'est venu. Rien n'a été oublié.
Aucun élève n'est absent.

▸ Préparer un exposé

1. Effectuer les recherches et bâtir le plan de l'exposé.
2. Choisir les documents que l'on va montrer : images, extrait de film, *power-point*...
3. Noter en style télégraphique et en aérant la présentation ce que l'on va dire. Comme l'exposé ne doit pas être lu, il ne faut pas le rédiger.
4. S'entraîner à parler et à faire des phrases à partir des notes.

Corrigés → livret, p. 13

S'entraîner

QUIZ-TEST

Coche la (ou les) bonne(s) réponse(s).

1 Les phrases correctes et sensées sont :

a) Toi venir m'aider. ☐
b) Nous allons au bord de la mer. ☐
c) Les montagnes marchent vers nous. ☐

2 Les phrases interrogatives correctes sont :

a) Nous parlera-il de son voyage ? ☐
b) Comment fais-tu ce gâteau ? ☐
c) Pourquoi ne répond-il pas ? ☐

3 ★ Faire une phrase correcte : le bon ordre

Corrige les phrases en mettant les mots dans le bon ordre.

a) ma souris ne pas marche.

....

b) j'ai de mon clavier une touche bloqué.

....

c) des correctes phrases employer de se faire comprendre permet facilement.

....

4 ★★ Dire et écrire une phrase correcte

Ajoute les mots qui manquent et réécris les phrases correctement.

a) Voyage très long j' effectué pour ici venir.

....

b) Moi reportage sur collège français pour journal jeunes de chez nous.

....

c) Jeunes de planète de moi très envie de communiquer avec jeunes ici.

....

d) Vous pensez que ce possible être ?

....

5 ★★ Écrire une phrase interrogative

Écris les phrases interrogatives en mettant au présent le verbe en rouge.

a) Pourquoi ton frère **participer** à cette course ?

....

b) Quand **venir** tu nous voir ?

....

c) Que **se passer** il ici ?

....

d) **Comprendre** il la leçon ?

....

6 ★★★ Écrire une phrase négative

Mets les phrases suivantes à la forme négative.

a) Je lis toujours avant de m'endormir.

....

b) Quelqu'un a sonné à la porte.

....

c) Je suis déjà allé à Londres.

....

d) Sonner avant d'entrer.

....

e) Sonnez avant d'entrer.

....

f) Tout est permis.

....

7 ★★ Présenter un exposé

Entraîne-toi oralement à dire des phrases à partir des notes suivantes.

– Molière (1622-1673) à Paris
– Comédien, directeur de troupe et auteur de comédies
– Vrai nom : Jean-Baptiste Poquelin
– Fils d'un tapissier du roi (= décorateur)
– Aime le théâtre depuis tout petit

24 Comprendre et utiliser la ponctuation

Retiens l'essentiel

1 Les signes de ponctuation en fin de phrase

- **Le point (.)**

Ex. : La nuit tombe. Il faut rentrer.

- **Le point d'interrogation (?)**

Ex. : À quelle heure le Soleil se couche-t-il ?

- **Le point d'exclamation (!)**

Ex. : Comme il patine bien !

- **Les points de suspension (...).**

Ex. : Il parle l'anglais, le français, l'allemand, le russe...

2 Les signes de ponctuation à l'intérieur de la phrase

- **Le point-virgule (;)** : il marque une pause importante à l'intérieur de la phrase ; on peut presque toujours le remplacer par un point.

Ex. : La nuit tombe ; il faut rentrer.

- **Les deux-points (:)** : ils introduisent des explications, des précisions...

Ex. : Ils ont trois enfants : Jean-Baptiste, Maxime et Alexandra.

- **La virgule (,)** : elle marque une pause légère entre deux éléments.

Ex. : Jules Verne, un écrivain du XIXe siècle, a écrit des romans d'aventure.

3 Les signes marquant les répliques dans un dialogue

Pour ne pas confondre parole et récit, il est indispensable de signaler les répliques par des signes de ponctuation.

- **Les deux-points (:)** introduisent la réplique.
- **Les guillemets (« » ou " ")** encadrent la réplique.
- **Le tiret (–)** se place au début de la ligne, avant la réplique.

Mot-clé

La ponctuation

La ponctuation exprime à l'écrit les **pauses** et les **intonations** de l'oral ; elle est porteuse d'un véritable sens comme le montrent les deux exemples suivants.

Ex. : Venez manger, les enfants !
Venez manger les enfants !

Ponctuation et majuscule

Les signes de ponctuation en **fin de phrase** marquent une pause importante dans un texte. Ils sont suivis d'une **majuscule**.

Comment faire ?

Écrire une proposition introductrice

→ Pour insérer une réplique ou tout un dialogue dans un récit, il est nécessaire d'utiliser une proposition introductrice.
→ Cette proposition peut être placée avant la réplique ; elle est alors suivie de deux-points.

Ex. : L'inspecteur demanda : « Que faisiez-vous hier soir à huit heures ? »

→ Cette proposition peut être placée au milieu ou à la fin de la réplique ; le sujet est alors inversé, et la proposition est détachée de la réplique par une ou deux virgules, c'est la **proposition incise**.

Ex. : – Je suis contente de vous voir, dit-elle, je vous attendais.

Ponctuer le discours direct

Le plus simple est d'utiliser les guillemets quand il n'y a qu'une seule parole

Ex. : Il demanda : « Qui es-tu ? »

et de recourir aux tirets en allant à la ligne lorsqu'il s'agit de plusieurs répliques.

Ex. : – Qui es-tu ? demanda-t-il.
– Je suis Perceval, répondit le chevalier.

Corrigés → livret, p. 13

S'entraîner

QUIZ-TEST

Coche la (ou les) bonne(s) réponse(s).

1 Dans la phrase « Depuis ce matin ◯ je me demande ce qui se passe ◯ », il manque :

a) une virgule et un point d'interrogation. ...... ☐
b) une virgule et un point. .... ☐
c) un point-virgule et un point. .... ☐

2 Le (ou les) passage(s) correct(s) est (sont) :

a) Romane répéta : « Je n'y suis pour rien ! » ☐
b) – Je n'y suis pour rien : répéta Romane ! .... ☐
c) – Je n'y suis pour rien ! répéta Romane. ..... ☐

3 ★ Le point ou le point d'interrogation

Dans les phrases suivantes, complète les cases avec un point ou un point d'interrogation.

a) Les chevaux, les moutons, les chèvres, les vaches sont des herbivores ☐

b) Pourquoi n'allons-nous pas en Angleterre avec nos cousins cet été ☐

c) Je me demande quand aura lieu sa fête ☐

d) Savez-vous qui a remporté le concours de dessin organisé par le collège ☐

4 ★★ Les différents points et la virgule

Complète si nécessaire, les cases avec le signe de ponctuation qui convient.

a) a ☐ e ☐ i ☐ o ☐ u ☐ y sont les voyelles ☐

b) Veux-tu que nous rapportions du marché des pommes ☐ des poires et des bananes ☐

c) Le Petit Chaperon Rouge s'enfonça dans les bois ☐ le loup ricanait derrière un arbre ☐

d) Hugo a écrit ☐ *Les Misérables* ☐

e) Dès que le Soleil sera couché ☐ nous allumerons notre feu de camp ☐

5 ★★★ Penser à mettre les points

Dans le texte suivant, on a oublié les points. Ajoute-les ainsi que les majuscules.

Leurs yeux ne pouvaient percer l'épais brouillard qui s'amoncelait sous la nacelle autour d'eux, tout était brume telle était même l'opacité des nuages, qu'ils n'auraient pu dire s'il faisait jour ou nuit [...] leur rapide descente avait seule pu leur donner connaissance des dangers qu'ils couraient au-dessus des flots

L'Île mystérieuse, Jules Verne.

6 ★★ Identifier les répliques

Charles Perrault, auteur du XVIIe siècle, ne signale pas ses répliques comme on doit le faire à notre époque. Dans le texte suivant, souligne en bleu les répliques et en rouge les éléments du récit.

Barbe Bleue revient de voyage et demande à sa femme de lui rendre ses clés, dont celles du cabinet interdit.

Le lendemain, il lui redemanda les clés, et elles les lui donna mais d'une main si tremblante, qu'il devina sans peine tout ce qui s'était passé. D'où vient, lui-dit-il, que la clé du cabinet n'est point avec les autres ? Il faut, dit-elle, que je l'aie laissée là-haut sur ma table. Ne manquez pas, dit la Barbe Bleue, de me la donner tantôt. Après plusieurs remises, il fallut apporter la clé. La Barbe Bleue, l'ayant considérée, dit à sa femme : Pourquoi y a-t-il du sang sur cette clé ?

Charles Perrault, *« Barbe Bleue », in Contes de ma mère l'Oye.*

7 ★★ La proposition incise

Récris le dialogue suivant en insérant au bon endroit, au cours de la réplique, une proposition incise obtenue à partir de la proposition indiquée entre crochets.

– Le Capitaine Nemo n'apparaît pas au début de *L'Île mystérieuse ;* on ne le découvre qu'à la fin. [Alexandra dit]

....

– C'est exact, mais il a tout de même une réelle importance. [le professeur reprit]

....

– Une importance aussi grande que dans *Vingt mille lieues sous les mers ?* Ce sont tout de même les naufragés qui sont les héros ? [la jeune fille interrogea]

....

25 Étudier et composer un récit au passé

Retiens l'essentiel

1 La progression de l'histoire : le schéma narratif

▶ Un récit – ou texte narratif – raconte une histoire. À la différence du texte descriptif, le texte narratif suppose qu'un certain temps s'écoule.

▶ Un **récit** complet et simple suit en général un plan en cinq étapes appelé **schéma narratif** :
– la **situation initiale** est stable ;
– l'**élément perturbateur** ou **déclencheur** vient briser l'équilibre de la situation initiale et provoquer des événements qui vont s'enchaîner ;
– les **péripéties** sont les actions qui se succèdent ;
– l'**élément de résolution** est l'événement qui va résoudre le problème ;
– la **situation finale** est la situation des personnages principaux à la fin de l'histoire ; elle introduit un nouvel équilibre.

2 La personne du récit

▶ Le récit peut être à la **3e personne** (il ou elle) ; l'histoire semble se raconter toute seule.

▶ Le récit peut être à la **1re personne** (je). Le ***je*** est le narrateur.

3 Les temps du récit au passé

▶ À l'écrit, les deux temps principaux du récit sont le passé simple et l'imparfait.
– Le **passé simple** exprime une action limitée dans le temps, de premier plan.
Ex. : Le téléphone sonna ; Tom bondit.
– L'**imparfait** exprime une action de second plan ou permet de décrire.
Ex. : Tom dormait quand le téléphone sonna. Il faisait nuit.
Il peut aussi exprimer une habitude, une action qui se répète.
Ex. : Je me levais tous les jours à sept heures.

▶ Le **plus-que-parfait** exprime une action antérieure à une autre action passée.
Ex. : Le loup avait déjà mangé le Petit Chaperon Rouge quand le chasseur arriva.

▶ Le **passé composé** est utilisé pour raconter à l'oral.
Ex. : Hier, nous sommes allés à la piscine.

Mots-clés

Histoire : succession d'événements réels ou fictifs.
Récit : histoire telle qu'elle est racontée.
Narrateur : personne, réelle ou fictive, qui compose le récit.

À savoir – Répliques dans un récit au passé

Dans un récit au passé, il ne faut pas mélanger le présent et le passé : seuls les verbes conjugués dans les répliques prononcées par les personnages peuvent être au présent.

À savoir – Vocabulaire

La valeur d'un mode ou d'un temps, c'est ce que ce mode ou ce temps exprime.

Comment faire ?

▶ **Étudier un récit**

→ Il faut montrer comment la situation finale répond au problème posé par la situation initiale.

→ Il faut étudier comment on passe de la situation initiale à la situation finale : il s'agit de dégager le plan du récit.

→ On peut aussi classer les personnages :
– personnages principaux et secondaires ;
– personnages qui aident le personnage principal ou lui font obstacle.

▶ **Rédiger un récit**

Pour rédiger un bon récit, il faut construire rigoureusement le plan (c'est-à-dire la progression) de l'histoire, et fixer avec précision le rôle et le caractère de chaque personnage.

Corrigés → livret, p. 14

S'entraîner

QUIZ-TEST

Coche la (ou les) bonne(s) réponse(s).

1 Dans le schéma narratif, l'élément déclencheur ou perturbateur :

a) introduit un déséquilibre dans la situation initiale. ☐
b) est un moment stable. ☐
c) résout le problème posé au début. ☐

2 Au passé, les principaux temps du récit écrit sont :

a) le passé composé et le plus-que-parfait. ☐
b) le passé composé et l'imparfait. ☐
c) le passé simple et l'imparfait. ☐

3 ★ Le schéma narratif

Relis la fable « Le Renard et le bouc » (page 51), puis dégage en une phrase les situations initiale et finale.

Situation initiale : ....

Situation finale : ....

4 ★ Conjuguer à l'imparfait

Récris à l'imparfait les verbes suivants.

a) je fais ....
b) nous balançons ....
c) ils sont ....

5 ★ Conjuguer au passé simple

Récris au passé simple les verbes suivants.

a) il prend ....
b) je me lève ....
c) ils jouent ....

6 ★★ Les valeurs des temps

Relie les valeurs données dans la colonne de gauche aux temps donnés dans celle de droite.

a) une action limitée dans le temps •	• 1. imparfait
b) une action antérieure à une autre action passée •	• 2. passé simple
c) description •	• 3. passé composé
d) récit oral •	• 4. plus-que-parfait
e) habitude •	

7 ★ Les valeurs de l'imparfait

Souligne dans l'extrait deux verbes à l'imparfait d'habitude.

Robinson Crusoé décide de sauver la cargaison de son bateau échoué.

J'avais alors le plus grand magasin d'objets de toutes sortes, qui, sans doute eût jamais été amassé par un seul homme, mais je n'étais pas satisfait encore ; je pensais que tant que le navire resterait à l'échouage, il était de mon devoir d'en retirer tout ce que je pourrais. Chaque jour, donc, j'allais à bord, à mer étale et je rapportais une chose ou une autre.

Daniel Defoe, *Robinson Crusoé*.

8 ★★ Imparfait ou passé simple ?

Entoure dans les parenthèses la forme verbale qui convient.

a) Il courut, (*heurta/heurtait*) une pierre et (*tomba/tombait*).

b) Dès qu'il faisait chaud, nous (*allâmes/allions*) nous promener le long de la rivière.

c) Comme prévu, le 10 octobre à midi, le navire (*quitta/quittait*) le port et (*se dirigea/se dirigeait*) vers la haute mer.

9 ★★★ Les temps du passé

Reconstitue les phrases en choisissant un élément dans chacune des trois colonnes.

a) Chaque hiver, •	• je •	• se leva tôt.
b) La veille, •	• elle •	• me suis levé tôt.
c) Demain, •	• nous •	• faisions du ski.
d) Cet hiver-là, •	• ils •	• avait préparé son sac.
e) Ce matin, •	• il •	• ne firent pas de ski.
f) Ce matin-là, •	• tu •	• viendras me voir.

26 Étudier et composer un dialogue

Rédiger un dialogue

Pour réussir un dialogue de forme théâtrale, il faut :
– éviter de multiplier le nombre de personnages ;
– éviter les conversations banales qui n'apprennent rien d'intéressant au lecteur et ne l'amusent pas.

À savoir — Thème et personnages

Pour étudier un dialogue, il faut dégager le thème de la discussion et voir quel personnage domine.

Retiens l'essentiel

Il existe trois manières principales de rapporter des répliques.

1 Le dialogue de forme théâtrale

La réplique est juste précédée du nom du personnage qui la prononce.

2 Le discours direct inséré dans le récit

À l'aide de la ponctuation (deux-points, tiret, guillemets), on peut insérer une ou plusieurs répliques dans un récit. Pour introduire la réplique, on utilise alors une proposition composée d'un verbe introducteur et de son sujet. Quand le sujet est inversé et que la proposition est située au milieu ou à la fin de la réplique, on parle de **proposition incise**.

Ex. : Pierre se leva ; « Je vais aller me promener », dit-il.

3 Le discours indirect inséré dans un récit

On peut aussi fondre les répliques dans le récit ; on ne perçoit plus alors le ton de la réplique.

Ex. : style direct : « Où es-tu ? »
style indirect : Je me demande où tu es.

Comment faire ?

Insérer le dialogue dans le récit

Pour qu'un dialogue soit vivant, il faut varier les procédés :

– varier la place de la proposition introductrice ; elle peut être située avant, au milieu ou à la fin de la réplique. Il est possible à certains moments de ne pas mettre de propositions introductrices ;

Ex. : « Viens ! » Il dit : « Viens ! » « Viens », dit-il.

– varier les verbes introducteurs. On peut toujours remplacer *dire* par un autre verbe : ***demander***, ***expliquer***, ***préciser***, ***hurler***, ***chuchoter***, ***s'étonner***…

– ajouter dans la proposition introductrice des compléments qui permettent au lecteur d'imaginer la scène.

Ex. : « Je n'ai pas fait exprès ! », cria-t-il en retenant avec peine ses larmes.

Utiliser le discours indirect

Cette façon de rapporter les répliques est beaucoup moins vivante, mais elle peut être utilisée parfois, par exemple en alternance avec le discours direct.

Ex. : « Veux-tu venir avec nous à la piscine ? » demanda Nora. (*discours direct*)
Petro répondit qu'il était d'accord et qu'il allait préparer son sac. (*discours indirect*)

Corrigés → livret, p. 14

S'entraîner

QUIZ-TEST

Coche la (ou les) bonne(s) réponse(s).

1 Dans la réplique « Je suis prêt, assura-t-il. », *assura-t-il* est :

a) une proposition subordonnée. ☐
b) une proposition principale. ☐
c) une proposition incise. ☐

2 Au discours direct, la phrase correcte est :

a) Tony demanda à Léa pourquoi elle racontait cette histoire. ☐
b) – Pourquoi racontes-tu cette histoire ? ☐
c) – Pourquoi m'as-tu raconté cette histoire ? ☐

3 ★ Les erreurs à éviter

Lis les dialogues suivants et explique en quoi ils ne sont pas satisfaisants. Tu choisiras un ou plusieurs reproches en complétant le tableau situé à la fin de l'exercice.

a) – Bonjour Madame, dit le monsieur.
– Bonjour Monsieur, dit la dame.
– Il fait beau aujourd'hui, dit le monsieur.
– Oui, très beau, n'est-ce-pas ? dit la dame.

b) Thomas demanda à Xavier s'il voulait aller au cinéma avec lui ; Xavier lui demanda quel film il allait voir. Il lui expliqua qu'il s'agissait d'un film de Marcel Pagnol au ciné-club. Il voulut savoir lequel, et son camarade lui dit que c'était *Fanny*. Alors il lui expliqua qu'il l'avait déjà vu mais qu'il serait content de le revoir.

c) Clara dit je vais à la pêche au requin ; Henri étonné lui demanda comment vas-tu faire. Clara dit j'ai trouvé un gros hameçon sur la plage et je vais l'attacher à ma corde à sauter.

Reproches possibles :

1	Le dialogue est mal ponctué. → ....
2	On ne sait pas qui parle. → ....
3	Le dialogue n'est pas assez vivant. → ....
4	Le dialogue est trop banal. → ....
5	Les propositions incises ne sont pas assez variées. → ....

4 ★★ Les verbes introducteurs

Relève l'intrus, et justifie ta réponse.

grommeler – marmonner – vociférer – chuchoter – murmurer

....

5 ★★ Choisir une proposition incise

Relie les répliques inscrites dans la colonne de gauche aux propositions incises données dans la colonne de droite.

a) Ils ont dû être retardés, •	• 1. soupira-t-il.
b) Que faites-vous ici ? •	• 2. ordonna-t-il.
c) Non, c'est impossible, •	• 3. demanda-t-il.
d) Quel malheur ! •	• 4. expliqua-t-il.
e) C'est un secret ! •	• 5. reprit-il.
f) Comme je viens de le dire, il est trop tôt, •	• 6. rétorqua-t-il.
g) Taisez-vous ! •	• 7. murmura-t-il.
h) C'est à cause de la pluie, •	• 8. annonça-t-il.
i) Notre équipe a gagné, •	• 9. supposa-t-il.
j) Et si nous allions à la piscine ? •	• 10. proposa-t-il.

6 ★★★ Utiliser le discours indirect

Écris au discours indirect les phrases suivantes.

a) Éva expliqua : « J'ai glissé à cause de la pluie. »

....

b) Valentin demanda : « Que voulez-vous faire ce matin ? »

....

c) Clara raconta : « J'ai vu un dromadaire. »

....

d) Enzo imagina : « Je suis un magicien. »

....

27 Étudier et composer une description et un portrait

Retiens l'essentiel

1 Définition

▶ La **description** donne les caractéristiques importantes d'un objet ou d'un paysage afin de permettre au lecteur de se le représenter. De la description se dégage une impression : tristesse, solitude ou au contraire protection, accueil, chaleur…

▶ Le portrait donne les caractéristiques importantes d'un personnage afin de permettre au lecteur de mieux se le représenter et de mieux connaître son rôle dans le récit s'il s'agit d'un roman ou d'un conte. Du portrait se dégage une impression : force, faiblesse, tristesse, dynamisme…

2 Les temps de la description et du portrait

▶ La description et le portrait peuvent être rédigés au **présent**.

▶ Dans un texte au passé, la description et le portrait se font à l'**imparfait** car ce temps, à la différence du passé simple, exprime des actions non limitées dans le temps. L'imparfait est le temps de l'arrière-plan (voir leçon 25).

3 Le point de vue

▶ La description et le portrait peuvent être rédigés **du point de vue d'un personnage** qui regarde le paysage ou le personnage.

Ex. : Devant moi se dressait un impressionnant château fort.
Ce jour-là, Pierre fit la connaissance de son voisin de palier : le nouveau venu lui parut très mystérieux avec son chapeau d'un autre âge…

▶ La description et le portrait peuvent être rédigés **sans qu'il y ait ce regard d'un personnage**.

Ex. : Monsieur Martin était un homme très mystérieux.

À savoir

Le lexique de la description

Le vocabulaire de la description permet de donner des indications :
- **visuelles** (*voir*),
- **auditives** (*entendre*),
- **olfactives** (*sentir*),
- **gustatives** (*goûter*),
- **tactiles** (*toucher*).

Mots-clés

On distingue :
- le portrait physique qui peint l'**apparence** du personnage ;
- le portrait moral qui peint son **caractère**.

En général, on commence par présenter l'aspect extérieur du personnage, sa silhouette, son attitude, son visage, puis on aborde son caractère et sa personnalité.

Comment faire ?

▶ **Créer une impression**

Il faut déterminer l'impression que l'on veut produire sur le lecteur : susciter son admiration, l'émouvoir, l'effrayer…

▶ **Choisir le vocabulaire**

Il faut éviter les « il y a » et « il se trouve », et choisir un **vocabulaire précis et approprié** à l'impression générale que l'on souhaite donner.

▶ **Ordonner la description et le portrait**

La description et le portrait ne doivent pas accumuler des détails dans le désordre mais **suivre une progression** : de haut en bas, derrière et devant, de gauche à droite, physique et moral…

▶ **Préciser la description**

Pour que le lecteur puisse se représenter ce qui est décrit, il faut lui **donner des détails** en employant des adjectifs, des compléments du nom, des subordonnées relatives.

Corrigés → livret, p. 14

S'entraîner

QUIZ-TEST

Coche la (ou les) bonne(s) réponse(s).

1 La phrase « Son regard terne et ses épaules voûtées exprimaient toute sa souffrance. » :

a) contribue au portrait physique du personnage. ☐

b) contribue au portrait moral du personnage. ☐

c) inspire de la pitié au lecteur. ☐

2 Au passé, le temps privilégié de la description est :

a) le passé simple. ☐

b) l'imparfait. ☐

c) le passé composé. ☐

3 ★ La description

Lis le texte et réponds aux questions.

Dans ce texte, les personnages découvrent à l'intérieur de notre planète un paysage très proche de ce que nous connaissons à la surface : une mer et une voûte ressemblant à un ciel.

Les nappes électriques produisaient d'étonnants jeux de lumière sur les nuages très élevés. Des ombres vives se dessinaient à leurs volutes inférieures, et souvent, entre deux couches disjointes, un rayon se glissait jusqu'à nous avec une remarquable intensité. Mais, en somme, ce n'était pas le Soleil, puisque la chaleur manquait à sa lumière.

L'effet en était triste, souverainement mélancolique. Au lieu d'un firmament brillant d'étoiles, je sentais par-dessus ces nuages, une voûte de granit qui m'écrasait de tout son poids, et cet espace n'eût pas suffi, tout immense qu'il fût, à la promenade du moins ambitieux des satellites.

Jules Verne, *Voyage au Centre de la Terre.*

a) Relève les mots qui montrent que la description est faite du point de vue du narrateur.

....

....

b) Surligne les mots qui dans ce texte appartiennent au champ lexical de la lumière. (Le champ lexical est un ensemble de mots qui se rapportent à la même idée.)

c) Relève les mots qui montrent que se dégage de ce texte une impression de tristesse.

....

....

4 ★★ Le portrait

Lis le texte et réponds aux questions.

Représentez-vous un homme grand, maigre, d'une santé de fer, et d'un blond juvénile qui lui ôtait dix bonnes années de sa cinquantaine. Ses gros yeux roulaient sans cesse derrière des lunettes considérables ; son nez, long et mince, ressemblait à une lame effilée [...].

Quand j'aurai ajouté que mon oncle faisait des enjambées mathématiques d'une demi-toise, et si je dis qu'en marchant il tenait ses poings solidement fermés, signe d'un tempérament impétueux, on le connaîtra assez pour ne pas se montrer friand de sa compagnie.

Jules Verne, *Voyage au Centre de la Terre.*

a) Surligne les adjectifs utilisés pour donner des précisions au sujet de l'aspect général du personnage, ses cheveux, ses yeux, son nez, sa démarche, ses poings.

b) Entoure les deux expressions qui révèlent la force physique et morale du personnage.

5 ★★★ Le vocabulaire du portrait

Relie les adjectifs à gauche au nom qu'ils peuvent qualifier à droite. Aide-toi, si besoin est, du dictionnaire.

a) saillantes	•	•	1. nez
b) rubicondes	•	•	2. front
c) camus	•	•	3. yeux
d) blafard	•	•	4. homme
e) râblé	•	•	5. pommettes
f) pers	•	•	6. joues
g) bombé	•	•	7. teint

28 Enrichir son texte

Retiens l'essentiel

1 Comment toucher le lecteur

▸ Pour toucher son lecteur, celui qui écrit doit donner les informations suffisantes pour qu'il soit possible de se représenter la scène.

▸ Les mots créent des images dans l'esprit du lecteur : ils doivent donc être précis. Il faut prendre le temps de raconter en détail ce qui se passe. Un récit ne doit pas être le résumé d'une action (le résumé d'un film par exemple) mais un assemblage de mots permettant au lecteur d'imaginer ce qui se passe.

À éviter : *Ex.* : Tom découvrit le coffre.

Ce qu'il faut faire : *Ex.* : Tom, bien qu'épuisé par les épreuves qu'il venait de traverser, creusait avec acharnement. La pelle dégageait la terre. Rien que la terre.... Tom était sur le point de renoncer quand la pelle émit un son métallique : il avait enfin découvert le coffre...

2 Phrase minimale et phrase enrichie (ou étendue)

▸ Les phrases minimales permettent de toucher le lecteur à des moments-clés de l'histoire ; elles peuvent créer un certain suspens. Il ne faut pas les utiliser pour résumer l'histoire mais pour décomposer des moments importants.

Ex. : Léa se dirigea vers la fenêtre. La lune brillait. Une chouette ululait. Léa se pencha.

▸ Les phrases enrichies permettent de donner les détails nécessaires quant aux personnages, au décor, à l'action.

Ex. : Le petit chat curieux glissa sa tête ébouriffée derrière le vieux canapé en cuir brun.

À savoir

Correction du texte

Pour que le lecteur ne soit pas gêné dans sa lecture, celui qui écrit veille à la correction des phrases, à la ponctuation et à l'orthographe.

Mots-clés

- La phrase minimale comprend les mots qui ne peuvent être supprimés ; elle est en général composée d'un sujet (le thème de la phrase) et d'un groupe verbal (le verbe et un COD, un COI ou un attribut).
- La phrase enrichie (ou étendue) comprend des groupes nominaux développés et des compléments circonstanciels.

Comment faire ?

▸ **Développer un groupe nominal**

Pour développer un groupe nominal et ainsi préciser la scène, on peut ajouter :
– un ou plusieurs adjectifs : *Ex.* : le petit chat curieux ;
– un complément du nom : *Ex.* : le petit chat de ma grand-mère ;
– une subordonnée relative : *Ex.* : le petit chat qui aimait jouer.

▸ **Ajouter des compléments circonstanciels**

Les compléments circonstanciels précisent ce qui est en train de se dérouler et indiquent :
– le lieu : *Ex.* : Tom découvrit un trésor au pied d'un grand chêne.
– le moment : Quand le soleil se coucha, Tom découvrit enfin le trésor.
– la manière : Avec acharnement, Tom creusa pour dégager le coffre.

▸ **Enrichir un dialogue**

Pour enrichir un dialogue inséré dans un récit, il faut préciser les incises et ajouter des phrases de récit entre les répliques.

Ex. : – Bonjour, dit-il gaiement en me tendant la main.

Corrigés → livret, p. 14

S'entraîner

QUIZ-TEST

Coche la (ou les) bonne(s) réponse(s).

1 La phrase étendue (ou enrichie) est :

a) Je viendrai te voir. .... ☐
b) Nous habitons à Londres. .... ☐
c) Nous avons aimé notre séjour à Londres. .... ☐

2 Les informations qui enrichissent une phrase permettent :

a) de se représenter la scène. .... ☐
b) de mieux comprendre ce qui se passe. .... ☐
c) de créer du suspens. .... ☐

3 ★ Écrire une phrase minimale

Barre les mots qui peuvent être supprimés et écris la phrase minimale obtenue.

a) Hier, nous sommes allés voir un film chez Nadia.

....

b) J'ai enfin retrouvé mon stylo bleu au fond de mon bureau.

....

c) La nouvelle tablette que Thomas a achetée avec ses économies est très performante.

....

4 ★ Développer un groupe nominal

Complète les groupes nominaux avec les éléments proposés.

en noir et blanc – curieuses – d'aventures – bien mûres – vieux – de six ans – belles – scolaires – de ce conte de fées – de mon jardin – de notre région.

a) les cerises ....

b) un film ....

c) ma sœur ....

d) les péripéties ....

e) les vacances ....

5 ★ Ajouter des compléments circonstanciels

Complète les phrases avec les compléments circonstanciels proposés.

sur la place du marché – chaque été – sur la Lune – avec ce stylo magique – hier – pour avoir mon bus – depuis des années – merveilleusement bien

a) ...., j'ai rencontré .... mes cousins.

b) ...., je pourrai écrire sans erreur.

c) Lisa chante ....

d) Nous nous retrouvons..............., ...

e) Il n'y a aucun extraterrestre ....

f) J'ai couru ....

6 ★★ Enrichir un récit

Complète ce passage extrait des « Fées » de Charles Perrault avec les éléments proposés.

d'argent – du bois – en grondant – magnifiquement vêtue – dans le logis – à la fontaine – le plus beau

Elle y alla mais toujours .... Elle prit .... flacon .... qui se trouvait .... Elle ne fut pas plus tôt arrivée .... qu'elle vit sortir .... une dame ....

7 ★★ Enrichir un dialogue

Complète le passage avec les éléments proposés.

en faisant une révérence – merveilleuse – dissimulant sa ruse – et il se redressa – la tromperie – surpris mais flatté – perché sur son arbre – en s'inclinant à nouveau – orgueilleux

Le renard, ..., s'approcha du corbeau ....

– Bonjour, monsieur du Corbeau, dit-il ....

– Bonjour maître Renard, répondit l'animal ....

....

– Votre plumage est d'une beauté .... reprit le renard .... Le corbeau ne comprenait pas ....

Corrigés → livret, p. 15

Français : fais le bilan !

Coche, pour chaque exercice, la bonne réponse. Reporte-toi ensuite aux corrigés, livret p. 15, pour obtenir ton score sur 10.

1 Quel mot complète la phrase « Nous avons ... une histoire de pirates. » ?

a) *imaginée.* ☐
b) *imaginés.* ☐
c) *imaginé.* ☐

2 « Je me demande ce ... fait. » Pour compléter cette phrase, on doit écrire :

a) *quel.* ☐
b) *quelle.* ☐
c) *qu'elle.* ☐

3 Dans la phrase « Pierre se retrouva seul. » *seul* est :

a) un CC de manière. ☐
b) un adjectif. ☐
c) une épithète. ☐

4 « Je le lui ai raconté. » La fonction du pronom *lui* est :

a) COD du verbe *raconter*. ☐
b) sujet du verbe *raconter*. ☐
c) COI du verbe *raconter*. ☐

5 « Je voudrais une boîte à outils. » La fonction de l'expression *à outils* est :

a) complément du nom *boîte*. ☐
b) COD du verbe *vouloir*. ☐
c) COI du verbe *vouloir*. ☐

6 Le verbe *balayer*, à l'imparfait de l'indicatif, à la deuxième personne du pluriel, est :

a) *balayez.* ☐
b) *balayiez.* ☐
c) *balaies.* ☐

7 Le verbe *s'écrier*, au passé simple, à la première personne du singulier, est :

a) *m'écriai.* ☐
b) *m'écris.* ☐
c) *m'écrivis.* ☐

8 La phrase « Cours ! » est de type :

a) déclaratif. ☐
b) impératif. ☐
c) exclamatif. ☐

9 Quelle est la phrase correcte ?

a) « Que fais-tu là ? Demanda Mathias. » ☐
b) « Que fais-tu là, demanda Mathias ? » ☐
c) « Que fais-tu là ? » demanda Mathias. ☐

10 « "Entre !" me dit-il ». Cette phrase est un exemple de :

a) discours indirect. ☐
b) discours personnel. ☐
c) discours direct. ☐

TOTAL BILAN .... /10

Maths

Nombres et calculs

Organisation et gestion de données

Espace et géométrie

Grandeurs et Mesures

Calcul mental

Le symbole signifie que tu peux utiliser ta calculatrice.

1 Organiser un calcul Règles de priorité

À savoir

Lecture sans parenthèses

$\dfrac{48,5 - 12,5}{25 \times 4}$

Ici les parenthèses sont sous-entendues, il faut lire :

$\dfrac{(48,5 - 12,5)}{(25 \times 4)}$

Retiens l'essentiel

1 Vocabulaire

Écriture rédigée	Écriture codée	Noms de *a* et *b*
somme de *a* et *b*	$a + b$	termes
différence de *a* et *b*	$a - b$	termes
produit de *a* par *b*	$a \times b$	facteurs
quotient de *a* par *b*	$a \div b$ ou $\dfrac{a}{b}$	termes

2 Règles de calcul déjà connues

▸ $A = (26,8 + 3,4) \times (100 - 96)$. *A* contient des parenthèses.

Le calcul à l'intérieur des **parenthèses** est **prioritaire**.

▸ $B = 5,9 + 0,25 + 6,1 + 3,75$ et $C = 0,5 \times 28,6 \times 200$

Une suite de sommes (comme *B*) ou une suite de produits (comme *C*) se calcule en faisant des **regroupements astucieux**.

Ex. : $5,9 + 0,25 + 6,1 + 3,75 = 5,9 + 6,1 + 0,25 + 3,75 = 12 + 4 = 16$.

▸ $D = 8,7 - 2,5 + 13,2$ et $E = 5,6 \times 3 \div 2$

Une suite de sommes et différences (comme *D*) ou une suite de produits et quotients (comme *E*) se calcule **de gauche à droite, dans l'ordre de l'écriture.**

3 Règles de priorité

▸ $F = 5,2 + 0,8 \times 3$ et $G = 49 - 13 \div 2$

F et *G* ne contiennent pas de parenthèses et sont formées d'un mélange des quatre opérations (+, –, ×, ÷).

En l'absence de parenthèses, on calcule en priorité les produits et les quotients.

Comment faire ?

▸ Reconnaître la nature d'une expression

La nature d'une expression est déterminée par le **calcul à faire en dernier.**

Ex. : $(5 + 4,8) \times 10$ → produit — $150 \div (20 - 5)$ → quotient

$6,7 - 4 \times 1,1$ → différence — $2 + 21 \div 3$ → somme

$450 \div (23 - 18)$ → quotient de 450 par la différence de 23 et 18.

▸ Utiliser les règles de priorité

Pour effectuer le calcul d'une expression sans parenthèses contenant produits et quotients, **il est conseillé de souligner les calculs prioritaires.**

Ex. : $F = 5,2 + \underline{0,8 \times 3} = 5,2 + 2,4 = 7,6$ — $G = 49 - \underline{13 \div 2} = 49 - 6,5 = 42,5$

Corrigés → livret, p. 15

S'entraîner

QUIZ-TEST

Coche la (ou les) bonne(s) réponse(s).

1 L'expression 11 + 64 ÷ 10 correspond à :

a) un quotient. ☐
b) une somme. ☐
c) un produit. ☐

2 L'expression 150 – 20 × 5 est égale à :

a) 650. ☐
b) 250. ☐
c) 50. ☐

3 ★ Coder

Écris l'expression codée associée à chaque calcul.

a) Le quotient de 174 par 6 : ....

b) Le produit de 12 par 30 : ....

c) La différence de 46 et 1,1 : ....

Choisis le mot pour désigner chaque calcul.

somme – différence – produit – quotient

d) 36,5 × 10 : .... e) 24 + 157 : ....

f) 9,2 ÷ 100 : .... g) 6,5 – 0,4 : ....

h) 13 × 3 : .... i) 9 × 10 + 2 : ....

4 ★ Calculer

Effectue le calcul de chacune des expressions.

a) (26,8 + 3,4) × (100 – 96) = ...

b) 125 × 5,23 × 8 = ...

c) 47 – 15 + 8 – 19 = ...

d) $\dfrac{13}{75+25}$ = ...

5 ★★ Respecter les priorités

Souligne les calculs à effectuer en priorité, puis effectue le calcul.

a) 28 – 8 × 2 = ... = ...

b) 40 ÷ 5 – 7,6 = ... = ...

c) 35 – 4 × 2,1 + 62 ÷ 10 = ... = ...

d) 20 × 6 – 145 ÷ 2 = ... = ...

6 ★★ Problème

Sur un site, je commande pour mon imprimante, 8 cartouches d'encre valant 8,95 € chacune et 3 paquets de feuilles à 6,74 € l'unité. La livraison s'élève à 11,52 €.
Quel est le montant de ma dépense ?

....

....

7 ★★ Vrai/Faux

Calcule chaque membre de l'égalité, écris le résultat sous la flèche, puis indique si l'égalité est vraie ou fausse.

a) 2 + 21 ÷ 3 = 25 – 16
↓ .... ↓ ....
Vrai ou faux

b) (5 + 4,8) × 10 = 47,5 × 2
↓ .... ↓ ....
Vrai ou faux

c) 5 + 4,8 × 10 = 540 × 0,1
↓ .... ↓ ....
Vrai ou faux

d) $\dfrac{1{,}7 \times 10}{68 \div 4} = \dfrac{6}{6}$
↓ .... ↓ ....
Vrai ou faux

8 ★★ Associer

Relie chaque expression codée à sa traduction rédigée.

A = 9 + (7 × 5) •
B = (9 – 7) × 5 •
C = (9 + 7) ÷ 5 •
D = $\dfrac{9}{7-5}$ •

• **1.** Quotient de la somme de 9 et 7 par 5
• **2.** Produit de 5 par la différence de 9 et 7
• **3.** Somme de 9 et du produit de 7 par 5
• **4.** Quotient de 9 par la différence de 7 et 5

2 Convention d'écriture d'un produit Calcul littéral

Retiens l'essentiel

« Simplifier l'écriture 8×4 » signifie « Calculer le produit 8×4 ».
Ainsi,
$8 \times 4 = 32$.

1 Convention d'écriture

Le signe × d'un produit peut être supprimé en appliquant la convention suivante pour deux nombres a et b.

Convention : $\boldsymbol{a \times b = ab}$.

2 Cas particuliers

Pour tout nombre a : **$1 \times a = a$** **et** **$0 \times a = 0$.**

3 Carré et cube d'un nombre

$\boldsymbol{a \times a = a^2}$ Ce produit se nomme le **carré** du nombre a.

$\boldsymbol{a \times a \times a = a^3}$ Ce produit se nomme le **cube** du nombre a.

4 Calcul littéral

« Littéral » est un mot de la même famille que « littérature » ou « lettre ».

Le **calcul littéral est le calcul d'expressions mathématiques contenant des lettres**. Pour effectuer le calcul, chaque fois que l'on rencontre une lettre, il faut la remplacer par le nombre qui lui correspond.

Comment faire ?

Appliquer la convention

La simplification d'écriture des produits permet d'obtenir des expressions allégées et faciles à lire.

→ Quand **tous les facteurs sont des lettres.** *Ex.* : $m \times y = my$

→ Quand **l'un des facteurs est une lettre. On doit écrire le nombre devant les lettres.**

Ex. : $8 \times a = 8a$ $b \times 5 = 5b$ $y \times 2 \times a = 2ya$

→ Quand **l'un des facteurs est une parenthèse. On doit écrire le nombre devant les parenthèses.**

Ex. : $4 \times (x + 7) = 4(x + 7)$ $(a - 10) \times (b + 2) = (a - 10)(b + 2)$ $(m + 9) \times 6 = 6(m + 9)$

Calculer le carré et le cube d'un nombre

→ Transformer en produit puis calculer.

Ex. : $7^2 = 7 \times 7 = 49$ $10^3 = 10 \times 10 \times 10 = 1\,000$ $0{,}6^2 = 0{,}6 \times 0{,}6 = 0{,}36$

→ **Sur la calculatrice**, on utilise les touches respectives $\boxed{x^2}$ et $\boxed{x^3}$.

Ex. : Pour le carré de 13 → programmer 13 $\boxed{x^2}$ 2 $\boxed{\text{EXE}}$, réponse 169.

Pour le cube de 0,4 → programmer 0,4 $\boxed{x^3}$ 3 $\boxed{\text{EXE}}$, réponse 0,064.

Calcul littéral

Pour $x = 0{,}2$ et $y = 5$, calculer les expressions littérales suivantes : $11x + 3y$ puis $y^2 - xy$.

$11x + 3y = 11 \times 0{,}2 + 3 \times 5 = 2{,}2 + 15 = 17{,}2$

$y^2 - xy = 5 \times 5 - 0{,}2 \times 5 = 25 - 1 = 24$

Corrigés → livret, p. 15

S'entraîner

QUIZ-TEST

Coche la (ou les) bonne(s) réponse(s).

1 L'écriture simplifiée du produit $a \times 9 \times b$ est :

a) $9ba$. ☐
b) $b9a$. ☐
c) $9ab$. ☐

2 L'expression 2^3 est égale au nombre :

a) 6. ☐
b) 8. ☐
c) 23. ☐

3 ★ Simplifier

Simplifie l'écriture de chaque expression.

a) $a \times t =$ ....
b) $c \times k \times m =$ ....
c) $11 \times b \times 6 =$ ....
d) $(d - 4) \times b \times 12 =$ ....
e) $y \times 54 =$ ....
f) $m \times 1 =$ ....
g) $9 \times a - 15 \times b =$ ....

4 ★ Carré et cube

Transforme carrés et cubes en un produit, puis effectue le calcul associé.

a) $4^2 =$ .... = ...
b) $100^3 =$ .... = ...
c) $0{,}8^2 =$ .... = ...
d) $0{,}3^3 =$ .... = ...

5 ★★ Calcul littéral

Sachant que $a = 7$ et $b = 0{,}6$, calcule la valeur de chacune des expressions littérales suivantes.

a) $8a - ab =$ ....
b) $10b + a^2 =$ ....
c) $a(3 - b) =$ ....
d) $(a + b)(1 - b) =$ ....

6 ★★ Calcul littéral

Complète le tableau en calcul mental. Écris une étape intermédiaire si tu le juges nécessaire.

x	y	z	$x(y + z)$	$x + yz$
7	2	6	$7 \times 8 = 56$	
5	1,2	3		
10	0,8	10		
4	0,1	0,9		

7 ★★ Devinette

Trouve la valeur du nombre x de chaque égalité.

a) $2{,}8x = 280$
alors
$x =$ ....

b) $54{,}7 + x = 80$
alors
$x =$ ....

c) $x - 450 = 350$
alors
$x =$ ....

d) $x \div 6 = 31$
alors
$x =$ ....

8 ★★ Exprimer

Sans utiliser le signe ×, exprime de façon simple le périmètre ou l'aire de chacune des figures.

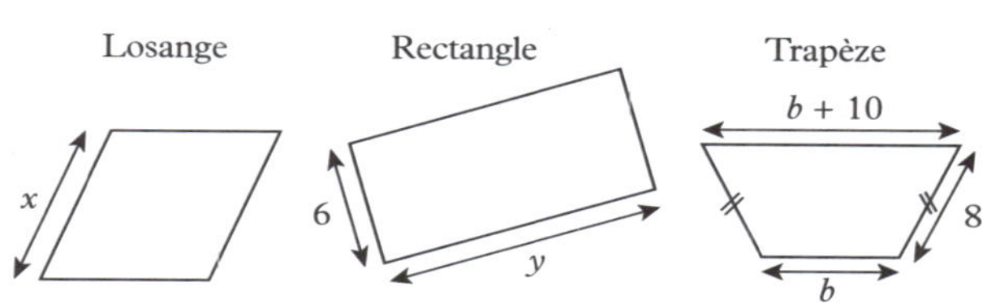

a) Périmètre (losange) = ...
b) Périmètre (rectangle) = ...
c) Aire (rectangle) = ...
d) Périmètre (trapèze) = ...

Maths

3 Propriétés distributives de la multiplication

Retiens l'essentiel

Mot-clé

$a\,(b + c)$ se lit
a « facteur de » $b + c$.

À savoir

Réduire

Réduire une somme algébrique consiste à l'écrire avec un minimum de termes. L'expression obtenue est alors plus simple.

Réduire = Simplifier.

Vocabulaire

Dans une somme algébrique, le mot « famille » désigne une catégorie de termes.

Ex. : $3a + 7 + 5x + 1{,}8$
– « famille » des lettres : $3a$; $5x$;
– « famille » des nombres : 7 ; $1{,}8$.

1 Expression factorisée – Expression développée

▶ Le périmètre d'un rectangle peut s'exprimer de deux façons :
$(L + l) \times 2$ ou $L \times 2 + l \times 2$.

▶ Le calcul de l'expression 13×99 se réalise astucieusement en décomposant ainsi : $13 \times (100 - 1) = 13 \times 100 - 13 \times 1$.

▶ En suivant ces modèles, nous pouvons écrire les égalités ci-dessous :

$$(L + l) \times 2 = L \times 2 + l \times 2$$
$$13 \times (100 - 1) = 13 \times 100 - 13 \times 1$$
$$4\,(23 + 5) = 4 \times 23 + 4 \times 5$$
$$8\,(a - 1{,}6) = 8 \times a - 8 \times 1{,}6$$

Produit de facteurs
Expression **factorisée**

Somme ou **différence**
Expression **développée**

2 Distributivité

Pour tous nombres a, b, c : $\mathbf{a(b + c) = ab + ac}$ et $\mathbf{a(b - c) = ab - ac}$.
On dit que le nombre a « est distribué » à chaque nombre b et c de la parenthèse. Cela traduit que **la multiplication est distributive par rapport à l'addition et à la soustraction.**

3 Somme algébrique

Une somme algébrique est une suite de sommes et de différences dont les termes appartiennent à une ou à plusieurs familles.

Ex. : $9a + 5a$; $8m - 5$; $x + 3y + 2x - 1$ sont des sommes algébriques.

Comment faire ?

▶ Utiliser la distributivité

→ **On trouve l'écriture développée** en transformant le produit en une somme ou en une différence.

Ex. : $9(10 + 3) = 9 \times 10 + 9 \times 3$ — On distribue 9 ; $4(m - 5) = 4 \times m - 4 \times 5$ — On distribue 4

→ **On trouve l'écriture factorisée** en transformant la somme ou la différence en un produit de facteurs.

Ex. : $7 \times 6{,}5 + 7 \times 10 = 7\,(6{,}5 + 10)$
7 se nomme le « facteur commun ».

$3b - 3 \times 11 = 3(b - 11)$
Le facteur commun est 3.

▶ Calculer mentalement à l'aide de la distributivité

→ **En développant.** *Ex.* : $6 \times 17 = 6 \times 10 + 6 \times 7 = 60 + 42 = 102$

→ **En factorisant.** *Ex.* : $13 \times 50 - 13 \times 40 = 13 \times (50 - 40) = 130$

▶ Réduire une somme algébrique

La réduction d'une somme algébrique s'obtient en regroupant **les termes de la même famille.**

Ex. : $a + a = 2a$; $5x + 4x = 9x$; $3y - y = 2y$ (car $y = 1y$) ; $8b + 7 + 2b + 4 = 10b + 11$

Corrigés → livret, p. 15

S'entraîner

QUIZ-TEST

Coche la (ou les) bonne(s) réponse(s).

1 **L'expression $9 \times 7 + 9 \times 43$ correspond à :**

a) 450. ☐
b) 9 (7 + 43). ☐
c) $9 \times (7 + 43)$. ☐

2 **L'expression $5b - 4b$ est égale à :**

a) $1b$. ☐
b) On ne peut pas répondre. ☐
c) b. ☐

3 ★ Égalités à compléter

Sans effectuer les calculs, complète les égalités à l'aide des nombres bien adaptés.

a) $2{,}4 \times (7 - \ldots\ldots) = 2{,}4 \times \ldots\ldots - 2{,}4 \times 0{,}1$

b) $9\,(x - 15) = \ldots\ldots \times x - 9 \times \ldots\ldots$

c) $a\,(8 + \ldots\ldots) = \ldots\ldots \times 8 + \ldots\ldots \times 6{,}7$

d) $10 \times \ldots\ldots + \ldots\ldots \times y = 10 \times (1{,}2 + \ldots\ldots)$

4 ★ Développer

Trouve l'écriture développée de chaque produit.

a) $7 \times (15 + 6) =$ ....

b) $2 \times (39 - 4) =$ ....

c) $(11 + b) \times a =$ ....

5 ★ Factoriser

Trouve l'écriture factorisée de chaque expression.

a) $0{,}068 \times 1\,012 - 0{,}068 \times 12 =$ ....

b) $14 \times 0{,}7 + 14 \times 1{,}3 =$ ....

c) $5a - a \times b =$ ....

6 ★ Calcul mental

Calcule mentalement en utilisant la distributivité.

a) $8 \times 13 =$ ....

b) $7 \times 128 - 7 \times 28 =$ ....

7 ★★ Traduire un problème

À chacun de ses trois enfants, une mère achète un compas et une équerre coûtant respectivement 4 € et 1,20 €.

Sans le calculer, exprime le montant total de la dépense sous deux formes. Ensuite, choisis une des formes pour calculer.

Première forme → ....

Seconde forme → ....

Montant de la dépense : ....

8 ★★ Réduire

Lorsque c'est possible, réduis les sommes algébriques suivantes. Lorsque c'est impossible, mets une croix.

a) $y + y + y =$ ......
b) $15\,a - 6\,a =$ ......
c) $13\,t - t =$ ......
d) $6{,}8\,x + x =$ ......
e) $4\,a + 3\,b =$ ......
f) $7\,x - 1 =$ ......
g) $2\,u + 9\,u =$ ......
h) $8{,}3\,m - 5\,m =$ ......
i) $10b - 6b + 4b =$ ......

9 ★★ Associer par paire

Compose les paires formées par deux expressions algébriques égales en les reliant par des flèches.

$8\,(b - 3)$	$24 \times 100 - 24 \times 1$	$a\,(x + y)$
$ax - ab$	$8\,b - 24$	24×99

10 ★★ Problème

Au cours d'un voyage, un automobiliste a rempli le réservoir d'essence de sa voiture avec successivement 33 L, puis 47,5 L et 29,2 L de carburant. Le carburant était vendu au prix de 1,324 € le litre.

Propose deux façons de calculer la dépense totale pour le carburant.

....

....

4 Produire une expression littérale

Retiens l'essentiel

Mots-clés

- En langage courant, « décupler ses forces » = « augmenter ses forces ».
- En mathématiques, « décupler un nombre » = « multiplier ce nombre par 10 ».

1 Expression « en fonction de »

L'expression « en fonction de *x* » signifie « à l'aide de *x* » ou bien « en utilisant *x* ».

Ex. : Joe est un enfant dont l'âge est x. Sa sœur Lou a trois fois l'âge de Joe, son frère Tim a quatre ans de plus que Joe.
L'âge de Lou s'écrit $3x$. L'âge de Tim s'écrit $x + 4$.
Ces écritures $3x$ et $x + 4$ font référence au nombre x. On dit qu'elles sont données en fonction de x.

2 Vocabulaire

Double	$\rightarrow \times 2$	**Moitié**	$\rightarrow \div 2$
Quadruple	$\rightarrow \times 4$	**Quart**	$\rightarrow \div 4$
Triple	$\rightarrow \times 3$	**Tiers**	$\rightarrow \div 3$
Décuple	$\rightarrow \times 10$	**Dixième**	$\rightarrow \div 10$

3 Carré et rectangle

Les formules de périmètre (P) et d'aire (A) d'une figure sont données **« en fonction »** de la longueur de leurs côtés.

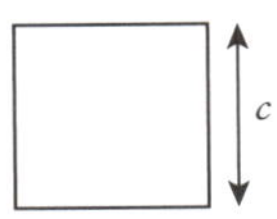

P (carré) = $c \times 4$
A (carré) = $c \times c$

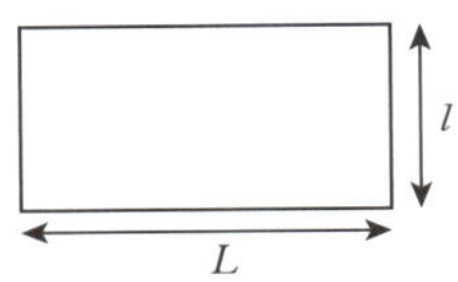

P (rectangle) = $(L + l) \times 2$
A (rectangle) = $L \times l$

Comment faire ?

▸ Exprimer « en fonction de »

Ex. : Un losange a pour périmètre le nombre x. En fonction de x, la longueur de son côté s'écrit $x \div 4$ ou $\frac{x}{4}$.
Un sachet de chips a une masse m (en g). En fonction de m, la masse de 7 sachets de chips s'exprime par $7m$.

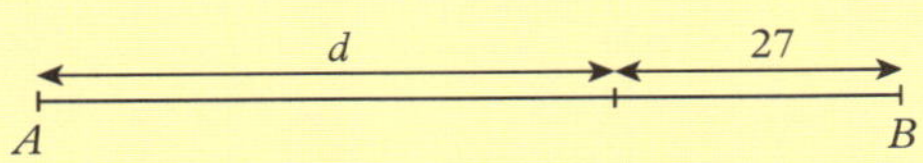

En fonction de d,
la longueur AB se traduit par $d + 27$.

▸ Convertir le langage naturel en langage codé

Trouver une écriture littérale pour coder une expression en langage naturel nécessite de **réfléchir au sens des mots mathématiques** utilisés dans l'expression **ainsi qu'aux opérations associées à ces mots.**

Ex. : Le double de $a \rightarrow 2a$. Le quadruple de $y \rightarrow 4y$. Le tiers de la somme de 8 et $d \rightarrow (8 + d) \div 3$ ou $\frac{8+d}{3}$.

▸ Utiliser une formule

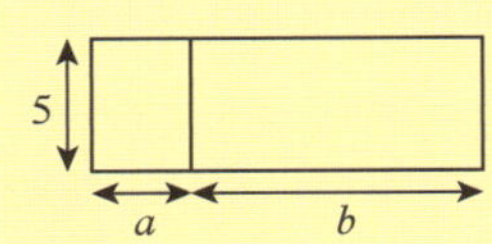

Ex. : En fonction de a et de b, la figure complète a pour :
périmètre $\rightarrow 2a + 2b + 10$; aire $\rightarrow 5(a + b)$ ou $5a + 5b$.

Corrigés → livret, p. 16

S'entraîner

QUIZ-TEST

Coche la (ou les) bonne(s) réponse(s).

1 La différence de 45 et de *x* s'écrit :

a) $45 - x$. ☐
b) $x - 45$. ☐
c) $45\,x$. ☐

2 Le dixième de *a* se traduit par :

a) $a \div 100$. ☐
b) $10\,a$. ☐
c) $\frac{a}{10}$. ☐

3 ★ Exprimer « en fonction de »

***y* désigne un nombre. Exprime en fonction de *y* :**

a) son quart : .... c) son centième : ....
b) sa moitié : .... d) son carré : ....

4 ★ Traduire « en fonction de »

Traduis en fonction de *m* les expressions suivantes.

a) Le produit de 32 et de *m* : ....
b) La somme de 5 et de la moitié de *m* : ....
c) La différence de 8 et du quadruple de *m* : ....
d) Le quotient de *m* par le double de *m* : ....

5 ★ Longueur

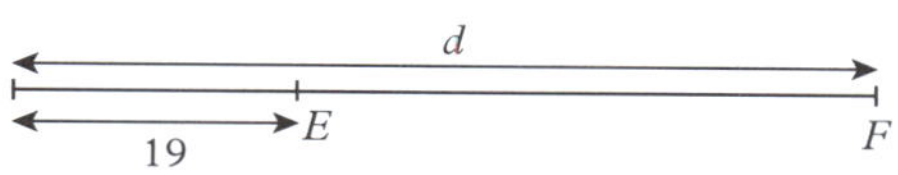

En fonction de *d*, exprime la longueur *EF*.

....

6 ★ Programme de calcul

Voici un programme de calcul en trois étapes :
– choisir un nombre ;
– lui ajouter 9 ;
– diviser le résultat par dix.

a) Applique ce programme en choisissant 0,5 au départ.

0,5 → .... → ....

b) On obtient 4,3 à la fin du programme. Trouve le nombre choisi au départ.

.... ← .... ← 4,3

c) On note *x* le nombre choisi au départ. Écris en fonction de *x* le résultat du programme.

x → .... → ....

7 ★★ Calcul mental

Complète le tableau en calculant mentalement.
Une écriture littérale en fonction de *b* est attendue dans la dernière colonne.

Nombre	40	1	0,2	*b*
son quart				
son carré				
son triple				
son cube				

8 ★★ Périmètre

a) Un triangle équilatéral a pour périmètre *p*. Exprime en fonction de *p*, la longueur d'un côté du triangle.

....

b) Un losange a pour périmètre *x*. Écris en fonction de *x*, la longueur d'un côté du losange.

....

c) Chacun de ces triangles est isocèle.
Traduis en fonction de *y* la longueur du périmètre de chacun.

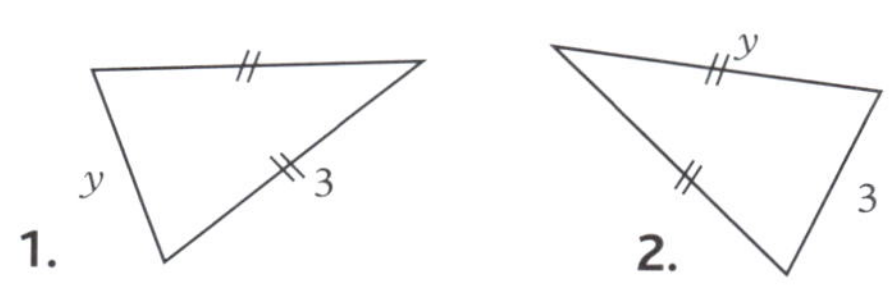

....

d) Les dimensions d'un rectangle sont 6,5 et *a*.
Donne en fonction de *a* la mesure de son périmètre (deux réponses sont attendues).

....

ou ....

5 Découverte des nombres relatifs et de leur représentation

Retiens l'essentiel

1 Les nombres relatifs

Un nombre relatif se compose d'un **signe** (+ ou –) et d'une **partie numérique.**

Ex. : Signe + → nombre relatif positif → + 8 ; + 14,5 ; + $\frac{1}{2}$.

Signe – → nombre relatif négatif → – 8 ; – 19,3 ; $-\frac{3}{4}$.

2 Des nombres opposés

▸ Deux relatifs sont **opposés** lorsqu'ils ont **la même partie numérique et des signes différents.**

▸ On dit que des nombres opposés ont **la même distance à 0.**

Ex. :

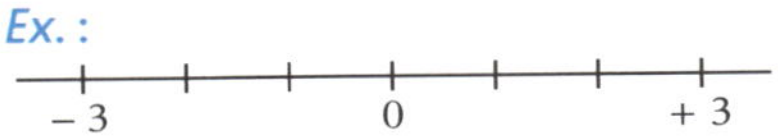

+ 3 et – 3 sont opposés.
Le nombre 0 est le « milieu » de – 3 et + 3.

3 Ordonner des nombres relatifs

▸ Excepté pour 0, un nombre négatif est toujours inférieur à un nombre positif.

▸ Excepté pour 0, un nombre négatif est inférieur à 0 et un nombre positif est supérieur à 0.

▸ **Dans une liste de négatifs, le plus petit est celui qui a la plus grande partie numérique (c'est-à-dire la plus grande distance à 0).**

Ex. : – 9 < – 7,5 < – 3 La partie numérique 9 est plus grande que les deux autres 7,5 et 3. – 9 est « plus loin de 0 » que – 7 ,5 et – 3.

Écriture des nombres positifs

Un nombre positif peut s'écrire sans le signe +.
Ex : + 9 = 9.

À savoir — Cas particuliers

- L'opposé de 0 est 0 lui-même.
- 0 est le seul nombre relatif **à la fois positif et négatif.** Ainsi + 0 = – 0 = 0.

Mots-clés

Ordonner : ranger.
Croître : grandir = monter.
Décroître : descendre.

Comment faire ?

▸ Comparer des nombres relatifs

→ Pour comparer des nombres relatifs, **on peut penser aux températures.**

Ex. : – 7°C est plus froid que – 2°C, ainsi – 7 < – 2. + 15°C est plus chaud que – 1°C, ainsi + 15 > – 1.

→ On peut penser également à la position des nombres sur une droite graduée.

Ex. :

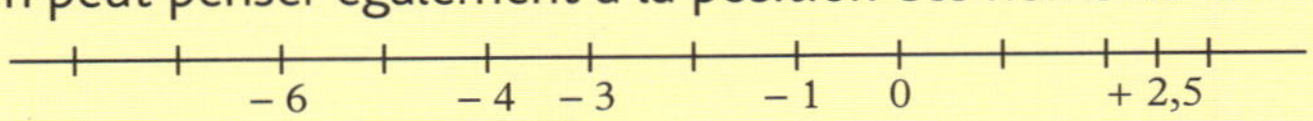

– 6 est placé avant – 4, donc – 6 < – 4. + 2,5 est placé après – 1, donc + 2,5 > – 1.

▸ Ordonner des nombres relatifs

→ De façon **croissante** signifie **du plus petit vers le plus grand** (↑). *Ex.* : – 13 < – 8,2 < + 7

→ De façon **décroissante** signifie **du plus grand vers le plus petit** (↓). *Ex.* : 6,1 > – 0,8 > – 1

▸ Définir l'abscisse d'un point

→ Sur une droite graduée, **l'abscisse d'un point** est le nombre qui sert à repérer la position du point.

Ex. :

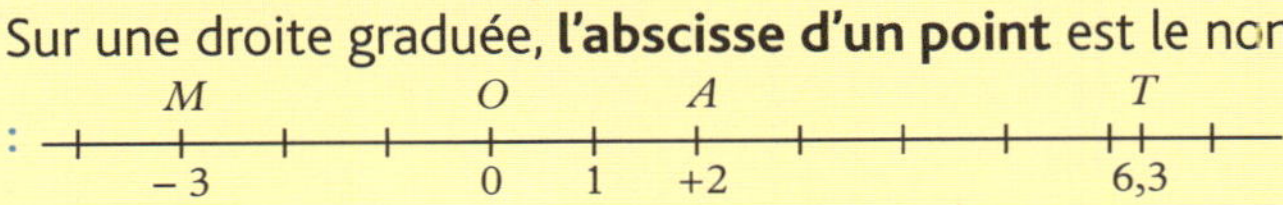

O est le **point d'origine**.

L'abscisse du point *A* est le nombre + 2. Le point *T* a pour abscisse le nombre 6,3. Et – 3 est l'abscisse de *M*.

S'entraîner

Corrigés → livret, p. 16

QUIZ-TEST

Coche la (ou les) bonne(s) réponse(s).

1 Les nombres relatifs + 6,2 et – 6,2 sont :

a) à la même distance de 0. ☐
b) identiques. ☐
c) opposés. ☐

2 Quel nombre relatif est supérieur à – 9 ?

a) – 12. ☐
b) – 3. ☐
c) + 2. ☐

Maths

3 ★ Utiliser des relatifs

a) Pierre et Marc jouent aux billes. Pierre a gagné 13 billes à Marc. À l'aide d'un nombre relatif, exprime :

– le bilan du jeu du point de vue de Pierre : ....

– le bilan du jeu du point de vue de Marc : ....

b) Dans le tableau ci–dessous, traduis par un nombre relatif la variation de température entre 12h et 16h.

Temp. à 12h (en °C)	24	15	19	7
Temp. à 16h (en °C)	28	10	19	0
Variation (en °C)	......	......	......	......

c) Le niveau 0 est celui de la surface d'un lac.
Note à l'aide d'un nombre relatif :

– la hauteur de la colline qui domine le lac (375 m) :

....

– la profondeur du lac (210 m) : ....

4 ★ Les opposés

Complète par le nombre relatif adapté.

x	– 6,2	....	5,8	....	0	....
Opposé de x	....	17	....	– 34	....	$\frac{9}{10}$

5 ★ Comparer

Compare les nombres de chaque paire à l'aide de l'un des trois symboles <, > ou =.

a) +5 ... 3
b) – 5,4 ... – 5,40
c) –18 ... –14
d) – 8,1 ... + 13,6
e) + 0,5 ... – 0,5
f) – 5,9 ... – 9,5

6 ★★ Ranger

Ordonne la liste de façon décroissante.
1,4 ; – 9 ; – 0,6 ; + 8 ; – 9,3 ; 15,7 ; 0 ; – 2.

....

7 ★★ Échelle du froid

T1 → ébullition de l'eau : 100°C
T2 → cryothérapie : – 115°C
T3 → congélation de l'eau : 0°C
T4 → corps humain : 37°C
T5 → congélation de l'air : – 196°C
T6 → four chaud : 240°C
T7 → azote liquide : – 195,8°C

Réalise le classement de ces températures dans l'ordre croissant.

T... ; T... ; ..... ; ..... ; ..... ; .... ; ....

8 ★★ Placer

Sur la droite graduée d'unité 1 cm, place les points *A*, *B*, *C*, *D*, *E* d'abscisses respectives – 0,3 ; + 3 ; – 1,6 ; 2,5 ; – 2,8.

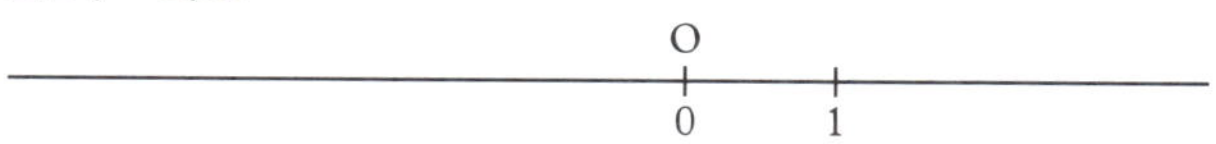

Note : « abscisses respectives» signifie que
– le premier point *A* est associé à la première abscisse – 0,3
– le deuxième point *B* est associé à la deuxième abscisse + 3, etc.

9 ★★★ Entre deux nombres

Dresse la liste de tous les entiers relatifs que l'on peut mettre à la place de la lettre x afin que :

$$-6 < x < -1,8.$$

Attention : Un entier relatif a une partie numérique entière.

....

6 Les signes d'inégalités ⩽ et ⩾ Encadrer un nombre

Retiens l'essentiel

1 Symboles ⩽ et ⩾

- $a \leqslant b$ traduit que $a < b$ ou $a = b$.
- $a \geqslant b$ traduit que $a > b$ ou $a = b$.

2 Inégalités

- Une **égalité** est une phrase mathématique utilisant le signe =.
- Une **inégalité** est une phrase mathématique utilisant l'un des quatre signes < ou > ou ⩽ ou ⩾.

Ex. : $45 + 12 = 57$ et $6{,}2 - x = 5$ sont des égalités.
$98 > 74$ et $x \leqslant 3$ sont des inégalités.

3 Encadrement

- Un encadrement est une phrase mathématique contenant deux signes d'inégalité.
- Un encadrement s'appelle aussi **une double inégalité**.

Ex. : $2 < 2{,}7 < 3$ est un encadrement de 2,7.

4 Ordre de grandeur et arrondi d'un nombre

- **Un ordre de grandeur** est une valeur **approchée** d'un nombre.
- **L'arrondi** est la valeur approchée **la plus proche** du nombre.
- Le symbole ≈ signifie « environ » ou « à peu près ».

Ex. : $x = \dfrac{25}{6}$ alors $x \approx 4{,}16$ → 4,1 et 4,2 sont des ordres de grandeurs de x.
→ 4,2 est l'arrondi de x au dixième.

À savoir

Ne pas confondre

< et ⩽
> et ⩾

Ex. : La liste de tous les entiers négatifs a tels que :
- $a > -4$ est formée de $-3 ; -2 ; -1 ; 0$;
- $a \geqslant -4$ est formée de $-4 ; -3 ; -2 ; -1 ; 0$.

Ici, la liste est plus large, elle compte en plus le nombre -4.

Le sens des mots

- En français, le préfixe « in » exprime le contraire.
Ex. : complet / incomplet
actif / inactif
- Mais, en mathématiques, une inégalité n'est pas le contraire d'une égalité.

Comment faire ?

Utiliser les symboles ⩽ et ⩾

Ex. : Dans une salle de cinéma, il y a 80 fauteuils. On nomme x le nombre de spectateurs.
– Quand la salle est incomplète, on le traduit par $x < 80$.
– Quand la salle est complète, on le traduit par $x = 80$.
En résumé, on écrira que $x \leqslant 80$.

Encadrer un nombre

On encadre un nombre en « l'entourant » au plus près de deux valeurs approchées, l'une inférieure et l'autre supérieure à ce nombre. La première est la valeur par **défaut** ; la deuxième est la valeur par **excès**.

Ex. : Encadrement de 6,81 → à l'unité : $6 < 6{,}81 < 7$; → au dixième : $6{,}8 < 6{,}81 < 6{,}9$.

Trouver un ordre de grandeur

Il faut différencier « un ordre de grandeur » et « l'arrondi » d'un nombre.

Ex. : Le prix d'une paire de baskets est exactement 74,90 €.
70 € ; 75 € ; 80 € sont des ordres de grandeur du prix, mais 75 € est son arrondi à l'unité.

Corrigés → livret, p. 16

S'entraîner

QUIZ-TEST

Coche la (ou les) bonne(s) réponse(s).

1 Les entiers positifs x vérifiant $x < +3{,}8$ sont :

a) – 3 ; – 2 ; – 1 ; 0 ; 1 ; 2 ; 3. ☐
b) 0 ; 1 ; 2 ; 3. ☐
c) On ne peut pas répondre, la liste est infinie. ☐

2 Concernant le nombre π, on peut écrire :

a) $3{,}14 < \pi < 3{,}15$. ☐
b) $\pi = 3$. ☐
c) $\pi \approx 3$. ☐

Maths

3 ★ Traduire par une inégalité

Dans chaque cas, propose une inégalité qui traduit la valeur du nombre n.

a) L'âge de Paul est n. Sa sœur Emma est plus âgée que lui, elle vient d'avoir 8 ans. → n ....

b) Je distribue un nombre n de bonbons aux 13 invités de la fête que j'organise. Chaque invité doit avoir au minimum un bonbon. → n ....

c) J'ai moyennement réussi mon devoir de français. Ma note n sera située entre 10 et 12,5.

.... n .... ou .... n ....

4 ★ Établir une liste

a) **Trouve la liste de tous les entiers positifs :**

inférieurs à 6 : ....

inférieurs ou égaux à 6 : ....

b) **Établis si possible la liste de tous les entiers négatifs k tels que :**

$k \geqslant -7$: ....

$-14 \leqslant k \leqslant -11$: ....

$-6{,}4 > k \geqslant -10$: ....

$k > 0$: ....

5 ★ Inégalité et statistiques

En EPS, un exercice de lancer de javelot a été organisé. Voici la série des distances d (en m) atteintes par les élèves.

9	6,5	13,6	11,9	14,5	8,9	11
15	13,7	8,7	6,1	10	11,4	8,3
8	12,1	13,7	9,4	11,3	6	11,9

a) Organise le tri des distances en complétant le tableau.

d	$6 \leqslant d < 9$	$9 \leqslant d < 12$	$d \geqslant 12$
Nombre d'élèves	....	....	....

b) Quel est le nombre d'élèves ayant réalisé un lancer :

de moins de 9 m ? .... ; d'au moins 12 m ? ....

6 ★★ Encadrer et arrondir

En t'aidant de l'exemple, trouve pour chaque nombre l'encadrement qui respecte la précision demandée, puis entoure la valeur arrondie du nombre.

Ex. : $\frac{2}{3} \approx 0{,}666$. Ainsi, à un dixième : $0{,}6 < \frac{2}{3} < \boxed{0{,}7}$

a) À l'unité pour $\frac{57}{10}$. ....

b) À un dixième pour $\frac{85}{9}$. ....

7 ★★ Calcul mental et ordre de grandeur

Propose un ordre de grandeur simple et entier de chaque réponse.

a) La dynastie Han a régné en Chine de – 206 à 220.

La durée de vie de cette dynastie est environ ....

b) J'achète trois livres à 6,30 € pièce puis un CD à 14 €.

Je dépense approximativement ....

c) 63, 8 + 104 – 59,7 + 218 vaut à peu près

....

7 Additionner et soustraire des nombres relatifs

Retiens l'essentiel

1 Additionner deux relatifs

▸ **Cas n° 1 :** les relatifs ont **le même signe** :
– on prend le signe commun des nombres ;
– on ajoute les parties numériques.
Ex. : $(+35) + (+11) = +46$. $(-6) + (-4) = -10$ car $6 + 4 = 10$.

▸ **Cas n° 2 :** les relatifs ont **des signes différents :**
– on prend le signe du nombre ayant la plus grande partie numérique ;
– on soustrait les parties numériques.
Ex. : $(-9) + (+12) = +3$ car $12 - 9 = 3$. $(-9) + (+2) = -7$ car $9 - 2 = 7$.

2 Soustraire deux relatifs

Soustraire un nombre relatif revient à ajouter son opposé.
Ainsi pour deux nombres relatifs x et y, on applique la règle suivante :

$$x - y = x + \text{opposé}(y).$$

3 Somme algébrique

▸ L'expression $(+3) + (-12) + (+5) + (-17)$ est une somme de relatifs contenant beaucoup de termes.
On l'écrit plus simplement **3 – 12 + 5 – 17** en supprimant les signes + de l'addition. Sous cette forme, elle se nomme **une somme algébrique.**

▸ Pour calculer une somme algébrique, il existe deux méthodes.
– Calculer de gauche à droite dans l'ordre de l'écriture de ses termes.
Ex. : $3 - 12 + 5 - 17 = \underline{3 - 12} + 5 - 17 = \underline{-9 + 5} - 17 = -4 - 17 = \boxed{-21}$.
– Calculer en regroupant les termes par signe : les positifs et les négatifs.
Ex. : $3 - 12 + 5 - 17 = 3 + 5 - 12 - 17 = 8 - 29 = \boxed{-21}$.

⚠ Somme de relatifs opposés

- La somme de deux relatifs opposés **est égale à 0.**
Ex : $(-1{,}8) + (+1{,}8) = 0$.
- On dit aussi que la somme de deux relatifs opposés est nulle.

À savoir — Écriture d'une somme

Il n'est pas utile d'écrire le signe + du résultat lorsque celui-ci est positif. De même, une somme peut être écrite plus simplement, sans utiliser toutes les parenthèses des nombres.
Ex. : $-25 + 30 = 5$
$2{,}6 + (-3{,}5) = -0{,}9$

Comment faire ?

▸ **Calculer la différence de deux relatifs**

→ Pour soustraire deux relatifs, on doit appliquer la règle associée.
Ex. : $-3{,}5 - (+2{,}1) = -3{,}5 + (-2{,}1) = -5{,}6$
On ajoute l'opposé de + 2,1.
$-70 - (-20) = -70 + (+20) = -50$
On ajoute l'opposé de – 20.

→ Sur une droite graduée, la distance de deux points est égale à la différence entre l'abscisse la plus grande et l'abscisse la plus petite.

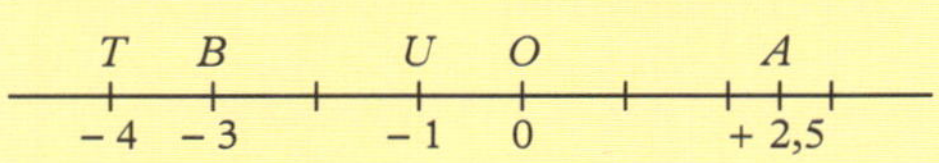

$AB = +2{,}5 - (-3) = +2{,}5 + (+3) = 5{,}5$.
$TU = -1 - (-4) = -1 + (+4) = 3$.
Une longueur est toujours positive.

S'entraîner

Corrigés → livret, p. 17

QUIZ-TEST

Coche la (ou les) bonne(s) réponse(s).

1 La somme (+ 13) + (– 20) est égale à :

a) 7. .... ☐
b) – 33. .... ☐
c) – 7. .... ☐

2 La différence (– 5) – (+ 1) est égale à :

a) – 6. .... ☐
b) – 4. .... ☐
c) 4. .... ☐

3 ★ Ajouter et soustraire

a) Complète le tableau donnant le bilan des points d'un jeu en deux manches.

Manche 1	Manche 2	Bilan
+ 17	– 11	....
– 23	– 4	....
– 5	+ 5	....
6	– 9	....
+ 3	7	....
0	– 8	....

b) Effectue le calcul des différences suivantes :

65 – (+ 35) = ...

– 8,2 – (– 7) = ...

– 0,3 – (+ 0,3) = ...

4 ★ Calcul littéral

Calcule les expressions suivantes avec :
***a* = – 7,6 *b* = 5 *c* = – 15 *d* = 10,6.**

a) $a + b$ = ...

b) $d - a$ = ...

c) $c + a$ = ...

d) $c - b$ = ...

5 ★★ Distance

Sur une droite graduée, les points *C*, *D* et *G* ont pour abscisses respectives 6,5 ; – 1,4 ; + 2.
Calcule les distances *CG* et *GD*.

a) *CG* = ...

b) *GD* = ...

6 ★★ Somme algébrique

Effectue le calcul des deux sommes algébriques proposées en respectant la méthode imposée pour chaque calcul.

a) Méthode : de gauche à droite
$X = -25 + 75 - 100 - 125$

....

b) Méthode : par regroupement
$Y = 1{,}3 - 2{,}3 + 6{,}5 - 4{,}4$

....

7 ★★ Durée de vie

a) L'empereur romain Cicéron est né en l'an – 23 et il est mort en l'an 38.
Combien de temps Cicéron a-t-il vécu ?

....

b) L'empire de Cesarius a vu le jour en – 330 et il s'est terminé en 213.
Quelle fut la durée de vie de cet empire ?

....

8 ★★★ Chimie

Calcule l'écart entre la température d'ébullition et la température de fusion de chacun des éléments chimiques du tableau.

Élément chimique et son symbole	Fusion (en °C)	Ébullition (en °C)
Oxygène (O)	– 219	– 183
Mercure (Hg)	– 39	357

a) Oxygène : ....

b) Mercure : ....

Maths

8 Tester une égalité ou une inégalité

Retiens l'essentiel

1 Tester une égalité

▸ $5 \times 3 = x + 4$. Cette expression mathématique est une égalité qui comporte un nombre inconnu nommé x. **On appelle cette expression mathématique une équation.**

$$\underbrace{5 \times 3}_{\text{Premier membre}} = \underbrace{x + 4}_{\text{Second membre}}$$

▸ **Une égalité peut être vraie ou fausse.**

Ex. : $14 \times 3 = 50 - 8$ est une égalité vraie ; chaque membre vaut 42.
$100 \div 4 = 23$ est une égalité fausse ; le premier membre vaut 25 et $25 \neq 23$.

▸ **Tester** une égalité **(faire des essais)** consiste à donner des valeurs au nombre inconnu, puis à effectuer le calcul de chaque membre afin de juger si l'égalité est vraie ou fausse.

Lorsqu'un nombre rend l'égalité vraie, on dit **qu'il valide le test ou qu'il vérifie l'égalité. Ce nombre s'appelle la solution de l'équation.**

2 Tester une inégalité

▸ $6{,}2 - 13 < -4$ et $9 + x \geqslant -1 + y$ sont des inégalités.

Une inégalité possède deux membres, elle peut être vraie ou fausse. On la teste comme on teste une égalité.

$<$, $>$, $\leqslant$ et $\geqslant$

$5 < 5$ et $-6 > -6$ sont des inégalités **fausses**, mais **$5 \leqslant 5$ et $-6 \geqslant -6$** sont des inégalités **vraies**.

Comment faire ?

▸ **Réaliser un test**

Ex. : Tester l'égalité $5 + 9x = 68$ lorsque $x = 1{,}4$.

$5 + 9x = 5 + 9 \times 1{,}4 = 5 + 12{,}6 = 17{,}6$ ⟶ on ne trouve pas 68 ⟶ 1,4 ne vérifie pas le test.

Tester l'inégalité $2y - 3 < y + 10{,}5$ lorsque y prend la valeur 8,5.

$$\left.\begin{aligned} 2y - 3 &= 2 \times 8{,}5 - 3 = 14 \\ y + 10{,}5 &= 8{,}5 + 10{,}5 = 19 \end{aligned}\right\} \; 14 < 19 \text{, alors 8,5 vérifie l'inégalité.}$$

▸ **Programmer un tableur**

Un tableur est un logiciel permettant de réaliser des calculs, des tableaux et des graphiques. Une page se nomme une **feuille de calcul.** Le tableur de OpenOffice peut être téléchargé gratuitement.

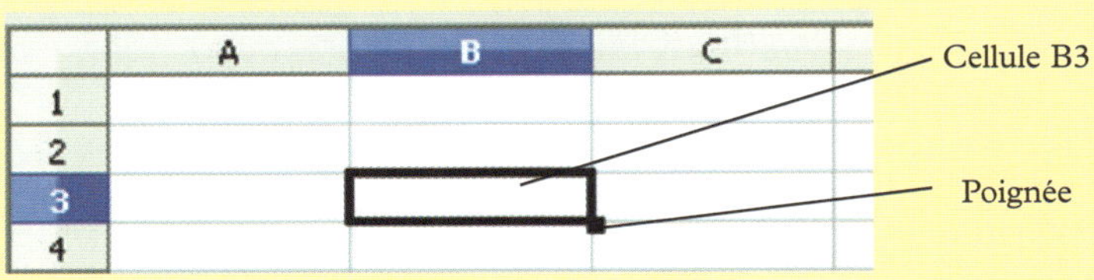

⟶ **Programmer le tableur** permet de lui faire réaliser les calculs, **seul**.

⟶ **L'utilisateur interprète** les résultats obtenus.

Corrigés → livret, p. 17

S'entraîner

QUIZ-TEST

Coche la (ou les) bonne(s) réponse(s).

1 Lorsque $x + 2{,}9 = 5$ alors x est égal à :

a) – 2,1. ………………………… ☐
b) 7,9. ………………………… ☐
c) 2,1. ………………………… ☐

2 L'inégalité $6{,}2 - 13 < -4$ est :

a) vraie. ………………………… ☐
b) fausse. ………………………… ☐
c) parfois vraie et parfois fausse. ………… ☐

3 ★ Ressemblances

Les six égalités proposées se ressemblent mais la valeur du nombre y vérifiant chacune d'elles est différente.
Trouve la valeur de y dans chaque cas.

a) $30 + y = 150$

$y =$ ………

b) $y \div 30 = 150$

$y =$ ………

c) $30 \times y = 150$

$y =$ ………

d) $y + 30 = -150$

$y =$ ………

e) $150 - y = -30$

$y =$ ………

f) $150 \times y = 30$

$y =$ ………

4 ★ Équation

Teste les deux nombres 2,1 et 3,5 dans l'équation $3m - 4 = 6{,}5$ puis réponds à la question posée.

a) Pour $m = 2{,}1$:

$3m - 4 =$ …………………………………

b) Pour $m = 3{,}5$:

$3m - 4 =$ …………………………………

c) Quelle est la solution de l'équation $3m - 4 = 6{,}5$?

…………………………………………

5 ★★ Associer

Observe les listes ci-dessous.

Liste des équations :

1. $\dfrac{108}{x} = 12$
2. $4 - x = 21$
3. $x - 7 = -10$
4. $\dfrac{3}{4} \times x = 6$

Liste des solutions :

a. $x = -3$ b. $x = 9$ c. $x = -17$ d. $x = 8$

À chaque numéro d'équation, associe le numéro de sa solution.

… et … … et … … et … … et …

6 ★★ Valide / Invalide

a) Complète le tableau pour chercher les valeurs de a vérifiant l'inégalité $5a + 17{,}9 \leqslant 61$.

a	Valeur de $5a + 17{,}9$	Valide / Invalide
13,41	…………	…………
7,15	…………	…………
8,62	…………	…………
10,43	…………	…………

b) Dans la liste ci–dessous, barre les nombres qui ne vérifient pas l'inégalité $5a + 17{,}9 \leqslant 61$.

13,41 10,43 8,62 7,15

7 ★★★ Problème et tableur

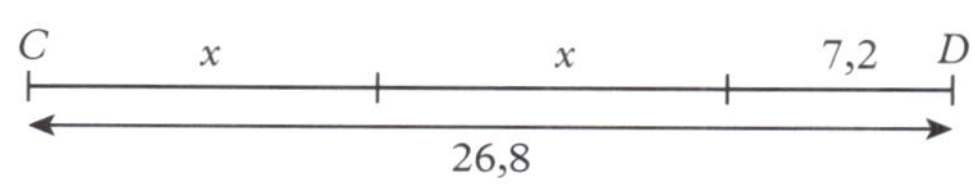

a) Donne, en fonction de x, l'écriture de la longueur CD.

$CD =$ …………………………………

b) Prépare le tableur en recopiant la feuille de calcul.

	A	B
1	x	Longueur CD
2	9,5	
3	9,6	
4	9,7	
5	9,8	
6	9,9	

Écris = 2*A2+7,2 dans la cellule B2,
puis valide à l'aide de la touche « Entrée ← »
Tire, vers le bas, la poignée de la cellule B2.
Observe les résultats de la colonne B.

c) Pour quelle valeur de x, la longueur CD mesure-t-elle 26,8 ?

…………………………………………

9 Division euclidienne Diviseurs et multiples d'un nombre

Retiens l'essentiel

À savoir

Division euclidienne

La division euclidienne est aussi appelée « la division entière ».

1 Division euclidienne

▶ La division euclidienne est la division dans laquelle le **dividende** (D), le **diviseur** (d), le **quotient** (q) et le **reste** (r) **sont entiers.**

▶ Voici trois **calculs posés** et **les égalités associées.**

126	9		85	13		D	d
0	14		7	6		r	q

$126 = 9 \times 14$ $85 = 13 \times 6 + 7$ $D = d \times q + r$ où $r < d$

2 Diviseurs et multiples

Les phrases suivantes ont **la même signification** (*a* et *m* entiers et *m* ↑ 0) :

- ***a*** est un multiple de ***m***.
- ***m*** est un diviseur de ***a***.
- ***a*** se trouve dans la table de ***m***.
- Le quotient ***a*** ÷ ***m*** est un entier.

Ex. : 126 = 9 × 14 (dans la division euclidienne de 126 par 9, le reste est 0).
Ainsi « 126 est un multiple de 9 » et « 9 est un diviseur de 126 ».

3 Rappels des critères de divisibilité

– Divisible par 2 ⟶ être pair.
– Divisible par 3 ⟶ avoir la somme de ses chiffres dans la table de 3.
– Divisible par 5 ⟶ avoir pour chiffre des unités 0 ou 5.
– Divisible par 9 ⟶ avoir la somme de ses chiffres dans la table de 9.
– Divisible par 10 ⟶ avoir pour chiffre des unités 0.

Mot-clé

Critère

Critère est synonyme de *caractéristique* ou *qualité* ou *particularité*.

Comment faire ?

▶ Utiliser la division euclidienne

On utilise la division euclidienne dans des problèmes de partage n'acceptant pas un résultat décimal.

Ex. : 1 846 billes sont réparties en sacs de 12 billes.
Quel est le nombre maximal de sacs remplis ?

1 846	12
10	153

1 846 = 12 × 153 + 10.
On aura 153 sacs remplis et il restera 10 billes non réparties.

▶ Utiliser la calculatrice

Selon les modèles de calculatrice, la touche de division euclidienne est [⊢] ou [:R].

Ex. : 1846 [⊢] 12 [EXE] permet d'obtenir à l'écran Q = 153 R = 10 . Il faut lire « quotient = 153 reste = 10. »

▶ Trouver les diviseurs d'un nombre

Il faut décomposer le nombre de toutes les façons possibles, en produit de deux entiers.

Ex. : 12 → 1 × 12 ou 2 × 6 ou 3 × 4 → La liste de tous les diviseurs de 12 est donc 1 ; 2 ; 3 ; 4 ; 6 ; 12.

S'entraîner

Corrigés → livret, p. 18

QUIZ-TEST

Coche la (ou les) bonne(s) réponse(s).

1 Quels sont les multiples de 13 ?

a) 52. .... ☐
b) 78. .... ☐
c) 143. .... ☐

2 Le nombre 105 est divisible par :

a) 9. .... ☐
b) 5. .... ☐
c) 3. .... ☐

3 ★ Problème

Un fleuriste reçoit une livraison de 485 tulipes et veut préparer des bouquets identiques de 13 tulipes.

Quel nombre maximal de bouquets peut-il réaliser et combien de tulipes lui restera-t-il ?

....

....

4 ★ Divisibilité

a) Dans la liste ci-dessous, barre les nombres qui ne sont pas divisibles par 9.
458 – 2 304 – 615 – 9 710 – 837 – 36 495

b) Dans la liste ci-dessous, entoure les nombres qui sont à la fois divisibles par 3 et par 5.
1 245 – 780 – 333 – 4 850 – 1 005 – 456

c) Place des croix dans les cases qui conviennent.

Est multiple de	222	1 170	1 173	9 702
6				
90				

5 ★ Vrai ou Faux

Analyse chaque phrase, puis coche la bonne réponse : Vrai (V) ou Faux (F) ?

V F

a) 24 est un diviseur de 1250. .... ☐ ☐

b) 104 est un multiple de 8 et aussi de 13. .... ☐ ☐

c) Si un nombre impair est divisible par 5, alors ce nombre se termine par 0. .... ☐ ☐

d) Si un nombre impair est divisible par 5, alors la somme de ses chiffres est divisible par 5. .... ☐ ☐

6 ★★ Tous les diviseurs

Dresse la liste complète des diviseurs de chaque nombre.

a) 21 : ....

b) 26 : ....

c) 49 : ....

d) 17 : ....

7 ★★ Qui est *x* ?

Dans chaque cas, la lettre *x* représente un chiffre (unités ou centaines) de l'écriture du nombre.

Trouve toutes les valeurs possibles du chiffre *x* afin que le nombre donné soit divisible par 3.

a) 74*x*

x peut être le chiffre : ...... ou ...... ou ......

b) 2 *x*53

x peut être le chiffre : ...... ou ...... ou ......

8 ★★ Problème

Pour préparer un concert, un professeur de chant d'une chorale de 30 élèves veut constituer des groupes contenant le même nombre d'élèves.

Combien de groupes peut-il former et combien d'élèves contient chaque groupe ? Donne toutes les possibilités.

....

....

....

10 Fractions : définition, généralités
Simplifier une fraction

Dénominateur ↑ 0

Le dénominateur d'une fraction est toujours différent de 0 car la division par 0 est impossible.

Ainsi $\frac{a}{0}$ **n'existe pas.**

À savoir

Fractions décimales

- Une fraction est appelée fraction décimale lorsque son dénominateur est 1, 10, 100, 1 000…
- Un nombre décimal peut toujours s'écrire en fraction décimale et inversement.

Ex. : $45{,}2 = \frac{452}{10}$; $\frac{138}{100} = 1{,}38$; $\frac{6}{1\,000} = 0{,}006$.

Retiens l'essentiel

1 Définition et généralités

▸ La fraction $\frac{a}{b}$ représente le quotient de **a** par **b** où *a* et *b* sont des entiers et *b* ↑ 0.

– Chaque nombre décimal est une fraction. *Ex.* : $2{,}7 = \frac{27}{10}$; $13 = \frac{26}{2}$.

– Par contre, chaque fraction n'a pas toujours une écriture décimale exacte.

Ex. : $\frac{9}{2} = 4{,}5$; $\frac{18}{6} = 3$; $\frac{35}{11} \approx 3{,}18\ 18\ldots$

$\frac{9}{2}$, $\frac{18}{6}$ sont des décimaux ; $\frac{35}{11}$ n'est pas décimal.

▸ **Cas particuliers :** $\frac{a}{1} = a$ $\quad \frac{0}{b} = 0 \quad \frac{b}{b} = 1$ pour *a* et *b* entiers et $b \neq 0$.

2 Fractions égales – Fraction simplifiée

▸ Les **fractions égales** à $\frac{a}{b}$ s'obtiennent en multipliant ou en divisant ses deux termes *a* et *b* par un même nombre différent de 0.

▸ La fraction dont l'écriture est donnée avec *a* et *b* les plus petits possibles, s'appelle **la fraction simplifiée.**

3 Comparaison avec 1

- $\frac{a}{b} > 1$ **lorsque** $a > b$ • $\frac{a}{b} < 1$ **lorsque** $a < b$ • $\frac{a}{b} = 1$ **lorsque** $a = b$

Comment faire ?

▸ Traduire par une fraction

Il est très utile de traduire une situation de problème ou l'abscisse d'un point par une fraction.

Ex. : 17 élèves d'un groupe de 25 ont les yeux marron ; ils forment $\frac{17}{25}$ du groupe.

Abscisses sur un axe

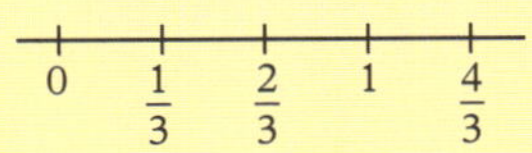

▸ Trouver une fraction égale

→ Les fractions ci-dessous sont égales.

$$\frac{30}{12} \underset{\div 6}{=} \frac{5}{2} \underset{\times 2}{=} \frac{10}{4} \underset{\times 7}{=} \frac{70}{28} \underset{\div 2}{=} \frac{35}{14}$$

→ Leurs numérateurs et dénominateurs forment deux listes proportionnelles.

Numérateur	30	5	10	70	35
Dénominateur	12	2	4	28	14

× 0,4

▸ Simplifier une fraction

Il faut diviser les deux termes de la fraction par un même nombre (jusqu'à ne plus pouvoir les diviser ensemble que par 1).

Ex. : $\frac{90}{75} \underset{\div 3}{=} \frac{30}{25} \underset{\div 5}{=} \frac{6}{5}$ $\quad \frac{6}{5}$ est la fraction simplifiée.

S'entraîner

Corrigés → livret, p. 18

QUIZ-TEST

Coche la (ou les) bonne(s) réponse(s).

1 **L'écriture décimale de la fraction $\frac{3}{5}$ est :**

a) 1,666. .... ☐
b) 0,6. .... ☐
c) 3 ÷ 5. .... ☐

2 **La fraction $\frac{3}{5}$ est égale à la fraction :**

a) $\frac{15}{25}$ . ... ☐ b) $\frac{12}{20}$ . ... ☐
c) $\frac{6}{10}$ . ... ☐

3 ★ Traduire

a) Donne la fraction d'une heure que représente chaque durée :

20 min : ...... ou ...... 1 s : ......

b) Propose en fraction, les trois abscisses manquantes.

c) Traduis par deux fractions l'aire coloriée du premier rectangle, puis colorie les $\frac{2}{3}$ de la surface du second.

...
ou
...

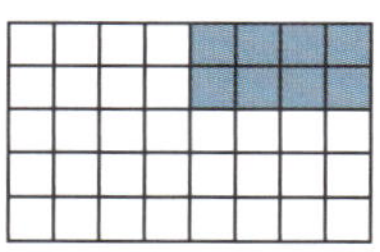

$\frac{2}{3}$

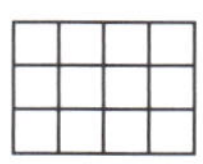

4 ★ Nombre manquant

Complète les égalités de fractions par l'entier qui convient.

a) $\frac{11}{9} = \frac{.....}{63}$ c) $\frac{.....}{25} = \frac{52}{100}$

b) $\frac{18}{45} = \frac{6}{...}$ d) $\frac{42}{.....} = \frac{7}{5}$

5 ★ Droite graduée

Trace une demi-droite d'origine 0 graduée avec 4 cm d'unité de longueur. Place ensuite les points d'abscisses respectives :

$$\frac{3}{4} \; ; \; \frac{1}{8} \; ; \; \frac{1}{2} \; ; \; \frac{6}{3} \; ; \; 1 + \frac{1}{4} \; ; \; \frac{5}{8} \; ; \; \frac{3}{2}.$$

6 ★ Classer

Dans la série des quotients suivants, entoure en bleu ceux qui sont supérieurs à 1 et en rouge, ceux qui sont inférieurs à 1.

$$\frac{1\,287}{561} \; ; \; \frac{32}{965} \; ; \; \frac{406}{406} \; ; \; \frac{172}{111} \; ; \; \frac{37}{15} \; ; \; \frac{13}{13} \; ; \; \frac{8\,973}{8\,972}.$$

7 ★★ Simplifier

Simplifie au maximum chaque fraction, en procédant par étapes.

a) ÷ ......
$\frac{15}{35}$ = ...

b) ÷ ......
$\frac{72}{27}$ = ...

c) $\frac{48}{36}$ = ...

d) $\frac{110}{330}$ = ...

8 ★★ Correspondances

Pour chaque fraction décimale donnée, trouve le nombre décimal et la fraction simplifiée qui lui correspondent.

a) $\frac{15}{10}$ = ... = ...

b) $\frac{28}{100}$ = ... = ...

c) $\frac{460}{1000}$ = ... = ...

11 Calculer avec des nombres en écriture fractionnaire

Retiens l'essentiel

Valeurs du numérateur et du dénominateur

Dans cette leçon, a, b, c, d sont des décimaux avec $b \neq 0$ et $d \neq 0$.

1 Ajouter ou soustraire des nombres en écriture fractionnaire

On distingue deux cas.

▶ **Dénominateurs identiques.**

– On **ajoute (ou on soustrait)** leurs deux **numérateurs** ;

– on **conserve** leur **dénominateur commun**.

$$\frac{a}{b}+\frac{c}{b}=\frac{a+c}{b} \qquad \frac{a}{b}-\frac{c}{b}=\frac{a-c}{b}$$

▶ **Dénominateurs différents.**

On doit d'abord impérativement **mettre les nombres au même dénominateur**.

$$\frac{7}{4}+\frac{3}{2}=\frac{7}{4}+\frac{3\times 2}{2\times 2}=\frac{7}{4}+\frac{6}{4}=\frac{13}{4}$$

$$\frac{9{,}4}{5}-\frac{3{,}1}{10}=\frac{18{,}8}{10}-\frac{3{,}1}{10}=\frac{15{,}7}{10}$$

2 Prendre une fraction d'une quantité

Prendre une fraction d'une quantité se dit aussi « appliquer la fraction à cette quantité ».

▶ **Pour prendre une fraction $\frac{a}{b}$ d'une quantité A, on doit effectuer le produit $A \times \frac{a}{b}$.**

3 Multiplier

Pour multiplier deux nombres en écriture fractionnaire :

– on **multiplie** leurs deux **numérateurs** ;

– on **multiplie** leurs deux **dénominateurs**.

$$\frac{a}{b}\times\frac{c}{d}=\frac{a\times c}{b\times d}$$

Mot-clé

Fractus

Fractus est un mot latin, racine des mots « fraction » et « fracture ».

$\frac{5}{4}$ représente la « fracture» du nombre 5 en 4 parties égales.

Comment faire ?

▶ Prendre une fraction d'une quantité

Pour prendre une fraction $\frac{a}{b}$ d'une quantité A, on doit effectuer le produit $A \times \frac{a}{b}$. Ce produit peut se calculer de trois façons ; selon les nombres de l'exercice, on choisira l'une au l'autre.

Ex. : Pour calculer les $\frac{2}{5}$ de 75 €, on doit calculer $75 \times \frac{2}{5}$.

On effectue $(75 \times 2) \div 5$ ou $(75 \div 5) \times 2$ ou $75 \times (2 \div 5)$. Dans les trois cas, on obtient 30 €.

▶ Multiplier deux nombres en écriture fractionnaire

Ex. : $\frac{12}{5}\times\frac{4}{3}=\frac{12\times 4}{5\times 3}=\frac{48}{15}=\frac{16}{5}$. $\qquad \frac{13}{11}\times 5=\frac{13}{11}\times\frac{5}{1}=\frac{13\times 5}{11\times 1}=\frac{65}{11}$.

On applique la règle — On simplifie.

S'entraîner

Corrigés → livret, p. 18

QUIZ-TEST

Coche la (ou les) bonne(s) réponse(s).

1 La somme $\frac{7}{5}+\frac{3}{5}$ est égale à :

a) $\frac{10}{10}$. ☐

b) $\frac{10}{5}$. ☐

c) 2. ☐

2 Les $\frac{4}{3}$ de 90 € représentent une somme d'argent :

a) supérieure à 90 €. ☐

b) égale à 90 €. ☐

c) inférieure à 90 €. ☐

3 ★ Technique

Effectue les calculs suivants en appliquant les règles du cours, puis simplifie l'écriture obtenue.

a) $\frac{7}{12}+\frac{9}{4}=$ ……………

b) $\frac{9}{8}\times\frac{11}{6}=$ ……………

c) $\frac{19}{5}-\frac{13}{5}-\frac{1}{5}=$ ……………

d) $\frac{13{,}5}{63}\times 4=$ ……………

4 ★ Portion d'une quantité

Dans chaque cas, calcule la portion de la quantité proposée.

a) Les $\frac{17}{3}$ de 135 m : ……………

b) Les $\frac{5}{9}$ de 27 € : ……………

c) Les $\frac{8}{11}$ de 462 L : ……………

5 ★★ Marchand de glaces

Sur la plage, un marchand de glaces vend les $\frac{2}{15}$ de son stock le matin, puis les $\frac{2}{3}$ de son stock l'après-midi.

Calcule la fraction du stock vendue dans la journée, puis donne la fraction du stock non vendue. (Réponses sous forme de fraction simplifiée.)

……………

……………

6 ★★ Exemple à ne pas suivre

Pendant une heure de permanence, Louis a passé :
- le tiers du temps à bavarder,
- le quart du temps à ricaner,
- le sixième du temps à dormir,
- le reste du temps à travailler.

a) Quelle fraction du temps Louis a-t-il passée à travailler ?

……………

……………

b) Combien de minutes cela représente-t-il ?

……………

7 ★★ Calcul littéral

Calcule chaque expression avec :

$x=\frac{5}{18}$ $y=\frac{2}{9}$ $z=\frac{7}{6}$.

a) $x-y+z=$ ……………

……………

b) $(x+y)\times z=$ ……………

……………

c) $x-yz=$ ……………

……………

Maths

12 La proportionnalité Quatrième proportionnelle

Retiens l'essentiel

1 Situation de proportionnalité

- Un tableau de proportionnalité comporte toujours un **coefficient multiplicateur** ; ce multiplicateur est toujours associé à l'unité (à la quantité 1).
- Deux grandeurs proportionnelles évoluent au même **rythme**.

Ex. : Si la première est triplée, alors la deuxième sera triplée.
Si la deuxième est divisée par 10, alors la première sera divisée par 10.

- Quand il n'y a pas proportionnalité, aucune des propriétés énoncées ci-dessus n'est vérifiée.

2 Proportion

- Une proportion s'exprime en fraction ou en pourcentage. Elle correspond toujours au quotient défini comme suit :

$$\text{proportion} = \frac{\text{quantité étudiée}}{\text{quantité totale}}$$

3 Quatrième proportionnelle

Ligne A	17	51
Ligne B	10,2	x

Dans un tableau où l'on connaît trois valeurs sur quatre comme ci-contre, **la quatrième proportionnelle est la valeur du nombre x** qui rendra proportionnelles les lignes A et B.

À savoir — Vocabulaire

Le coefficient multiplicateur se nomme aussi « multiplicateur » ou « coefficient de proportionnalité ».

Mots-clés

- En langage courant, « une proportion » est synonyme de « un rapport » sans précision particulière.
- En mathématiques, une **proportion** est synonyme de « un **quotient équivalent** ».

Comment faire ?

Exprimer une proportion

Ex. : Un mélange de 25 dL de jus de fruits contient 7 dL de jus de mangue.
Pour exprimer la proportion de jus de mangue contenu dans ce mélange, on réfléchit à :
– la quantité étudiée : le jus de mangue 7 dL
– la quantité totale : le mélange 25 dL
soit $\frac{7}{25}$ ou 28 % car $\frac{7}{25} = \frac{28}{100} = 28\ \%$.

Calculer une quatrième proportionnelle

Trois méthodes permettent de calculer la quatrième proportionnelle x.

Ex. : Vol d'un hélicoptère.

Temps de vol (en min)	15	5
Distance parcourue (en km)	57	x

– Recherche du multiplicateur
$57 \div 15 = 3{,}8 \rightarrow$ 3,8 est le multiplicateur $\rightarrow x = 5 \times 3{,}8 = 19$.

– Même rythme d'évolution
5 min est le tiers de 15 min $\rightarrow x$ sera le tiers de 57 $\rightarrow x = 57 \div 3 = 19$.

– Passage à l'unité
$x = (57 \div 15) \times 5 = 3{,}8 \times 5 = 19 \rightarrow x = 19$.
($57 \div 15$: Distance parcourue en 1 min)

Corrigés → livret, p. 19

S'entraîner

Maths

QUIZ-TEST

Coche la (ou les) bonne(s) réponse(s).

1 Coche les grandeurs proportionnelles.

a) La taille et l'âge d'un être humain. .... ☐

b) La longueur de la cour dans la réalité et sur un plan. .... ☐

c) Le nombre de livres empilés et la hauteur de la pile. .... ☐

2 4 baguettes valent 3,80 € alors 6 baguettes valent :

a) 2,90 €. .... ☐

b) 7,50 €. .... ☐

c) 5,70 €. .... ☐

3 ★ Entraînement du cycliste

Au cours de son entraînement, un cycliste tourne sur une piste pendant que son coach chronomètre les temps de parcours.

Nombre de tours	5	11	16
Durée du parcours (en s)	180	396	576

En justifiant, étudie si la durée (en s) et le nombre de tours sont proportionnels.

....

....

4 ★ Loterie

À la fête du collège, on entend au stand de la loterie :
« Achetez nos billets, pas chers nos billets,
2 € pour 10 billets, 3 € pour 20 billets ... ».

Étudie si la situation traduit une proportionnalité.

....

....

5 ★★ Proportion

Dans chaque cas, la réponse est attendue en fraction simplifiée et en pourcentage.

a) Quelle est la proportion de voyelles contenues dans le mot « exercice » ? Attention, une même voyelle doit être comptée à chaque fois que tu la rencontres.

....

....

b) Sur 684 élèves, le collège compte 171 élèves externes. Quelle est la proportion des externes ?

....

....

c) Sur une boîte de 450 g de céréales, je lis 30 g de glucides. Quelle proportion représentent les glucides ?

....

....

6 ★★ Maquette

Pierre possède une maquette de l'avion Rafale.
Il sait que l'envergure du Rafale mesure 10,86 m et qu'elle est représentée sur la maquette par une longueur de 24,5 cm.
Pierre prépare le tableau suivant :

Avion Rafale (en m)	10,86	L = 15,27	H = ...
Maquette (en cm)	24,5	L' = ...	H' = 11,8

Calcule, arrondi à 1 centième, la longueur L' et la hauteur H.

....

....

....

....

7 ★★ Problème

À la station-service, Olivia paie 57,15 € pour le plein de 43 litres du réservoir de sa voiture. Son ami Paul paie 46,51 € pour le même carburant.

Calcule, arrondi à l'unité, le volume d'essence acheté par Paul.

....

....

....

....

13 Définir et calculer un pourcentage Utiliser un pourcentage

Retiens l'essentiel

Mots-clés

Le mot pourcentage signifie littéralement « pour 100 », c'est-à-dire « par rapport à 100 ». Cela signifie que l'on compare la quantité étudiée en faisant référence à la quantité 100.

1 Définition

▸ **Un pourcentage est un quotient de dénominateur 100.** $n\ \% = \frac{n}{100}$.

Le nombre n peut être un entier ou un décimal.

Ex. : Dans 56 %, $n = 56$, alors n est un entier.
Dans 32,5 %, $n = 32,5$, alors n est un décimal.

▸

$100\ \% = 1$	$200\ \% = 2$	$10\ \% = \frac{1}{10}$	$50\ \% = \frac{1}{2}$	$25\ \% = \frac{1}{4}$	$75\ \% = \frac{3}{4}$
Totalité	**Double**	**Dixième**	**Moitié**	**Quart**	**Trois-quarts**

2 Calculer un pourcentage

▸ Le calcul d'un pourcentage est toujours lié à une situation de proportionnalité, donc à la recherche d'une quatrième proportionnelle.

▸ **Calculer un pourcentage consiste à trouver la proportion de dénominateur 100 qui correspond au problème posé.**

3 Utiliser un pourcentage

▸ Dans un problème, utiliser un pourcentage se dit aussi « appliquer un pourcentage ».

▸ **Pour appliquer un taux de n % à une quantité A, on doit effectuer le produit $A \times n$ %, c'est-à-dire le calcul $(A \times n) \div 100$.**

Comment faire ?

▸ Traduire en pourcentage

Pour traduire un nombre sous la forme d'un pourcentage, on utilise les propriétés des quotients égaux.

Ex. : $0,36 = \frac{36}{100} = 36\ \%$ $\quad 4 = \frac{400}{100} = 400\ \%$ $\quad \frac{7}{8} = \frac{3,5}{4} = \frac{87,5}{100} = 87,5\ \%$ (÷ 2, × 25)

▸ Calculer un pourcentage

Dans un problème, faire référence à la quantité 100 permet une meilleure « lisibilité» de la proportion.

Ex. : Au basket, Clément a réussi 18 paniers sur les 24 qu'il a tentés. Quel est son pourcentage de réussite ?

Par un tableau de proportionnalité

Paniers tentés	24	100
Paniers réussis	18	x

$x = (18 \div 24) \times 100 = 75$, soit 75 %.

Par la recherche d'une proportion

La proportion des paniers réussis est $\frac{18}{24}$ (soit $18 \div 24$).

$\frac{18}{24} = 0,75 = \frac{75}{100} = \boxed{75\ \%}$.

▸ Appliquer un taux de pourcentage

Ex. : Dans un groupe de 80 sportifs, 15 % pratiquent le rugby. Combien ce groupe contient–il de rugbymen ?

$80 \times 15\ \%$
À la main : $(80 \times 15) \div 100 = 1\,200 \div 100 = 12$
À la calculatrice : taper 80 [×] 15 [%] [EXE]
} Le groupe contient 12 rugbymen.

S'entraîner

Corrigés → livret, p. 19

QUIZ-TEST

Coche la (ou les) bonne(s) réponse(s).

1 Les 25 % du nombre 560 sont égaux à :

a) 280. ☐
b) 720. ☐
c) 140. ☐

2 Une proportion de $\frac{30}{150}$ correspond à :

a) 50 %. ☐
b) 20 %. ☐
c) 10 %. ☐

3 ★ Au stade

Lors du dernier match de championnat, le stade de 25 000 places a accueilli 19 250 spectateurs.

Exprime en pourcentage la proportion de remplissage du stade pour ce match.

Méthode imposée : par un tableau de proportionnalité.

....

....

....

4 ★ Mentalement

Calcule mentalement.

a) Les 10 % de 857 : ......
b) Les 5 % de 120 : ......
c) Les 50 % de 39 : ......
d) Les 20 % de 610 : ......
e) Les 1 % de 800 : ......
f) Les 100 % de 73 : ......
g) Les 75 % de 200 : ......
h) Les 200 % de 48 : ......

5 ★ Au conservatoire

Au conservatoire, sur les 750 musiciens inscrits, les pianistes sont majoritaires : on en compte 420.

a) Calcule le pourcentage de pianistes parmi les inscrits de ce conservatoire.

Méthode imposée : par la recherche d'une proportion.

....

....

....

b) Trouve le pourcentage des inscrits de ce conservatoire qui ne sont pas pianistes.

....

6 ★★ Au musée

Au musée de la ville, on observe cette année une augmentation de fréquentation de 12,7 %. L'an passé, le nombre d'entrées était de 235 000.

Calcule le nombre d'entrées enregistrées cette année.

....

....

....

7 ★★★ Au magasin

Sur tous les sèche-linge, on accorde un rabais de 35 %. Pour le modèle présenté en exposition et valant 260 €, une promotion de 12 % supplémentaires sur le prix réduit est proposée. Pierre en profite et achète ce sèche-linge.

À quel prix Pierre paiera-t-il son sèche-linge ?

....

....

....

....

....

14 Faire des statistiques
Représenter et interpréter une série statistique

À savoir

Utilité des statistiques

- Le mot **statistique** est récent mais le travail de statistiques est très ancien. On retrouve trace de statistiques, par exemple dans l'Égypte ancienne, pour recenser des quantités de bétail.
- Les **statistiques** permettent de réaliser des études et des calculs sur un très grand nombre de données. Ces données sont obtenues à partir d'un sondage ou d'une enquête par exemple.

Retiens l'essentiel

1 Définitions

▸ Faire des statistiques consiste à mener un travail en quatre parties :
– **collecter** les informations ;
– **trier** les données collectées et les organiser ;
– **construire** des tableaux, des diagrammes ou des graphiques à partir du résultat des tris ;
– **analyser**, c'est-à-dire interpréter les tableaux, diagrammes ou graphiques.

▸ La collecte des informations se fait de façon brute, c'est-à-dire sans trier.
Le tri des données collectées se fait en regroupant ces données en classes.
Une **classe** est une **catégorie**.
Le nombre d'éléments d'une classe s'appelle **l'effectif** de cette classe.

2 Diagrammes

Un diagramme est une représentation graphique des différentes classes. Il en existe de plusieurs types.

Ex. : Les différents modes de transport des élèves d'une classe de cinquième.

Diagramme en barres

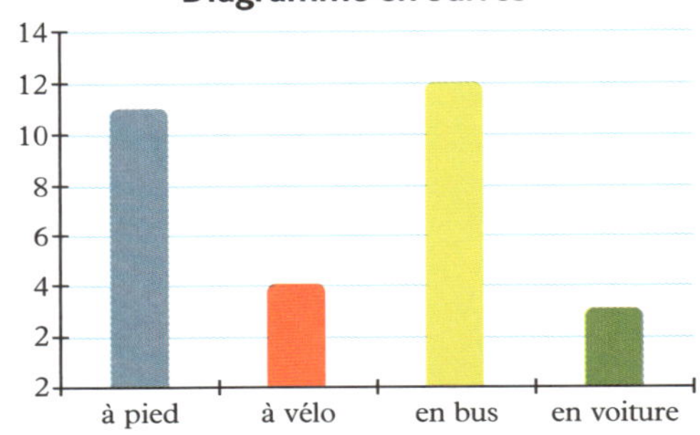

Diagramme circulaire

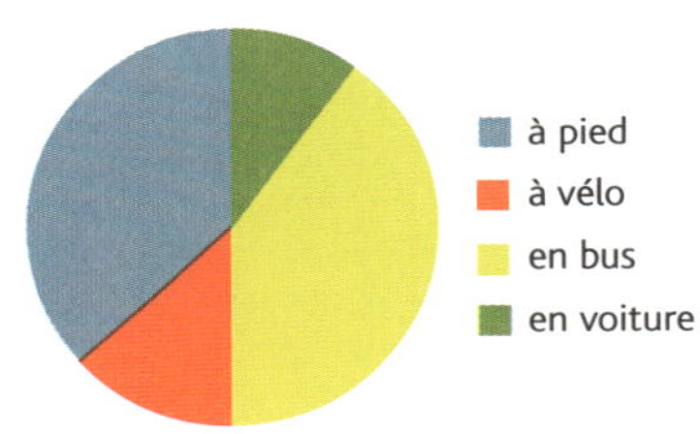

3 Graphique et courbe

▸ Un graphique se construit dans un repère du plan avec un choix de graduation judicieux.

▸ La **courbe du graphique** est la ligne qui relie les points du graphique.

Ex. : Évolution des notes d'un élève lors des devoirs du 1er trimestre.

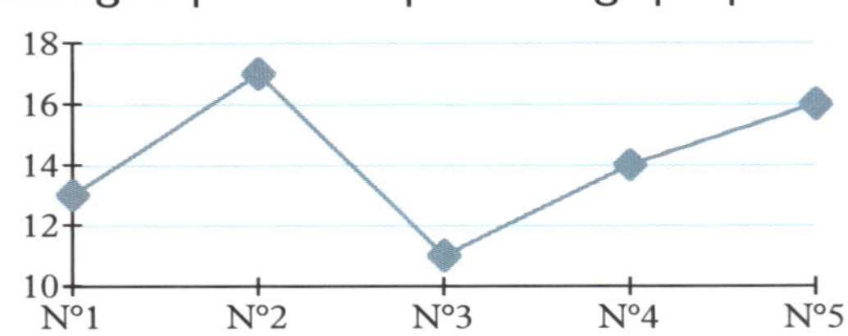

Vocabulaire

Dans un graphique, une **courbe** peut avoir la forme d'une ligne droite, d'une ligne brisée ou d'une ligne courbe.

Comment faire ?

▸ **Analyser et interpréter un résultat statistique**

Un diagramme et un graphique sont très « parlants », c'est en les lisant que l'on peut interpréter et analyser plus facilement le bilan du sondage ou de l'enquête.

Ex. : Comparer les différents modes de transport des élèves, les classer par ordre d'importance.

Corrigés → livret, p. 20

S'entraîner

QUIZ-TEST

Coche la (ou les) bonne(s) réponse(s).

1 La hauteur des barres du diagramme :

a) dépend de l'effectif des classes. .... ☐
b) est proportionnelle au nombre de classes.... ☐
c) est proportionnelle à l'effectif des classes.... ☐

2 La mesure de l'angle d'un secteur circulaire :

a) dépend du nombre de classes. .... ☐
b) dépend du rayon du disque. .... ☐
c) dépend de l'effectif des classes. .... ☐

3 ★ Taille en cm

Voici les tailles en cm d'un groupe d'élèves de 5e.

161	153	152	168	167	170	162
155	175	163	167	156	160	158
157	154	152	158	161	160	152
163	156	163	163	169	171	157

Trie les valeurs proposées et complète le tableau.

	1re classe	2e classe	3e classe
Taille en cm	151 à 160	161 à 170	171 à180
Effectif	....	....	....

a) Quel est l'effectif total de ce groupe ?

....

b) Combien d'élèves mesurent 161 cm ou plus ?

....

c) Combien d'élèves mesurent au plus 170 cm ?

....

4 ★ Poids à la naissance

Voici les poids en kg, à la naissance, des élèves de ce même groupe.

Poids p (en kg)	$p < 2,500$	$2,500 \leqslant p < 3,000$
Effectif	1	6

$3,000 \leqslant p < 3,500$	$3,500 \leqslant p < 4,000$	$p \geqslant 4,000$
12	7	2

Construis un diagramme en barres de cette répartition.

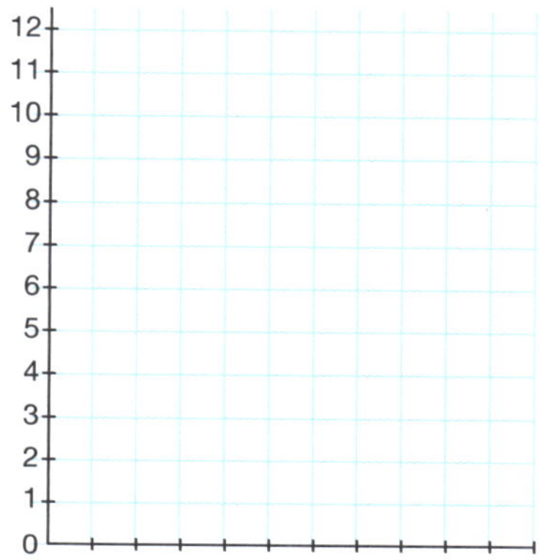

5 ★★ Petit-déjeuner

Les élèves de ce même groupe ont été interrogés sur la boisson qu'ils consomment au petit-déjeuner.

Boisson	Lait	Chocolat	Jus d'orange	Rien
Effectif	7	18	2	1
Angle (en°)	90°	....	....	......

a) Calcule (arrondie à 1°), la mesure de l'angle associé à chaque secteur et complète le tableau.
La mesure de l'angle est proportionnelle à l'effectif.
b) Construis un diagramme circulaire de cette répartition en reprenant la couleur de chaque classe.

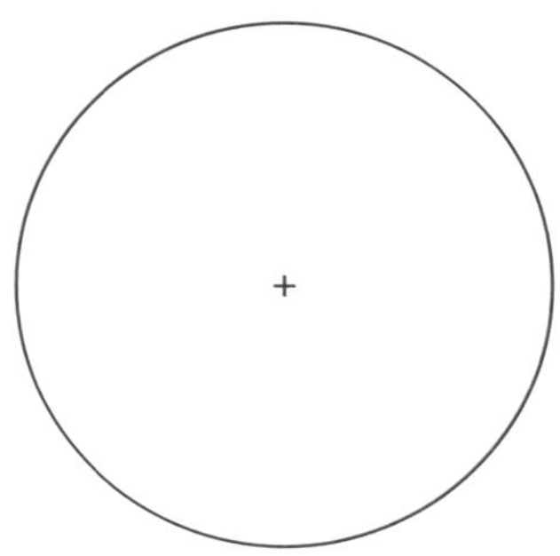

Maths

15 Effectifs et fréquences Probabilités

À savoir

Le préfixe « équi » signifie « égal ».
« Équiprobables » signifie « de probabilités égales ».

Retiens l'essentiel

1 Effectif

En statistique, (voir leçon 14), l'effectif d'une classe est le nombre de ses éléments.

Ex. : Parmi les 360 personnes présentes dans la salle de cinéma, on compte 93 femmes et 251 enfants, le reste étant des spectateurs hommes.
On dit que l'effectif de la catégorie « enfants » est 251.

2 Fréquence et statistiques

- Une fréquence peut s'exprimer sous trois formes différentes : décimale, fractionnaire ou en pourcentage.
- La fréquence associée à une classe est définie par le **quotient** :

$$\text{Fréquence} = \frac{\text{Effectif de la classe}}{\text{Effectif total}}.$$

3 Fréquence et probabilités

- Les probabilités permettent d'évaluer la chance ou de mesurer le risque, par exemple dans les jeux de hasard.
- En probabilité, « obtenir la face 5 » en lançant un dé ou « sortir un as » dans un jeu de cartes, s'appelle un **événement**.
- Comme une fréquence, une probabilité est définie par un quotient. Elle peut donc s'écrire sous trois formes : décimale, fractionnaire ou en pourcentage.

$$\text{Probabilité} = \frac{\text{Nombre de possibilités que l'évènement se réalise}}{\text{Nombre total de possibilités}}.$$

Comment faire ?

Calculer une fréquence

Ex. : On répartit les 50 personnes d'un groupe selon la couleur des yeux.
37 personnes ont les yeux marron, 10 ont les yeux bleus, 2 ont les yeux verts et 1 personne a les yeux gris.

$\text{Fréquence yeux bleus} = \frac{\text{Effectif des yeux bleus}}{\text{Effectif total}} = \frac{10}{50}$, c'est-à-dire en simplifiant $\frac{1}{5}$ ou 0,20 ou 20 %.

$\text{Fréquence yeux marron} = \frac{\text{Effectif des yeux marron}}{\text{Effectif total}} = \frac{37}{50}$, c'est-à-dire $\frac{37}{50}$ ou 0,74 ou 74 %.

Exprimer une probabilité

Le calcul d'une probabilité traduit le nombre de chances d'obtenir « un événement ». Le raisonnement mis en œuvre est le même que celui utilisé dans le calcul d'une fréquence.

Ex. : On lance un dé à six faces numérotées de 1 à 6. Quelle est la probabilité d'obtenir la face 5 ?
Il n'existe qu'une seule face 5 sur un total de six faces.

$\frac{\text{Nombre de possibilités d'avoir la face 5}}{\text{Nombre total de possibilités}} = \frac{1}{6}$, soit environ 0,167 ou 16,7 %.

Corrigés → livret, p. 20

S'entraîner

QUIZ-TEST

Coche la (ou les) bonne(s) réponse(s).

1 Sur les 50 personnes d'un groupe, 2 personnes ont les yeux verts. Quelle est la fréquence « yeux verts » ?

a) 1/25. ☐
b) 2/50. ☐
c) 2/48. ☐

2 La probabilité que j'aie un an de plus l'an prochain est de :

a) 50 %. ☐
b) 100 %. ☐
c) 20 %. ☐

3 ★ Groupes sanguins

Il existe quatre groupes sanguins différents chez les êtres humains : les groupes A, B, AB et O.
Voici les résultats d'une enquête, menée auprès de 24 adultes sur le groupe sanguin auquel chacun appartient.

AB	B	O	A	O	A	O	O
O	AB	A	AB	A	A	A	A
A	A	B	B	O	B	A	B

a) Complète le tableau ci-dessous donnant les effectifs.

Groupe sanguin	O	A	B	AB
Effectif	....	....	....	....

b) Quel est le groupe sanguin le plus répandu dans cet ensemble d'adultes ? Et le moins répandu ?

....

....

c) Sur Internet, recherche quel est le groupe sanguin le plus répandu et le groupe le moins répandu au niveau mondial.

....

d) Les résultats obtenus dans le groupe d'adultes de notre étude sont-ils cohérents avec les données mondiales ? Justifie.

....

....

4 ★★ Jeu de cartes

Dans un jeu de 32 cartes, on tire une carte au hasard.

a) Quelle est la probabilité que cette carte soit une carte rouge ?

....

b) Calcule, en fraction, la probabilité de tirer l'as de carreau.

....

c) Calcule, en pourcentage, la probabilité de tirer un as.

....

d) Invente deux événements équiprobables qui peuvent se produire avec ce jeu de 32 cartes.

....

....

5 ★★ Modes de transport

Une classe de 5e est constituée de 30 élèves.
Les différents modes de transport des élèves pour venir au collège sont résumés dans le tableau suivant :

Transport	à pied	à vélo	en bus	en voiture
Effectif	11	4	....	3
Fréquence arrondie à 1 %	....	....	....	....

Complète toutes les cases du tableau.

16 Les différents objets de géométrie Les solides

Mots-clés

Ligne et surface

Parfois, **ligne** et **surface** sont désignées par le même mot. C'est le cas pour le carré, le rectangle et le triangle.

La représentation en perspective

La représentation en perspective ne montre pas la forme réelle du solide, ni la forme réelle de chaque face mais elle doit toujours respecter les règles suivantes :
– les lignes vues sont en trait plein, les lignes cachées en pointillés ;
– les parallèles sont représentées par des parallèles.

À savoir

Le croquis

Quand on te demande de réaliser un croquis, tu dois faire un dessin schématique qui t'aidera à comprendre la situation.

Retiens l'essentiel

1 Ligne – Surface – Solide

 Ligne	 carré	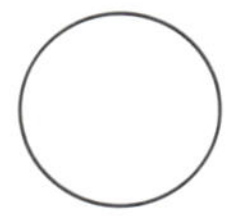 cercle	D'une ligne, on mesure **la longueur.** **Unité : m**
 Surface	 carré	 disque	D'une surface, on mesure **l'aire**. **Unité : m²**
 Solide	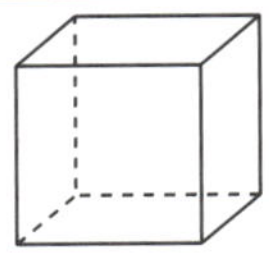 cube	 sphère	D'un solide, on mesure **le volume.** **Unité : m³**

2 Les représentations d'un solide

▶ Il existe trois façons de représenter les solides : en **3D** (la réalité), en **patron** et en **perspective**.

▶ Voici trois perspectives :

Parallélépipède rectangle

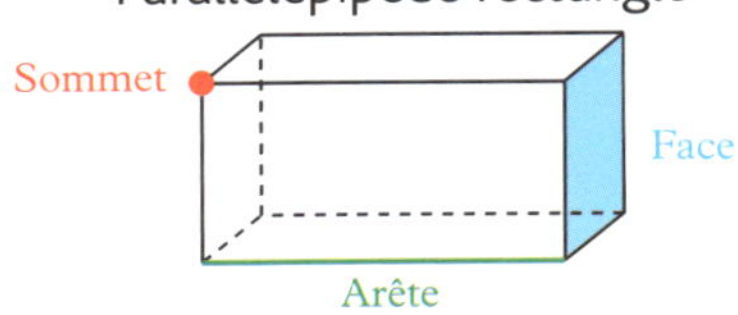

Pyramide à base carrée

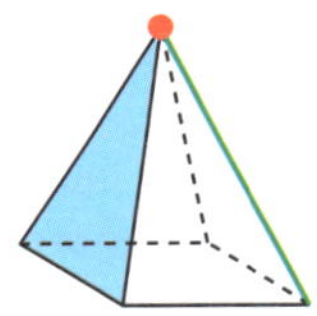

Cylindre

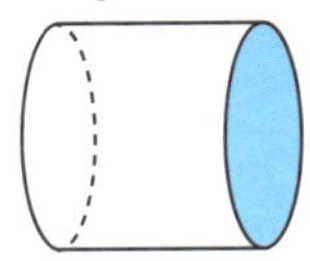

▶ Un **sommet** est un **point**. Une **arête** est un **segment**. Une **face** est une **surface**.

▶ Un cylindre a deux faces parallèles qui sont des disques mais il n'a ni sommet, ni arête.

Comment faire ?

▶ Représenter un solide

Ci-dessous, les figures sont réalisées à main levée, elles se nomment des croquis.

Patron d'un cube

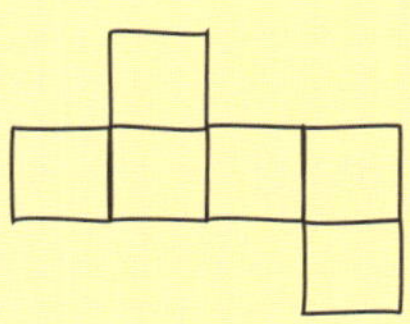

Patron d'un cylindre

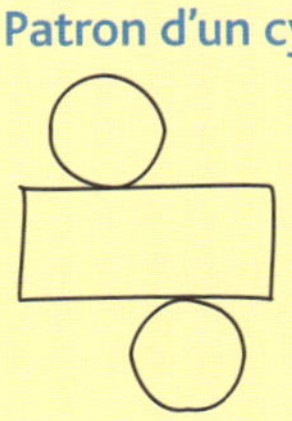

▶ Convertir avec les unités de longueur

km	hm	dam	**m**	dm	cm	mm
2	0					
			9	8		

→ × 10 ; ← ÷ 10 } à chaque colonne franchie.

Ex. : 20 hm = 2 km.   98 dm = 9,8m.

Corrigés → livret, p. 21

S'entraîner

QUIZ-TEST

Coche la (ou les) bonne(s) réponse(s).

1 Le cercle est la limite extérieure du disque.

a) Vrai. ☐
b) Faux. ☐
c) On ne peut pas répondre. ☐

2 Une sphère n'a pas d'arête.

a) On ne peut pas répondre. ☐
b) Vrai. ☐
c) Faux. ☐

3 ★ Périmètre et aire

Voici deux losanges identiques.

Colorie $\frac{3}{4}$ du périmètre de l'un et $\frac{3}{4}$ de la surface de l'autre.

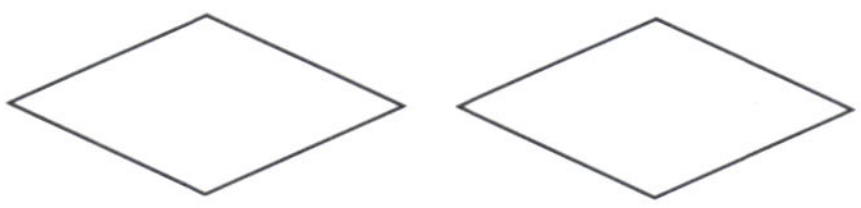

4 ★ Conversions

Convertis en mètres (m) les mesures de longueur.

a) 5,6 dam = …………
b) 132 cm = …………
c) 2,61 km = …………
d) 74 dm = …………
e) 0,816 hm = …………
f) 93 mm = …………

5 ★ Distinguer sommet/arête/face

Compte le nombre de sommets, d'arêtes et de faces de chaque solide, puis complète le tableau.

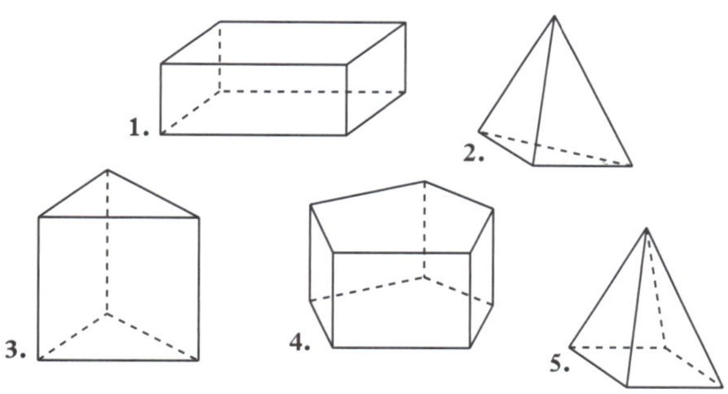

Solide	Sommets	Arêtes	Faces
1			
2			
3			
4			
5			

6 ★★ Patron

Réalise le croquis d'un patron d'un parallélépipède rectangle et d'un patron d'une pyramide à base carrée.

7 ★★★ En fonction de

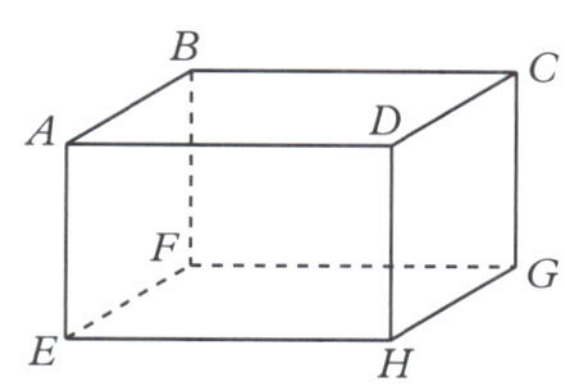

Dans le pavé droit *ABCDEFGH* ci-dessus, on donne :
$AB = x$ $AD = 7{,}5$ $AE = y$.

Traduis en fonction de x et de y les expressions suivantes.

a) Le périmètre de *ABCD* ……………………
b) Le périmètre de *DCGH* ……………………
c) L'aire de *ADHE* ……………………
d) L'aire de *DCGH* ……………………
e) La longueur totale des arêtes du solide ……………
f) L'aire totale des faces du solide ……………

17 Angles d'un triangle Inégalité triangulaire

À savoir

Symboles

En mathématiques, on barre un symbole pour traduire sa négation.

- $=$ égal
- $\neq$ n'est pas égal
- $\in$ appartient
- $\notin$ n'appartient pas
- $<$ inférieur
- $\not<$ n'est pas inférieur

Nature et mesure d'un angle

- Angle nul : 0°
- Angle aigu : entre 0° et 90°
- Angle droit : 90°
- Angle obtus : entre 90° et 180°
- Angle plat : 180°

Retiens l'essentiel

1 Propriété des angles d'un triangle

▶ **Dans tout triangle, la somme des mesures des trois angles est égale à 180°.**

▶ **Cas des triangles particuliers**

– Les angles à la base d'un triangle **isocèle** ont la même mesure.
– Chaque angle d'un triangle **équilatéral** mesure 60°.
– Les angles aigus d'un triangle **rectangle** ont pour somme 90°.
– Les angles aigus d'un triangle **rectangle-isocèle** mesurent 45°.

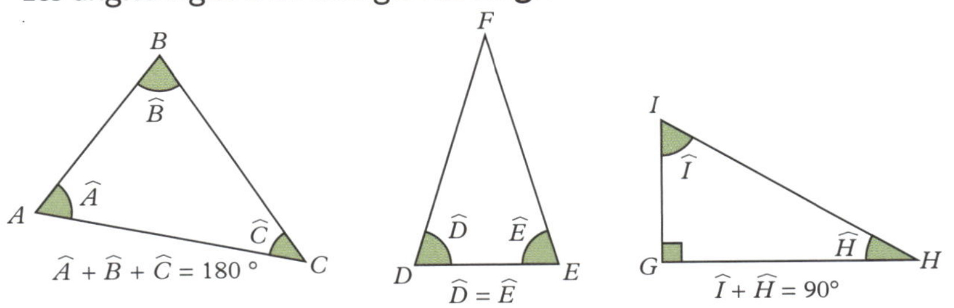

2 Inégalité triangulaire

▶ Trois longueurs choisies au hasard ne permettent pas toujours de construire un triangle.

▶ **Dans tout triangle, la longueur d'un côté doit être inférieure à la somme des longueurs des deux autres côtés.**

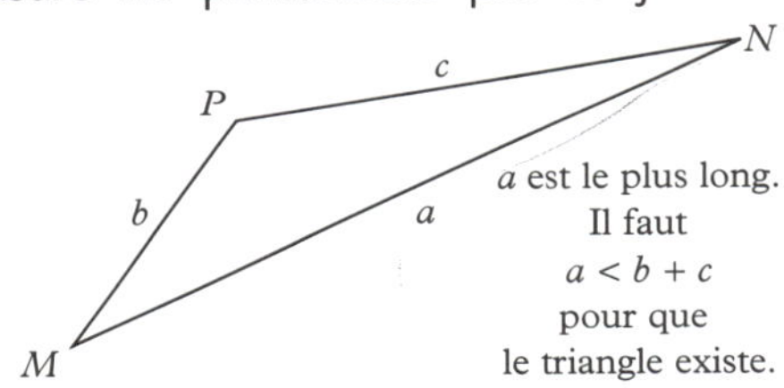

Le chemin le plus court de M à N est celui de la ligne droite MN.
Par conséquent $MN < MP + PN$.

Comment faire ?

▶ **Calculer la mesure d'un angle du triangle**

Lorsqu'on connaît la mesure de deux angles d'un triangle, on peut calculer la mesure du troisième angle.

Ex. : ABC est un triangle tel que $\widehat{A} = 53°$ et $\widehat{B} = 78°$. Quelle est la mesure de l'angle $\widehat{C}$?

– Méthode 1 : $\widehat{C} = 180° - (78° + 53°) = 180° - 131° = 49°$
– Méthode 2 : $\widehat{C} = 180° - 78° - 53° = 102° - 53° = 49°$

Dans les deux cas, on trouve $\widehat{C} = 49°$.

▶ **Étudier l'existence d'un triangle**

Pour savoir si l'on peut construire un triangle en connaissant trois longueurs, **il suffit de vérifier l'inégalité triangulaire pour le segment le plus long.**

Ex. : ABC $AB = 4{,}2$ $AC = 9$ (le plus long) $BC = 6{,}8$ → $4{,}2 + 6{,}8 = 11$ et $9 < 4{,}2 + 6{,}8$ → ABC existe.

MNP $MN = 3$ $NP = 4$ $MP = 8$ (le plus long) → $3 + 4 = 7$ et $8 \not< 3 + 4$ → MNP n'existe pas.

S'entraîner

Corrigés → livret, p. 21

QUIZ-TEST

Coche la (ou les) bonne(s) réponse(s).

1 La mesure d'un angle du triangle équilatéral est :

a) 90°. ☐
b) 60°. ☐
c) 120°. ☐

2 Un triangle isocèle peut être un triangle rectangle.

a) Jamais. ☐
b) Parfois. ☐
c) Toujours. ☐

3 ★ Troisième angle

Deux angles d'un triangle mesurent respectivement 116° et 35°.

Calcule la mesure du troisième angle de ce triangle.

....

....

4 ★ Troisième angle (bis)

EFG est un triangle tel que $\widehat{F} = 27°$ et $\widehat{G} = 53°$.

a) Construis ci-dessous un croquis de la situation géométrique en indiquant les données de l'exercice.

Rappel : un croquis ne respecte pas les dimensions.

b) Calcule de deux façons la mesure de l'angle $\widehat{E}$ du triangle *EFG*.

Première façon

$\widehat{E}$ = ...

Seconde façon

$\widehat{E}$ = ...

5 ★ Constructible ?

Étudie si chacun des triangles proposés est constructible ou non.

Les longueurs des côtés sont données dans la même unité, le cm.

a) Triangle *RUT* : *RU* = 10,6 *RT* = 3,1 *UT* = 4,8

10,6. 3,1
4,8
7,9

Donc le triangle *RUT* ....

b) Triangle *THE* : *TH* = 3,4 *HE* = 7 *ET* = 5,1

....

....

Donc le triangle *THE* ....

6 ★★ Croquis et calcul

Dans chaque cas, réalise un croquis de la situation géométrique, puis calcule l'angle demandé.

a) *HLS* triangle isocèle en *L* et $\widehat{H} = 71°$.

$\widehat{L}$ = ...

b) *HLS* triangle isocèle en *L* et $\widehat{L} = 71°$.

$\widehat{H}$ = ...

18 Repérer un point dans le plan

Retiens l'essentiel

1 Axes et repère du plan

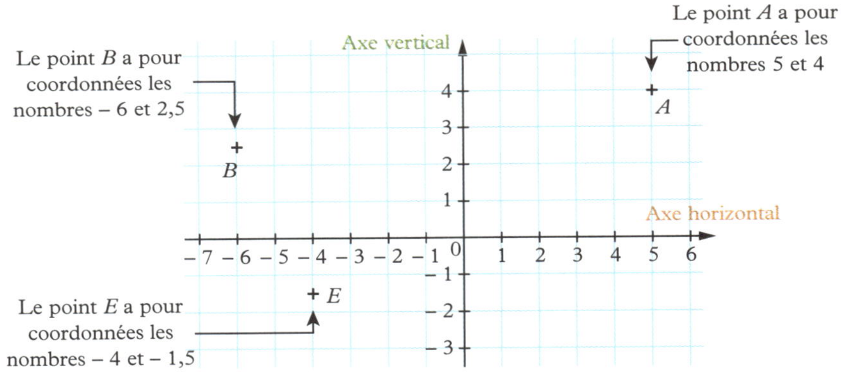

2 Vocabulaire et notation

▸ Chaque point du plan est associé à deux nombres appelés ses deux coordonnées.

▸ Ainsi, dans le repère du paragraphe 1, les nombres 5 et 4 sont les coordonnées du point *A*. On code cette phrase de la façon suivante :

5 est l'abscisse de *A* — ***A* (5 ; 4)** — **4 est l'ordonnée de *A***

Elle se lit sur l'axe horizontal. ← → **Elle se lit sur l'axe vertical.**

À savoir — Vocabulaire

- Le point de coordonnées **(0 ; 0)** situé à l'intersection des axes s'appelle **l'origine du repère.**
- L'écriture (5 ; 4) s'appelle **un couple de nombres.**

Sens d'écriture

L'ordre des nombres est important dans l'écriture du couple de coordonnées : il faut toujours lire et écrire l'**abscisse en premier.**

Comment faire ?

▸ Écrire les coordonnées d'un point

→ En utilisant la même notation que dans « Retiens l'essentiel », on écrit *B* (– 6 ; 2,5) et *E* (– 4 ; – 1,5).

→ **Cas particuliers des points placés sur l'un des axes.**

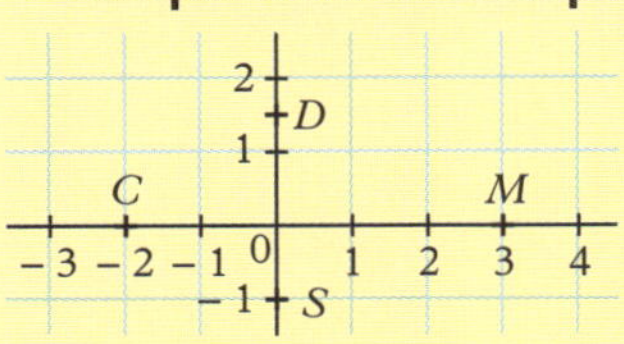

Dans le repère ci-contre, l'abscisse des points *D* et *S* est 0 tandis que les points *M* et *C* ont pour ordonnée 0.
Ainsi, on peut lire *M* (3 ; 0) *C* (– 2 ; 0) *D* (0 ; 1,5) *S* (0 ; – 1).

▸ Lire les coordonnées d'un point

Placer des points et lire des coordonnées est nécessaire pour construire et interpréter des graphiques.

Ex. : – À 2 h, la température est 0,5 °C.
– La température est de – 2 °C à 7 h.
– À 0 h, il fait 2 °C mais il fait 0° C à 2 h 30 et à 9 h.

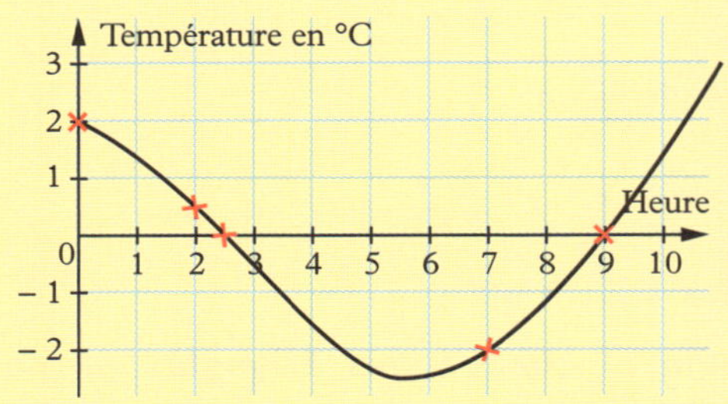

Corrigés → livret, p. 22

S'entraîner

QUIZ-TEST

Coche la (ou les) bonne(s) réponse(s).

1 (6 ; 8) et (8 ; 6) désignent des points :

a) différents. ☐
b) confondus. ☐
c) ayant les mêmes coordonnées. ☐

2 On donne *U* (7 ; – 5).

a) – 5 est l'abscisse de *U*. ☐
b) 7 se lit sur l'axe horizontal. ☐
c) – 5 se lit sur l'axe vertical. ☐

3 ★ Console de jeux

Pierre a guidé son personnage sur l'écran de sa console de jeux, du point de départ *D* au point d'arrivée *A*.

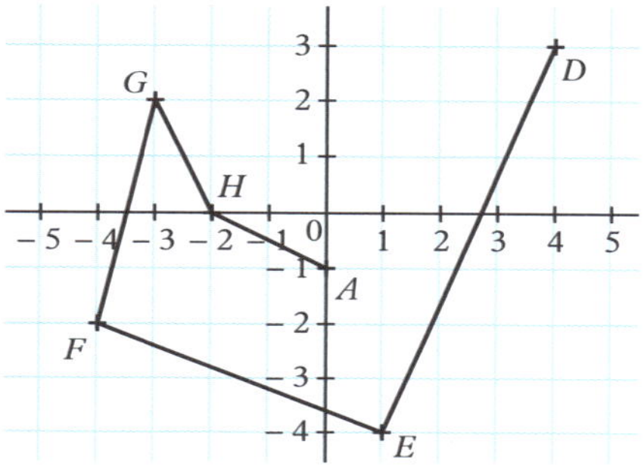

Écris les coordonnées de chacun des six points *D*, *E*, *F*, *G*, *H*, *A* de ce parcours.

....

....

4 ★ Console de jeux (suite)

À son tour, Léa joue et déplace un personnage sur l'écran. Son personnage effectue le trajet dans l'ordre suivant : *B*(– 1 ; 3) → *C*(1 ; 1) → *M* (4 ; – 3) → *T* (– 3 ; – 2) → *R* (0 ; 1).

Dans le repère de l'exercice précédent, place les cinq points indiqués pour le personnage de Léa, puis trace en rouge la ligne brisée correspondant à son trajet.

5 ★★★ Dessin surprise

Réalise ce travail sur une feuille à grands carreaux.

a) Trace les axes au centre de la feuille et choisis 1 carreau d'unité. Dans ce repère, place les points :

A (– 3 ; 0) *B* (– 4 ; 2) *C* (– 4 ; 4,5) *D* (– 2 ; 4,5) *E* (0 ; 2) *F* (0 ; 3) *G* (1 ; 3) *H* (1 ; 2) *I* (3 ; 4,5) *J* (5 ; 4,5) *K* (5 ; 2) *L* (4 ; 0) *M* (4,5 ; – 1) *N* (3,5 ; – 3) *O* (0 ; 0) *P* (2 ; – 3) *Q* (1 ; 0) *R* (0,5 ; – 2) *S* (– 1 ; – 3) *T* (– 2,5 ;– 3) *U*(– 3,5 ; – 1) *V* (– 1 ; 6) *W* (2 ; 6) .

b) Trace les trois segments [*EH*], [*FV*] et [*GW*], puis les deux lignes brisées *ABCDEFGHIJKL* et *LMNPQROSTUA*. Quel dessin obtiens-tu ?

6 ★★ Graphique

Le graphique montre l'évolution de la consommation de viande en France par an et par habitant.

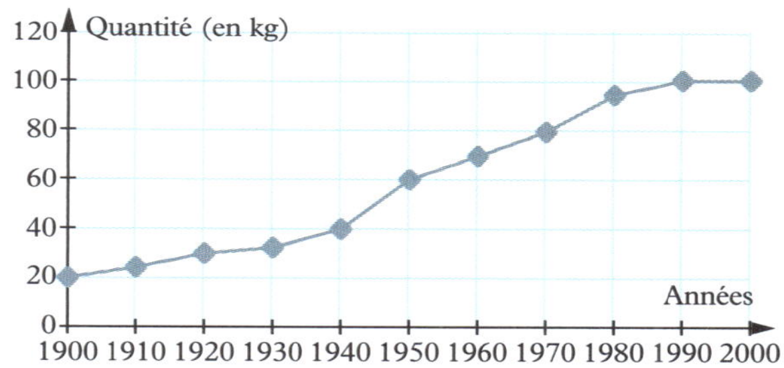

a) Réponds aux questions suivantes.

– Quelle quantité consommait-on en 1950 ? ....

– En quelle année consommait-on 80 kg ? ....

b) Le tableau indique, en France, l'évolution de la consommation de pain.

Année	1950	1960	1970	1980	1990	2000
Pain (en kg)	120	100	80	70	60	70

Sur le graphique ci-dessus, construis les points associés aux colonnes de ce tableau, puis trace en rouge la ligne brisée qui les relie.

Maths

19 Médiatrice et hauteur d'un triangle Cercle circonscrit à un triangle

Retiens l'essentiel

Mots-clés

- Le préfixe **« équi »** signifie « égal ».
On le trouve dans les mots suivants :
– « équilibre » : masses égales ;
– « équidistant » : à distance égale ;
– « équilatéral » : côtés de longueurs égales.
- « Concourantes » signifie « sécantes en un même et unique point ».

1 Médiatrice du triangle

▸ On appelle **médiatrice du triangle**, la médiatrice de l'un de ses côtés. Le triangle a trois médiatrices.

▸ La médiatrice d'un segment est la droite qui possède deux qualités :
– elle est perpendiculaire au segment en passant par son milieu ;
– elle contient tous les points équidistants des extrémités du segment.

2 Cercle circonscrit à un triangle

▸ **Les trois médiatrices d'un triangle sont concourantes.**

▸ **Le cercle circonscrit à un triangle est le cercle qui passe par les trois sommets du triangle.** Son centre est le point de concours des trois médiatrices.

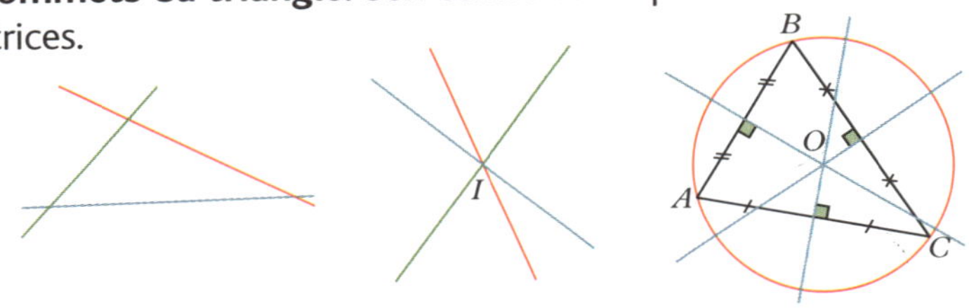

Droites sécantes — Droites concourantes — Cercle circonscrit au triangle

3 Hauteur et médiane du triangle

Dans un triangle :
– une **hauteur** est une droite passant par un sommet et perpendiculaire au côté opposé à ce sommet ;
– une **médiane** est une droite passant par un sommet et par le milieu du côté opposé à ce sommet.

Vocabulaire

« Issue de » veut dire « venant de ».

Comment faire ?

▸ **Construire le cercle circonscrit au triangle**

Il suffit **de construire deux médiatrices** du triangle, leur point d'intersection est alors le centre du cercle.

▸ **Construire une hauteur et une médiane**

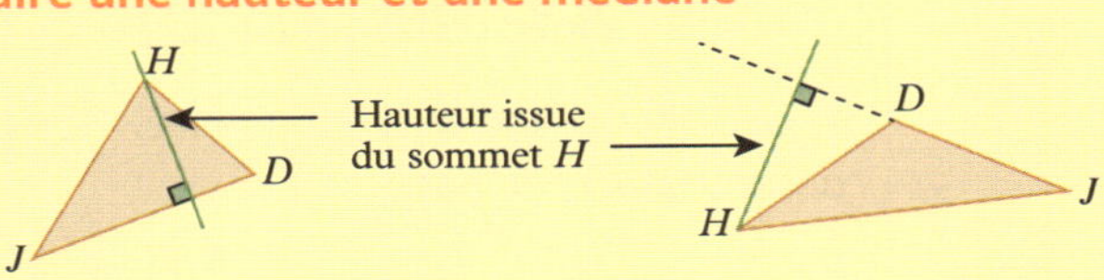

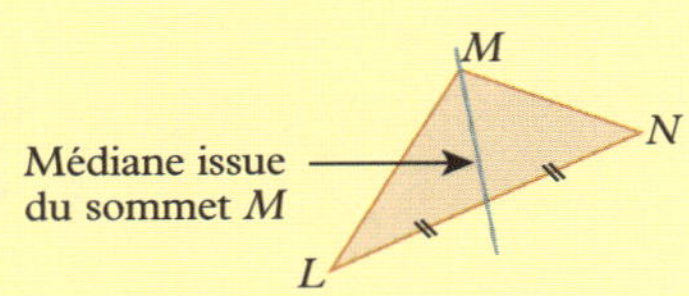

▸ **Construire une bissectrice**

La bissectrice d'un angle est son axe de symétrie.
Dans la figure ci-contre, (*d*) est la bissectrice de l'angle $\widehat{xOy}$.

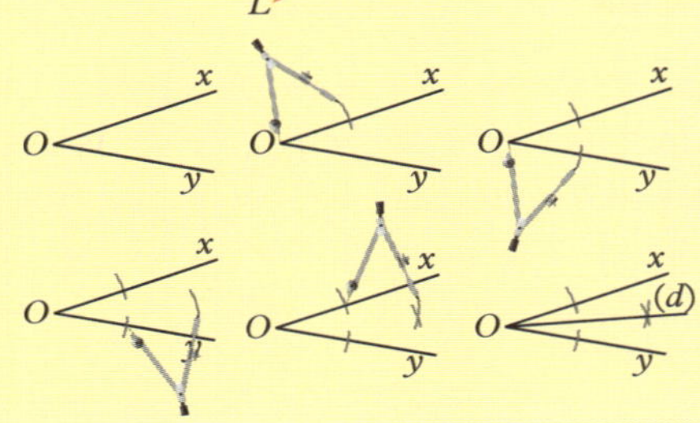

Corrigés → livret, p. 22

S'entraîner

QUIZ-TEST

Coche la (ou les) bonne(s) réponse(s).

1 Dans un triangle équilatéral :

a) une hauteur est aussi une médiane. .... ☐
b) une bissectrice est aussi une médiatrice. ... ☐
c) une médiane est aussi une bissectrice. ..... ☐

2 Un angle de 78° est partagé par sa bissectrice en :

a) deux angles de 34°. .... ☐
b) deux angles respectifs de 40° et 38°. .... ☐
c) deux angles de 39°. .... ☐

3 ★ Qui est quoi ?

Dans le triangle, repasse en rouge la hauteur issue de *M*, puis définis chacune des trois autres droites.

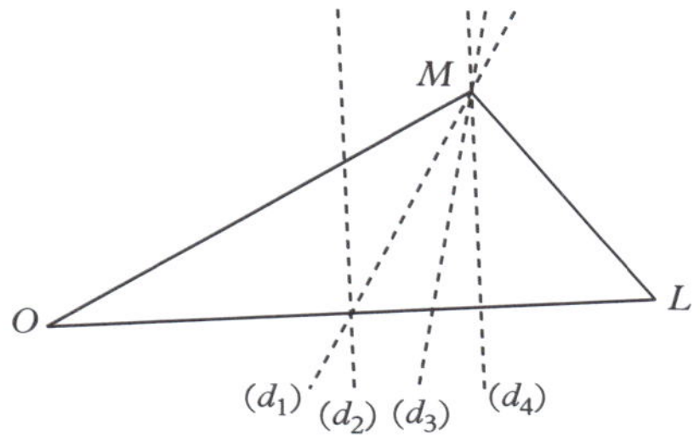

....

....

....

4 ★ Bissectrices

Construis au compas la bissectrice de chacun des trois angles marqués.

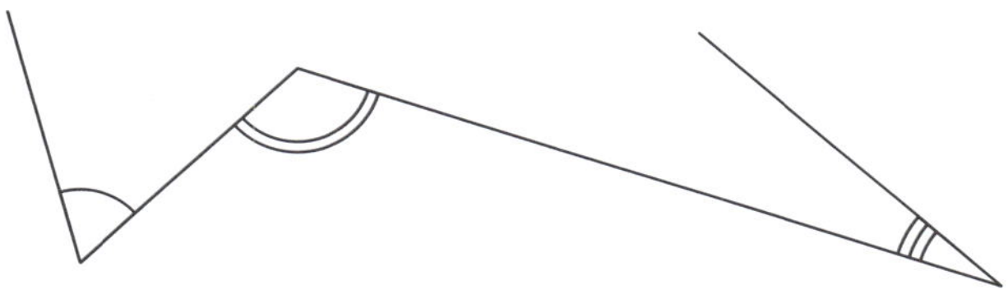

5 ★ Trois droites remarquables

Dans le triangle *EFG*, construis avec précision :

a) la médiane issue du sommet *F*.

b) la hauteur issue du sommet *E*.

c) la médiatrice du côté [*FG*].

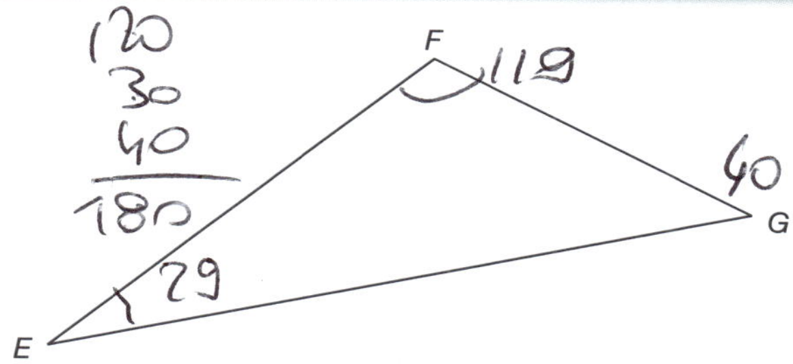

6 ★★ Cercle circonscrit

Construis le cercle circonscrit au triangle *RUT*.

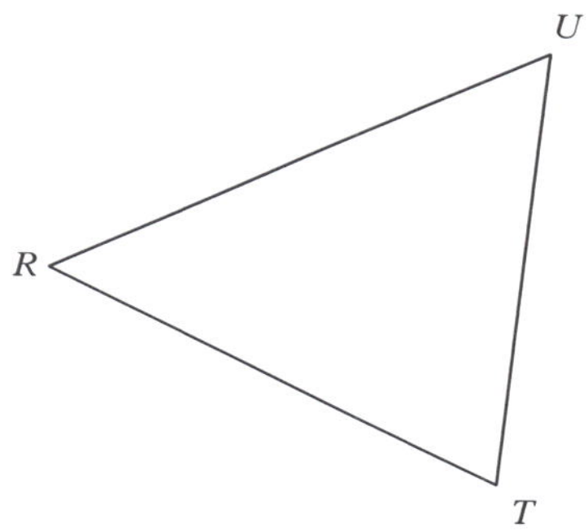

7 ★★★ Triangle perdu

D'un triangle *ABC*, il ne reste que les sommets *A* et *B*. Retrouve le sommet *C* sachant que (*Δ*) et (*d*) sont respectivement hauteur et médiane issues de *A*.

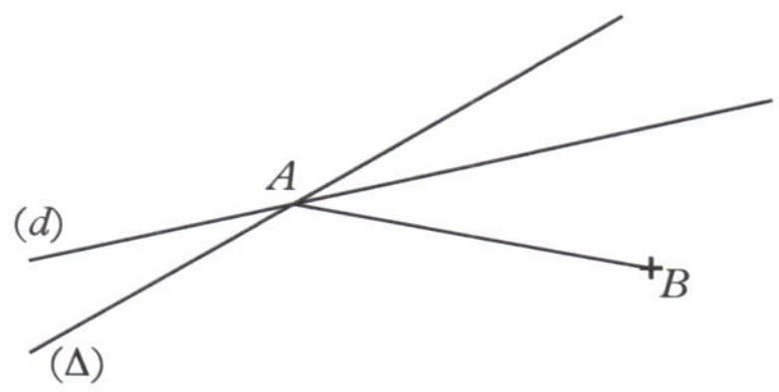

Maths

20 Symétrie centrale

Retiens l'essentiel

À savoir

Propriétés de la symétrie centrale

- Une symétrie centrale conserve les longueurs, le milieu, les angles et les aires.
- Le symétrique :
  – du point O est le point O lui-même ;
  – d'une droite est une droite parallèle ;
  – d'un segment est un segment parallèle et de même longueur ;
  – d'un cercle est un cercle de même rayon ;
  – d'un angle est un angle de même mesure.

1 Symétrie centrale

▸ Les figures (F) et (F') ont la même forme et la même taille mais pas la même position. On les superpose en réalisant un demi-tour autour du point O.

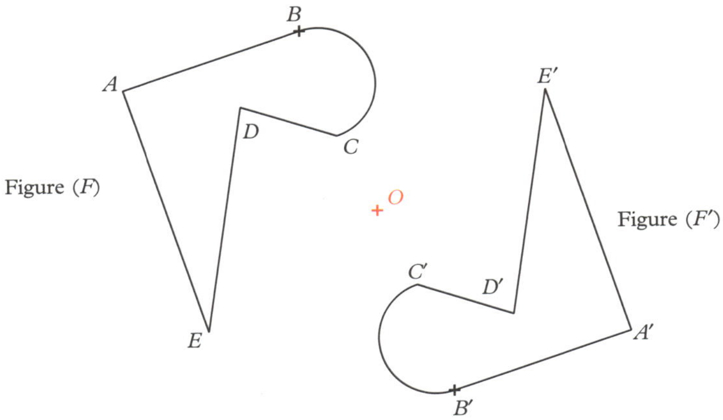

(F) et (F') sont symétriques par rapport au point O.

▸ **Symétrie centrale = Demi-tour autour d'un point.**

2 Symétrique d'un point

▸ **Deux points A et A' sont symétriques par rapport à un point O lorsque O est le milieu du segment $[AA']$.**

▸ A' s'appelle le symétrique de A ou l'**image** de A par la symétrie.

Le point **O** se nomme le **centre de la symétrie.**

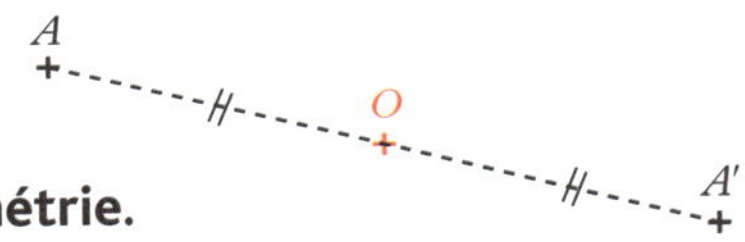

Comment faire ?

▸ **Construire le symétrique d'un point**

A', le symétrique du point A dans la symétrie de centre O, se construit en respectant le protocole suivant :
– on trace la demi-droite $[AO)$;
– on mesure la longueur AO ;
– on reporte la longueur AO à partir de O.

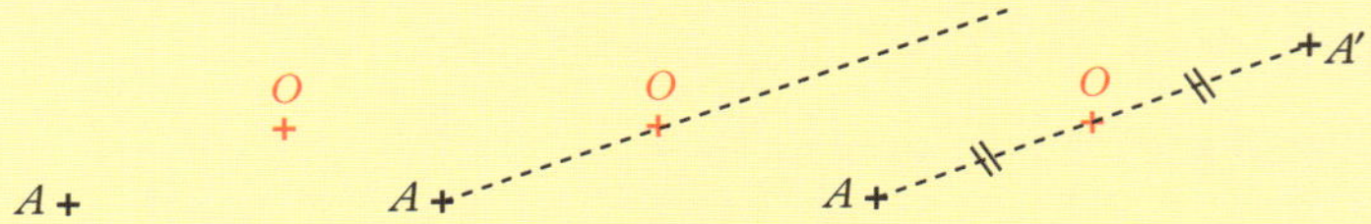

▸ **Utiliser les propriétés de la symétrie centrale**

Ex. : Pour tracer le symétrique d'un cercle, on construit le symétrique de son centre et on garde le même rayon.
Pour tracer le symétrique d'une droite, on construit le symétrique de deux points de la droite.
Pour tracer le symétrique d'un triangle, on construit le symétrique de ses sommets.

Corrigés → livret, p. 23

S'entraîner

QUIZ-TEST

Coche la (ou les) bonne(s) réponse(s).

1 Les deux triangles sont symétriques par rapport à un point.

a) On ne peut pas savoir. ☐
b) Non. .... ☐
c) Oui. .... ☐

2 Les deux demi-disques sont symétriques par rapport à un point.

a) On ne peut pas savoir. ..... ☐
b) Non. .... ☐
c) Oui. .... ☐

3 ★ Algèbre et symétrie

[AB] est un segment de longueur x.

a) Construis les deux points :
C, point symétrique de A par rapport à B ;
D, point symétrique de B par rapport à A.

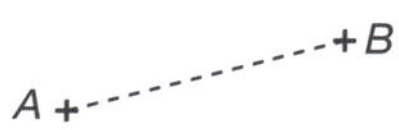

b) Écris en fonction de x les longueurs BC, AC, BD et DC.

BC = ... AC = ...

BD = ... DC = ...

4 ★ Dans un quadrillage

À l'aide du quadrillage, trace le symétrique $A'B'C'$ du triangle ABC dans la symétrie de centre S.

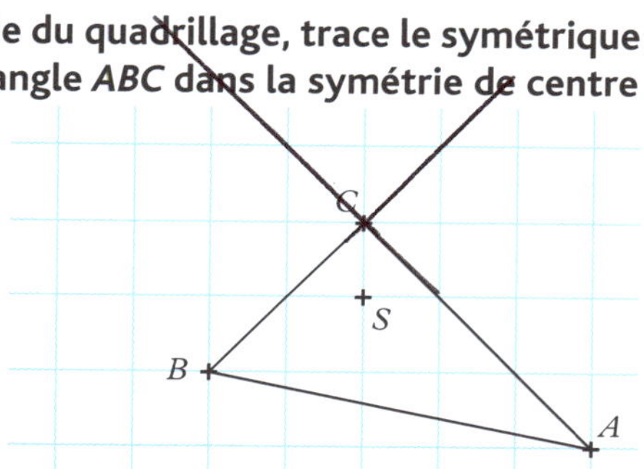

5 ★★ Repérage et symétrie

Utilise le repère proposé ci-après.

a) Place $R(2 ; 3)$, $T(6 ; 6)$, $E(11 ; 2)$.

b) Trace les points M et N, symétriques respectifs de R et de E par rapport au point T.

c) Lis les coordonnées des points M et N et complète :

M (..........................)   et N (..........................)

d) Trace le quadrilatère $RNME$. Quelle est sa nature ?

....

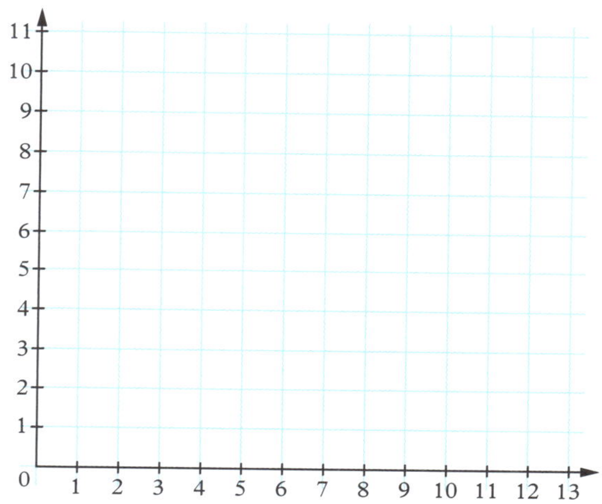

6 ★★★ Raisonnement sans figure

Léa a réalisé une figure et sa figure symétrique et a perdu sa feuille de construction. Elle a ses notes résumées dans le tableau :

Point	E	T	R	U	A	C
Symétrique	V	J	I	U	Z	D

La lecture du tableau te permet d'obtenir des indications sans avoir besoin de voir la figure.

a) Quel est le centre de la symétrie ? Pourquoi ?

....

b) On sait que $AC = 5{,}1$ cm et $\widehat{VJI} = 47°$.
Quelles déductions peux-tu faire ?

....

....

Maths

21 Symétrie axiale
Axes et centre de symétrie d'une figure

À savoir

Propriétés de la symétrie axiale

- Une symétrie axiale conserve les longueurs, le milieu, les angles et les aires.
- Le symétrique :
  – d'une droite est une droite ;
  – d'un segment est un segment de même longueur ;
  – d'un cercle est un cercle de même rayon ;
  – d'un angle est un angle de même mesure.

Retiens l'essentiel

1 Symétrie axiale

▶ Les figures (F) et (F') ont la même forme et la même taille mais pas la même position. On les superpose en réalisant un pliage sur la droite (D).

▶ La droite (D) se nomme l'**axe de la symétrie.**

▶ **Symétrie axiale = Pliage sur un axe.**

▶ **Symétrique d'un point :** deux points A et A' sont symétriques par rapport à une droite (D) lorsque (D) est la médiatrice du segment $[AA']$.
A' est le symétrique de A ou aussi l'image de A par la symétrie.

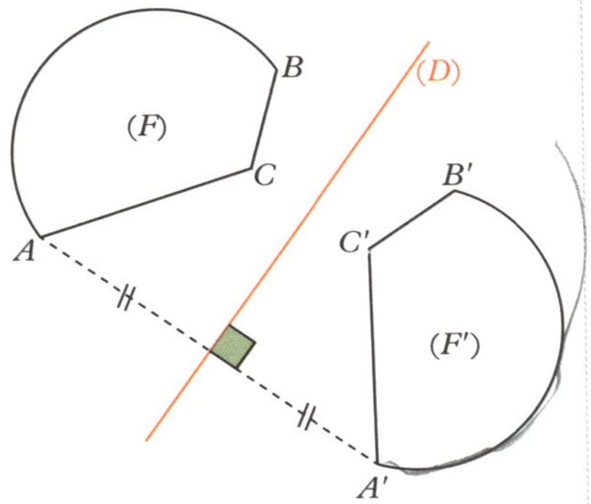

2 Axes et centre de symétrie d'une figure

▶ La droite **(D) est un axe de symétrie** pour une figure, lorsqu'après **un pliage sur la droite (D)**, on obtient la même figure en superposition.

▶ Le point **O est le centre de symétrie** pour une figure, lorsqu'après **un demi-tour autour du point O**, on obtient la même figure en superposition.

▶ Une figure peut avoir **plusieurs axes** de symétrie mais une figure ne peut avoir **qu'un seul centre** de symétrie.

Comment faire ?

▶ Repérer un axe ou un centre de symétrie

→ **Pour un axe**, il faut chercher à voir si **la figure peut être « partagée » par un pliage**, en deux parties rigoureusement identiques qui se superposent.

→ **Pour un centre**, il faut chercher à voir si **la figure peut être « tournée » d'un demi-tour (ou de 180°)**, en restant rigoureusement identique à ce qu'elle était au départ.

▶ Construire un axe ou un centre de symétrie

La construction d'un axe ou d'un centre nécessite de repérer, sur la figure, deux points symétriques, nommés par exemple M et M'.

→ **Pour un axe**, il faut construire la médiatrice du segment $[MM']$.

→ **Pour un centre**, il faut construire le milieu du segment $[MM']$.

▶ Utiliser les propriétés de la symétrie axiale

Ex. : Deux droites perpendiculaires auront pour symétriques deux droites perpendiculaires.

Corrigés → livret, p. 23

S'entraîner

QUIZ-TEST

Coche la (ou les) bonne(s) réponse(s).

1 Les deux triangles sont symétriques par rapport à une droite.

a) On ne peut pas savoir. ☐
b) Non. .... ☐
c) Oui. .... ☐

2 Les deux demi-disques sont symétriques par rapport à une droite.

a) On ne peut pas savoir. .... ☐
b) Non. .... ☐
c) Oui. .... ☐

3 ★ Construction

a) Construis avec soin le symétrique de chacun des points *I*, *J*, *K* et *H* par la symétrie d'axe (*d*).

b) Trace en bleu la ligne brisée *IJKH* puis en vert sa ligne brisée symétrique.

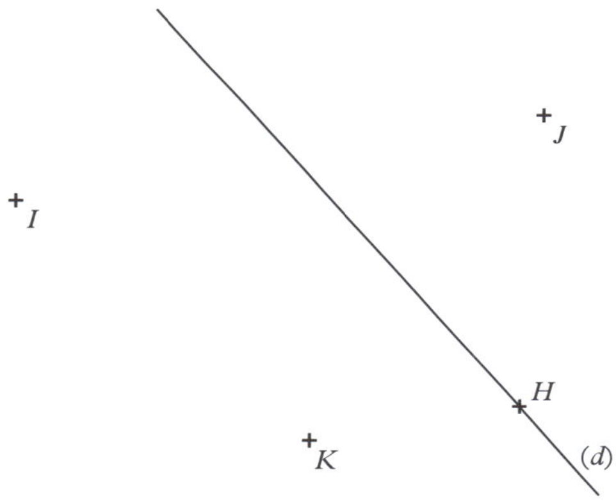

4 ★ Axe et centre

Construis, s'ils existent, tous les axes et centre de symétrie de chacune des figures suivantes.

a) Triangle isocèle

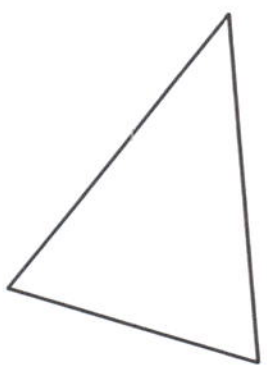

b) Parallélogramme

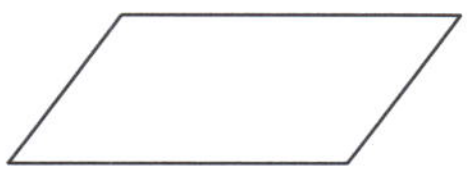

c) Lettre Z

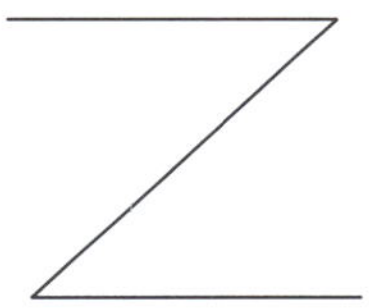

d) Lettre T

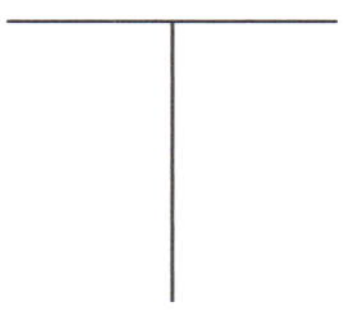

e) Éclair

f) Pavé

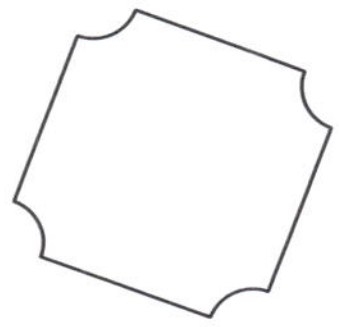

5 ★★ Les deux symétries

a) Trace un triangle *EFG* tel que :
$EF = 5$ cm, $EG = 7$ cm, $\widehat{EFG} = 30°$.

b) Place le milieu *I* de son côté [*EG*].

c) Construis le symétrique *E'F'G'* du triangle *EFG* par la symétrie d'axe (*EF*).

d) Construis le symétrique du triangle *EFG* par la symétrie de centre *I*.

e) Quelle sera la mesure de l'angle $\widehat{E'F'G'}$? Justifie ta réponse.

....

....

22 Angles d'un parallélogramme

Triangle rectangle

Les angles aigus d'un triangle rectangle sont complémentaires.
$\widehat{I} + \widehat{H} = \alpha + \beta = 90°$.
$\widehat{I}$ et $\widehat{H}$ sont complémentaires
(voir leçon 17, p. 98)

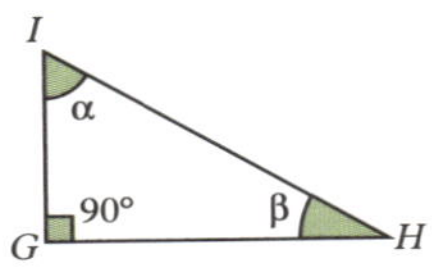

Mots-clés

Par tradition, en géométrie, on nomme les angles à l'aide de lettres de l'alphabet grec comme α, β, γ.
α se lit « alpha » ;
β se lit « bêta » ;
γ se lit « gamma ».

Retiens l'essentiel

1 Vocabulaire : angles complémentaires / angles supplémentaires

- Deux angles sont **complémentaires** lorsque la somme de leurs mesures est égale à **90°**. α et β complémentaires ⇔ $\alpha + \beta = 90°$.
- Deux angles sont supplémentaires lorsque la somme de leurs mesures est égale à **180°**. α et β supplémentairess ⇔ $\alpha + \beta = 180°$.

2 Angles d'un quadrilatère quelconque

- Un quadrilatère est formé de deux triangles ayant chacun 180° pour somme des mesures de leurs angles.
Ainsi pour le quadrilatère *EFGH* :
$\widehat{E} + \widehat{F} + \widehat{G} + \widehat{H} = 360°$.
- **La somme des mesures des quatre angles d'un quadrilatère est 360°.**

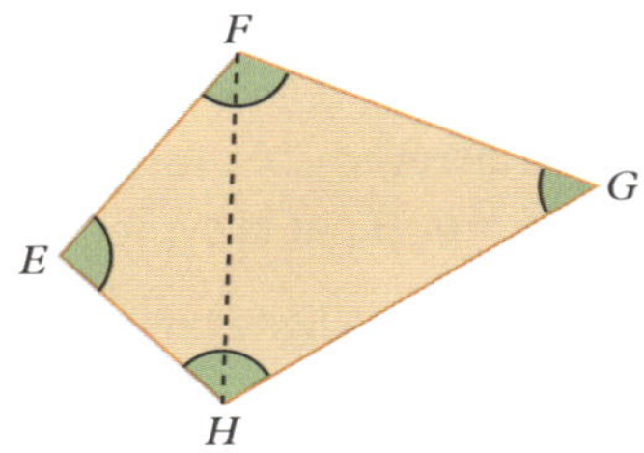

3 Angles d'un parallélogramme

- Dans tout parallélogramme :
– les angles opposés sont deux à deux de même mesure ;
– les angles consécutifs sont deux à deux supplémentaires.
- *ABCD* parallélogramme :
– $\widehat{A} = \widehat{C} = \beta$ et $\widehat{B} = \widehat{D} = \alpha$;
– $\widehat{A} + \widehat{B} = \widehat{B} + \widehat{C} = \alpha + \beta = 180°$.

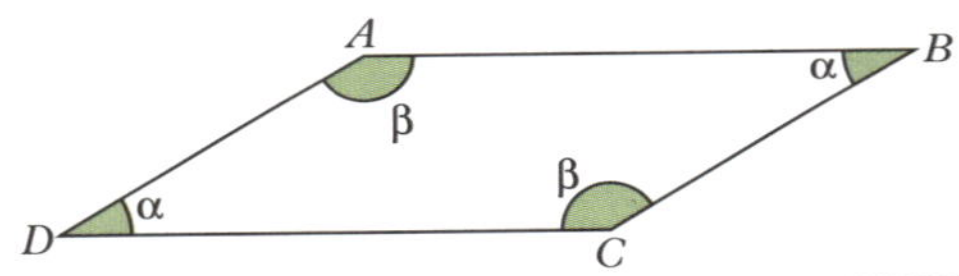

Comment faire ?

Calculer des angles complémentaires ou supplémentaires

Lorsque deux angles α et γ sont complémentaires (ou supplémentaires), la mesure de l'un se calcule à partir de la mesure de l'autre.

Ex. : α et γ sont complémentaires et $\alpha = 32°$: $\gamma = 90° - 32° = 58°$.
α et γ sont supplémentaires et $\gamma = 116°$: $\alpha = 180° - 116° = 64°$.

Calculer les angles d'un parallélogramme

Lorsqu'on connaît la mesure d'un angle d'un parallélogramme, on peut déduire ou calculer la mesure de chacun des trois autres.

Ex. : *MNOP* est un parallélogramme tel que $\widehat{M} = 56°$.
– L'angle $\widehat{N}$ est consécutif de l'angle $\widehat{M}$, ainsi $\widehat{M}$ et $\widehat{N}$ sont supplémentaires. Alors $\widehat{N} = 180° - 56° = 124°$.
– L'angle $\widehat{O}$ est opposé à l'angle $\widehat{M}$, ainsi $\widehat{O}$ et $\widehat{M}$ ont la même mesure. Alors $\widehat{O} = 56°$.
– L'angle $\widehat{P}$ est opposé à l'angle $\widehat{N}$, ainsi $\widehat{P}$ et $\widehat{N}$ ont la même mesure. Alors $\widehat{P} = 124°$.

S'entraîner

Corrigés → livret, p. 24

QUIZ-TEST

Coche la (ou les) bonne(s) réponse(s).

1 ***EFGH* est un parallélogramme et $\widehat{E} = 65°$, alors :**

a) l'angle $\widehat{F}$ mesure 65°. .... ☐
b) l'angle $\widehat{G}$ mesure 65°. .... ☐
c) l'angle $\widehat{H}$ mesure 115°. .... ☐

2 **Deux angles aigus peuvent être supplémentaires.**

a) Toujours vrai. .... ☐
b) Toujours faux. .... ☐
c) Parfois vrai, parfois faux. .... ☐

3 ★ Calculer

Complète le tableau ci-dessous en calcul mental. Dans le cas d'une impossibilité, mets une croix.

Angle $\widehat{a}$	25°	107°		
Complémentaire de $\widehat{a}$				74°
Supplémentaire de $\widehat{a}$			90°	

4 ★ Parallélogramme

ABER est un parallélogramme pour lequel $\widehat{B} = 72°$.

a) Fais un croquis traduisant ces données.

b) Calcule, en justifiant, la mesure de chacun des angles de sommet *A*, *E* puis *R*.

$\widehat{A} =$ ....

$\widehat{E} =$ ....

$\widehat{R} =$ ....

5 ★ Questions

Propose un exemple de deux mesures qui permet de comprendre ta réponse.

a) Deux angles complémentaires sont toujours aigus.

Vrai ou Faux ? ....

b) Deux angles supplémentaires sont toujours obtus.

Vrai ou Faux ? ....

6 ★★ Triangle

Complète le tableau par un croquis, une propriété puis un calcul.

Tu sais que	• *RST* est un triangle rectangle en *R*. • $\widehat{S} = 33°$.
Tu réalises un croquis.	
Tu utilises la propriété.	....
Tu calcules la mesure de $\widehat{T}$.	$\widehat{T} =$ ....

7 ★★ Losange

L'un des angles d'un losange mesure 105° et l'un des côtés de ce losange mesure 4,2 cm.

Ci-dessous, construis ce losange aux dimensions réelles.

Auparavant, tu peux faire un croquis sur ton brouillon.

23 Parallélogrammes et parallélogrammes particuliers

Méthode

Avant toute démarche de raisonnement, il est conseillé de faire un croquis en y indiquant les données.

Retiens l'essentiel

1 Parallélogramme

▶ Un parallélogramme possède toutes les qualités suivantes :
– diagonales de même milieu ;
– côtés opposés deux à deux de même longueur ;
– côtés opposés deux à deux parallèles ;
– angles opposés deux à deux de même mesure ;
– angles consécutifs deux à deux supplémentaires ;
– un centre de symétrie : le centre du parallélogramme.

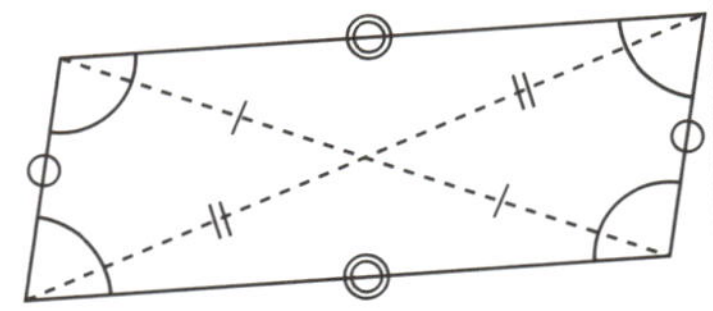

▶ Pour prouver qu'un quadrilatère est un parallélogramme, **il suffira de démontrer qu'il possède une seule de ces propriétés.**

2 Parallélogrammes particuliers

Toutes les **caractéristiques du parallélogramme. Et en plus :**

▶ **Rectangle**

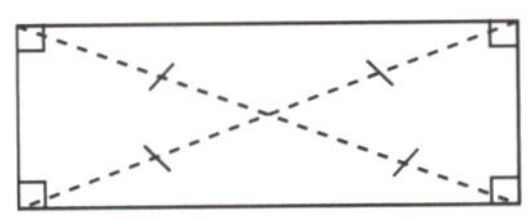

– diagonales de même longueur ;
– côtés consécutifs perpendiculaires ;
– 2 axes de symétrie : les médiatrices des côtés.

▶ **Losange**

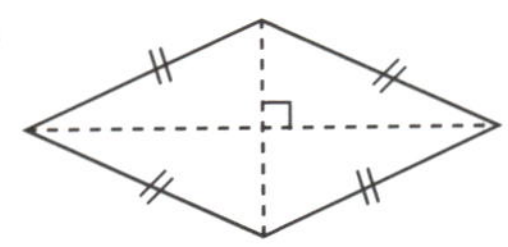

– diagonales perpendiculaires ;
– côtés consécutifs de même longueur ;
– 2 axes de symétrie : les diagonales.

À savoir

Le carré

Le carré est le parallélogramme le plus particulier.
Il possède toutes les caractéristiques du parallélogramme, du rectangle et du losange.

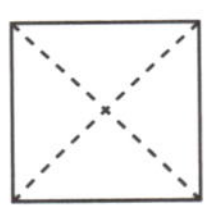

Comment faire ?

▶ Construire un parallélogramme

À partir de trois points A, B,C on construit le quatrième sommet du parallélogramme $ABCD$.

Au compas

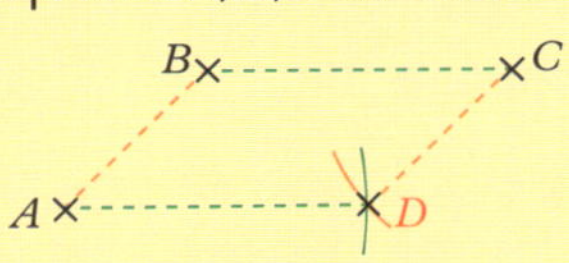

On repère :
– la longueur AB et on la reporte à partir de C ;
– la longueur BC et on la reporte à partir de A ;

À la règle

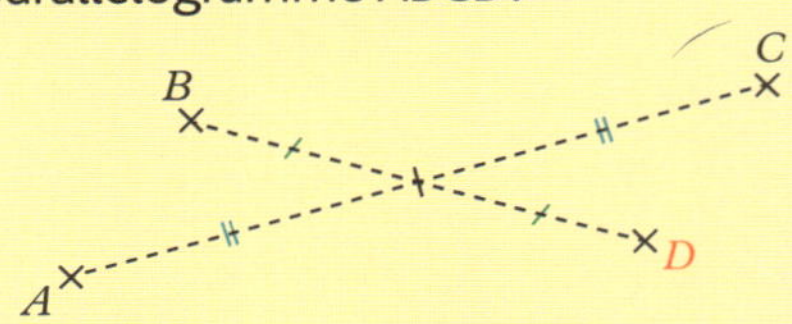

– On trace la diagonale $[AC]$ et on place son milieu.
– On construit le symétrique de B par rapport à ce milieu.

▶ Démontrer en utilisant les propriétés du parallélogramme

Tu sais que :	D'après la propriété :	Tu déduis que :
Ex. : *EFGH* est un parallélogramme et $\widehat{E} = 29°$.	*Ex.* : Les angles opposés d'un parallélogramme ont la même mesure.	*Ex.* : La mesure de l'angle $\widehat{G}$ est 29°.

S'entraîner

Corrigés → livret, p. 24

QUIZ-TEST

Coche la (ou les) bonne(s) réponse(s).

1 ***IKLH* est un losange tel que *IK* = 7,2 cm et $\widehat{H}$ = 75°, alors :**

a) *LH* = 7,2 cm. ☐
b) $\widehat{L}$ = 75°. ☐
c) *IL* = 7,2 cm. ☐

2 ***RSTU* est un rectangle tel que *US* = 8 cm, alors :**

a) *RS* = 8 cm. ☐
b) *ST* = 8 cm. ☐
c) *RT* = 8 cm. ☐

Il est conseillé de faire un croquis dans chaque situation rencontrée.

3 ★ Constructions

a) Construis un parallélogramme *IJKL* pour lequel :
IJ = 5,6 cm *JK* = 3,5 cm *IK* = 7,2 cm.

b) Construis un parallélogramme *MATE* pour lequel :
MA = 4,8 cm *ME* = 3 cm $\widehat{M}$ = 50°.

4 ★★ Démonstration

Complète chaque tableau.

a)

Tu sais que :	*CDEF* est un parallélogramme et $\widehat{E}$ = 123°.
D'après la propriété :	....
Tu déduis que :	La mesure de $\widehat{F}$ est ....

b)

Tu sais que :	*MNOP* est un rectangle de centre *I* et *IN* = 3,4 cm.
D'après la (ou les) propriété(s) :	....
Tu déduis que :	*IO* = ... *IM* = ... *IP* = ...
Puis, tu conclus aussi que :	Le cercle de centre *I* passant par *N* est ....

5 ★★ Construction puis justification

Trace un triangle *PQR* de forme quelconque.

a) Construis le point *T*, symétrique de *P* par rapport à *Q* et le point *W*, symétrique de *R* par rapport à *Q*.

b) Quelle est la nature du quadrilatère *WPRT* ? Justifie.

....

....

c) Quelle serait la nature du quadrilatère *WPRT* si le triangle *PQR* était rectangle en *Q* ?

....

24 Périmètre d'une figure Aire d'une surface

Mot-clé

Périmètre

Le préfixe « péri » signifie « autour ».
Le mot « mètre » est lié à « mesure ».
Périmètre signifie donc « mesure autour ».

Hauteur et base d'un triangle

- Dans le triangle, la **hauteur** *h* est la longueur de la perpendiculaire issue du sommet opposé au côté *c*.
- Le côté *c* s'appelle aussi la **base**.

À savoir

Valeur de π

Les valeurs approchées les plus courantes sont : $\pi \approx 3{,}14$ ou $\pi \approx 3$ ou $\pi \approx \frac{22}{7}$.
La touche [π] de la calculatrice offre une valeur approchée plus précise.

Retiens l'essentiel

1 Périmètre et aire

- Une figure géométrique fermée est constituée d'une surface bornée par une ligne qui fait le tour de la figure.
- Le **périmètre** de la figure correspond à la **longueur** de son **contour** ; l'unité de mesure est le **mètre (m).**
- L'**aire** de la figure correspond à la mesure de sa **surface** ; l'unité de mesure est le **mètre carré (m²).**
- Voir aussi leçon 16, p. 96.

2 Unités de mesures des aires

km²	hm²	dam²	m²	dm²	cm²	mm²
			5	27	30	
0	37	70	00			

→ × 100, ← ÷ 100 } à chaque colonne franchie.

Ex. : $5{,}27\ m^2 = 52\ 700\ cm^2$.
$0{,}377\ km^2 = 377\ 000\ m^2$.

3 Formules de périmètre et d'aire

- Les formules pour le carré et le rectangle sont données leçon 4, p. 72.
-

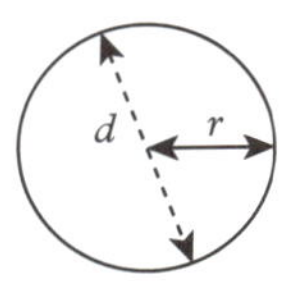

P (cercle) = $\pi \times d$
ou
P (cercle) = $\pi \times r \times 2$

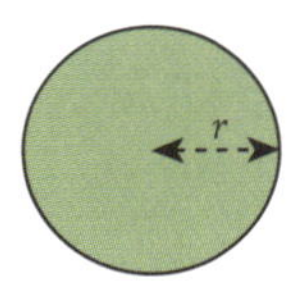

A (disque) = $\pi \times r \times r$

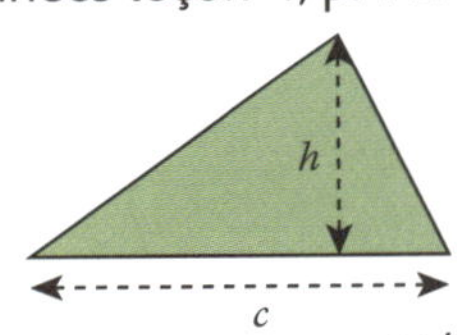

A (triangle) = $\frac{c \times h}{2}$

Comment faire ?

Calculer un périmètre ou calculer une aire

Dans une situation complexe, il sera nécessaire de décomposer la figure donnée en plusieurs figures de base : carré, rectangle, triangle, disque...

Ex. : Observe cette table ovale.
Sa surface sera partagée en un rectangle et deux demi-disques.
Les demi-disques étant identiques, ils forment un disque complet.
Ainsi : A (table) = A (rectangle) + A (disque).

Corrigés → livret, p. 25

S'entraîner

QUIZ-TEST

Coche la (ou les) bonne(s) réponse(s).

1 Une aire de 3,67 m^2 est égale à une aire de :

a) 36,7 dm^2. ☐
b) 0,0367 dm^2. ☐
c) 367 dm^2. ☐

2 On double le côté d'un carré, alors son aire est :

a) inchangée. ☐
b) quadruplée. ☐
c) doublée. ☐

3 ★ Conversions

En utilisant le tableau si nécessaire, convertis chaque mesure d'aire en mètres carré (m^2).

a) 5,63 dam^2 = ...
b) 132 cm^2 = ...
c) 0,615 km^2 = ...
d) 74 dm^2 = ...
e) 0,816 hm^2 = ...
f) 9 300 mm^2 = ...

4 ★ Artiste peintre

Un artiste a réalisé son œuvre sur une toile rectangulaire de dimensions 67 cm sur 48 cm.
Pour l'encadrer, il dispose d'une baguette de 2,5 m de long et pour la protéger, il dispose d'un vernis couvrant 0,3 m^2.

a) Va-t-il pouvoir réaliser l'encadrement ? Justifie.

....

....

b) Va-t-il pouvoir vernir sa toile ? Justifie.

....

....

5 ★★ Table et convives

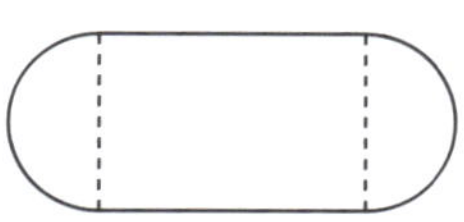

L (rectangle) = 2,50 m
l (rectangle) = 1,20 m

a) Calcule la surface totale de cette table avec un arrondi à l'unité.

....

....

....

b) Une personne attablée doit disposer de 60 cm pour être à son aise.
Combien de personnes au maximum pourront déjeuner autour de cette table ?

....

....

....

6 ★★ La voile du planchiste

Pierre est planchiste. En compétition, la surface de voilure autorisée pour sa catégorie doit être comprise entre 2,70 m^2 et 5,80 m^2.
Le modèle ci-dessous peut-il convenir à Pierre pour sa future compétition ? Propose des arguments rigoureux.

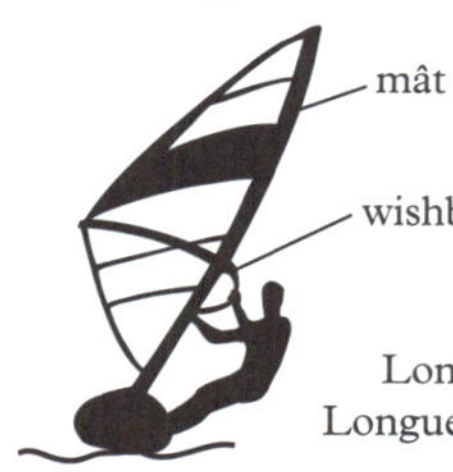

Longueur du mât = 470 cm
Longueur du wishbone = 21,5 dm

....

....

....

....

....

....

....

25 Volume d'un solide : parallélépipède rectangle et cylindre

Retiens l'essentiel

1 Volume d'un solide

▶ Voir les généralités sur les solides à la leçon 16, p. 96.

▶ Le **volume** d'un solide correspond à la mesure de sa **contenance.** On utilise deux unités principales de mesure, le **mètre cube (m^3)** et le **litre (L).**

2 Unités de mesures des volumes

▶ **1 dm^3 = 1 L** **1 m^3 = 1 000 L**

▶ *Ex.* : 3,5 dam^3 = 3 500 m^3

km^3	hm^3	dam^3	m^3	dm^3	cm^3	mm^3
		3	500			

→ × 1 000 ; ← ÷ 1 000 } à chaque colonne franchie.

Ex. : 12 cL = 0,12 L

L	dL	cL	mL
	1	2	

→ × 10 ; ← ÷ 10 } à chaque colonne franchie

3 Parallélépipède rectangle et cylindre

Un **parallélépipède rectangle** se nomme aussi un **pavé droit**. Le **cube** est un cas particulier de pavé droit.

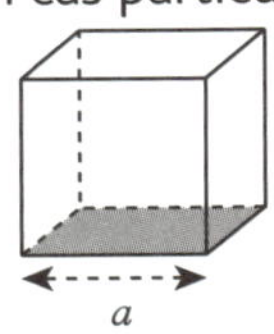

V (cube) = a^3

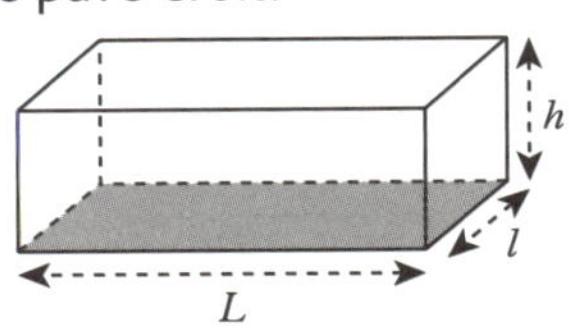

V (pavé droit) = $L \times l \times h$

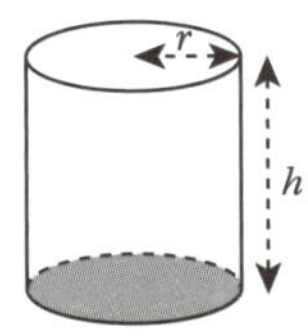

V (cylindre) = $\pi \times r^2 \times h$

À savoir — Emploi des unités m^3 et L

Le **litre** est une unité utilisée pour de petites quantités. Elle est réservée aux liquides ou aux gaz.

Ex. : La quantité d'air d'une pièce sera mesurée en m^3 alors que la quantité d'air contenu dans une bouteille de plongée sera mesurée en L.

La consommation d'eau d'une famille sera mesurée en m^3 alors que le volume d'une boisson sera mesuré en L.

Comment faire ?

▶ Convertir avec les unités de volume

L'utilisation du tableau t'aidera en observant dans quel sens et de combien de colonnes tu te déplaces pour atteindre l'unité désirée.

Ex. : Pour convertir en m^3 :

- 7,3 dam^3 → déplacement d'une colonne à droite → multiplier par 1 000 → 7 300 m^3.
- 28 500 cm^3 → déplacement de deux colonnes à gauche → diviser deux fois par 1 000 → 0,0285 m^3.

▶ Utiliser une formule

Dans le cas du cylindre, il sera souvent demandé de donner la réponse en valeur exacte et en valeur arrondie. On rappelle que **l'arrondi est la valeur approchée la plus proche du nombre donné.**

Ex. : Un cylindre a pour rayon 6 cm et pour hauteur 10 cm.

V (cylindre) = $\pi \times r^2 \times h = \pi \times 6^2 \times 10 = 360\pi$ soit
- 360 π cm^3 en valeur exacte.
- 1 131 cm^3 en valeur arrondie à l'unité.

S'entraîner

Corrigés → livret, p. 25

QUIZ-TEST

Coche la (ou les) bonne(s) réponse(s).

1 Un cube dont l'arête mesure 9 dm a pour volume :

a) 729 dm^3. .... ☐
b) 729 L. .... ☐
c) 27 dm^3. .... ☐

2 Un volume de 1,5 L est égal à un volume de :

a) 15 dL. .... ☐
b) 1 500 cm^3. .... ☐
c) 1,5 dm^3. .... ☐

3 ★ Adapter l'unité

Quelle unité te semble la plus appropriée pour mesurer ces différents volumes ?

a) Le volume d'une casserole : ....
b) Le volume d'une maison : ....
c) Le volume d'une goutte d'eau : ....
d) Le volume d'eau d'une piscine : ....
e) Le volume d'encre d'une cartouche : ....

4 ★ Convertir

a) Convertis en L chaque mesure donnée.

263 dL = ... 4 dm^3 = ...

370 cL = ... 1 000 cm^3 = ...

b) Convertis en m^3 chaque mesure donnée.

785 dm^3 = ... 4 L = ...

36 000 cm^3 = ... 9 000 L = ...

5 ★★ Bouchon de liège

Le liège est une matière naturelle extraite d'un arbre appelé chêne-liège. Ces deux bouchons de forme cylindrique sont en liège.

Quel est le plus volumineux des deux ?

Les résultats seront donnés avec un arrondi à l'unité.

	**Bouchon n° 1** Hauteur : 5 cm Rayon : 1,3 cm

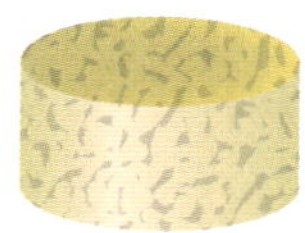	**Bouchon n° 2** Hauteur : 3 cm Diamètre : 5 cm

....
....
....
....

6 ★★★ Le bassin des poissons

Dans le jardin, Pierre et son père désirent construire un bassin pour leurs poissons. Après réflexion et discussion, deux modèles seraient retenus :

1) Un pavé droit de longueur 3 m, de largeur 1,60 m et de 0,80 m de profondeur.
2) Un cylindre de rayon 1,4 m et de profondeur 0,60 m.

Pierre souhaiterait une surface d'eau maximale pour le bien-être de ses poissons, tandis que son père souhaiterait le bassin le plus économique à remplir.

Lequel des deux bassins leur conseilles-tu de choisir ?

Tu devras appuyer ton raisonnement sur des calculs très rigoureux.

....
....
....
....
....
....
....

26 Échelle d'une figure Taux de TVA

À savoir

Les angles

Dans un agrandissement ou une réduction, les mesures de longueurs sont modifiées mais les mesures des angles sont inchangées.

Mot-clé

TVA

La TVA est un impôt sur la consommation que chacun de nous paie lorsqu'il réalise un achat.
Le montant de la TVA est inclus dans le prix d'un article ainsi que dans le montant d'une facture.
Cependant, le taux de la TVA varie selon les produits (ex. : 5,5 % ; 10 %...).

Retiens l'essentiel

1 Échelle d'une figure

▸ Un objet est représenté sur un dessin à l'aide d'un agrandissement ou d'une réduction de sa taille réelle.

La représentation sur le dessin doit traduire exactement la réalité, aussi les longueurs sur le dessin et les longueurs réelles sont proportionnelles.

▸ **L'échelle** est le nombre représentant le coefficient de cette proportionnalité. Elle donne la correspondance entre les deux longueurs, dessin et réalité. On l'exprime souvent sous la forme d'un quotient (par exemple 1/100 000 ou 50/1).

$$\text{Échelle} = \frac{\text{longueur sur le dessin}}{\text{longueur réelle}}$$ → exprimées dans la même unité.

▸ **Réduction → échelle < 1.** **Agrandissement → échelle > 1.**

2 TVA = Taxe sur la valeur ajoutée

Prix HT = Prix sans les taxes (hors taxes) ;
Prix TTC = Prix toutes taxes comprises.
} Prix TTC = Prix HT + TVA.

Comment faire ?

▸ Utiliser un taux de TVA et calculer un prix TTC

Ex. : Une cafetière coûte 65 € HT, et la TVA sur ce matériel a un taux de 20 %.
Ainsi : TVA = 65 × 20 % = 13 et Prix TTC = 65 + 13 = 78, soit 78 €.

▸ Utiliser une échelle

→ Carte routière : Réduction au 1/ 500 000 signifie que les longueurs sur la carte sont 500 000 fois plus petites qu'en réalité.

Ex. : Deux villes sont distantes de 35 km. Quelle est la distance qui les sépare sur cette carte routière ?
35 km = 350 000 cm 350 000 ÷ 500 000 = 0,7, soit 0,7 cm ou 7 mm.

→ Microscope : Grossissement au 80 / 1 signifie que les longueurs au microscope sont 80 fois plus grandes qu'en réalité.

Ex. : La taille réelle d'un acarien est 0,2 mm. Quelle est sa taille en cm dans la vue avec ce microscope ?
0,2 mm = 0,02 cm 0,02 × 80 = 1,6, soit 1,6 cm.

▸ Calculer une échelle

Avant d'aborder un travail, il est important de penser à convertir les longueurs données dans la même unité.

Ex. : Une piscine mesure 50 m de longueur et 2,5 cm sur un plan. Quelle est l'échelle du plan ?

On convertit : 50 m = 5 000 cm. $\text{Échelle} = \frac{\text{longueur sur le dessin}}{\text{longueur réelle}} = \frac{2{,}5}{5000} = \frac{25}{50\,000} = \frac{1}{2000}$, soit 1/2 000.

Corrigés → livret, p. 25

S'entraîner

QUIZ-TEST

Coche la (ou les) bonne(s) réponse(s).

1 Une fourmi est dessinée à l'échelle 10/1. Alors, sur le dessin :

a) sa longueur est réduite dix fois. ☐

b) sa tête est agrandie 10 fois et ses pattes 100 fois. ☐

c) sa taille est décuplée. ☐

2 Calculer une TVA de 10 % sur un prix revient à :

a) diviser le prix par 10. ☐

b) multiplier le prix par 0,1. ☐

c) multiplier le prix par 10. ☐

3 ★ Échelle et proportionnalité

a) Complète le tableau de proportionnalité ci-dessous.

Dimensions réelles de l'objet (en mm)	0,8		4,6
Dimensions de l'objet sur le dessin (en dm)	1,2	3,3	

b) Calcule le coefficient multiplicateur de ce tableau.

....

c) Calcule l'échelle du dessin. Attention aux unités.

....

....

d) Cette situation traduit-elle un agrandissement ou une réduction ? Justifie.

....

....

4 ★ Agrandir

Une ville est représentée sur un plan à l'échelle 1/8 000.

a) Quelle est la longueur réelle de la rue du collège sachant que, sur le plan, elle mesure 7,4 cm ?

....

....

b) La grande avenue du centre-ville mesure 1 200 m de long. Par quelle dimension cette avenue est-elle représentée sur le plan ?

....

5 ★★ Prix HT - TVA - Prix TTC

Voici une liste de trois produits, leurs prix hors taxes et leurs taux de TVA respectifs.

• Viande	• Aspirine	• Aspirateur
22,73 € /kg	1,96 € la boîte	145,50 € l'unité
TVA : 5,5 %	TVA : 2,1 %	TVA : 20 %

Calcule le montant de la TVA, puis le prix TTC de chaque produit (arrondi à l'unité).

....

....

....

....

....

6 ★★★ Avec un tableur

Au moment des soldes, un commerçant prépare les nouveaux prix à l'aide d'un tableur.

À partir du prix HT, il calcule le prix TTC puis le prix soldé.

Dans la cellule B3, il écrit la formule =A3*1,2, il valide par la touche Entrée.

Dans la cellule C3, il écrit la formule = B3*0,65, il valide par la touche Entrée.

Il sélectionne ensemble les cellules B3 et C3 et tire la poignée.

Fais le même travail que ce commerçant et complète le tableau.

	A	B	C
1	Prix HT	Prix TTC	Prix soldé
2		TVA à 20%	Réduction 35%
3	10		
4	32		
5	76		
6	158		
7	245		

27 Unités de mesure du temps Vitesse

Retiens l'essentiel

Notation des durées

Les durées suivantes ne sont pas égales.
1,5 h ≠ 1 h 50 min
et
1,5 h ≠ 1 h 5 min
Il faut être vigilant :
1,5 h = 1 h et demie,
c'est-à-dire que
1,5 h = 1 h 30 min.

1 Unité de mesure du temps

▸ La durée d'un événement correspond à l'écart de temps qui sépare le début et la fin de cet événement.

Ex. : En Chine, la dynastie Han a duré environ 420 ans (de – 206 av. J.-C. à 220 ap. J.-C.). Une séance de cinéma dure 1 h 45 minutes. Lors d'un orage, l'éclair a duré 0,3 secondes.

▸ Selon l'événement (très long, long, court, très court...), l'unité de mesure utilisée est différente. Les principales unités sont :
– l'année, le mois, le jour (j) ;
– l'heure (h), la minute (min), la seconde (s).

▸ **L'unité de mesure légale du temps, reconnue internationalement, est la seconde.**

1 jour = 24 h   1 h = 60 min   1 min = 60 s   ainsi   1 h = 3 600 s.

2 Vitesse moyenne (Voir leçon 12, p. 88)

▸ Lorsqu'un véhicule se déplace, lorsqu'un athlète court à l'entraînement, il n'est pas possible qu'à chaque instant leur vitesse soit rigoureusement la même sur un parcours. Le véhicule et l'athlète peuvent accélérer puis ralentir, s'immobiliser puis repartir...

▸ On calcule alors leur **vitesse moyenne**, c'est-à-dire la vitesse qui aurait été la leur sur le parcours, en supposant que, constamment, ils aient roulé ou couru de la même façon.

▸ **La vitesse est proportionnelle, à la fois, à la durée du parcours et à la longueur du parcours.**

Comment faire ?

▸ Convertir une durée

→ En général, les durées sont écrites en heures, minutes et secondes.

Ex. : 2 h 35 min → 2 × 60 + 35 = 155, soit 155 min.   4 j et 13 h → 4 × 24 + 13 = 109, soit 109 h.

→ Pour des durées très courtes (temps mis par un athlète pour courir le 100 m), on écrit les durées en écriture décimale.

Ex. : 9 s 48 signifie 9 s et 48 centièmes de seconde, c'est-à-dire 9,48 s.

▸ Calculer une durée

Il est conseillé de poser les calculs et de convertir ensuite.

Ex. :
```
  1 h 28 min
+ 5 h 53 min
------------
= 6 h 81 min   (barré)
  7 h 21 min
```

▸ Utiliser une vitesse pour calculer une distance

Ex. : Une moto roule à la vitesse moyenne de 85 km/h. Cette phrase signifie que la moto parcourt 85 km en 1 h.
En 20 min, soit le tiers d'une heure, elle parcourt alors 85 ÷ 3, soit environ 28,3 km. En 4 h, soit le quadruple d'une heure, elle parcourt alors 85 × 4, soit 340 km.

Corrigés → livret, p. 26

S'entraîner

QUIZ-TEST

Coche la (ou les) bonne(s) réponse(s).

1 En marchant pendant 30 min à la vitesse de 5,4 km/h :

a) je parcours 2 700 m. ☐
b) je parcours 2,7 km. ☐
c) je parcours 1,8 km. ☐

2 Une durée de 7 min 54 s est égale à une durée de :

a) 7,54 min. ☐
b) 474 s. ☐
c) 7 min 54 centièmes. ☐

3 ★ Questions diverses

Dans chaque cas, calcule mentalement la réponse.

a) Ma série préférée commence à 20 h 45 min et se termine à 22 h 53 min. Quelle a été sa durée ?

....

b) J'ai raté le train de 7 h 48 min, le prochain est dans 25 min. À quelle heure est le prochain train ?

....

c) Il faut 6 s à mon imprimante pour réaliser l'impression d'un document et j'ai besoin de 13 exemplaires de ce document.
Combien de temps, en min, durera l'impression de la totalité des documents ?

....

....

4 ★ Relais 4 × 200 en natation

En compétition de natation, le temps est compté en minutes, secondes et centièmes de seconde.
Ex. : 1 min 40 s 13 correspond à 100,13 s.

Le premier nageur du relais réalise un temps de 1 min 53 s 25, le deuxième met 1 min 48 s 36, le troisième 1 min 49 s 17 et le quatrième nageur termine en 1 min 46 s 42.
Quel a été le temps total de ce relais ?

....

....

....

....

5 ★ Fractions d'heures

Convertis les durées suivantes en fractions d'heures.
La réponse est attendue en fraction simplifiée au maximum.

a) 15 min = ...
b) 90 min = ...
c) 10 min = ...
d) 6 min = ...
e) 20 min = ...
f) 45 min = ...
g) 12 min = ...
h) 36 min = ...

6 ★★ Au cinéma

Une caméra de cinéma filme 24 images en une seconde.
a) Pierre filme durant 2 minutes. Combien d'images a-t-il filmées ?

....

b) Marie a filmé 30 000 images. Durant combien de temps sa caméra a-t-elle tourné ? Réponse en min et s.

....

....

7 ★★ Vitesse et proportion

Un marathonien court à la vitesse moyenne de 16,4 km/h.
Complète le tableau suivant en calcul mental.

Distance parcourue (en km)	32,8			12,3	
Durée du parcours		12 min	1 h et demie		72 min

28 Calcul mental

Conseils

Tu ne dois pas travailler cette séquence en continu : nous te conseillons de la fractionner, en réalisant un test de temps en temps. Chaque test est associé à une séquence dont le numéro est précisé. Il faut réfléchir sans crayon et sans brouillon, uniquement de tête. Inscris tes réponses dans la colonne de droite de chaque tableau.

À la lecture du corrigé, tu pourras t'évaluer par une note sur 5.

1 ★ Séquence 9

Vrai ou Faux ?

a)	4 256 est divisible par 2.	
b)	4 256 est divisible par 3.	
c)	9 347 est divisible par 5.	
d)	3 460 est divisible par 5.	
e)	2 178 est divisible par 9.	

Total .../5

2 ★ Séquence 1

Calcule.

a)	9 567 × 0,01 =	
b)	13,5 × 1 000 =	
c)	69 ÷ 0,1 =	
d)	26,4 × 0,1 =	
e)	3,25 ÷ 0,01 =	

Total .../5

3 ★ Séquence 1

Calcule.

a)	35 + 6 × 4 =	
b)	15 ÷ 3 – 0,2 × 10 =	
c)	2 × (7 + 2 × 9) =	
d)	(17 – 12) × (3,2 + 1,8) =	
e)	75 – 15 + 120 – 50 =	

Total .../5

4 ★ Séquence 1

Calcule.

a)	10 de plus que 5,6.	
b)	10 fois plus que 5,6.	
c)	100 de moins que 780.	
d)	100 fois moins que 780.	
e)	13 fois moins que 13.	

Total .../5

5 ★ Séquence 13

Calcule.

a)	Les 10 % de 56.	
b)	Les 25 % de 164.	
c)	Les deux-tiers de 120.	
d)	Les trois-cinquièmes de 550.	
e)	Les 75 % de 44.	

Total .../5

6 ★ Séquence 1

Somme, différence, produit ou quotient ?

a)	45,3 × (6 + 5)	
b)	45,3 × 6 + 5	
c)	50 ÷ 10 – 8	
d)	50 ÷ (10 – 8)	
e)	3 × 6 + 15 ÷ 5	

Total .../5

7 ★ Séquence 23

***MNOP* est un quadrilatère. Complète les phrases.**

a)	Le côté opposé à [*MN*] est	
b)	Les sommets consécutifs de *P* sont	
c)	Le côté [*OP*] est consécutif de	
d)	Les diagonales sont	
e)	Le sommet opposé à *N* est	

Total .../5

8 ★ Séquence 22

***RSTU* est un losange tel que $\widehat{S}$ =35° et *TU* = 6,2 cm. Alors :**

a)	$\widehat{U}$ mesure	
b)	*RS* mesure	
c)	$\widehat{R}$ mesure	
d)	*RU* mesure	
e)	$\widehat{T}$ mesure	

Total .../5

9 ★ Séquence 17

EGW est un triangle tel que : $\widehat{W}$ = 47° et $\widehat{G}$ = 86°. Vrai ou Faux ?

a)	*EGW* est équilatéral.	
b)	*EWG* est rectangle.	
c)	L'angle $\widehat{E}$ mesure 47°.	
d)	*EWG* est isocèle en E.	
e)	*EWG* est isocèle en G.	

Total .../5

Corrigés → livret, p. 26

10 ★★ Séquence 2

Calcule l'expression pour la valeur de x imposée.

a)	$9x + 7$	lorsque $x = 0,6$	
b)	$13 - 4x$	lorsque $x = 2,5$	
c)	x^2	lorsque $x = 8$	
d)	x^3	lorsque $x = 4$	
e)	$x^2 + 2x$	lorsque $x = 10$	

Total .../5

11 ★★ Séquence 4

Traduis en langage codé sans calculer.

a)	Le triple de la différence de 45 et 12.	
b)	La moitié du produit de 67 par 15.	
c)	Le tiers de la somme de 23 et 19.	
d)	La somme de a et du quart de m.	
e)	Le quotient de y par le double de b.	

Total .../5

12 ★★ Séquence 3

Trouve l'écriture développée.

a)	$3(11 + 4,5) =$	
b)	$7(6 - 1,5)$	
c)	$(9,2 + 11,8) \times 10 =$	
d)	$x(a + 9) =$	
e)	$6(u - 4) =$	

Total .../5

13 ★★ Séquence 8

Trouve le nombre qui vérifie l'égalité.

a)	$x + 9 = -13$ Nombres : – 4 ; 4 ; – 22	
b)	$x - 60 = -150$ Nombres : – 90 ; 210 ; – 1	
c)	$7x + 5 = 82$ Nombres : 6 ; 11 ; 8	
d)	$13 - 2x = 12$ Nombres : 4 ; 5,3 ; 0,5	
e)	$x + 18 = 30 - x$ Nombres : 4,5 ; 6 ; 10	

Total .../5

14 ★★ Séquence 2

Calcule $8m + 6t$.

a)	$m = 5$ et $t = 3$	
b)	$m = 11$ et $t = 5$	
c)	$m = 0,1$ et $t = 10$	
d)	$m = 20$ et $t = 40$	
e)	$m = 0,5$ et $t = 0,2$	

Total .../5

15 ★★ Séquence 7

Trouve x.

a)	$19 + x = 55$	
b)	$13 - x = -30$	
c)	$(x + 14) \times 3 = 66$	
d)	$758 \times x = 75,8$	
e)	$(x \div 4) \times 6 = 120$	

Total .../5

16 ★★ Séquence 10

Simplifie chaque fraction.

a)	$\frac{9}{12}$	
b)	$\frac{6}{16}$	
c)	$\frac{140}{210}$	
d)	$\frac{42}{30}$	
e)	$\frac{45}{60}$	

Total .../5

17 ★★ Séquence 3

Trouve l'écriture factorisée.

a)	$100 \times 9,72 + 100 \times 0,28 =$	
b)	$76 \times 5 - 16 \times 5 =$	
c)	$3 \times a + 3 \times b =$	
d)	$x \times 7 - y \times 7 =$	
e)	$8 \times 13 + 8 \times 2 =$	

Total .../5

Corrigés → livret, p. 26

Maths : fais le bilan !

Coche, pour chaque exercice, la bonne réponse. Reporte-toi ensuite aux corrigés, livret p. 26, pour obtenir ton score sur 10.

1 **L'expression $3 + 7 \times 5$ est égale à :**

a) 50. ☐
b) 38. ☐
c) 15. ☐

2 **Le produit $6 \times a \times 5$ s'écrit plus simplement :**

a) $65a$. ☐
b) $6a5$. ☐
c) $30a$. ☐

3 **Le nombre 2 451 est divisible par :**

a) 5. ☐
b) 3. ☐
c) 2. ☐

4 **Deux angles d'un triangle ont pour mesure respective 78° et 47°. La mesure du troisième angle est :**

a) 65°. ☐
b) 45°. ☐
c) 55°. ☐

5 **Une mesure d'aire de 3,8 m² est égale à :**

a) 0,038 dam² ☐
b) 3 800 dm² ☐
c) 380 000 cm² ☐

6 **La somme algébrique $19 - 23 + 54 - 70$ est égale à :**

a) 20. ☐
b) – 20. ☐
c) – 120. ☐

7 **Les 30% d'une somme d'argent de 70 € représentent :**

a) 30 € ☐
b) 65 € ☐
c) 21 €. ☐

8 **L'égalité $6x - 7 = 8$ est vérifiée pour le nombre :**

a) $x = 10$. ☐
b) $x = 3,5$. ☐
c) $x = 2,5$ ☐

9 **Le périmètre du rectangle ci-dessous est égal à :**

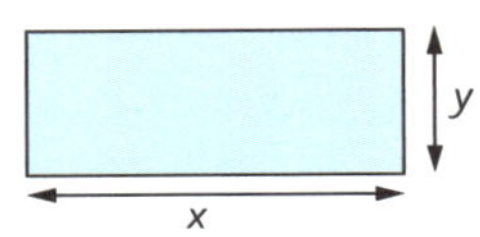

a) $x + y$ ☐
b) xy. ☐
c) $2(x + y)$. ☐

10 **Cette pyramide possède :**

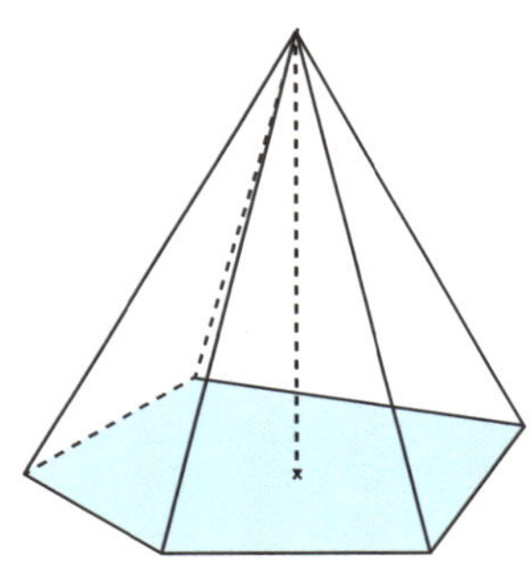

a) 5 sommets. ☐
b) 5 arêtes. ☐
c) 6 faces. ☐

TOTAL BILAN .... /10

Langues

Anglais

Espagnol

Allemand

1 *Be* et *have got* au présent
Les pronoms personnels compléments

Retiens l'essentiel

Piste 1

1 *Be* : formes affirmative, interrogative et négative

- **Be a trois formes :** ***am*** *(I)*, ***is*** *(he, she, it)*, ***are*** *(we, you, they)*.

Ex. : I am French. – Are you English? – Is he Australian? – She's American. – It's cold. We aren't at school. – Are you pleased? – They are on holiday.

He's English. → Is he English? → He isn't English.
(He = Sujet, 's = Verbe ; Is = V, he = S ; He = S, isn't = V + nég.)

2 *Have got* : formes affirmative, interrogative et négative

Have got **a deux formes :** ***has got*** à la 3e personne du singulier, ***have got*** à toutes les autres personnes.

Ex. : I've got a red bike. – Have you got a tennis racket? – He's got fair hair. – Has she got blue eyes? – The Millers haven't got a computer, have they?

3 Les pronoms personnels compléments

- Le pronom personnel permet de remplacer un nom ou un groupe nominal.

Ex. : I am with Helen → I am with her. I'm with my cousins. → I'm with them.

- Le pronom personnel complément se place toujours après le verbe.

Ex. : I can't do my exercise. Can you help me, please? – No, I can't help you.

1re pers. sing. → *me*	1re pers. plu. → *us*
2e pers. sing. → *you*	2e pers. plu. → *you*
3e pers. sing. → *him, her, it*	3e pers. plu. → *them*

À savoir

***Be* et *have* : formes contractées**

be
- I am → I'm
- I am not → I'm not
- are → 're
- are not → aren't / 're not
- is → 's - is not → isn't /'s not

have
- have → 've
- have not → haven't / 've not
- has got → 's got
- has not → hasn't / 's not

Comment faire ?

Piste 2

Se présenter, parler de soi et des autres

On utilise *be* pour se présenter, parler de soi et des autres.

Ex. : I'm Laura. I'm French. This is Kevin. He's from London. Where are you from?

Demander et dire ce que l'on a

Pour demander à quelqu'un s'il possède quelque chose, ou ce qu'il possède, ainsi que pour dire ce que l'on a, on emploie *have got*.

Évoquer une personne ou une chose déjà citée

Les pronoms personnels compléments servent à éviter la répétition d'un nom déjà mentionné.

Ex. : This book is interesting. Read it! The cars are dirty. Wash them!

Demander si...

Lorsqu'une question débute par un auxiliaire, la réponse commence par *Yes* ou *No*.

Ex. : Are you French? – Yes, I am. Has she got dark hair? – No, she's got fair hair.

Interroger sur la (ou les) personne(s), la (ou les) chose(s), le lieu

Who interroge sur la (ou les) personne(s), *what* sur la (ou les) chose(s), *where* sur le lieu.

Ex. : Who is your maths teacher? What is there in the fridge? Where's John?

Corrigés → livret, p. 27

S'entraîner

QUIZ-TEST

Coche la (ou les) bonne(s) réponse(s).

1 Dans quelle(s) phrase(s) le *'s* est-il la contraction de *is* ?

a) He's eleven. .... ☐
b) She's pleased. .... ☐
c) He's got a new computer. .... ☐

2 À la question « *Have you got your running shoes?* », on peut répondre :

a) Yes, I've got them. .... ☐
b) Yes, I've got they. .... ☐
c) Yes, I have got them. .... ☐

3 ★ Conjuguer *be*

Complète les phrases par la forme de be qui convient.

a) He .... ten and his mum .... forty.

b) Jack and I .... in the garden.

c) .... the children behind the tree?

d) Where .... you from? I .... from France.

e) We .... at home because it .... cold.

4 ★ Conjuguer *have got*

Complète par la forme de have got qui convient.

a) John and Mary .... long hair.

b) I .... green eyes.

c) My sister .... a canary.

d) What .... you .... in your pocket?

5 ★ Formes pleines

Réécris les phrases suivantes en remplaçant la forme contractée par la forme pleine.

a) She's got a baby brother. He's lovely.

....

b) They're twelve (years old).

....

c) There's an interesting programme on television.

....

d) We've got an old car. It's in the street.

....

6 ★★ *Be* ou *have got* ?

Complète les phrases suivantes par la forme de be ou de have got qui convient.

a) My parents .... a new tablet.

b) It .... twelve o'clock. We ....hungry.

c) John .... a moped. He .... pleased.

d) .... your parents .... a computer?

7 ★★ Pronom personnel

Complète par le pronom personnel qui convient.

a) Do you like detective books? Yes, I love ....

b) Mum is making a cake. I'm helping ....

c) Can you help me? Yes, I can help ....

d) My sister and I are working.
Dad is helping ....

8 ★★★ Quelle question poser ?

Pose la question qui a provoqué chacune des réponses soulignées.

a) Yes, John is from Australia.

....?

b) No, they haven't got a computer.

....?

c) He's in the garden.

....?

d) I've got some CDs in my schoolbag.

....?

2 Le présent *be* + V-*ing* Le présent simple

Retiens l'essentiel

Piste 3

N'oublie pas !

Aux formes interrogative et négative, c'est l'**opérateur** qui prend la marque du temps, donc le ***-s*** de la 3e personne du singulier.

Ex. : She likes music.
S V-*s*

→ Does she like music?
Op. S V

→ She doesn't like music.
S Op.+nég. V

À savoir

Les adverbes de fréquence

Ils se placent avant un verbe mais après un auxiliaire.

Ex. : John *sometimes* walks to school. He is *usually* late. He doesn't *always* know his lessons.
(John va *quelquefois* à l'école à pied. Il est *habituellement* en retard. Il ne sait pas *toujours* ses leçons.)

1 Le présent *be* + V-*ing* (ou présent progressif)

▸ Construction du présent *be* + V-*ing*

Auxiliaire *be* conjugué au présent + base verbale (V) + *-ing*.

▸ Les formes affirmative, interrogative et négative

Ex. : He is working now. → Is he working now? → He isn't working now.
S A V-*ing* A S V-*ing* S A + nég. V-*ing*

2 Le présent simple

▸ Construction du présent simple

Base verbale (+ *-s* à la 3e personne du singulier) → V (ou V-*s*).

▸ Les formes affirmative, interrogative et négative

Ex. : They like music. → Do they like music? → They don't like music.
S V Op. S V S Op.+nég. V

▸ Modifications orthographiques à la 3e personne du singulier

– Les verbes terminés par *s, x, sh, ch* prennent *-es*.

Ex. : cross → he crosses ; relax → he relaxes ; wash → he washes ; watch → he watches.

– Les verbes terminés par *y* prennent *-ies* si le *y* est précédé d'une consonne.

Ex. : carry → he carries *mais* play → he plays.

3 *Who* et *what*, mots interrogatifs, sujets ou compléments

▸ Lorsque *who* et *what* sont sujets, on a : *who* ou *what* + verbe à la 3e personne du singulier.

Ex. : Who's having a bath? (Qui prend un bain ?) Who likes tea? (Qui aime le thé ?) What is happening? (Que se passe-t-il ?)

▸ Lorsque *who* et *what* sont compléments, on a une forme interrogative normale.

Ex. : Who do you want to meet? (Qui veux-tu rencontrer ?) Who is she writing to? (À qui écrit-elle ?) What do you want? (Que veux-tu ?)

Comment faire ?

Piste 4

▸ Parler de ce qui est en train de se passer

Le présent *be* + V-*ing* sert à demander ou à décrire ce que l'on est en train de faire.

Ex. : What's Joe doing? Look! he's fishing.
They're playing in the garden now.
(Ils sont en train de jouer. / Ils jouent dans le jardin.)

▸ Exprimer une généralité, parler de ses goûts ou de ses habitudes

Le présent simple sert à exprimer une vérité générale, à dire ce que l'on aime, déteste, pense ou veut, ou à parler d'un fait habituel.

Ex. : Cats like milk.
Do you want a cup of tea? - Yes I do.
My brother often watches TV.
(Mon frère regarde souvent la télé.)

S'entraîner

Corrigés → livret, p. 27

QUIZ-TEST

Coche la (ou les) bonne(s) réponse(s).

1 Le présent simple sert à exprimer :

a) une généralité. ☐
b) une action en cours. ☐
c) une action habituelle. ☐

2 Au présent simple, l'opérateur *do/does* s'emploie :

a) à la forme affirmative. ☐
b) à la forme interrogative. ☐
c) à la forme négative. ☐

3 ★ Présent simple ou *be* + V-*ing*

Conjugue le verbe proposé au présent simple ou *be* + V-*ing* selon le cas.

a) My sisters often .... jewels. *(wear)*

b) She .... in the garden at the moment. *(play)*

c) Listen! The birds .... *(sing)*

d) .... they sometimes .... their parents? *(help)*

e) He .... to the country every week. *(go)*

4 ★ La forme interrogative

Complète les phrases suivantes par une forme de be, ou par do ou does.

a) .... you get up early on Mondays?

b) What .... he doing?

c) Who .... you want to invite?

d) What lessons .... he have on Wednesdays?

e) When .... the Millers flying to France?

5 ★★ La forme négative

Mets les phrases suivantes à la forme négative.

a) Kevin often watches television.

....

b) The children have maths on Mondays.

....

c) They're working in their study now.

....

d) The Millers always get up late on Saturdays.

....

6 ★★ Le bon ordre

Compose des phrases correctes en remettant dans le bon ordre les éléments proposés. Mets une majuscule au début de la phrase.

a) he / what time / ? / have / usually / breakfast / does

....

....

b) breakfast / hardly ever / . / 1 p.m. / has / before / he

....

c) starts / . / never / my father's car

....

d) he / sometimes / before eight / does / ? / leave

....

7 ★★★ La bonne question

Pose la question dont la réponse te permettrait de compléter le message.

a) He phones his .... every week.

....?

b) The Carsons are going to ....

....?

c) I'm drinking a ....

....?

d) .... often watch TV on Saturdays.

....?

3 La possession *There is* et *there are*

Retiens l'essentiel

Piste 5

1 *Whose* → cas possessif

▶ **L'adjectif interrogatif *whose*** (« à qui ») est toujours suivi d'un nom sans déterminant.

Ex. : Whose bike is it? → It's John's bike.
(À qui est ce vélo ? → C'est le vélo de John.)

▶ **Le cas possessif** se forme ainsi :
– possesseur + **'s** + objet(s) possédé(s) ; They're Helen's shoes.
– possesseurs + **'** + objet(s) possédé(s). This is my parents' car.

2 Adjectif possessif + nom → pronom possessif

▶ **L'adjectif possessif** précède un nom ou un groupe nominal, tandis que le **pronom possessif** remplace un groupe nominal.
Ex. : It's my ball. → It's mine. (C'est ma balle. → C'est la mienne.)

adjectif possessif	*my*	*your*	*his, her, its*	*our*	*your*	*their*
pronom possessif	*mine*	*yours*	*his, hers, its*	*ours*	*yours*	*theirs*

▶ **L'adjectif et le pronom possessifs** s'accordent avec le possesseur.
Ex. : It's John's car. → It's his car. → It's his.
(C'est la voiture de John. → C'est sa voiture. → C'est la sienne.)
It's Jenny's car. → It's her car. → It's hers.
(C'est la voiture de Jenny. → C'est sa voiture. → C'est la sienne.)

3 Les expressions *there is* et *there are* (il y a)

There is est suivi d'un **singulier**. ***There are*** est suivi d'un **pluriel**.
Ex. : There's *a park* near the theatre. (Il y a un parc près du théâtre.)
There are *eleven players* in a football team. (Il y a onze joueurs dans une équipe de foot.)

Cas possessif

• Avec un pluriel irrégulier
It's the children's kite.
• Avec un nom propre
Helen's mother is a nurse.

À savoir

L'adjectif possessif

La forme de l'adjectif possessif dépend du possesseur.
Ex. : It's John's bike.
→ It's his bike.
It's Helen's bike.
→ It's her bike.
It's the children's bike.
→ It's their bike.

Comment faire ?

Piste 6

▶ **Ne pas confondre les mots ou expressions dont la prononciation est identique**

→ *They're (they are)* se compose du pronom personnel sujet *they* et de l'auxiliaire *be (are)*.

Ex. : My cousins are Canadian. They're good at English. (Mes cousins sont canadiens. Ils sont bons en anglais.)

→ *There* est utilisé dans les expressions *there is / there are* (il y a).

Ex. : There is a mobile phone in the bathroom. (Il y a un portable dans la salle de bains.)

→ *Their* est un adjectif possessif que l'on place devant un nom ou un groupe nominal.

Ex. : Our neighbours are nice but their son is naughty. (Nos voisins sont gentils mais leur fils est méchant.)

Corrigés → livret, p. 27

S'entraîner

QUIZ-TEST

Coche la (ou les) bonne(s) réponse(s).

1 Dans quelle(s) phrase(s) trouve-t-on un pronom possessif ?

a) Her computer is old. ☐
b) Mine is new. ☐
c) My bike is red. His is blue. ☐

2 Que peut-on répondre à la question « *Are there any books in your schoolbag?* » ?

a) Yes, there are some. ☐
b) No, there aren't any. ☐
c) Yes, they are. ☐

3 ★ *Who ou whose ?*

Complète par who ou whose, selon le cas.

a) .... ball is it?
b) .... are you writing to?
c) .... glasses are they?
d) .... can help me?
e) .... are you going to the cinema with?

4 ★★ Le cas possessif

Complète les phrases par ' ou 's, selon le cas.

a) Cathy...... pen is pink.
b) My cousins...... rackets are new.
c) The children...... toys are old.
d) My parents...... car is fast.
e) The actress...... dress is lovely

5 ★★ Adjectif ou pronom possessif ?

Complète les phrases suivantes en utilisant un adjectif ou un pronom possessif.

a) I haven't got my pen. Can you lend me ...., please?

b) Mr Carson asks his wife .... keys because he hasn't got ....

c) My parents are going to change .... car because it's old.

d) Is it your book? Yes, it's ....

e) David sleeps in .... room. Helen sleeps in ....

6 ★★ *There, their ou they're ?*

Complète les phrases par there, their ou they're.

a) .... is a bottle of coke in the fridge.

b) The Carsons are pleased. .... children work very well.

c) .... are two shoes under the bed.

d) .... waiting for the bus at the moment.

e) Dad and Mum are in the garden. .... looking at .... flowers.

7 ★★★ Répondre aux questions

Réponds aux questions suivantes en utilisant les mots entre parenthèses.

a) Whose car is it? *(Helen's)*

....

b) Who is Betty writing to? *(her grandma)*

....

....

c) Where is Helen going? *(to the butcher's)*

....

....

d) What is there in the box? *(two books)*

....

....

e) Whose presents are they? *(the children's)*

....

....

4 Le prétérit de *be* et des verbes réguliers

Retiens l'essentiel

Piste 7

1 Le prétérit de *be*

▶ **Be a deux formes au prétérit** : ***was*** (*I, he, she, it*) et ***were*** (*we, you, they*).

Ex. : Joe : There was a good football match on BBC2 *yesterday*.
Were you at home?

▶ **Les formes affirmative, interrogative et négative**

Ex. : He (S) was (V) ill yesterday. → Was (V) he (S) ill yesterday? → He (S) wasn't (V + nég.) ill yesterday.

▶ **Réponses brèves**

Ex. : Were you at home last week? Yes, I was. → No, I wasn't.
Was he at the football match yesterday? Yes, he was. → No, he wasn't.

2 Le prétérit des verbes réguliers

▶ **Construction du prétérit**

Le prétérit des verbes réguliers se forme en ajoutant ***-ed*** à la base verbale, à toutes les personnes.

Ex. : The accident happened this morning. We washed Mum's car yesterday.

▶ **Les formes interrogative et négative**

À la forme interrogative ou négative, c'est **l'opérateur** qui prend la marque du **prétérit.** ***Did*** est le prétérit de ***do***.

Le **verbe** se trouve toujours sous la forme **base verbale**.

Ex. : She played golf yesterday. (Elle a joué au golf hier.)
→ Did she play golf yesterday? (A-t-elle joué au golf hier ?)
→ She didn't play golf yesterday. (Elle n'a pas joué au golf hier.)

▶ **Réponses brèves**

Ex. : Did they work yesterday? Yes, they did. → No, they didn't.
(Travaillait-elle hier ? Oui. → Non.)

À savoir

Modifications orthographiques

- Verbes terminés par ***-e*** : on ajoute seulement ***-d***.
Ex. : like → liked
dance → danced
- Verbes terminés par un ***-y*** précédé d'une consonne : on transforme le *y* en *i* avant d'ajouter ***-ed***.
Ex. : marry → married
play → played

Comment faire ?

Piste 8

▶ **Exprimer le passé**

Le prétérit sert à exprimer le passé.

Ex. : He helped his sister yesterday. (Il a aidé sa sœur hier.)

▶ **Donner la date et le lieu de naissance**

Pour indiquer une date ou un lieu de naissance, on emploie *be* au **prétérit**.

Ex. : When were you born? I was born in 2006. I was born *in* July. → I was born *on* july 22nd.
(Quand es-tu né(e) ? Je suis né(e) en 2006. Je suis né(e) en juillet. → Je suis né(e) le 22 juillet.)
Where were you born? I was born in Paris. (Où es-tu né(e) ? Je suis né(e) à Paris.)

Corrigés → livret, p. 27

S'entraîner

QUIZ-TEST

Coche la (ou les) bonne(s) réponse(s).

1 La (ou les) phrase(s) au prétérit est (sont) :

a) I was at school yesterday. .... ☐
b) He played tennis last Sunday. .... ☐
c) My parents were born in Lyon. .... ☐

2 On utilise l'opérateur *did* :

a) à la forme affirmative. .... ☐
b) à la forme interrogative. .... ☐
c) à la forme négative. .... ☐

3 ★ *Be* au prétérit

Complète le dialogue suivant en utilisant be au prétérit.

– Where .... you yesterday afternoon?

– I .... at the concert.

– .... it a good concert?

– No, it .... interesting.

– How many musicians .... there?

– There .... only one!

4 ★★ Conjuguer au prétérit

Complète les phrases suivantes en conjuguant le verbe entre parenthèses au prétérit.

a) John .... at school yesterday. *(be)*

b) .... Jenny .... her mother this morning? *(help)*

c) No, she didn't. She .... her father. *(help)*

d) She .... the garden gate. *(paint)*

5 ★★ Réponses brèves

Complète par une réponse brève.

a) Was he at home yesterday?

Yes, ...

b) Were you at school yesterday?

No, ...

c) Did you watch the match last night?

Yes, ...

d) Did they live in Paris last year?

No, ...

6 ★★ Formes interrogative et négative

Mets les phrases suivantes à la forme interrogative, puis à la forme négative.

a) John studied his maths lesson this morning.

....

....

b) The children were pleased.

....

7 ★★ Les bonnes questions

Pose la question qui permettra de compléter la réponse.

a) Our teacher was born in .... in 1989

....

b) Jane played tennis with .... yesterday.

....

c) My mother cooked a .... this morning.

....

8 ★★★ Traduction

Comment dirais-tu à un Anglais que :

a) sa femme a téléphoné ce matin ?

....

b) tes parents ont habité à Leeds en 1977 ?

....

c) ta sœur est née en 2004 ?

....

d) elle a essayé deux jupes hier matin ?

....

5 Le prétérit des verbes irréguliers

Retiens l'essentiel

Piste 9

1 Le prétérit des verbes irréguliers

Certains verbes ont une forme particulière au prétérit.

Cette forme, qu'il faut apprendre par cœur, est la même à toutes les personnes.

Les formes affirmative, interrogative et négative

Aux formes interrogative et négative, le verbe se trouve sous la forme **base verbale** : c'est l'opérateur qui prend la marque du prétérit.

Ex. : Helen went to town yesterday.
(S V)

→ Did Helen go to town yesterday?
(Op S V)

→ Helen didn't go to town yesterday.
(S Op + nég. V)

2 Le prétérit des verbes irréguliers les plus utilisés

Tu trouveras à la page 255 le tableau complet des verbes irréguliers.

begin → began	forget → forgot	read → read
bring → brought	get → got	run → ran
buy → bought	give → gave	say → said
come → came	go → went	see → saw
do → did	have → had	sell → sold
drink → drank	hear → heard	speak → spoke
drive → drove	know → knew	take → took
eat → ate	make → made	think → thought
find → found	meet → met	write → wrote

À savoir

Conjugaison de *have* au prétérit

- Au prétérit, ***have*** a une forme unique : ***had***.
- ***Have*** se conjugue à la forme interrogative et négative avec l'opérateur ***did***.

Ex. : Boris had a yacht.
→ Did Boris have a yacht?
→ Boris didn't have a yacht.

Comment faire ?

Piste 10

Situer dans le passé

Pour situer dans le passé, on utilise : *yesterday*, *last* (*week*, *month*...), une date (*in 2005*), *ago* (*two months ago*, *five minutes ago*...).

Ex. : My father bought a new car three days ago. (Mon père a acheté une nouvelle voiture il y a trois jours.)
Mum gave me £2 last week. (Ma mère m'a donné £2 la semaine dernière.)
I saw him at the swimming-pool yesterday. (Je l'ai vu à la piscine hier.)
My parents bought their house in 2010. (Mes parents ont acheté leur maison en 2010.)

Interroger sur le moment

When sert à interroger sur le moment, la date.

Ex. : When did you go to London? I went there *last summer*.

Corrigés → livret, p. 27

S'entraîner

QUIZ-TEST

Coche la (ou les) bonne(s) réponse(s).

1 À la forme interrogative, au prétérit :

a) le verbe prend la marque du passé. .... ☐
b) l'opérateur prend la marque du passé. .... ☐
c) le verbe est sous la forme base verbale. ...... ☐

2 Au prétérit, les verbes irréguliers ont :

a) la même forme à toutes les personnes. ...... ☐
b) deux formes. .... ☐
c) une forme différente à chaque personne. ... ☐

3 ★ Conjuguer au prétérit

Complète les phrases suivantes en conjuguant le verbe entre parenthèses au prétérit.

a) A big dog .... after John yesterday. (*run*)

b) Henry VIII .... six wives. (*have*)

c) John's father .... to Manchester in 2014. (*go*)

d) Mickaël .... an interesting book last week. (*read*)

e) Mum .... a delicious cake two days ago. (*make*)

f) The Millers .... back yesterday. (*come*)

4 ★★ Les formes interrogative et négative

Mets les phrases suivantes à la forme interrogative, puis à la forme négative.

a) Helen wrote an email to Cindy yesterday.

....

....

b) John drank a cup of tea this morning.

....

....

c) The Mansons were at home last Sunday.

....

....

d) Mum heard a strange noise last night.

....

....

5 ★★ Les bonnes associations

Relie, de façon logique, les éléments des deux colonnes.

a) John forgot •	• 1. their old car last month.
b) What did •	• 2. his keys yesterday.
c) My parents sold •	• 3. nine last Friday.
d) Dad came back at •	• 4. you see at the cinema?

6 ★★★ Comprendre un texte

Lis attentivement le texte suivant, puis réponds aux questions en faisant des phrases.

Simon went to London with his school friends last year. Their teacher took them to Madame Tussaud's museum. They saw Henry VIII and his six wives.
In front of Buckingham Palace, they met a French group. For dinner, Simon had two sausages with green peas. He enjoyed his trip to London.

Ex. : When did Simon go to London?
→ Simon went to London last year.

a) Who did Simon go to London with?

....

b) Where did their teacher take them?

....

c) Where did they meet a French group?

....

....

d) What did Simon have for dinner?

....

....

6 Le prétérit *be* + V-*ing*
Les *question-tags*

Retiens l'essentiel

Piste 11

1 Le prétérit *be* + V-*ing*

Construction du prétérit *be* + V-*ing*

Auxiliaire ***be*** conjugué au prétérit + base verbale + ***-ing***.

Ex. : I was playing with my baby brother. (Je jouais avec mon petit frère.)

Les formes interrogative et négative

Ex. : Was she playing with her baby brother?
A S V-*ing*

→ She wasn't playing with her baby brother.
S A + nég. V-*ing*

2 Opposition prétérit *be* + V-*ing*/prétérit simple

Le prétérit *be* + V-*ing* est souvent opposé au prétérit simple dans une même phrase : une action était en train de se dérouler (prétérit *be* + V-*ing*) lorsqu'un autre événement a eu lieu (prétérit simple).

Ex. : Jane was watching television when I telephoned.
(Jane était en train de regarder la télévision quand j'ai téléphoné.)

3 Réponses brèves

Ex. : Was it raining when you came back last night? → Yes, it was.
→ No, it wasn't.

4 Les *question-tags*

Elles se forment toujours selon l'un des deux schémas suivants.

À la suite d'une affirmation = auxiliaire (ou opérateur) + négation contractée + pronom personnel sujet + ?.

Ex. : Joe is making a cake, isn't he? (Joe est en train de faire un gâteau, non ?)
He makes a cake on Sundays, doesn't he? (Il fait un gâteau le dimanche, n'est-ce pas ?)
He made a cake last Sunday, didn't he? (Il a fait un gâteau dimanche dernier, n'est-ce pas ?)

À la suite d'une négation = auxiliaire (ou opérateur) + pronom personnel sujet + ?.

Ex. : You aren't listening to me, are you? (Tu ne m'écoutes pas, si ?)

À savoir

***Be* : formes contractées**

- À la forme affirmative, au prétérit *be* n'a pas de forme contractée.
- On peut par contre contracter à la forme négative :
  – *was not* → *wasn't* ;
  – *were not* → *weren't*.

N'oublie pas !

Dans une *question-tag*, l'opérateur doit toujours être au même temps que le verbe conjugué de la phrase.

Comment faire ?

Piste 12

Exprimer la durée dans le passé

→ Le prétérit *be* + V-*ing* permet de décrire des actions qui étaient en train de se dérouler dans le passé.

Interroger sur la raison d'un fait

Why sert à interroger sur la cause.

Une question commençant par *why* entraîne l'emploi de *because* dans la réponse.

Ex. : Why were you running so fast? I was running because I was in a hurry.
(Pourquoi courais-tu si vite ? Je courais parce que j'étais pressé.)

Corrigés → livret, p. 28

S'entraîner

QUIZ-TEST

Coche la (ou les) bonne(s) réponse(s).

1 Au prétérit *be* + V-*ing*, on utilise :

a) *be* au prétérit. ☐
b) *be* au présent. ☐
c) l'opérateur *did*. ☐

2 « *I ... doing my homework when he phoned.* » Le mot manquant est :

a) *am*. ☐
b) *was*. ☐
c) *did*. ☐

3 ★ Conjuguer au prétérit

Conjugue le verbe entre parenthèses au prétérit *be* + V-*ing*.

Yesterday, when you phoned,

a) I .... an interesting book. *(read)*

b) John .... a football match. *(watch)*

c) the boys .... cards. *(play)*

d) Helen .... *(work)*

e) the cats .... on the floor. *(sleep)*

4 ★ Formes de l'auxiliaire

Complète les phrases suivantes avec : did, didn't, was, wasn't, were ou weren't.

a) .... you phone the doctor?

b) No, I .... phone him.

c) .... you sleeping?

d) No, I .... sleeping.

e) .... you working when I called you?

f) Yes, I .... working but John and Peter .... They .... playing in the garden.

5 ★★ Les *question-tags*

Complète par une *question-tag*.

a) William likes sugar, ...?

b) Your mother doesn't like cheese, ...?

c) Your parents were listening to the radio, ...?

d) The Millers came back yesterday, ...?

e) She didn't buy any coke, ...?

6 ★★ Répondre aux questions

Réponds aux questions suivantes, par des phrases complètes, en utilisant les éléments entre parenthèses.

a) What was Chris doing when he heard the crash? *(was working)*

....

b) What happened as she was waiting for the bus? *(it started to rain)*

....

c) What was she doing when the guests arrived? *(washing her hair)*

....

d) Who chose the present yesterday? (*Helen*)

....

7 ★★★ Prétérit simple ou *be* + V-*ing* ?

Conjugue les verbes entre parenthèses au prétérit simple ou *be* + V-*ing* selon le sens.

a) When I .... John, he .... to Helen. (*see*, *talk*)

b) We .... when we .... grandma. (*shop*, *meet*)

c) What ....Peter .... when we .... (*do*, *phone*)

d) Everyone .... at him because he .... a funny tie. (*look*, *wear*)

e) The Mansons .... breakfast when they .... a strange noise. (*have*, *hear*)

Anglais

7 Les quantifieurs

Retiens l'essentiel

Piste 13

1 How much? — How many? (« Combien de ? »)

Pour interroger sur une quantité, on emploie :

– *How much*, suivi d'un nom au singulier (pour une quantité indénombrable) ;

Ex. : How much *milk* do you want? (Quelle quantité de lait veux-tu ?)

– *How many*, suivi d'un nom au pluriel (pour une quantité dénombrable).

Ex. : How many *posters* have you got? (Combien de posters as-tu ?)

2 Les quantifieurs

On emploie les quantifieurs pour parler d'une quantité approximative.

▶ ***A lot of*** (« beaucoup de ») – ***Not much / not many*** (« pas beaucoup de »)

– *A lot of* est suivi d'un nom au singulier ou au pluriel ;

– *not much* est suivi d'un nom au singulier ;

– *not many* est suivi d'un nom au pluriel.

Ex. : There's a lot of *butter* in the fridge but there isn't much *cheese*. (Il y a beaucoup de beurre au frigidaire mais il n'y a pas beaucoup de fromage.)
There are a lot of *apples* in the fridge but there aren't many *eggs*. (Il y a beaucoup de pommes au frigidaire mais il n'y a pas beaucoup d'œufs.)

▶ **Too / too much / too many (trop)**

– *Too* accompagne un adjectif ou un adverbe ;

Ex. : John is too *fat* because he *eats* too much. (John est trop gros parce qu'il mange trop.)

– *too much* accompagne un verbe ou un nom au singulier ;

Ex. : Our English teacher punished us yesterday : there was too much *noise*. (Notre professeur d'anglais nous a punis hier : il y avait trop de bruit.)

– *too many* accompagne un nom au pluriel.

Ex. : I can't find a parking place : there are too many *cars*. (Je ne trouve pas de place de parking : il y a trop de voitures.)

Emploi de *How much*

How much sert aussi à interroger sur le prix.

Ex. : How much is it? It's £2.
How much does it cost? It costs £2.
(Combien cela coûte-t-il ? C'est £2.)

À savoir — La fréquence

How often (tous les combien ?) sert à interroger sur la fréquence.

Ex. : How often did you watch television last week? I watched it twice. (Combien de fois as-tu regardé la télé la semaine dernière ? Je l'ai regardée deux fois.)

Comment faire ?

Piste 14

▶ **Parler d'une petite quantité, d'un petit nombre**

→ *(a) little* ((un) peu) suivi d'un nom indénombrable permet de parler d'une faible quantité.

Ex. : There's a little orange juice in the fridge. (Il y a un peu de jus d'orange dans le frigo.)

→ *few* (peu / peu de) et *a few* (quelques) suivis d'un nom dénombrable s'utilisent pour parler d'un faible nombre.

Ex. : Few people speak Japanese. (Peu de gens parlent japonais.)
There were a few mistakes. (Il y avait quelques erreurs.)

Corrigés → livret, p. 28

S'entraîner

QUIZ-TEST

Coche la (ou les) bonne(s) réponse(s).

1 La (ou les) phrase(s) que l'on peut compléter par *much* est (sont) :

a) There is too ...... water in the vase. .... ☐
b) There are too ...... books in your schoolbag. .. ☐
c) How ... is it? .... ☐

2 La (ou les) question(s) à compléter par *many* est (sont) :

a) How ...... exercises did you do yesterday? ... ☐
b) How ...... cats have you got? .... ☐
c) How ...... does this computer cost? .... ☐

3 ★ *How much* ou *how many* ?

Complète les questions suivantes par how much ou how many selon le cas.

a) .... children have you got?
b) .... films did you see last month?
c) .... is this tie?
d) .... friends are you going to invite?
e) .... butter do you eat every week?

4 ★ Quel quantifieur ?

Complète par a lot of, much ou many.

a) Chris is very rich. He's got .... money, but he hasn't got .... friends.
b) Helen hasn't got .... money, but she's got .... friends.
c) Look at all these people! There are .... customers in this shop, but there aren't .... shop-assistants.

5 ★ Quand c'est trop !

Complète les phrases par too, too much ou too many.

a) I think my teachers are .... strict.
b) There are .... football matches on television.
c) Peter works ....: he's going to be sick.
d) We've got .... exercises to do.
e) Your brother's bike is .... small for you. You're going to break it.

6 ★★ Les bonnes associations

Relie les éléments des deux colonnes qui se correspondent.

a) I have little •	• 1. Once a week.
b) How much •	• 2. difficult.
c) How often do you play golf? •	• 3. magazines on the table.
d) This exercise is too •	• 4. is it?
e) There are too many •	• 5. time to do it.

7 ★★★ Traduction

Comment dirais-tu :

a) que ton oncle boit peu d'eau et trop de bière ?

....

....

b) qu'il y a quelques légumes dans le jardin ?

....

....

c) que tes voisins ont beaucoup d'amis ?

....

....

d) que tu vas au cinéma une fois par semaine ?

....

....

e) que tu regardes trop de films et lis peu de livres ?

....

....

8 Le comparatif – Le superlatif

Retiens l'essentiel

Piste 15

1 Plus... que (comparatif de supériorité)

▸ **Adjectifs courts** (tous les adjectifs d'une syllabe et ceux de deux syllabes terminés par *-y* et *-er*).
Le comparatif se forme en ajoutant ***-er*** à l'adjectif.
Ex. : tall → taller big → bigger easy → easier clever → cleverer

▸ **Adjectifs longs** (adjectifs de deux syllabes non terminés par -y et -er et ceux de trois syllabes et plus).
Le comparatif se forme en faisant précéder l'adjectif de ***more***.
Ex. : interesting → more interesting active → more active

▸ **Le complément du comparatif** (adjectifs courts et adjectifs longs) est introduit par ***than***.
Ex. : John is taller than me. (John est plus grand que moi.)

2 Aussi... que (comparatif d'égalité)

On place ***as*** avant et après l'adjectif (adjectifs courts et adjectifs longs) : ***as*** + adjectif + ***as***.
Ex. : I'm as tall as my brother. He is as elegant as my mother.
(Je suis aussi grand que mon frère.) (Il est aussi élégant que ma mère.)

3 Moins que ... (comparatif d'infériorité)

On place ***less*** avant l'adjectif et ***than*** après (adjectifs courts et longs).
Ex. : Bob *is less tall* than his brother. (Bob est moins grand que son frère.)
My book *is less* interesting than yours.
(Mon livre est moins intéressant que le tien.)

4 Le plus... (superlatif)

▸ **Adjectifs courts**
On ajoute ***-est*** à l'adjectif que l'on fait précéder de ***the***.
Ex. : It's the fastest plane in the world. (C'est l'avion le plus rapide du monde.)

▸ **Adjectifs longs**
On fait précéder l'adjectif de ***the most***.
Ex. : She's the most elegant girl in the class.
(C'est la fille la plus élégante de la classe).

À savoir

Cas irréguliers

Certains adjectifs ont un comparatif et un superlatif irrégulier.
Ex. : good
→ better (comparatif)
→ the best (superlatif)
Ex. : bad
→ worse (comparatif)
→ the worst (superlatif)

Comparatif d'infériorité

On emploie le plus souvent *not as... as* au lieu de *less... than*.
Ex. : My sister is not as shy as me. (Ma sœur est moins timide que moi.)

Comment faire ?

Piste 16

▸ **Interroger sur la taille, le poids, la vitesse**

How tall sert à interroger sur la taille, *how heavy* sur le poids, *how fast* sur la vitesse.

Ex. : How tall is she? How heavy are you? How fast can a horse run?
(Combien mesures-tu ? Combien pèses-tu ? À quelle vitesse un cheval peut-il courir ?)

Corrigés → livret, p. 28

S'entraîner

QUIZ-TEST

Coche la (ou les) bonne(s) réponse(s).

1 Le mot *easier* est :

a) un nom. ☐
b) un superlatif de supériorité. ☐
c) un comparatif de supériorité. ☐

2 La (ou les) phrase(s) comportant un superlatif est (sont) :

a) It's the worst thing it could happen to me. ☐
b) I'm the tallest in my class. ☐
c) It's the most expensive i-phone in the shop. ☐

3 ★ Le comparatif de supériorité

Mets l'adjectif entre parenthèses au comparatif de supériorité.

a) A lion is .... than a dog. (*dangerous*)

b) London is .... than Manchester. (*big*)

c) I'm .... than you. (*good*)

4 ★ Le comparatif d'égalité

À partir des éléments proposés, transforme comme dans l'exemple.

Ex. : a dog / a cat / fast
Is a dog faster than a cat?
No, a cat is as fast as a dog.

a) a car / a big motorbike / expensive

....

....

b) Betty / Linda / shy

....

....

5 ★ Le comparatif d'infériorité

Forme des phrases en reliant les éléments proposés avec un comparatif d'infériorité.

a) Mont Blanc / mount Everest / high

....

b) France / USA / polluted

....

c) gold / wood / useful

....

6 ★ Adjectifs au superlatif de supériorité

Complète les phrases suivantes en mettant l'adjectif entre parenthèses au superlatif de supériorité.

a) She's .... girl in the class. (*intelligent*)

b) The falcon is .... bird. (*fast*)

c) Kate's .... person in the Royal Family. (*elegant*)

d) Monday is .... day of the week. (*bad*)

7 ★★ Dans le bon ordre

Remets les éléments suivants dans le bon ordre afin de reconstituer des phrases correctes.

a) August / than / March / is / . / warmer

....

b) more / a mouse / is / dangerous / . / a tiger / than

....

c) in France / the weather / more / is / than / beautiful / in Ireland / .

....

....

8 ★★★ Classement par âge

Utilise un comparatif ou un superlatif pour compléter les phrases suivantes.

Tom was born in 2002. Sandra was born in 2001 and Julia in 2003.

a) Tom is .... Julia.

b) Tom is .... Sandra.

c) Sandra is .... person.

d) Julia is .... person.

9 Le futur – La suggestion

Retiens l'essentiel

Piste 17

1 Le futur

Construction du futur

Le futur se construit de la même façon à toutes les personnes : ***will*** + base verbale.

La forme contractée de ***will*** est ***'ll***.

Ex. : They will come with him. → They'll come with him. (Ils viendront avec lui.)

Les formes affirmative, interrogative et négative

La forme contractée de ***will not*** est ***won't***.

Ex. : They'll stay at home tomorrow. → Will they stay at home tomorrow?
→ They won't stay at home tomorrow. (Ils ne resteront pas à la maison demain.)

Réponses brèves et *question-tags*

Ex. : Will you help your mother this afternoon? Yes, I will. → No, I won't.
John will repair his bike tomorrow, won't he?
(John va réparer son vélo demain, n'est-ce pas ?)

2 La suggestion

***Shall we* + base verbale** sert à demander si l'on est d'accord pour faire quelque chose.

Ex. : Shall we invite our friends? (Et si nous invitions nos amis ?)

***Let's* (= *let us*) + base verbale** permet de dire que l'on est d'accord avec la suggestion.

Ex. : Yes, let's invite them. (Oui, invitons-les.)

What about* + base verbale + *-ing permet aussi d'exprimer une suggestion.

Ex. : What about going to the cinema? Yes, good idea.
(Et si on allait au cinéma ? Oui, bonne idée.)

À savoir

How long...?
How far...?

- *How long* sert à interroger sur la durée.
Ex. : How long will you stay in England? (Combien de temps resteras-tu en Angleterre ?)

- *How far* sert à interroger sur la distance.
Ex. : How far is it from Paris to London? (Quelle est la distance entre Paris et Londres ?)

Comment faire ?

Piste 18

Choisir entre les différentes façons d'exprimer un événement futur

→ Pour exprimer une certitude, on utilise ***will* + base verbale** (ou ***won't* + base verbale**).

Ex. : I'll phone grandma tomorrow. (Je téléphonerai à grand-mère demain.)

→ Pour exprimer une intention, on utilise ***be going to* + base verbale.**

Ex. : Mum is tired. I'm going to help her. (Maman est fatiguée. Je vais l'aider.)

→ Le **présent continu, associé à un mot ou une expression évoquant l'avenir,** sert aussi à exprimer un événement futur. Il sous-entend qu'il y a eu un arrangement.

Ex. : Grandma is coming *tomorrow*. (Grand-mère vient demain.)

S'entraîner

Corrigés → livret, p. 28

QUIZ-TEST

Coche la (ou les) bonne(s) réponse(s).

1 La phrase « *They're leaving tomorrow.* » évoque :

a) un événement présent. ☐
b) un événement futur. ☐
c) une intention. ☐

2 La (ou les) question(s) exprimant une suggestion est (sont) :

a) Shall we go to the concert? ☐
b) Will they go to the seaside next summer? ☐
c) What about giving a party? ☐

3 ★ Conjuguer au futur

Conjugue le verbe entre parenthèses au futur.

a) He .... his sister later. *(help)*

b) The children .... to Brighton for the holidays. *(go)*

c) .... you .... your homework after dinner? *(do)*

d) I .... my brother tonight. *(look after)*

4 ★★ La forme négative

Réécris les phrases suivantes à la forme négative.

a) They'll be at home for John's birthday.

....

b) He's going to work hard next term.

....

c) Helen will lend him her camera for the holidays.

....

....

5 ★★ Les bonnes associations

Associe les éléments de chaque colonne qui se correspondent.

a) What about drinking champagne? •	• 1. go to school tomorrow.
b) Shall we go shopping? •	• 2. Yes, let's go to the supermarket.
c) The sky is cloudy. •	• 3. It's going to rain.
d) I'll •	• 4. Good idea! I love French wine.

6 ★★ *Question-tags*

Complète les phrases par une *question-tag*.

a) Your parents will be in, ... ?

b) Helen is giving a party tomorrow, ... ?

c) Her cousins won't come, ... ?

d) Elisabeth will phone miss Cedric, ... ?

7 ★★ Traduction

Comment dirais-tu que :

a) tu habiteras dans une maison neuve le mois prochain ?

....

b) tu sais que tu ne seras pas riche ?

....

c) tu vas aider ton père samedi prochain ?

....

d) tu auras trente-cinq ans en 20.. ?

....

e) ta sœur jouera au tennis demain ?

....

8 ★★★ La bonne question

Pose la question qui te permettrait de compléter le message.

a) Sandra will invite .... for Christmas.

....

b) Dad will stay in London for .... weeks.

....

10 La modalité

Retiens l'essentiel

Piste 19

1 *Can – Could* (pouvoir-savoir)

▶ **L'auxiliaire modal *can*** est toujours suivi d'une base verbale (infinitif sans *to*). *Can* a la même forme à toutes les personnes.

Ex. : I can play the guitar. My sister can play the piano.
(Je sais jouer de la guitare.) (Ma sœur sait jouer du piano.)

Could est le prétérit et le conditionnel de *can*.

Ex. : He could swim when he was younger (prétérit).
(Il savait nager quand il était plus jeune.)
Could you help me (conditionnel)? (Pourriez-vous m'aider ?)

▶ **Les formes interrogative et négative**

Can't est la forme contractée de ***cannot***, ***couldn't*** celle de ***could not***.

Ex. : He can swim. → Can he swim? → He can't swim.
I could ski when I was younger. → Could you ski...? → I couldn't ski... .

2 *Must – Have to* (devoir)

▶ **L'auxiliaire modal *must*** est toujours suivi d'une base verbale.

Must ne s'emploie qu'au présent. Il a la même forme à toutes les personnes.

▶ ***Have to*** est toujours suivi d'une base verbale.
Au présent, *have to* devient *has to* à la 3e personne du singulier.
Have to peut s'employer à tous les temps. Il se conjugue comme un verbe ordinaire.

▶ **Les formes interrogative et négative.**

Mustn't est la forme contractée de ***must not***.

Ex. : She must phone me. → Must she phone me? → She mustn't phone me.
They have to work. → Do they have to work? → They don't have to work.

À savoir

How well...?

- *How well* sert à interroger sur le degré de compétence.
- On peut répondre par *very well, well, quite well, a little, not at all*.

Ex. : How well can she cook? She can cook very well.
(Sait-elle bien cuisiner ? Elle sait très bien cuisiner.)
How well can you cook?
I can't cook at all.
(Sais-tu bien cuisiner ? Pas du tout !)

Comment faire ?

Piste 20

▶ **Parler des compétences, des incompétences, demander une permission**

→ *Can* permet de dire ce que l'on sait faire ou peut faire, et aussi à demander ou à donner une permission.

Ex. : Can I go to the cinema? Yes, you can.
(Est-ce que je peux aller au cinéma ? Oui.)

→ *Could* est employé pour exprimer l'idée d'une compétence passée. Il correspond aussi au conditionnel, notamment lorsqu'il exprime une permission ou une suggestion.

Ex. : You could ask Tom for some money. (Tu pourrais demander un peu d'argent à Tom.)

▶ **Exprimer une obligation, une interdiction ou une absence d'obligation**

Must et *have to* servent à exprimer une obligation, *mustn't* une interdiction, *don't have to* une absence d'obligation.

Ex. : Children must go to school.
They have to study seriously.
You mustn't drink alcohol.
I didn't have to go shopping yesterday.
(Je n'avais pas à aller faire du shopping hier.)

Corrigés → livret, p. 28

S'entraîner

QUIZ-TEST

Coche la (ou les) bonne(s) réponse(s).

1 L'auxiliaire modal *can* :

a) est suivi d'une base verbale. .... ☐
b) a la même forme à toutes les personnes. ... ☐
c) devient *could* au passé. .... ☐

2 La phrase « *He has to tidy his bedroom every week.* », exprime :

a) une permission. .... ☐
b) une obligation. .... ☐
c) une interdiction. .... ☐

3 ★ *Can* ou *can't* ?

Complète les phrases par can ou can't selon le sens.

a) .... you play tennis? Yes, I .... play tennis very well.

b) .... you go windsurfing? No, I ....

c) We .... sleep: there's too much noise.

d) Mum is very good at cooking: she .... make delicious cakes.

e) John is not a sporty boy: he .... run fast.

4 ★★ *Must* ou *mustn't* ?

Complète par must ou mustn't, selon le cas.

a) Children .... be polite at school.

b) You .... smoke.

c) You .... cross the street when the light is red for you.

d) Mum is tired. I .... help her.

5 ★★★ La forme négative

Mets les phrases suivantes à la forme négative.

a) She can cook very well.

....

b) He'll have to do the dishes tomorrow morning.

....

c) The children had to help their parents yesterday.

....

d) He must tell them the truth.

....

6 ★★ Quel auxiliaire modal ?

Conjugue can, must, have to au temps et à la forme qui conviennent.

a) Liz couldn't go to the zoo yesterday because she .... do her homework. *(have to)*

b) Mary can't come and play with us because she .... help her mother. *(must)*

c) Peter .... open the door: the key was broken. *(can)*

d) .... you .... take a taxi yesterday morning? *(have to)*

e) She .... skate very well when she was young. *(can)*

f) Dad's car is out of order. He .... take the bus tomorrow. *(have to)*

7 ★★★ Les bonnes questions

Pose la question dont la réponse te permettrait de compléter le message.

a) Mr Quick had to brake very hard because ....

....?

b) Helen can swim very ....

....?

c) He'll have to stay in bed for ....

....?

....

d) The children could ....

....?

11 La forme « base verbale + *-ing* » Les pronoms réfléchis

Retiens l'essentiel

Piste 21

1 La forme « base verbale + *-ing* » (ou gérondif)

- **Le gérondif** se construit en ajoutant *-ing* à la base verbale.
- Cette forme joue le rôle d'un nom, c'est pourquoi on l'appelle aussi **nom verbal**. On peut la traduire, en français, par un infinitif ou par un nom.

Ex. : My sister enjoys dancing but she hates doing the washing-up.
(Ma sœur aime danser, mais elle déteste faire la vaisselle.)
My mother is good at cooking. (Ma mère est douée en cuisine.)
Skiing can be dangerous. (Le ski peut être dangereux.)

2 *Would* + base verbale

On emploie l'auxiliaire *would*, suivi de la base verbale, pour traduire le conditionnel présent français. *Would* est souvent contracté (*'d*).

Ex. : I would *like* to go to the cinema with you. → I'd *like* to go to the cinema with you. (J'aimerais aller au cinéma avec toi.)

3 Les pronoms réfléchis

Le pronom réfléchi est toujours de la même personne que le sujet.

1re pers. sing. → *myself*	1re pers. plu. → *ourselves*
2e pers. sing. → *yourself*	2e pers. plu. → *yourselves*
3e pers. sing. → *himself, herself, itself*	3e pers. plu. → *themselves*

Ex. : I wash myself. (Je me lave.) Help yourself! (Servez-vous !)
I'm pleased with myself. (Je suis content[e] de moi.)
Make yourself at home! (Faites comme chez vous !)

Les pronoms réfléchis d'insistance

En anglais, ils ont la même forme que les pronoms réfléchis simples.
Ex. : Peter is old enough to mend his bike himself.
(Peter est assez grand pour réparer son vélo lui-même.)
I'll paint the garden gate myself.
(Je peindrai le portail du jardin moi-même.)

Comment faire ?

Piste 22

Évoquer une activité, un but ou un souhait

→ La forme « base verbale + *-ing* » sert à évoquer une activité. On l'utilise comme sujet, COD, mais aussi après une préposition (sauf *to*).

Ex. : Dad is very fond of playing chess. (Papa aime beaucoup jouer aux échecs.)
After reading his newspaper he went to sleep. (Après avoir lu son journal, il est allé dormir.)

→ Après les verbes exprimant un but ou un souhait, on emploie un infinitif (*to* + base verbale) au lieu de la forme « base verbale + *-ing* ».

Ex. : I want to go to the cinema. (Je veux aller au cinéma.)
I'd like to go to England with you. (J'aimerais aller en Angleterre avec vous.)

Exprimer une invitation, une offre.

→ *Would you like* sert à exprimer une invitation, une offre.

Ex. : Would you like to go to Disneyland? (Voudrais-tu aller à Disneyland ?)

Corrigés → livret, p. 29

S'entraîner

QUIZ-TEST

Coche la (ou les) bonne(s) réponse(s).

1 Dans la phrase « *My parents like playing chess.* », *playing* est :

a) un verbe au présent. ☐
b) un nom verbal. ☐
c) un adjectif. ☐

2 Dans la phrase « *I did it* ... », le mot manquant est :

a) *himself*. ☐
b) *herself*. ☐
c) *myself*. ☐

3 ★ Le nom verbal

Complète les phrases suivantes en transformant le verbe entre parenthèses en nom verbal.

a) John likes .... *(read)*
b) .... a cake is sometimes difficult. *(make)*
c) I enjoy .... *(draw)*
d) Mum always reads before .... to bed. *(go)*
e) .... to a concert is more interesting than .... a bad film. *(listen, watch)*

4 ★ Quel pronom réfléchi ?

Complète les phrases suivantes en utilisant le pronom réfléchi qui convient.

a) He never washes his clothes ....
b) Do you think I can paint my room ....?
c) She took this photo ....
d) We're going to redecorate the house ....
e) Can the children cook their breakfast ....?

5 ★★ Quelle forme verbale ?

Complète en mettant le verbe à la forme « base verbale + *-ing* » ou à l'infinitif, selon le cas.

a) Would you like .... with me? *(come)*
b) I don't like .... early. *(get up)*
c) .... on to Internet to chat with an unknown person is not safe. *(log)*
d) My brother enjoys .... *(swim)*
e) I'd like .... your sister. *(meet)*

6 ★★ Les bonnes associations

Relie, par une flèche, les éléments des deux colonnes qui se correspondent.

a) He fell off his bike •	• 1. collecting posters.
b) I'd like •	• 2. Yes, I made it myself.
c) My parents enjoyed •	• 3. themselves at the opera yesterday.
d) Smoking can •	• 4. and hurt himself.
e) I like •	• 5. be very dangerous.
f) Did you make this cake yourself? •	• 6. to eat a sandwich.

7 ★★★ Traduction

Comment dirais-tu que :

a) tu t'es coupé avec un couteau hier soir ?

....

....

b) conduire vite peut être dangereux ?

....

....

c) tu aimerais aller aux États-Unis ?

....

....

d) ta sœur lave souvent ses vêtements elle-même ?

....

....

12 Les phrases exclamatives – Les indéfinis

Retiens l'essentiel

Piste 23

1 Les phrases exclamatives

Dans une phrase exclamative, le verbe est parfois sous-entendu.

▸ **Lorsque l'exclamation porte sur un nom ou un groupe nominal**, on emploie ***what*** ou ***such*** + nom (ou groupe nominal).

Ex. : What a *lovely girl* (she is)! (Quelle jolie fille !) What *elegant ladies* (they are)! (Quelles femmes élégantes !)
Helen is such a *funny girl*! (Helen est une fille si drôle !)

▸ **Lorsque l'exclamation porte sur un adjectif ou un adverbe**, on emploie ***how*** ou ***so*** + adjectif.

Ex. : How *lovely* she is! (Comme elle est jolie !)
Helen is so *funny*! (Helen est si drôle !)

2 *Some – Any – No*

▸ ***Some, any, no*** s'emploient devant un nom singulier ou pluriel :
– ***some*** s'emploie à la forme affirmative ;

Ex. : There's some cheese in the fridge. (Il y a du fromage au frigidaire.)

– ***any*** s'emploie à la forme interrogative et à la forme négative.
(On peut remplacer ***not any*** par ***no***.)

Ex. : Is there any cheese in the fridge? (Y a-t-il du fromage au frigidaire ?)
There isn't any cheese in the fridge. = There's no cheese in the fridge.
(Il n'y a pas de fromage au frigidaire.)

3 Les pronoms indéfinis

Someone ou ***somebody*** (« quelqu'un »), ***something*** (« quelque chose ») et ***somewhere*** (« quelque part ») se comportent comme ***some, any*** et ***no***.

Something → anything → nothing
Someone → anyone → no one
Somebody → anybody → nobody
Somewhere → anywhere → nowhere

N'oublie pas !

Dans une phrase exclamative, *what* et *how* s'emploient en début de phrase et il n'y a pas d'inversion entre l'auxiliaire et le sujet.

À savoir — ***Some – Any – No***

Ce sont des quantifieurs indéfinis. Ils servent à exprimer des quantités plus ou moins grandes.

Comment faire ?

Piste 24

▸ **Parler d'une personne, d'une chose, d'un lieu, sans préciser**

→ *Someone* et *somebody* servent à désigner une personne indéterminée.

Ex. : Yesterday, I met someone who couldn't speak English. (Hier, j'ai rencontré quelqu'un qui ne savait pas parler anglais.)

→ *Something* s'emploie pour désigner une chose indéfinie.

Ex. : My mother always finds something interesting to buy. (Ma mère trouve toujours quelque chose d'intéressant à acheter.)

→ *Somewhere* s'utilise pour parler d'un lieu imprécis.

Ex. : Paul isn't at home. He had to go somewhere this morning. (Paul n'est pas à la maison. Il devait aller quelque part ce matin.)

S'entraîner

Corrigés → livret, p. 29

QUIZ-TEST

Coche la (ou les) bonne(s) réponse(s).

1 La (ou les) phrase(s) que l'on peut compléter par *what* est (sont) :

a) ... a comfortable armchair! ☐
b) ... lovely dresses! ☐
c) ... greedy she is! ☐

2 Dans la question « *Did you find ... to eat ?* », le mot manquant est :

a) *something.* ☐
b) *anyone.* ☐
c) *anything.* ☐

3 ★ Phrases exclamatives

Complète les phrases suivantes par what, how, such ou so selon le cas.

a) They've got .... a pleasant house!

b) .... interesting it is!

c) .... boring teachers!

d) Mr Jackson is .... elegant!

4 ★ Dans le bon ordre

Remets les éléments suivants dans le bon ordre de façon à retrouver les phrases correctes.

a) how / ! / she / well / play the piano / can

....

b) a / what / ! / fantastic school

....

c) so / is / this story / incredible / !

....

d) does / much / ? / it cost / how

....

5 ★ Le bon pronom indéfini

Complète par un pronom indéfini.

a) The fridge was empty. There was .... to eat.

b) Where did you find this wallet? .... in the street.

c) I'm thirsty. Is there .... to drink?

d) .... told me this restaurant was the best in town.

e) I can't find my glasses ....

f) He wanted to give her .... for her birthday.

g) Did .... knock at the door?

6 ★★ Changer de forme

Transforme chaque phrase affirmative en phrase interrogative, chaque phrase interrogative en phrase négative et chaque phrase négative en phrase affirmative.

a) There's some tea in the cupboard.

....

b) Is there any coffee?

....

c) He hasn't got any sugar.

....

d) She doesn't want any cheap tea.

....

7 ★★★ Traduction

Comment dirais-tu en anglais que :

a) ta sœur veut aller quelque part en Écosse ?

....

b) quelqu'un a cassé la vitre samedi passé ?

....

c) ta mère a trouvé quelque chose dans ta poche hier ?

....

d) personne n'a téléphoné ce matin ?

....

13 Les pronoms relatifs – Le style indirect

Retiens l'essentiel

Piste 25

1 Pronoms relatifs

▸ **Les pronoms relatifs introduisent une subordonnée relative.** Celle-ci permet de donner des précisions sur l'antécédent.

Lorsque l'antécédent est un être animé, on emploie le pronom relatif ***who***.

Ex. : *The woman* who's playing tennis is my aunt. (La femme qui joue au tennis est ma tante.)

Lorsque l'antécédent est une chose, on emploie le pronom relatif ***which*** ou ***that***.

Ex. : This is *the computer* which (ou that) costs £2000. (C'est l'ordinateur qui coûte £2000.)

▸ Le pronom relatif est **obligatoirement exprimé lorsqu'il est sujet** mais il est **généralement omis lorsqu'il est complément.**

Ex. : A girl Ø I know has got a very expensive computer. (Une fille que je connais a un ordinateur très onéreux.)

2 *To say – To tell*

Bien qu'ils aient souvent le même sens (dire), *say* et *tell* s'emploient différemment :

– *you **say** something* ;

Ex. : Peter says he's got an indigestion.

– *you **tell** somebody something*.

Ex. : Peter tells *his mother* he's got an indigestion.

3 Le style indirect

Lorsque l'on passe du style direct au style indirect, la phrase subit des modifications.

style direct		style indirect
1re ou 2e personne	→	3e personne
présent	→	présent
	→	prétérit
impératif	→	infinitif

N'oublie pas !

Who	Qui
That	Qui – Que
Which	Qui – Que
Ø (absence de pronom)	Que

À savoir

Who

Who peut être un pronom relatif ou un pronom interrogatif.

Ex. : The boy who speaks English very well is my brother.
(Le garçon qui parle très bien anglais est mon frère.)
Who speaks English very well?
(Qui parle très bien anglais ?)

Comment faire ?

Piste 26

▸ **Rapporter des paroles, passer du discours direct au discours indirect**

→ Si le verbe d'introduction est au présent, le temps ne change pas.

Ex. : Peter : "I'm hungry." What *does* Peter *say*? He *says* he's hungry. (Il dit qu'il a faim.)

→ Si le verbe d'introduction est au passé, le présent devient un prétérit.

Ex. : Emma : "I'm not very good at English."
What *did* Emma *say*? She *said* she wasn't very good at English.
(Elle a dit qu'elle n'était pas très bonne en anglais.)

Corrigés → livret, p. 29

S'entraîner

QUIZ-TEST

Coche la (ou les) bonne(s) réponse(s).

1 Le pronom relatif sujet est :

a) *which* lorsque l'antécédent est une chose. .. ☐
b) *who* lorsque l'antécédent est une personne. ☐
c) *that* lorsque l'antécédent est une chose. ..... ☐

2 Dans la phrase « *Teachers always ... us to work hard.* », le mot manquant est :

a) *tell*. .... ☐
b) *tells*. .... ☐
c) *say*. .... ☐

3 ★ *Who ou which ?*

Complète par who ou which selon le cas.

a) I know someone .... sings very well.

b) The car .... never starts is our teacher's.

c) The boys .... are waiting for the bus are my friends.

d) The river .... runs in London is the River Thames.

4 ★ *Who, which ou Ø ?*

Complète par who, which ou Ø. (Supprime le pronom relatif chaque fois que cela est possible.)

a) The man .... lives next door is a teacher.

b) The blue car .... is in the street is ours.

c) This is the present .... Mum gave me for my birthday.

d) Give me the umbrella .... is in the hall!

5 ★★ *Say ou tell ?*

Selon le sens, utilise say ou tell au temps qui convient.

a) John .... he's thirsty.

b) Mum .... her friend she made a chocolate cake yesterday.

c) Peter always .... he knows his lessons.

d) They .... they were in Australia when John fell ill.

e) Grandma sometimes .... me she's old.

6 ★★ Style indirect

Réponds aux questions suivantes en employant le style indirect.

a) Helen: "I need a new smartphone."
What does she say?

....

b) Betty to Jane: "Where do you live?"
What did Betty ask Jane?

....

c) Mary: "I'm tired."
What did she say?

....

d) Peter to Mike: "Lock the front door before leaving."
What did Peter tell Mike?

....

7 ★★★ Traduction

Comment dirais-tu à un Anglais que :

a) Chris est le garçon qui porte toujours des pantalons sales ?

....

b) ton père dit souvent qu'il a faim ?

....

c) ta maman t'a dit de faire tes devoirs ?

....

d) un vieux monsieur t'a demandé où était l'hôpital ?

....

14 Le passé récent – *May*

Retiens l'essentiel

Piste 27

Verbes réguliers et verbes irréguliers

- Le participe passé des verbes réguliers se forme en ajoutant *-ed* à la base verbale.
- Les participes passés irréguliers sont à apprendre par cœur (voir page 255).

1 Le passé récent

▸ Le passé récent se forme de la façon suivante :

Have (au présent) + ***just*** + participe passé.

Ex. : The children have just washed the car. → They've just washed the car.
(Ils viennent de laver la voiture.)
Mary has just broken her glasses. → She's just broken her glasses.
(Elle vient de casser ses lunettes.)

▸ Mr Gray and Mr Scott are looking at the new car.

Hier	*Maintenant*	*Demain*
Mr Gray has just bought a car. (Mr Gray vient d'acheter une voiture.)		Mr Scott is going to buy a car. (Mr Scott va acheter une voiture.)

2 Participe passé des verbes irréguliers les plus utilisés

Tu trouveras à la page 255 le tableau complet des verbes irréguliers.

begin	→ begun	get	→ got	run	→ run
bring	→ brought	give	→ given	say	→ said
buy	→ bought	go	→ gone	see	→ seen
come	→ come	have	→ had	speak	→ spoken
do	→ done	know	→ known	take	→ taken
find	→ found	make	→ made	think	→ thought

3 L'auxiliaire modal *may*

May a la même forme à toutes les personnes. Il est **toujours suivi d'une base verbale**.

Ex. : It may rain. (Il va peut-être pleuvoir.)
We may go to Scotland in July. (Nous irons peut-être en Écosse en juillet.)

Comment faire ?

Piste 28

▸ Exprimer une probabilité, une supposition

→ Pour parler de quelque chose dont on n'est pas sûr, on emploie *may*.

Ex. : John's parents may move to Istanbul.
(Les parents de John vont peut-être déménager à Istanbul.)

→ On utilise parfois l'auxiliaire modal *must* suivi de *be* pour exprimer une supposition.

Ex. : They must *be* at the cinema. (Ils doivent être au cinéma. / Ils sont sans doute au cinéma.)

▸ Demander une permission

May sert aussi à demander une permission.

Ex. : May I open the window, please?
(Puis-je ouvrir la fenêtre, s'il vous plaît ?)

S'entraîner

Corrigés → livret, p. 29

QUIZ-TEST

Coche la (ou les) bonne(s) réponse(s).

1 Dans quelle(s) phrase(s) le 's est-il la contraction de *has* ?

a) She's coming tomorrow. .... ☐
b) She's just sent a message. .... ☐
c) She's got a new mobile phone. .... ☐

2 La phrase « *We may go to our grandparents' for the holidays.* », exprime :

a) une probabilité. .... ☐
b) une permission. .... ☐
c) une obligation. .... ☐

3 ★ Le passé récent

Utilise les bases verbales suivantes au participe passé pour compléter correctement les phrases :
eat – watch – listen – make

a) Mum has just .... a cake.

b) The children have just .... the match.

c) I've just .... to the radio.

d) We've just .... a sandwich.

4 ★ *May* ou *must* ?

Complète par may ou must selon le cas.

a) The sky is cloudy and it's cold: it .... snow.

b) The poor birds .... be hungry.

c) .... I speak to Mr Carson, please?

d) Look at this big car! It .... be comfortable.

5 ★★ Les bonnes réponses

Réponds aux questions par des phrases complètes en utilisant les éléments entre parenthèses et en contractant lorsque c'est possible.

a) Where has he just taken the dog? (*to the park*)

....

b) What have you just done? (*call my friend*)

....

c) Who has she just met? (*Mrs Kenzy*)

....

d) How much have you just spent? (*£20*)

....

6 ★★★ Les bonnes questions

Pose la question dont la réponse te permettrait de compléter le message.

a) He's just found a ....

....?

b) I've just bought .... bottles of coke.

....?

c) .... have just moved to the States.

....?

d) The ambulance has just taken Sue to ....

....?

e) She's just talked to Mrs ....

....?

7 ★ Participes passés

Découvre la lettre correspondant à chaque définition pour trouver le mot manquant et ainsi compléter la phrase.

a) Past participle of "find". 1st letter : ....

b) Past participle of "say". 3rd letter : ....

c) Past participle of "break". 6th letter : ....

d) Past participle of "give". 2nd letter : ....

e) Past participle of "choose". 4th letter : ....

f) Past participle of "buy". 5th letter : ....

g) Past participle of "forget". 8th letter : ....

h) Past participle of "hear". 5th letter : ....

I've just ....

1 Les noms et les articles Le verbe *ser* (être)

Pas d'apostrophe en espagnol !

L'apostrophe n'existe pas en espagnol : les articles ne changent pas devant un mot commençant par une voyelle ou un *h*.

Ex. : el alumno (l'élève)
el hombre (l'homme)
la amiga (l'amie)
la habitación (la chambre)

À savoir

Les pronoms personnels sujets

En général, les pronoms personnels sujets ne sont pas employés car les terminaisons verbales suffisent pour indiquer le sujet du verbe. Mais on peut les utiliser pour éviter toute confusion.

Ex. : Piero y Angela son italianos, él es de Milán y ella de Roma.
(Piero et Angela sont italiens, lui, il vient de Milan, elle de Rome)

Retiens l'essentiel

Piste 1

1 Les noms et les articles

	article défini + nom		article indéfini + nom	
singulier	masculin	féminin	masculin	féminin
	el alumno	*la alumna*	*un alumno*	*una alumna*
pluriel	masculin	féminin	masculin	féminin
	los alumnos	*las alumnas*	*unos alumnos*	*unas alumnas*

- La plupart des noms féminins se terminent par un *-a* et la plupart des noms masculins par un *-o*.
- On forme le **pluriel des noms** :
  – en ajoutant *-s* au singulier si le nom finit par une voyelle ;
  Ex. : la chica (la fille) → las chicas (les filles) – el colegio (le collège) → los colegios (les collèges)
  – en ajoutant *-es* au singulier si le nom finit par une consonne ;
  Ex. : el ordenador (l'ordinateur) → los ordenadores (les ordinateurs) – la pared (le mur) → las paredes (les murs)
- Le plus souvent ***unos*** et ***unas*** sont employés pour traduire « quelques » et ne sont pas utilisés pour traduire « des ».
  Ex. : Son cuadernos de mates. (Ce sont des cahiers de maths.)
  Tengo unos libros de latín. (J'ai quelques livres de latin.)

2 Le verbe *ser* (être) au présent de l'indicatif

yo soy (je suis) – *tú eres* (tu es) – *él/ella es* (il/elle est) – *nosotros/nosotras somos* (nous sommes) – *vosotros/vosotras sois* (vous êtes) – *ellos/ellas son* (ils/elles sont)

Comment faire ?

Piste 2

Employer le verbe *ser*

On emploie le verbe *ser* :

– pour se présenter ou pour présenter un objet ;

Ex. : Soy Ana, soy una alumna del colegio Politzer. (Je suis Ana, je suis une élève du collège Politzer.)
Es mi estuche. (C'est ma trousse.)

– pour indiquer la nationalité, l'origine, la profession ;

Ex. : ¿Eres francesa? (Es-tu française ?)
Mi abuelo es médico. (Mon grand-père est médecin.)

– pour exprimer une caractéristique qui ne change pas : sujet + verbe + adjectif.

Ex. : Mi padre es rubio y mi madre morena. (Mon père est blond et ma mère est brune.)

Construire la forme négative

Pour construire la forme négative, on place *no* devant le verbe.

Ex. : Eres simpática. (Tu es sympathique.)
→ No eres simpática. (Tu n'es pas sympathique.)

Corrigés → livret, p. 29

S'entraîner

QUIZ-TEST

Coche la (ou les) bonne(s) réponse(s).

1 Quelle(s) est (sont) la (les) phrase(s) correcte(s) ?

a) Es el profesora de español. ☐
b) Es la profesora de español. ☐
c) Es la profesora d'español. ☐

2 Comment dirais-tu en espagnol : « C'est une élève de cinquième ».

a) Es una alumna de quinto. ☐
b) Es una chica de quinto. ☐
c) Es un alumna de quinto. ☐

3 ★ L'article indéfini

Complète avec un article indéfini ou avec ø.

a) Eres .... buena alumna.
b) Es .... bolígrafo rojo.
c) Somos .... compañeros de clase.
d) Son .... lápices de colores.
e) Es .... cuaderno verde.
f) Son .... ejercicios de geometría.

4 ★ Le bon article

Entoure l'article qui convient.

a) Es (*la* / *l'*)amiga de mi madre.
b) Eres (*un* / *una*) alumna estudiosa.
c) Somos (*los* / *las*) alumnos del profesor Moyano.
d) Soy (*el* / *la*) nuevo director.

5 ★★ Passage au singulier

Écris ces phrases au singulier.

a) Son ejercicios de historia.

....

b) Son los libros de mi hermana.

....

c) Son las letras del alfabeto.

....

d) ¿Sois alumnos de quinto A?

....

6 ★★ Emploi du verbe *ser*

Complète ces phrases avec le verbe ser.

a) (Yo) no .... alemán.
b) (Nosotros) .... alumnos del profesor Pérez.
c) ¿(Tú) .... el primero de la clase?
d) Mi asignatura preferida .... francés.
e) ¿Quién .... la profe de música?
f) La goma .... roja y azul.
g) Vosotras .... mis compañeras de clase.
h) Mis compañeros .... geniales.

7 ★★★ La forme négative

Passe ces phrases à la forme négative.

a) Soy el director del colegio.

....

b) Eres mi mejor amiga

....

c) Juana es muy guapa.

....

d) Son los cuadernos de mates.

....

e) Sois mis amigos.

....

f) Mi abuelo es de Madrid.

....

2 Les adjectifs qualificatifs et les couleurs Le verbe *estar* (être)

Retiens l'essentiel

Piste 3

1 Les adjectifs qualificatifs

- Les adjectifs s'accordent en **genre** et en **nombre** avec les noms qu'ils accompagnent.
- Les adjectifs terminés par un **-*a***, sont féminins, ceux en **-*o*** sont masculins.

Ex. : Mi camisa blanca está sucia. (Ma chemise blanche est sale.)
Tu vaquero negro es un poco ajustado. (Ton jean noir est un peu serré.)

- Les adjectifs terminés par une consonne ou un *-e*, sont invariables en genre.

Ex. : ¿Qué prefieres el jersey azul o la camiseta verde? (Que préfères-tu le pull bleu ou le tee-shirt vert ?)

- Pour former le **pluriel**, on ajoute *-s* si l'adjectif se termine par une voyelle, ou *-es* s'il se termine par une consonne.

Ex. : Me gustan mucho los zapatos grises. (J'aime beaucoup les chaussures grises.)

2 La couleur (*el color*) / les couleurs (*los colores*)

Ex. : Los colores del arco iris son : rojo, naranja, amarillo, verde, índigo, azul y violeta. (Les couleurs de l'arc-en-ciel sont : rouge, orange, jaune, vert, indigo, bleu et violet).
¿De qué color es/son...? (De quelle couleur est/sont... ?)
La pizarra es negra y las tizas son blancas. (Le tableau est noir et les craies sont blanches.)

3 Verbe *estar* (être) au présent de l'indicatif

- *estoy* (je suis) – *estás* (tu es) – *está* (il/elle est)
estamos (nous sommes) – *estáis* (vous êtes) – *están* (ils/elles sont)
- On utilise *estar* pour situer dans l'espace et dans le temps.

Ex. : La gorra está en el armario. (La casquette est dans l'armoire.)
Estamos en otoño. (Nous sommes en automne.)

Quelques exceptions

Les adjectifs : *gris*, *violeta*, *naranja* et *rosa* sont invariables en genre :
Ex. : la tienda rosa (la boutique rose) – el gorro rosa (le bonnet rose)
mais ils s'accordent en nombre :
Ex. : los calcetines grises (les chaussettes grises).

Comment faire ?

Piste 4

Bien utiliser le verbe *estar*

Le verbe ***estar*** peut être suivi d'un adjectif qui exprime un état passager.

Ex. : ¡Qué elegante estás hoy! (Qu'est-ce que tu es élégante aujourd'hui !)
Estoy contenta porque estoy de vacaciones. (Je suis contente parce que je suis en vacances.)

Exprimer la possession

Pour exprimer la possession, on utilise :
– au singulier : ***mi*** (mon/ma), ***tu*** (ton/ta), ***su*** (son/sa) ;
– et au pluriel : ***mis*** (mes), ***tus*** (tes), ***sus*** (ses).

Ex. : Mi falda es negra y mis dos bufandas también.
(Ma jupe est noire et mes deux écharpes aussi.)

Corrigés → livret, p. 30

S'entraîner

QUIZ-TEST

Coche la (ou les) bonne(s) réponse(s).

1 Complète la phrase « *Mi falda es...* » :

a) blanca. ☐
b) verde. ☐
c) rosa. ☐

2 Comment traduis-tu : « Ton pull est trop large. » ?

a) Tu jersey es muy ancha. ☐
b) Tu jersey es muy ajustado. ☐
c) Tu jersey es muy ancho. ☐

3 ★ Les adjectifs qualificatifs

Entoure l'adjectif qui convient.

a) Mi pantalón es (*negro / negra*).

b) ¿Tu vaquero es (*azule / azul*)?

c) ¿Dónde están mis zapatillas (*blanca / blancas*)?

d) El sombrero es (*gris / griso*).

e) La camiseta es (*amarillo / amarilla*).

4 ★★ Le pluriel des adjectifs

Écris les phrases suivantes au pluriel.

a) Esta tienda es grande.

....

b) El vaquero es azul.

....

c) El armario es marrón.

....

d) El chico es italiano.

....

e) Tu gorra es verde.

....

5 ★★ *Ser* ou *estar* ?

Complète avec le verbe qui convient : ser ou estar. Attention à l'accord avec le sujet.

a) Mi madre no .... en casa.

b) Mi madre no .... contenta con mis notas.

c) Mi madre .... rubia.

d) ¿Dónde .... mis zapatillas?

e) Nosotros .... buenos amigos.

f) Vosotros .... en el centro comercial.

6 ★ Les verbes *ser* et *estar* au présent

Complète le tableau en conjuguant au présent les verbes ser et estar.

	ser	estar
1re pers. du sing.	soy	....
2e pers. du sing.	....	estás
3e pers. du sing.	....	....
1re pers. du plu.	....	....
2e pers. du plu.	sois	....
3e pers. du plu.	....	están

7 ★★ Le bon ordre

Compose des phrases correctes en mettant les mots suivants dans le bon ordre.

a) armario / camisa / La /el /está /en.

....

b) Dónde / ¿ / ? / mis / están /guantes

....

c) tienda / Aquí /mi / está / preferida.

....

d) ! / gorro / es / ¡ / negro / Tu / no

....

e) zapatillas / salón. / Tus / en / están /el

....

Espagnol

3 Le présent de l'indicatif
Les mots interrogatifs – Le verbe *tener*

Piste 5

Retiens l'essentiel

1 Le présent de l'indicatif

Pour conjuguer au présent de l'indicatif les **verbes réguliers**, on supprime la terminaison *-ar*, *-er* ou *-ir* de l'infinitif, puis, on ajoute les terminaisons qui correspondent à chaque groupe et à chaque personne.

Ex. : Leo un poco antes de cenar. (Je lis un peu avant de dîner.)

verbes en *-ar* : *llevar* (porter)	verbes en *-er* : *leer* (lire)	verbes en *-ir* : *recibir* (recevoir)
llevo (je porte)	*leo* (je lis)	*recibo* (je reçois)
llevas (tu portes)	*lees* (tu lis)	*recibes* (tu reçois)
lleva (il / elle porte)	*lee* (il /elle lit)	*recibe* (il/elle reçoit)
llevamos (nous portons)	*leemos* (nous lisons)	*recibimos* (nous recevons)
lleváis (vous portez)	*leéis* (vous lisez)	*recibís* (vous recevez)
llevan (ils / elles portent)	*leen* (ils / elles lisent)	*reciben* (ils/elles reçoivent)

2 Les mots interrogatifs

Tous les interrogatifs portent un **accent écrit**.

¿cómo ? (comment ?), *¿cuál?* (quel/quelle ?), *¿cuándo?* (quand ?), *cuánto?* (combien ?), *¿dónde?* (où ?), *¿por qué?* (pourquoi ?), *¿qué?* (que... ?), *¿quién?* (qui ?)

Ex. : ¿Qué llevas en tu mochila? (Que portes-tu dans ton sac à dos ?)
¿Cuál es tu nombre? (Quel est ton nom ?)

3 Verbe *tener* (avoir, posséder)

tengo (j'ai) – *tienes* (tu as) – tiene (il/elle a) – *tenemos* (nous avons) – *tenéis* (vous avez) – *tienen* (ils/elles ont)

Ex. : ¿Tienes un ordenador? No, no tengo un ordenador. (As-tu un ordinateur ? Non, je n'ai pas d'ordinateur.)

À savoir

Le vouvoiement

Pour vouvoyer une personne, on utilise le pronom *usted (ud)*.
Usted est accompagné du verbe conjugué à la 3e personne du singulier.
Ex. : Usted no bebe vino. (Vous ne buvez pas de vin.)

Accord des interrogatifs

Certains interrogatifs s'accordent en genre et en nombre avec les noms auxquels ils sont rattachés : *¿quién?/¿quiénes?* – *¿cuál?/¿cuáles?* – *¿Cuánto/a?/os?/as?*
Ex. : ¿Quién tiene trece años? (Qui a treize ans ?)
¿Quiénes son tus padres? (Qui sont tes parents ?)

Comment faire ?

Piste 6

▸ **Savoir poser une question**

→ À l'écrit, il y a **deux points d'interrogation** : un qui annonce la question « ¿ » et un autre qui la termine « ? ».

Ex. : ¿Emilia va al cine con nosotras? (Émilie va-t-elle au cinéma avec nous ?)

→ « Est-ce que » ne se traduit pas en espagnol.

Ex. : ¿Estás contento con tu nueva gorra? (Est-ce que tu es content de ta nouvelle casquette ?)

→ **Ne pas confondre** : *¿por qué?* (pourquoi ?) et ***porque***, en un seul mot et sans accent (parce que).

Ex. : ¿Por qué estás contenta? Pues, porque estoy contigo. (Pourquoi es-tu contente ? Eh bien, parce que je suis avec toi.)

Corrigés → livret, p. 30

S'entraîner

QUIZ-TEST

Coche la (ou les) bonne(s) réponse(s).

1 Choisis la phrase correcte.

a) Nosotros tenemos mochilas negras. .... ☐
b) Nosotros tenéis mochilas negras. .... ☐
c) Nosotros tienen mochilas negras. .... ☐

2 On peut traduire « *Usted es mi amigo.* » par :

a) Tu es mon ami. .... ☐
b) Vous êtes mon ami. .... ☐
c) Vous êtes mon amie. .... ☐

3 ★★ Le présent de l'indicatif

Conjugue les verbes entre parenthèses à la personne indiquée.

a) Yo .... *(llevar)* una gorra blanca.

b) Nosotros .... *(aprender)* la lección de inglés.

c) Mis amigos .... *(visitar)* el museo del Prado.

d) Mi hermana .... *(beber)* Coca Cola.

e) Usted .... *(estar)* en el cine.

f) Vosotros .... *(tener)* mochilas azules.

4 ★★ Le verbe *tener*

Relie les éléments pour former des phrases correctes.

a) Yo • • 1. no tenemos bolígrafos verdes.
b) Vosotros • • 2. tienes dos hermanos.
c) Tú • • 3. tengo 12 años.
d) Usted • • 4. no tenéis el libro de español.
e) Ellos • • 5. tiene una corbata roja.
f) Nosotros • • 6. tienen una casa con jardín.

5 ★★ *Usted* ou *vosotros* ?

Complète chaque phrase avec le pronom qui convient.

a) .... explica la leción.

b) .... leéis el programa de cine.

c) .... aprendéis los verbos.

d) .... no bebe limonada.

6 ★★ Les mots interrogatifs

Complète les phrases avec les interrogatifs quién, cómo, dónde et cuál.

a) ¿............ es tu nombre?

b) ¿............ están mis vaqueros?

c) ¿............ describe el paisaje?

d) ¿............ es Madrid?

e) ¿............ es tu apellido?

7 ★★★ La forme négative

Réponds aux questions à la forme négative, comme dans l'exemple.

Ex. : ¿Llevas una camiseta amarilla? No, no llevo una camiseta amarilla.

a) ¿ Aprendes el italiano?

No, no ....

b) ¿ Visitas Londres?

No, no ....

c) ¿ Tienes un hermano?

No, no ....

d) ¿Recibes sms?

No, no ....

e) ¿Eres español?

No, no ....

f) ¿Vives en España?

No, no ....

4 Le verbe *gustar* (aimer) Quelques verbes irréguliers

Retiens l'essentiel

Piste 7

1 Le verbe *gustar*

Gustar se conjugue à la 3e personne du singulier (s'il est suivi d'un nom singulier ou d'un infinitif) et du pluriel (s'il s'agit d'un nom pluriel) en s'accordant avec l'objet aimé.

Ex. : A mí me gusta el tenis. (Moi, j'aime le tennis.)
A ti te gustan todos los deportes. (Toi, tu aimes tous les sports.)
A mi padre (a él) le gusta leer el periódico. (Mon père aime lire le journal.)
Y a ti ¿Qué te gusta? (Et toi, qu'est-ce que tu aimes ?)

2 Les verbes à diphtongue

Il s'agit de **verbes dont le radical se modifie** aux trois personnes du singulier et à la 3e personne du pluriel au présent de l'indicatif :

– le **-e** du radical devient ***-ie*** **;**

Ex. : comenzar (commencer) ou querer (aimer, vouloir)

comenzar : *com**ie**nzo, com**ie**nzas, com**ie**nza, comenzamos, comenzáis, com**ie**nzan.*

Ex. : ¡Comienzas bien el día! (Tu commences bien la journée !)

querer : *qu**ie**ro, qu**ie**res, qu**ie**re, queremos, queréis, qu**ie**ren.*

– le **-o** du radical devient ***-ue*** ;

Ex. : contar (compter, raconter), poder (pouvoir) ou dormir (dormir)

contar : *c**ue**nto, c**ue**ntas, c**ue**nta, contamos, contáis, c**ue**ntan.*

poder : *p**ue**do, p**ue**des, p**ue**de, podemos, podéis, pueden.*

dormir : *d**ue**rmo, d**ue**rmes, d**ue**rme, dormimos, dormís, d**ue**rmen.*

Ex. : Todos dormimos en el albergue, tú duermes en casa de tu abuela. (Nous dormons tous à l'auberge, toi, tu dors chez ta grand-mère.)

3 Verbes irréguliers

– *ir* (aller) : *voy, vas, va vamos, vais, van.*
– *venir* (venir) : *vengo, vienes, viene, venimos, venís, vienen.*
– *hacer* (faire) : *hago, haces, hace, hacemos, hacéis, hacen.*

Ex. : ¿Qué haces el domingo? (Que fais-tu dimanche ?)

À savoir

Jugar (jouer)

Le verbe *jugar* est le seul verbe en *-u* qui diphtongue.
juego – **jue**gas – **jue**ga – jugamos – jugáis – **jue**gan

Ex. : ¿Juegas al baloncesto? (Tu joues au basket ?)

Verbes irréguliers particuliers

Certains verbes sont irréguliers seulement à la 1re personne du singulier : *dar* (donner) : *doy, das, da*, etc. / *poner* (mettre) : *pongo, pones, pone*, etc. / *saber* (savoir) : *sé, sabes, sabe*, etc. / *ver* (voir) : *veo, ves, ve*, etc.

Ex. : ¡Veo! ¿Qué ves? (Je vois ! Que vois-tu ?)

Comment faire ?

Piste 8

▸ Employer correctement le verbe *ir*

Attention, le verbe *ir* est toujours suivi de *"a"*.

→ *Ir a* (*al, a la*) + un endroit.

Ex. : ¿Vas al cine con nosotros? (Vas-tu au cinéma avec nous ?)

→ *Ir a* + verbe à l'infinitif : pour indiquer une action qui va être réalisée.

Ex. : Vamos a hacer deporte. (Nous allons faire du sport.)

▸ Employer correctement le verbe *querer*

Le verbe *querer* peut se traduire par « vouloir (une chose) » ou « aimer (une personne) ».

Ex. : Te quiero. (Je t'aime.)
No quiero comer espinacas. (Je ne veux pas manger des épinards.)

S'entraîner

Corrigés → livret, p. 30

QUIZ-TEST

Coche la (ou les) bonne(s) réponse(s).

1 Indique la (les) réponse(s) qui convient (conviennent) à la question « *¿Te gusta el fútbol?* » :

a) Sí, a mí me gusta el fútbol. .... ☐
b) No, a mí me gusta el baloncesto. .... ☐
c) No, a mí no me gusta el fútbol. .... ☐

2 Comment dirais-tu : « J'aime mes parents. » ?

a) Me gustan mis padres. .... ☐
b) Me gusta mis padres. .... ☐
c) Quiero a mis padres. .... ☐

3 ★ Exprimer son goût

Complète ces phrases avec le verbe gustar.

a) A ti te .... los equipos de fútbol españoles.
b) Al chico le .... el atletismo.
c) A mi madre no le .... los deportes.
d) A mi hermana le .... ir al gimnasio.
e) A Usted le .... jugar al fútbol.

4 ★★ Le bon ordre

Remets les mots suivants dans le bon ordre.

a) A / me / mí / no / rugby. / el / gusta

....

b) ¿ / qué / ti / te / gusta / ? / A

....

c) A / gusta / natación. / la / mí / me

....

d) deportes. / gustan / todos / A / los / le / Usted

....

e) camisetas / A / le / mi / hermana / gustan / las / azules.

....

5 ★★★ Les verbes à diphtongue

Écris les verbes entre parenthèses à la 2e personne du singulier, puis à la 2e personne du pluriel. N'oublie pas qu'il s'agit de verbes à diphtongue.

a) *(jugar)* .... / .... al rugby.
b) *(querer)* .... / .... ir al estadio.
c) (comenzar) .... / .... a jugar al tenis.
d) *(poder)* .... / .... ver la tele.
e) *(venir)* .... / .... al concierto de rock.

6 ★★ Le verbe *ir*

Relie les éléments pour former des phrases.

a) Yo •	• 1. van al teatro.
b) Mis padres •	• 2. va a comer.
c) Tú •	• 3. vamos al cine.
d) Nosotros •	• 4. vais a Madrid.
e) El chico •	• 5. vas a jugar.
f) Vosotros •	• 6. voy al colegio.

7 ★★★ Verbes irréguliers

Réponds aux questions en te servant des mots entre parenthèses, comme dans l'exemple.

Ex. : ¿Haces deporte el sábado? (no)
No, no hago deporte el sábado.

a) ¿Con quién juegas al tenis? (mi hermano)

....

b) ¿Qué haces hoy? (ir al colegio)

....

c) ¿Qué pones en la mochila? (las zapatillas de deporte).

....

d) ¿Qué ves en la tele? (un concierto de Rihana)

....

5 Les nombres – Dire l'heure
Traduire « être en train de... »

Retiens l'essentiel

Piste 9

Compter au-delà de 100

On dit *cien* (100). Dès qu'on ajoute un autre chiffre, on dit *ciento uno* (101), *ciento dos* (102), *ciento diez* (110). On n'ajoute jamais *y* entre les centaines et les dizaines.

1 Les nombres

1	*uno*	11	*once*	21	*veintiuno*	31	*treinta y uno*
2	*dos*	12	*doce*	22	*veintidos*	32	*treinta y dos*
3	*tres*	13	*trece*	23	*veintitres*	40	*cuarenta*
4	*cuatro*	14	*catorce*	24	*veinticuatro*	41	*cuarenta y uno*
5	*cinco*	15	*quince*	25	*veinticinco*	42	*cuarenta y dos*
6	*seis*	16	*dieciseis*	26	*veintiseis*	50	*cincuenta*
7	*siete*	17	*diecisiete*	27	*veintisiete*	60	*sesenta*
8	*ocho*	18	*dieciocho*	28	*veintiocho*	70	*setenta*
9	*nueve*	19	*diecinueve*	29	*veintinueve*	80	*ochenta*
10	*diez*	20	*veinte*	30	*treinta*	90	*noventa*
						100	*cien/ciento*

Les opérations : + más / – menos / × por / ÷ dividido por

Ex. : 12 + 15 = 27 → doce más quince son veintisiete.
¡Este chándal cuesta cincuenta y cinco euros! (Ce jogging coûte 55 € !)

2 Dire l'heure

À savoir — Préciser le moment de la journée

Pour dire l'heure, on utilise de préférence les chiffres jusqu'à douze.
Si nécessaire, on ajoute : *de la mañana* (du matin), *de la tarde* (de l'après-midi) ou *de la noche* (du soir).
Ex. : Tengo cita a las nueve. ¿De la mañana ou de la noche? (J'ai rendez-vous à 9 heures. Du matin ou du soir ?)

▶ **Pour demander et donner l'heure en espagnol, on peut dire :**
– *¿Qué hora es?* (Quelle heure est-il ?) ;
– « *Es la...* » quand il s'agit de une heure du matin ou de treize heures ;
– « *Son las...* » à partir de deux heures.

Ex. : 1 h 00 : Es la una. / 12 h 15 : Son las doce y cuarto. / 13 h 30 : Es la una y media. / 10 h 05 : Son las diez y cinco. / 2 h 35 : Son las dos y treinta y cinco. / 8 h 10 : Son las ocho y diez.

▶ On ajoute les minutes à l'heure jusqu'à trente-cinq, mais, à partir de quarante, on les retire à l'heure qui suit.

Ex. : Son las cinco y treinta y cinco, a las seis menos cuarto, me voy a hacer los deberes. (Il est 17 h 35, à 17 h 45 je vais faire mes devoirs.)

▶ Si on veut **préciser à quelle heure on fait quelque chose**, on dit « *a la* » (pour une heure) et « *a las* » (à partir de deux heures).

Ex. : ¿A qué hora te levantas el domingo? Me levanto a las 11. (À quelle heure te lèves-tu le dimanche ? Je me lève à onze heures.)

Comment faire ?

Piste 10

▶ **Traduire l'expression « être en train de... »**

On utilise l'expression ***estar* + gérondif**. Le gérondif se forme en rajoutant au radical du verbe les terminaisons *-ando* (pour les verbes en *-ar*) et *-iendo* (pour les verbes en *-er* et en *-ir*).

Ex. : Nosotros estamos hablando por teléfono. (Nous sommes en train de téléphoner.)
Vosotras estáis escribiendo los verbos. ¿Y tú? (Vous écrivez les verbes. Et toi ?)
¿Que estás haciendo? (verbes hablar, escribir et hacer) (Qu'est-ce que tu es en train de faire ?)

Corrigés → livret, p. 30

S'entraîner

QUIZ-TEST

Coche la (ou les) bonne(s) réponse(s).

1 Indique la phrase qui convient pour dire : « Il est 13 h 50 »

a) Son las trece y cincuenta. ☐
b) Es la una menos diez. ☐
c) Son las dos menos diez. ☐

2 Comment dirais-tu : « Il est 21 h 45 » ?

a) Son las veintiuna y cuarenta y cinco. ☐
b) Son las diez menos cuarto. ☐
c) Son las nueve menos cuarto. ☐

3 ★★ Les chiffres

Écris les résultats de ces calculs en lettres.

a) 70 dividido por 10 = ...
b) 6 por 10 = ...
c) 41 menos 7 = ...
d) 3 por 5 = ...
e) 15 dividido por 5 = ...
f) 30 más 70 = ...

4 ★★ Donner les prix

Indique en lettres les prix de ces articles.

a) Una gorra cuesta (16 €) ....
b) Un vaquero de marca cuesta (87 €) ....
c) Una mochila cuesta (28 €) ....
d) Las zapatillas de deporte cuestan (79 €) ....
e) Una camiseta de fútbol cuesta (105 €)..................

5 ★★ Donner l'heure en lettres

Écris l'heure en lettres.

a) 9 h 10 : Son ....
b) 10 h 15 : Son ....
c) 15 h 20 : Son ....
d) 11 h 35 : Son ....
e) 11 h 40 : Son ....
f) 13 h 30 : Es ....

6 ★★★ L'expression de l'heure

Réponds aux questions. Écris les heures entre parenthèses en lettres comme dans l'exemple.

Ex. : ¿Ves a tus amigos a la una? (16 h)
No, veo a mis amigos a las cuatro.

a) ¿A qué hora te levantas? (12 h)

....

b) ¿Ves la tele a las 9 de la mañana? (13 h)

No, ...

c) ¿Te vas dormir a las 12 de la noche? (21 h)

No, me ....

7 ★★★ Dire ce qu'on est en train de faire

Avec les mots suivants, construis des phrases traduisant l'expression « être en train de... ».

a) (Nosotros) (jugar) al tenis.

....

b) (Tú) (beber) agua.

....

c) (Vosotros) (escribir) una poesía.

....

d) Mi hermano (ver) la tele.

....

e) (Yo) (hacer) deporte.

....

1 La déclinaison des déterminants et des pronoms personnels

Retiens l'essentiel

Piste 1

- L'allemand est une langue à **déclinaison** et possède trois **genres** (masculin, neutre, féminin).
- Les **déterminants** du groupe nominal (articles définis et indéfinis) et les **pronoms personnels** prennent une **forme différente** selon leur fonction dans la phrase. Ces formes sont à apprendre par cœur.

1 Les articles définis

	masculin	neutre	féminin	pluriel
nominatif	der	das	die	die
accusatif	den	das	die	die
datif	dem	dem	der	den

2 Les articles indéfinis

	masculin	neutre	féminin	pluriel
nominatif	ein–	ein–	eine	–
accusatif	einen	ein–	eine	–
datif	einem	einem	einer	–

Remarque : Au pluriel, il n'y a pas d'article indéfini, sauf quand on exprime une négation (*aucun, pas de…*) : *keine* (nominatif), *keine* (accusatif) et *keinen* (datif).

3 Les pronoms personnels

	1re pers. sing.	2e pers. sing.	3e pers. masc.	3e pers. neutre	3e pers. fém.	1re pers. pl.	2e pers. pl.	3e pers. pl.
nom.	ich	du	er	es	sie	wir	ihr	sie/Sie
acc.	mich	dich	ihn	es	sie	uns	euch	sie/Sie
dat.	mir	dir	ihm	ihm	ihr	uns	euch	ihnen/Ihnen

Mots-clés

Déclinaison : Forme que prend le déterminant, le pronom ou l'adjectif pour indiquer sa fonction dans la phrase.

Genre : Il y a trois genres en allemand : masculin, neutre, féminin. Ils ne correspondent pas automatiquement au genre des mots français.

Nominatif : Cas du sujet/attribut du sujet

Accusatif : Cas du complément d'objet direct.

Datif : Cas du complément d'objet indirect.

Comment faire ?

Piste 2

Bien utiliser les cas

→ En allemand, les **cas** donnent l'information de la fonction qu'occupe le mot dans la phrase (sujet/attribut du sujet, COD, COI). Les cas se reconnaissent grâce aux déclinaisons ou marques sur le déterminant et/ou adjectif épithète.

Ex. : Der Pulli ist grün. (Le pull est vert.)
(Der Pulli : sujet)
Ich finde den Pulli schön. (Je trouve le pull beau.)
(den Pulli : COD)

→ Il est donc important de déterminer la fonction des groupes nominaux avant de formuler sa phrase.

Corrigés → livret, p. 30

S'entraîner

QUIZ-TEST

Coche la (ou les) bonne(s) réponse(s).

1 L'accusatif correspond en français :

a) au sujet. ☐
b) au COD. ☐
c) au COI. ☐

2 En allemand, *dem* est :

a) un article défini datif masculin ou neutre. ☐
b) un article défini datif masculin ou féminin. ☐
c) un article indéfini datif masculin ou neutre. ☐

3 ★ Le bon pronom

Lis les phrases et identifie le cas du groupe nominal en rouge. Remplace-le par le pronom correspondant.

a) Der Mann ist klein. ....
b) Ich sehe den Lehrer. ....
c) Das T-Shirt ist rot. ....
d) Wer hört die Frau? ....
e) Ich esse einen Apfel. ....
f) Gib dem Mann eine Banane. ....
g) Du sitzt neben der Frau. ....

4 ★★ Pronom et groupe nominal

Complète les phrases par le pronom correspondant au groupe nominal en rouge.

a) Das ist Familie Klein. .... wohnt in Hamburg.

b) Hamburg ist eine Stadt im Norden von Deutschland. .... hat einen großen Hafen. Du kannst .... mit dem Boot besichtigen.

c) Niko Klein, der Sohn, geht in die 8. Klasse. .... ist 13 Jahre alt.

d) Heute gehen Herr und Frau Klein in die Stadt. .... wollen ein Buch für Nikos Oma kaufen.

e) Die Eltern finden ein Buch. Aber Niko findet .... nicht sehr interessant.

f) Dann kaufen sie noch einen Pulli für Niko. Niko findet .... sehr schön!

5 ★★ L'emploi de l'accusatif

Complète les phrases avec le bon déterminant à l'accusatif.

a) Du willst ein....... Apfelkuchen (m) backen.

b) Dazu brauchst du ein....... Apfel (m).

c) Du musst d....... Apfel (m) in kleine Stücke schneiden.

d) Dann musst du d....... Butter (f) , d....... Zucker (m) und d....... Eier (pl) verrühren.

e) Zum Schluss musst du d....... Mehl (n) und d....... Apfel (m) hinzugeben und alles gut verrühren.

f) Du musst d....... Kuchen (m) bei 180 Grad 30-40 Minuten backen.

6 ★★ L'emploi du datif

Complète les phrases avec le bon déterminant au datif.

a) Die Lehrerin erklärt d....... Schülern die Vokabeln.

b) Lisa spricht mit d....... Lehrerin.

c) Der Lehrer gibt d....... Klasse die Hausaufgaben. Sie sollen in d....... Buch auf Seite 21 die Übungen A und B machen.

d) Tim gibt d....... Lehrer den Test.

2 Les adjectifs possessifs et le génitif saxon

Retiens l'essentiel

Piste 3

Genre du possesseur

Comme en anglais, les possessifs de la troisième personne du singulier dépendent du genre du **possesseur**.

Ex. : Leo macht seine Hausaufgaben. (Leo fait ses devoirs.)
Julia macht ihre Hausaufgaben. (Julia fait ses devoirs.)

sein = his
ihr = her

1 Les adjectifs possessifs

▸ Les adjectifs possessifs **se placent devant un nom**. Ils prennent **la même marque que l'article indéfini.**

Ex. : Mein– Vater heißt Michael. (Mon père s'appelle Michael.)
Meine Mutter heißt Katrin. (Ma mère s'appelle Katrin.)

▸ Ils **s'accordent en nombre et genre** avec leur groupe nominal.

les adjectifs possessifs au nominatif				
possesseur	masculin	neutre	féminin	pluriel
1re pers. sing.	mein– Vater	mein– Kind	meine Mutter	meine Eltern
2e pers. sing.	dein– Vater	dein– Kind	deine Mutter	deine Eltern
3e pers. sing. masculin	sein– Vater	sein– Kind	seine Mutter	seine Eltern
3e pers. sing. neutre	sein– Vater	sein– Kind	seine Mutter	seine Eltern
3e pers. sing. féminin	ihr– Vater	ihr– Kind	ihre Mutter	ihre Eltern
1re pers. pl.	unser– Vater	unser– Kind	unsere Mutter	unsere Eltern
2e pers. pl.	euer– Vater	euer– Kind	eure Mutter	eure Eltern
3e pers pl	ihr/Ihr– Vater	ihr/Ihr– Kind	ihre/Ihre Mutter	ihre/Ihre Eltern

▸ Au singulier, les adjectifs possessifs **se déclinent comme les articles indéfinis.**

Ex. : Ich sehe meinen Vater. (Je vois mon père. COD : accusatif)
Ich gebe unserer Mutter ein Buch. (Je donne un livre à notre mère. COI : datif)

▸ Au **pluriel**, les adjectifs possessifs prennent la **marque -*e* au nominatif et à l'accusatif** et la **marque -*en* au datif**.

2 Le génitif saxon

▸ Comme en anglais, on peut signaler l'appartenance par un génitif saxon. Mais en allemand, celui-ci ne s'utilise qu'avec des **noms propres** : on ajoute un ***s*** au **nom propre** de la personne.

Ex. : Veras Schwester ist 10 Jahre alt. (La sœur de Vera a 10 ans.)

▸ Si le nom propre se termine par un *s*, un *x* ou un *z*, on ajoute **une apostrophe**.

Ex. : Thomas' Auto ist grün. (La voiture de Thomas est verte.)

À savoir

Dire l'appartenance

On peut également signaler l'appartenance en utilisant la structure ***von***.

Ex. : Das Auto von Thomas ist grün. / Die Schwester von Vera ist 10 Jahre alt.

Comment faire ?

Piste 4

▸ **Choisir le bon adjectif possessif**

Il est important de déterminer :
1° le possesseur (attention à la 3e personne du singulier !) ;
2° le genre et le nombre de la chose possédée ;
3° la fonction qu'occupe ce groupe nominal dans la phrase.

Ex. : Ich sehe unseren Freund.
(Je vois notre ami.)
→ possesseur : 1re pers. pl.
→ genre : masculin ; nombre : singulier
→ fonction : accusatif

Corrigés → livret, p. 31

S'entraîner

QUIZ-TEST

Coche la (ou les) bonne(s) réponse(s).

1 Si on emploie *seine*, le possesseur est :

a) masculin et possède un objet masculin. ..... ☐
b) féminin et possède un objet masculin. .... ☐
c) masculin et possède un objet féminin. .... ☐

2 Pour parler du cartable de Jan, tu dis :

a) *Jans' Schulranzen.* .... ☐
b) *Jans Schulranzen.* .... ☐
c) *Jan's Schulranzen.* .... ☐

3 ★ Ma famille

Complète les possessifs avec la bonne terminaison.

a) Hallo, ich möchte euch mein...... Familie vorstellen.

b) Mein...... Eltern heißen Jan und Lisa. Mein...... Vater ist 38 Jahre alt und mein...... Mutter 37 Jahre alt.

c) Ich habe drei Geschwister. Mein...... Brüder heißen Niklas und Leo. Mein...... Schwester heißt Vera.

d) Ich spiele gern mit mein...... Geschwistern.

e) In den Ferien fahre ich zu mein...... Großeltern. Ich mag mein...... Großvater sehr !

4 ★★ Utiliser la bonne déclinaison du possessif

Lukas vend ses affaires au marché aux puces. Que dit-il ? Complète avec le bon possessif.

a) Das ist .... Handy. Es kostet 50 Euros.

b) Für .... Pulli musst du 10 Euros bezahlen.

c) .... CD von Juli ist noch total neu.

d) Mit .... Videospielen kannst du lange spielen.

e) Das ist .... coolstes T-Shirt.

f) Diese Jeans habe ich mit .... Mutter gekauft.

5 ★★ *sein ou ihr ?*

Complète les phrases suivantes avec le bon possessif.

a) Paul: .... Auto ist rot.

b) Mia: .... Schwester ist 10 Jahre alt.

c) Mia: Sie spielt mit .... Schwester.

d) Paul: Er geht mit .... Familie ins Kino.

e) Paul: Ich kenne .... Vater.

f) Mia: Sie zeigt mir .... Hund.

6 ★★★ Le génitif saxon

Forme des phrases en utilisant le génitif saxon.

a) Lisa / Schwester / Sabine / heißt

....

....

b) Samuel / Schule / in München. / ist

....

....

c) Johanna / Jeans / total cool. / sind

....

....

d) Felix / Tante / einen Hund. / hat

....

....

3 Le groupe verbal au présent

Retiens l'essentiel

Piste 5

1 Les auxiliaires *sein* (être) et *haben* (avoir)

sein : ich bin, du bist, er/es/sie ist, wir sind, ihr seid, sie/Sie sind.

haben : ich habe, du hast, er/es/sie hat, wir haben, ihr habt, sie/Sie haben.

2 Les verbes faibles (réguliers) avec ou sans particule séparable

- En supprimant la marque de l'infinitif ***en*** (*spiel-en*), on obtient le **radical** qui **ne change jamais**.
- On lui ajoute la **terminaison** correspondante à la personne voulue : ***-e***, ***-st –t***, ***-en***, ***-t***, ***-en***. Ces terminaisons sont identiques pour tous les verbes.

	spielen	zumachen
ich	spiele	mache ... zu
du	spielst	machst ... zu
er, es, sie	spielt	macht ... zu
wir	spielen	machen ... zu
ihr	spielt	macht ... zu
sie/Sie	spielen	machen ... zu

3 Les verbes forts (irréguliers) avec ou sans particule séparable

Pour les verbes forts, dont le radical contient la lettre ***a*** ou ***e***, la **voyelle du radical** change pour les **2e et 3e personnes du singulier** : le ***a*** devient ***ä*** (*schlafen, fahren, einladen, laufen*, etc.) et le ***e*** devient ***ie*** (*lesen, sehen*, etc.) ou ***i*** (*essen, geben, nehmen, treffen, etc.*). Les terminaisons sont les mêmes que celles des verbes faibles.

	fahren	sprechen	fernsehen
ich	fahre	spreche	sehe ... fern
du	fährst	sprichst	siehst... fern
er, es, sie	fährt	spricht	sieht ... fern
wir	fahren	sprechen	sehen ... fern
ihr	fahrt	sprecht	seht... fern
sie/Sie	fahren	sprechen	sehen ... fern

À savoir

Les verbes de modalité

Leur radical change aux **trois** premières personnes du singulier.

Il n'y a pas de terminaison aux 1re et 3e personnes du singulier.

können (être capable) : ich kann, du kannst
müssen (devoir/obligation) : ich muss, du musst
sollen (devoir/incitation) : ich soll, du sollst
dürfen (avoir le droit) : ich darf, du darfst
wollen (vouloir) : ich will, du willst
mögen (aimer) : ich mag, du magst

Comment faire ?

Piste 6

▸ Distinguer les verbes à particule séparable des verbes à particule inséparable

→ Les verbes à particule séparable

Il existe en allemand des verbes auxquels on ajoute un **préfixe qui se détache** quand on **conjugue** le verbe et qui **se place à la fin de la proposition**. Le fait de rajouter ce préfixe **change le sens du verbe.**

Les verbes à particule séparable commencent par les syllabes suivantes :
ab-/an-/aus-/auf-/bei-/ein-/mit-/nach-/vor-/zu-, ainsi que *fern-* dans *fern/sehen* (regarder la télévision).

→ Les verbes à particule inséparable

Comme pour les verbes à particule séparable, le préfixe change le sens du verbe, mais ne se détache pas quand on conjugue le verbe.

Retiens cette phrase pour retrouver les verbes à particule inséparable : « Cerbère gémit en enfer » (*zer-/be-/er-/ge-/miss-/emp-/ent-/ver-*).

Corrigés → livret, p. 31

S'entraîner

QUIZ-TEST

Coche la (ou les) bonne(s) réponse(s).

1 La bonne conjugaison du verbe *haben* à la 2e personne du singulier est :

a) *habt.* ☐
b) *hast.* ☐
c) *hat.* ☐

2 Lesquels de ces verbes sont des verbes à particule séparable ?

a) *fernsehen.* ☐
b) *zerbrechen.* ☐
c) *abfahren.* ☐

3 ★ *Haben* ou *sein* au présent

Complète avec la bonne conjugaison du verbe *haben* ou *sein* au présent.

a) Ich .... einen Hund.

b) Wer .... du?

c) .... das die neue Deutschlehrerin?

d) Mein Freund Leo .... ein Meerschweinchen.

e) .... du auch ein Haustier?

f) .... ihr Alina und Emily?

4 ★★ Le bon verbe

Relie la forme verbale au bon pronom personnel. Attention, il y a parfois plusieurs possibilités.

	• 1. mache
	• 2. spielen
	• 3. kochst
a) ich •	• 4. singt
b) er •	• 5. lesen
c) wir •	• 6. arbeitet
d) sie (pluriel) •	• 7. tanzt
e) du •	• 8. wohne
f) ihr •	• 9. lebst
	• 10. heißt
	• 11. esst
	• 12. schläft

5 ★★ Verbes irréguliers

Conjugue les verbes entre parenthèses au présent.

a) Levi .... ein Buch. *(lesen)*

b) Sie (3e pers. sing) .... ihre Freunde. *(treffen)*

c) Linus .... perfekt Englisch und Deutsch. *(sprechen)*

d) Wann .... du mir mein Geschenk? *(geben)*

e) Das Baby .... am liebsten Apfelkompott. *(essen)*

f) Opa .... auf dem Sofa. *(schlafen)*

g) .... du den Vogel im Baum? *(sehen)*

6 ★★★ Particule séparable ou pas ?

Conjugue les verbes entre parenthèses au présent.

a) Wann .... du deine Freunde ....? *(einladen)*

b) Wie oft .... wir die Stadt ....? *(besuchen)*

c) Ich .... morgens um 7 Uhr .... *(aufstehen)*

d) Der Zug .... um 17.30 Uhr .... *(ankommen)*

e) .... du die Matheaufgabe ....? *(verstehen)*

f) Ich .... im Unterricht .... *(mitmachen)*

Allemand

4 La phrase

Retiens l'essentiel

Piste 7

1 La phrase déclarative

▸ Le **verbe conjugué** est toujours en **deuxième position**. Tous les éléments non conjugués du groupe verbal (infinitif, participe passé, particule séparable) se trouvent **en dernière position**.

Ex : Meine Freundin (Position 1, *sujet*) wohnt (Position 2, *verbe*) in Stuttgart. (*complément*) (Mon amie habite à Stuttgart.)

Sie (Position 1, *sujet*) will (Position 2, *verbe*) einen Pulli (*complément*) kaufen. (*2e partie du complément*) (Elle veut acheter un pull.)

▸ Si la proposition ne commence pas par le sujet, celui-ci se place **après le verbe** !

Ex : Morgen (Position 1, *indicateur de temps*) fahren (Position 2, *verbe*) wir (*sujet*) nach Berlin. (*complément*) (Demain, nous partons à Berlin.)

2 La phrase interrogative

▸ Dans le cas d'une interrogation globale, le verbe conjugué est en **première position.** Les autres éléments non conjugués du groupe verbal se trouvent à la fin de l'énoncé.

Ex. : Kommt Lisa morgen? (Lisa vient-elle demain ?)
Hörst du zu? (Écoutes-tu ?)

▸ L'interrogation partielle commence par un **pronom interrogatif**. Le **verbe conjugué** est en **deuxième position**. Les autres éléments non conjugués du groupe verbal se trouvent à la fin de l'énoncé.

Ex. : Wo wohnen Noa und Nils? (Où habitent Noa et Nils ?)

3 La phrase impérative

Le **verbe conjugué** se trouve en **première position**. Les autres éléments non conjugués du groupe verbal se trouvent à la fin de l'énoncé.

Ex. : Komm schnell! (Viens vite !) / Macht euer Buch zu! (Fermez votre livre !)

Les conjonctions

Les conjonctions ***und*** (et), ***oder*** (ou), ***aber*** (mais), ***denn*** (car) occupent la **position « zéro »** dans la proposition !

Ex. : Ich mag Mathe aber (0) Deutsch (1) gefällt (2) mir besser.
(J'aime les maths mais l'allemand me plaît mieux.)

Comment faire ?

Piste 8

▸ **Les pronoms interrogatifs**

Comme en anglais, les pronoms interrogatifs commencent par un *w*. Mais attention, il n'y a pas de *h* !

wer (nom.)/*wen* (acc.)/*wem* (dat.) = qui	*wo* = où (on se trouve)	*wann* = quand
welch-er/-es/-e/-e = quel(s)/-lle(s)	*wohin* = où (on va)	*was* = que/quoi
wie viel(e) = combien	*woher* = d'où (on vient)	*wie* = comment

Il ne faut pas confondre : *wer* = *who* = qui ? *wo* = *where* = où ?

S'entraîner

Corrigés → livret, p. 31

QUIZ-TEST

Coche la (ou les) bonne(s) réponse(s).

1 « ***Wohin gehst du?*** » **signifie :**

a) D'où viens-tu ? ☐
b) Où vas-tu ? ☐

2 **L'affirmation « Dans une phrase impérative, le verbe conjugué est en deuxième position. » est :**

a) vraie. ☐
b) fausse. ☐

3 ★ L'ordre des mots dans la phrase

Place les éléments dans le bon ordre pour former une phrase. N'oublie pas de conjuguer les verbes et fais attention à la ponctuation !

a) machen / die Hausaufgaben / heute Abend / die Schüler

....

....

b) ich / am Sonntag / backen / einen Kuchen

....

c) immer / meine Mutter / um 7 Uhr / aufstehen

....

d) sie / kommen / mit dir / ?

....

e) Ninas neue Jeans / nicht / gefallen / mir

....

....

f) kaufen / welches Buch / du / ?

....

g) du / einladen / deine Freunde / zu deinem Geburtstag / ?

....

....

4 ★★ La bonne question

Trouve la question qui a été posée.

a) Ich bin 14 Jahre alt. ....

b) In München. ....

c) In die 8. Klasse. ....

d) Das ist meine Schwester. ....

e) Sie heißt Luisa. ....

5 ★★★ La place du verbe conjugué

Récris les phrases suivantes en commençant par l'élément entre parenthèses.

a) Benjamin geht um 7.30 Uhr in die Schule. (Am Morgen)

....

....

b) Ich lese Comics. (Manchmal)

....

c) Wir besuchen unsere Oma. (In den Ferien)

....

....

d) Es gibt viele Restaurants. (In der Stadt)

....

....

5 La négation – L'impératif

Retiens l'essentiel

Piste 9

Mots-clés

Négation partielle : Négation qui porte sur un mot ou un groupe nominal.

Négation globale : Négation qui porte sur toute la phrase.

1 La négation avec *nicht*

- Pour **nier un mot ou un groupe nominal**, *nicht* se place directement **devant l'élément à nier**, qui est accentué. On parle de négation partielle.

Ex. : Ich sehe nicht dich. (Je ne te vois pas. Sous entendu : je ne te vois pas, toi, mais je vois quelqu'un d'autre.)

- Pour **nier toute la phrase**, *nicht* se place en général en **fin de phrase**. On parle de négation globale.

Ex. : Ich sehe dich nicht. (Je ne te vois pas.)

- Si le verbe a une forme complexe (particule séparable, modalité + infinitif, expression figée), *nicht* se place **devant** les éléments non conjugués ou le complément.

Ex. : Ich mache mein Buch nicht zu. (Je ne ferme pas mon livre.)
Er kann mich nicht sehen. (Il ne peut pas me voir.)

nicht ≠ kein

nicht = ne ... pas
kein- = ne .... pas de

2 La négation avec *kein-*

- *Kein-* s'emploie pour nier un **groupe nominal indéfini** (sans article ou avec *ein*).
- Au **singulier**, il prend les **mêmes formes que l'article indéfini** et se **décline** comme lui.

Ex. : Er kauft einen Füller. Er kauft keinen Füller.
(Il achète un stylo plume. Il n'achète pas de stylo plume.)

Au **pluriel**, il prend la **marque *-e* au nominatif et à l'accusatif** et la **marque *-en* au datif**. *Ex. :* Ich habe keine Freunde. (Je n'ai pas d'amis.)

À savoir

Sein à l'impératif

Sei – Seid –Seien

Ex. : Sei still! (Tais-toi !)
Seid still! (Taisez-vous !)
Seien Sie still!
(Taisez-vous !)

3 L'impératif

- L'impératif exprime un **ordre** ou un **conseil**. Il s'utilise principalement aux 2e personnes du singulier et du pluriel et à la forme de politesse (3e pers. pl.).

	2e pers. sing. : radical du verbe, sauf verbes forts en *-e*	2e pers. pl. : même forme qu'au présent	Forme de politesse : même forme qu'au présent
verbes forts en *-e*	**Nimm** dein Buch!	**Nehmt** dein Buch!	**Nehmen Sie** Ihr Buch!
verbes faibles + autres verbes forts	**Komm** an die Tafel!	**Kommt** an die Tafel!	**Kommen Sie** an die Tafel!

Comment faire ?

Piste 10

- Conjuguer les verbes à particule séparable à l'impératif

Pour les verbes à particule séparable, le verbe à l'impératif se place en première position, la particule à la fin de la proposition.

Ex. : Mach dein Buch auf! (Ouvre ton livre !)
Lest den Text laut vor! (Lisez le texte à voix haute !)

S'entraîner

Corrigés → livret, p. 31

QUIZ-TEST

Coche la (ou les) bonne(s) réponse(s).

1 Quelle phrase est correcte ?

a) Er hat nicht einen Bruder. .... ☐
b) Er hat einen Bruder nicht. .... ☐
c) Er hat keinen Bruder. .... ☐

2 L'impératif de *nehmen* (2e pers. sing.) est :

a) *nihm.* .... ☐
b) *nimm.* .... ☐
c) *nehm.* .... ☐

3 ★ La négation avec *nicht*

Dis le contraire en niant l'élément souligné.

a) Ich spiele gern Monopoly.

....

b) Wir gehen morgen ins Kino.

....

c) Sie spricht perfekt deutsch.

....

d) Ihr könnt um 18 Uhr kommen.

....

e) Nils und Pit sind meine besten Freunde.

....

....

4 ★★ La négation avec *kein*

Réponds par une négation.

a) Hat Jens einen Bruder?

Nein, ...

b) Möchtest du einen Eistee?

Nein, ...

c) Ist das ein interessanter Film?

Nein, ...

d) Habt ihr noch Platz im Auto?

Nein, ...

5 ★★ L'impératif

Reformule les phrases en utilisant l'impératif.

a) Du sollst besser zuhören.

....

b) Du sollst deine Englischvokabeln lernen.

....

c) Du sollst nicht mit deinen Kameraden sprechen.

....

d) Du sollst dein Arbeitsbuch aufmachen.

....

e) Du sollst den Text lesen.

....

f) Du sollst mir dein Heft geben.

....

6 ★★★ *Nicht ou kein ?*

Complète avec la bonne négation.

a) Ich habe .... E-Mailadresse.

b) Das Baby isst .... gern Spinat.

c) Herr und Frau Klinger haben .... Kinder.

d) Ich trinke .... Kaffee.

e) Du darfst .... im Garten Fußball spielen.

f) Warum willst du .... Hund?

Corrigés → livret, p. 29

Anglais : fais le bilan !

Coche, pour chaque exercice, la bonne réponse. Reporte-toi ensuite aux corrigés, livret p. 29, pour obtenir ton score sur 10.

1 Dans la phrase « *Mum can't drive you to town.* », *you* est :

a) un pronom personnel sujet. ☐
b) un pronom personnel complément. ☐
c) un pronom possessif. ☐

2 Au présent simple, à la forme affirmative, le verbe :

a) a la même forme à toutes les personnes. ☐
b) est précédé de l'auxiliaire *be*. ☐
c) a une forme différente à la 3e personne du singulier. ☐

3 *His* suivi d'un nom est :

a) un article. ☐
b) un adjectif possessif. ☐
c) un pronom possessif. ☐

4 Dans une « *Yes / No question* », au prétérit simple, on emploie :

a) la forme irrégulière du verbe apprise. ☐
b) la base verbale à laquelle on ajoute *-ed*. ☐
c) l'opérateur *did* au début de la phrase. ☐

5 *How much* sert à interroger sur :

a) le prix. ☐
b) une quantité dénombrable. ☐
c) la fréquence d'une action. ☐

6 Pour dire que la qualité d'une personne est supérieure à celle d'un ensemble de personnes, on utilise :

a) un superlatif de supériorité. ☐
b) un comparatif de supériorité. ☐
c) *a lot of*. ☐

7 Pour exprimer un événement futur, on emploie :

a) toujours *will* + la base verbale. ☐
b) parfois *will* + la base verbale. ☐
c) parfois le présent *be* + *V-ing* associé à *now*. ☐

8 Pour dire que l'on ne peut pas faire quelque chose, on utilise :

a) *mustn't*. ☐
b) *can't*. ☐
c) *couldn't*. ☐

9 Dans la phrase « *My little sister enjoys watching cartoons.* », *watching* est :

a) un présent *be* + *V-ing*. ☐
b) un adjectif. ☐
c) un nom verbal. ☐

10 Dans la phrase « *The boy who has just sent me a message is my cousin.* » :

a) le verbe est au passé récent. ☐
b) *who* est un pronom relatif complément. ☐
c) la phrase est au style direct. ☐

TOTAL BILAN .... /10

Histoire Géographie
Enseignement moral et civique

Histoire

Géographie

Enseignement moral et civique

1 Byzance et l'Empire carolingien

Retiens l'essentiel

1 L'Empire byzantin

▶ L'Empire byzantin est l'héritier de l'Empire romain d'Orient. **Constantinople**, l'antique Byzance, est la capitale religieuse et politique, le grec la langue officielle. **L'empereur**, appelé Basileus, a tous les pouvoirs. Il représente Dieu sur Terre et nomme le chef du clergé, **le patriarche**.

▶ Après un long déclin, Constantinople est prise par les Turcs en **1453** : c'est la **fin de l'Empire byzantin**.

2 L'Empire carolingien : une première en Europe

▶ Après les invasions du Vᵉ siècle, l'Occident est divisé en royaumes barbares. **Clovis** (qui règne de 480 à 511) et ses fils adoptent la religion catholique et étendent le royaume franc.

▶ Au VIIIᵉ siècle, **Charlemagne** (qui règne de 768 à 814) reprend les conquêtes et fonde l'Empire carolingien. Le pape le couronne empereur en l'an 800, à Rome. Charlemagne fixe sa capitale à Aix-la-Chapelle. Son palais est le centre de **l'administration**. Le territoire est géré par les comtes et les évêques. L'empereur les fait surveiller par ses envoyés : les *missi dominici*.

▶ Après la mort de Charlemagne (814), l'Empire est affaibli par les invasions normandes (Vikings), les raids des Hongrois et des Sarrasins. En **843**, il est divisé entre ses petits-fils au **traité de Verdun.** C'est la fin de l'Empire carolingien.

À savoir

La renaissance carolingienne

L'écrit est indispensable pour la conservation des **lois** et des **textes sacrés**. En 789, Charlemagne impose la création d'une école dans chaque monastère et dans chaque évêché. Il favorise la multiplication des **ateliers d'écriture** et des **bibliothèques**.

Comment faire ?

▶ Étudier un texte historique

1° Présente le texte.

Le texte est extrait de la *Vie de Charlemagne*, histoire officielle écrite après la mort de l'empereur par l'un des ses proches, Eginhard. Son témoignage est donc précieux.

2° Sélectionne et classe les informations.

Le texte permet de dresser un portrait de Charlemagne : grand, nez long, grands yeux, carrure large, sportif.

3° Repère ensuite l'intention de l'auteur.

Certains mots indiquent que le jugement de l'auteur est favorable : *yeux vifs* (intelligence), *physionomie gaie et ouverte* (franchise, loyauté), *impression d'autorité et de dignité, surpassé par personne en natation* (qualités d'un chef).

4° Conclus.

Eginhard a bien connu Charlemagne. Cependant, s'il a indiqué ses qualités, il atténue ses défauts (dureté) : Eginhard veut glorifier son règne et l'opposer aux troubles qui l'ont suivi.

« D'une large et robuste carrure, il était d'une taille élevée, sans rien d'excessif d'ailleurs. Il avait le sommet de la tête arrondi, de grands yeux vifs, le nez plus long que la moyenne, la physionomie gaie et ouverte. Aussi, donnait-il extérieurement, assis comme debout, une forte impression d'autorité et de dignité. Il s'adonnait régulièrement à l'équitation et à la chasse.
Il aimait aussi les eaux thermales et s'y livrait souvent au plaisir de la natation, où il excellait au point de n'être surpassé par personne. C'est ce qui l'amena à bâtir un palais à Aix. »

D'après Eginhard,
Vie de Charlemagne, IXᵉ siècle.

Corrigés → livret, p. 32

S'entraîner

QUIZ-TEST

Coche la (ou les) bonne(s) réponse(s).

1 L'Empire byzantin disparaît définitivement en :
- a) 476. ☐
- b) 1204. ☐
- c) 1453. ☐

2 Charlemagne fixe la capitale de son empire à :
- a) Paris (en France actuelle). ☐
- b) Rome (en Italie actuelle). ☐
- c) Aix-la-Chapelle (en Allemagne actuelle). ☐

3 ★ L'Empire byzantin

Le document ci-dessous représente Justinien, empereur de Byzance au VIe siècle.

Mosaïque de l'église Saint-Vital de Ravenne

Comment l'artiste montre-t-il que Justinien est empereur et que c'est un personnage sacré ?

....

....

....

4 ★ La signature de Charlemagne

Observe, ci-dessous, la signature de Charlemagne : KAROLUS (*Charles* en latin).

a) Quelles lettres manquent ?

....

....

b) En signant, il veut montrer qu'il est chrétien : quelle forme a sa signature ?

....

....

....

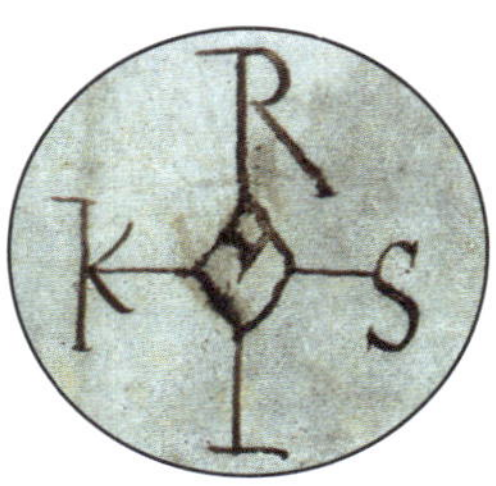

5 ★★ L'administration carolingienne

Complète les phrases ci-dessous.

L'Empereur envoie des .... pour surveiller les .... et les .... dans les comtés. Il les convoque chaque année dans la capitale, à ....

6 ★★★ L'Europe carolingienne

La carte ci-dessous représente les conquêtes de Charlemagne.

a) Dans quelles directions principales se développent-elles ? ....

....

b) Donne les noms actuels des pays qui se trouvaient alors dans l'Empire. ....

....

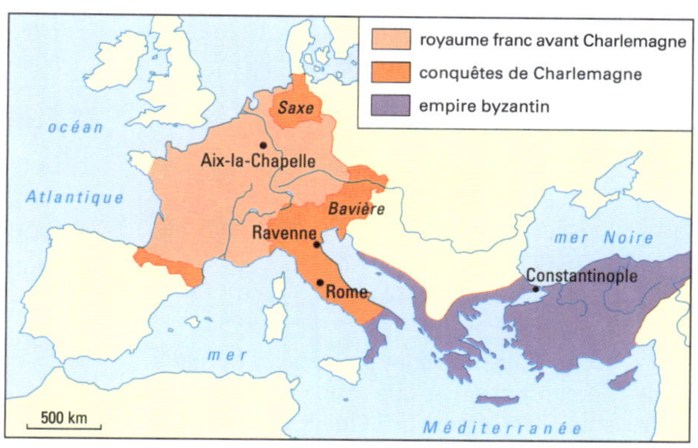

c) Pourquoi l'Empire se disloque-t-il en 843 ?

....

....

2 De la naissance de l'islam à la prise de Bagdad

Retiens l'essentiel

1 La naissance de l'islam

▸ **Mahomet** naît vers 570. En 612, il commence à prêcher l'islam, l'obéissance à un dieu unique : Allah. En 622, il doit fuir La Mecque pour se réfugier à Médine : c'est **l'Hégire**, point de départ du calendrier musulman. À sa mort, en 632, toute l'Arabie est convertie.

▸ Mahomet affirme qu'Allah parle par sa bouche. Ses paroles sont recueillies dans **le Coran**.

2 Des conquêtes à l'éclatement et au déclin

▸ Grâce au **djihad**, la guerre sainte, les Arabes conquièrent un immense empire. Ils sont stoppés en 717 devant Byzance et en 732 à Poitiers.

▸ Après les Omeyyades (Damas), les Abbassides (Bagdad) prennent le pouvoir en 750. L'apogée du monde musulman a lieu sous **Haroun al Rachid** au IXe siècle. Mais à partir de 910, trois califes sont en concurrence : c'est l'éclatement du monde musulman. En 1258, les Mongols, venus des steppes, prennent Bagdad et mettent à mort le dernier calife abbasside.

À savoir

La civilisation musulmane

Dans les palais et les **mosquées** règne un décor raffiné. Des savants créent l'**algèbre**, développent la médecine et les **sciences**, améliorent les **techniques**.

Comment faire ?

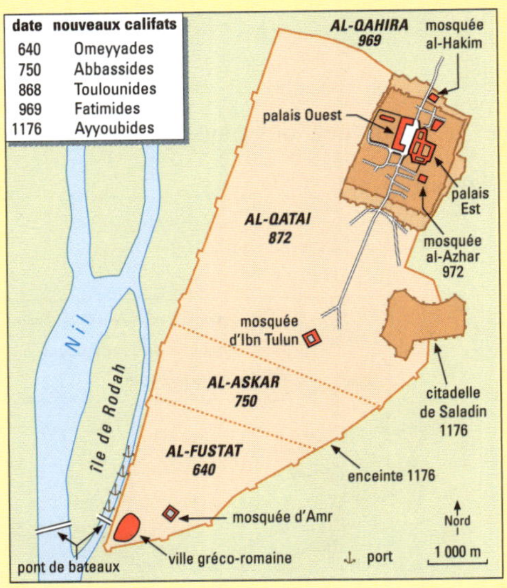

« C'est au Caire que sont groupés les **bureaux** de l'administration et que réside **le prince** des croyants. C'est le **port** de l'Orient, le **marché** le plus achalandé. On ne saurait trouver de si bons **souks** et de si bons **métiers**. On ne trouve pas de grande **mosquée** plus pleine que la sienne. C'est une mine de **savants**. »

D'après AL MUQADASSI, Xe siècle.

▸ **Étudier une ville**

1° Étudie d'abord la carte (plan du Caire) et son tableau chronologique.

→ La **carte** t'indique les avantages du **site** : Le Caire se développe au sud du delta du Nil, à un endroit où le fleuve se resserre. Le pont de bateaux prend appui sur l'île de Rodah.

→ Le **tableau chronologique** te permet de suivre **les étapes de la croissance** du Caire à partir de la première fondation gréco-romaine. L'extension se fait vers le nord. Chaque étape du développement de la ville correspond à une nouvelle dynastie de califes.

2° Étudie ensuite le texte.

Le texte te montre :

→ les **fonctions** de la ville : centre commercial (souks, port), centre artisanal (métiers), centre religieux et intellectuel (mosquées, savants), centre politique et administratif (palais, bureaux) ;

→ sa **situation** : **carrefour** de routes commerciales – entre l'Asie (Orient) et l'Afrique (Maghreb).

3° Conclus.

La ville, unifiée à l'intérieur d'une même enceinte, par **Saladin** (Ayyoubide), au XIIe siècle, devient une des principales capitales du monde musulman.

Corrigés → livret, p. 32

S'entraîner

QUIZ-TEST

Coche la (ou les) bonne(s) réponse(s).

1 Qui est le prophète de la religion musulmane ?

a) Allah. .... ☐
b) Jésus. .... ☐
c) Mahomet. .... ☐

2 Les Arabes inventent :

a) la boussole. .... ☐
b) l'algèbre. .... ☐
c) la géométrie. .... ☐

3 ★ Le monde musulman : des conquêtes à l'éclatement

En t'aidant du « Retiens l'essentiel », complète la chronologie.

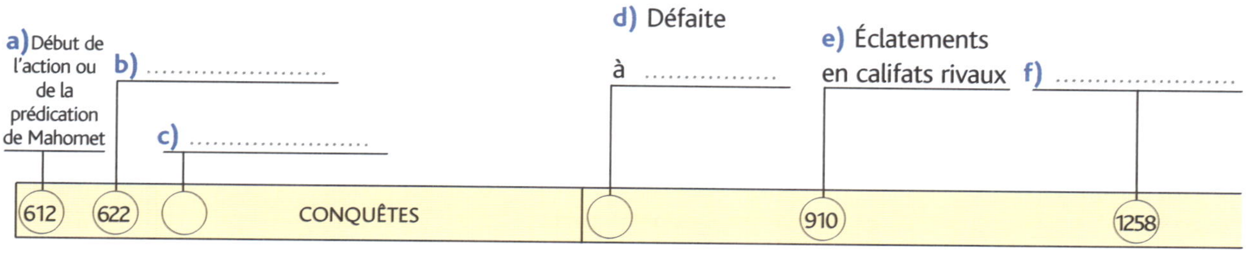

4 ★★ Plan d'une mosquée

D'après ce texte, trace le trajet de Al Idrissi sur le schéma ci-dessous, puis écris les noms qui manquent.

Après l'appel à la prière lancé par le muezzin du haut du **minaret**, Al Idrissi entre dans la cour par la porte A. Il va se purifier à la **fontaine** puis va saluer des amis dans le **péristyle**, la colonnade qui entoure la cour. Il enlève ses souliers pour entrer dans la salle de prière. Il se place en face du **mirhab**, la niche qui indique la direction de La Mecque, et écoute l'imam, personnage respecté choisi pour lire le Coran du haut de la chaire, le **minbar**.

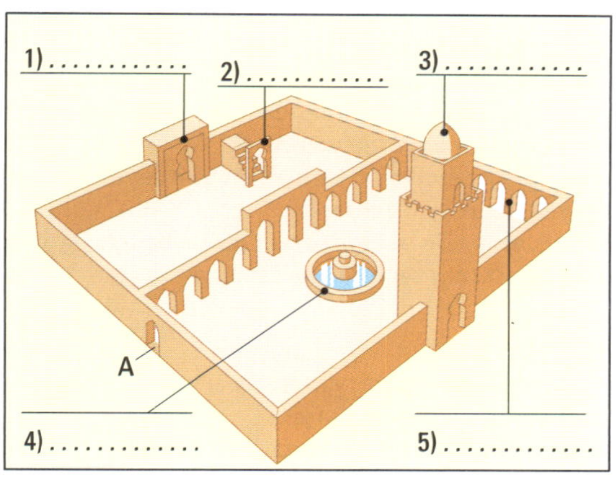

5 ★★ Lire une carte

Observe la carte et réponds aux questions.

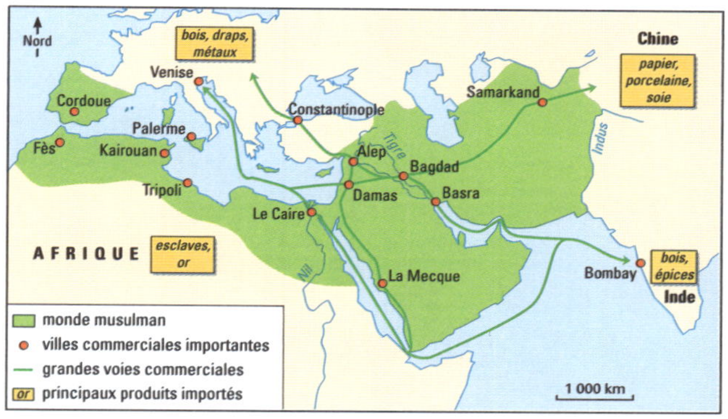

a) Quels produits les Occidentaux achètent-ils aux commerçants arabes ?

....

b) Quels produits leur vendent-ils ?

....

c) Cite trois empires avec lesquels les musulmans ont eu des contacts.

....

....

3 De la société féodale à l'émergence des villes

À savoir

Le monde féodal

Face à l'insécurité dûe aux invasions normandes du IXe siècle, les individus se mettent sous la protection des seigneurs locaux. Ceux-ci reçoivent leur terre, ou **fief**, d'un seigneur plus puissant dont ils sont les **vassaux**. Lors de la cérémonie de **l'hommage**, le vassal reconnaît les devoirs qu'il a envers son **suzerain**, notamment l'aide militaire (l'ost). Au sommet de la pyramide féodale se trouve le **souverain**.

Retiens l'essentiel

1 Les chevaliers et les paysans

Dans les campagnes, la terre et le pouvoir (**ban**) appartiennent au **seigneur** laïc ou ecclésiastique. Son château domine le village. Les paysans lui paient des redevances, doivent faire des **corvées** et payer pour utiliser le four et le moulin seigneuriaux. Les **serfs** n'ont pas le droit de quitter la terre qu'ils cultivent et ne peuvent se marier sans l'autorisation du seigneur.

2 L'Église et la société

- L'Église d'occident est dirigée par le **Pape**. Le **clergé séculier** (évêques, prêtres) encadre la vie des fidèles : baptême, mariage, enterrement, messe du dimanche, grandes fêtes. Les **moines** (clergé régulier) prient dans les abbayes pour le salut de leurs âmes.
- La foi s'exprime dans l'**art roman** (voûtes en berceau, murs décorés de fresques) puis dans l'**art gothique** (voûtes en arc brisé, grands vitraux).

3 L'émergence des villes

- À partir du XIIe siècle, la paix et les échanges permettent l'**essor des villes** (marchés, artisanat, écoles). Elles s'affranchissent peu à peu des seigneurs et se dotent d'enceintes.
- Au XIIIe siècle, Paris devient la plus grande ville d'occident et rayonne grâce à son université.

Comment faire ?

Lire un document iconographique

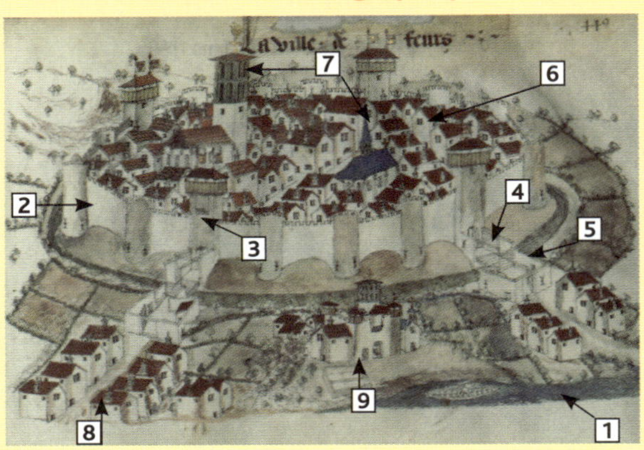

Ville de Feurs, 1450.

1° Présente le document.

Le document est une peinture sur parchemin. Il date de la fin de Moyen Âge (1450). Il représente la ville de **Feurs** qui est au bord de la **Loire**, en Auvergne.

2° Analyse les différents éléments de l'image.

La ville est au carrefour des **routes** (Lyon, Saint-Étienne) au bord d'un **fleuve** (la Loire) [1]
Elle est entourée d'une **enceinte** [2] avec des **tours** [3] et des **ponts-levis** [4]. Pour entrer dans la ville, il faut passer par un **poste de péage** (ou **octroi**) [5].
Les **rues** [6] sont étroites et les maisons sont serrées. La ville comporte beaucoup d'**églises** [7].
En dehors de la ville se développent les **faubourgs** [8]. Une **abbaye** [9] est construite dans la campagne proche.

3° Fais une synthèse des informations recueillies.

La ville est un **carrefour** : elle tire sa richesse des échanges. La ville est un **monde à part** : elle est séparée de la campagne, et son enceinte protège son indépendance. Pour vendre dans ses marchés, il faut payer des taxes.
La ville est **densément construite**. Ses faubourgs et l'abbaye proche accueillent voyageurs, marchands et pèlerins.

Corrigés → livret, p. 32

S'entraîner

QUIZ-TEST

Coche la (ou les) bonne(s) réponse(s).

1 Le ban représente :

a) le siège du seigneur. ☐
b) le pouvoir du seigneur. ☐
c) l'arme du seigneur. ☐

2 L'université de Paris naît au :

a) XIe siècle. ☐
b) XIIe siècle. ☐
c) XIIIe siècle. ☐

3 ★★ La cérémonie de l'hommage

Observe cette miniature du XIIIe siècle et réponds aux questions.

a) À quoi reconnais-tu le vassal ?

....

b) À quoi reconnais-tu le suzerain ?

....

c) Quel geste marque leur alliance ?

....

d) Que fait le petit personnage situé entre eux ?

....

e) Sais-tu ce que donne le suzerain ? À quoi s'engage le vassal ?

....

....

4 ★★★ L'organisation de l'église

Complète le schéma ci-dessous.

diocèse — 1. Le .... à .... — *abbaye ou monastère : ex. Cluny*

clergé séculier → 2. .... → 3. ....

clergé régulier → 4. .... → 5. ....

5 ★★ L'art roman

Dans les églises romanes, les peintures et les sculptures sont faites pour être lues. Le document ci-dessous montre **le droit d'asile** : l'église protège les paysans contre les seigneurs.
Ici, **un paysan** est attaqué par **un guerrier** et protégé par **un ange**. Il se réfugie dans une église.

a) Sur le document, à quel numéro correspondent :

le paysan ? .... le guerrier ? .... l'ange ? ....

b) Décris ce que fait chacun d'entre eux et ce qui permet de les reconnaître.

....

....

....

....

c) Quel objet représente l'église où se réfugie le paysan ?

....

....

4 L'affirmation de l'État monarchique au Moyen Âge

Retiens l'essentiel

1 L'affirmation du pouvoir du roi du xe au xiiie siècles

▶ Quand **Hugues Capet** devient roi en 987, il règne sur un **grand royaume** mais son autorité directe s'exerce sur un **domaine** restreint. Peu à peu, les **Capétiens** se renforcent : ils légitiment leur pouvoir par le **sacre** et étendent leur territoire.

▶ Au xiiie siècle, Philippe Auguste, Louis IX (Saint Louis) et Philippe le Bel font de la monarchie française la plus puissante d'Europe. Le roi est aidé du conseil pour la politique, de la chambre des comptes pour les finances et du parlement pour la justice. Sur le plan local, il est représenté par les **baillis** (au nord) et les **sénéchaux** (au sud). Saint Louis devient le modèle du roi très chrétien, vertueux et juste.

À savoir

De grands rois

- **Philippe Auguste** : face à l'Angleterre alliée au comte de Flandres et à l'empereur allemand, il triomphe à la bataille de Bouvines (1214).
- **Louis IX** renforce l'administration et lutte contre la corruption. Il meurt en croisade en 1270.
- **Philippe le Bel** réforme la justice et met en place une administration centralisée.

2 La crise de la guerre de Cent Ans

En 1328, Charles IV meurt sans héritier. Édouard III, roi d'Angleterre, revendique le trône. Commence alors une longue période de crise : la **guerre de Cent Ans** (1337-1453). Face aux dangers, le roi a besoin d'argent. Deux impôts sont créés sous Charles V puis Charles VII : la gabelle (impôt sur le sel) et la taille (impôt sur les familles). Le roi entretient alors une armée permanente et une artillerie puissante. Avec **Jeanne d'Arc**, Charles VII reconquiert le royaume contre les Anglais entre 1429 et 1453. Après lui, Louis XI annexe la Bourgogne et la Picardie. L'autorité royale sort renforcée de la crise.

Comment faire ?

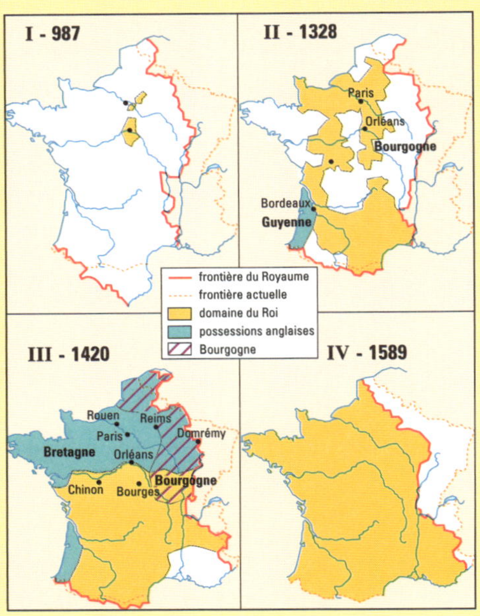

▶ Lire des cartes historiques

Chacune de ces quatre cartes représente le royaume de France à un moment de son histoire. Lis attentivement la légende.

→ **Carte I. En 987, Hugues Capet** règne sur un grand royaume, mais il ne possède qu'**un petit domaine**.

→ **Carte II. En 1328**, au moment où meurt le dernier Capétien direct, **le domaine du roi couvre les deux-tiers du royaume**.

→ **Carte III. En 1420**, pendant la guerre de Cent Ans, **le royaume de France manque de disparaître**. Face à ses ennemis, le futur Charles VII est repoussé au Sud de la Loire (dynastie des Valois).

→ **Carte IV. En 1589**, avec Henri IV et l'avènement des Bourbons, **le pouvoir du roi s'exerce directement sur l'ensemble du royaume**. Après les victoires de Charles VII et de Louis XI, François Ier a acquis la Bretagne, et Henri IV a fait entrer les possessions des Bourbons dans le domaine royal.

Corrigés → livret, p. 32

S'entraîner

QUIZ-TEST

Coche la (ou les) bonne(s) réponse(s).

1 La monarchie française est la plus puissante d'Europe au :

a) XIe siècle. .... ☐
b) XIIe siècle. .... ☐
c) XIIIe siècle. .... ☐

2 Jeanne d'Arc se bat pour le roi :

a) Louis IX (Saint Louis) .... ☐
b) Charles V .... ☐
c) Charles VII .... ☐

3 ★ Les dynasties

Sur l'axe chronologique ci-dessous :

a) Écris le nom des trois dynasties qui se sont succédé à partir de 987.

b) Calcule la durée de chacune d'elles et inscris-la dans le cadre prévu.

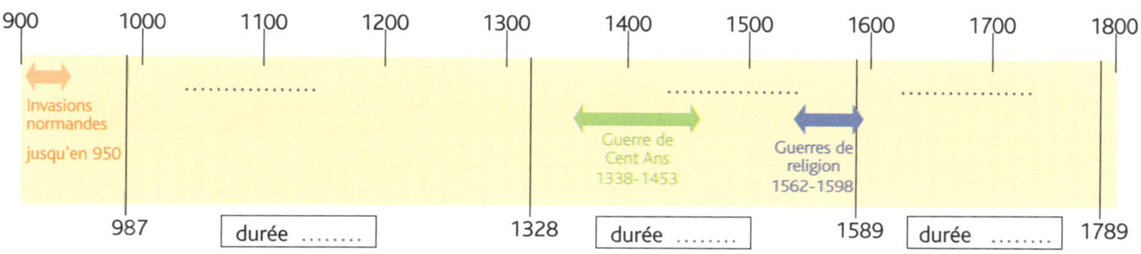

c) À quoi correspond chaque changement de dynastie ? ....

4 ★★★ Le sacre du roi

Lors de son sacre à Reims, le roi reçoit l'onction (**1**) : l'archévêque fait une croix sur son front avec l'huile sainte. Le roi devient une personne sacrée. Les évêques et les Grands du royaume lui donnent ensuite les signes du pouvoir (**2**).

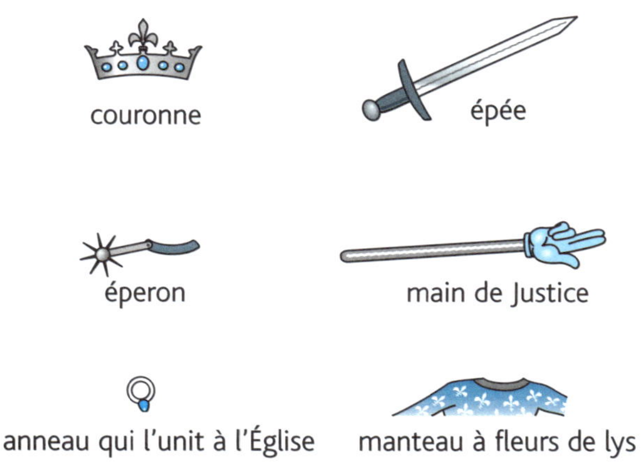

D'après une enluminure du XIIIe siècle.

a) Quel moment du sacre est représenté (**1** ou **2**) ? Que fait le Roi ?

....

b) Indique sur le dessin qui sont les Grands (A) et les évêques (B).

c) Entoure les signes du pouvoir qui sont sur le dessin et souligne ceux qui manquent.

5 Le monde au temps de Charles Quint et de Soliman le Magnifique

Retiens l'essentiel

À savoir

La face cachée de l'expansion européenne

La conquête des Amériques par les **conquistadors espagnols** (Cortès pour le Mexique, Pizarre pour le Pérou) entraîne la **disparition de 90 % des Indiens** (guerres, maladies, surexploitation) et la destruction de leurs civilisations.
Pour les remplacer, on va chercher des esclaves sur les côtes d'Afrique : c'est la **traite négrière**. Entre le XVIe et le XVIIIe siècle, 12 millions d'Africains sont déportés.

1 Une première mondialisation

À la fin du XVe siècle, l'Europe retrouve paix et prospérité économique et démographique. Les pays européens cherchent de nouvelles routes vers l'orient et des territoires à exploiter. Les Portugais contournent l'Afrique et **Christophe Colomb** découvre l'Amérique pour l'Espagne en 1492. Portugal et Espagne conquièrent des empires coloniaux dont ils exploitent les richesses. L'Espagne devient une grande puissance grâce à l'or des Amériques.

2 Le rêve d'empire universel de Charles Quint

Charles de Habsbourg devient **Charles Quint** en 1519 par son élection à la tête du **Saint Empire romain germanique**. Également roi d'Espagne (1516), il bénéficie de l'or des Amériques. Sur son Empire « le soleil ne se couche jamais ». Il rêve de réunifier la chrétienté pour lutter contre l'expansion de l'islam.

3 L'échec de Charles Quint et la naissance de l'État-nation en Europe

▸ Charles Quint se heurte à trois obstacles :
– **Soliman le Magnifique** (1520-1566), le sultan turc musulman de l'Empire ottoman, étend son empire en Europe. Il assiège Vienne en 1528 ;
– **François Ier**, roi de France très chrétien (1515-1547) s'allie à Soliman en 1536 pour combattre la menace que Charles Quint fait peser sur le territoire national ;
– les **princes protestants allemands** du Saint Empire se liguent contre lui.

▸ En 1555, Charles Quint signe la **paix d'Augsbourg** avec les princes allemands et abdique en 1556.

Comment faire ?

▸ Étudier un objet technique

Instrument privilégié de la découverte du monde, **la caravelle** est utilisée par les Portugais. Ce petit navire bénéficie de nombreux progrès techniques.

Aux XIVe et XVe siècles, **la multiplication des voiles et des mâts ainsi qu'une forme effilée** permettent un gain de puissance et de vitesse.

1. **Les voiles carrées** donnent de la vitesse en vent arrière.
2. **Les voiles latines**, à l'arrière, peuvent être orientées en fonction du vent ; le bateau gagne en maniabilité.
3. **Le gouvernail d'étambot** remplace les rames fixées sur le côté ; articulé à une pièce de bois fixée à la coque (l'étambot), il est plus précis et plus solide.
4. Son **faible tirant d'eau** lui permet de naviguer en eaux peu profondes.
5. Sa grande hauteur au-dessus de l'eau lui permet d'affronter les mers difficiles.

Corrigés → livret, p. 32

S'entraîner

QUIZ-TEST

Coche la (ou les) bonne(s) réponse(s).

1 Soliman est :

a) catholique. .... ☐
b) musulman. .... ☐
c) protestant. .... ☐

2 Soliman le Magnifique :

a) est un adversaire de François Ier. .... ☐
b) est un sultan de l'Empire ottoman. .... ☐
c) cherche à étendre son empire en Europe. ... ☐

3 ★★ Voyages autour du monde

Chaque cercle de la carte correspond au trajet d'un des navigateurs.

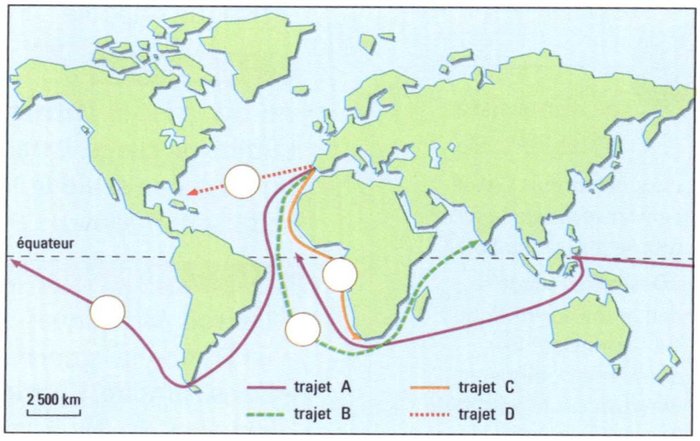

a) Complète par la lettre qui convient (A, B, C, D).

1. Christophe Colomb : découverte des Amériques (1492) → ..... .
2. Bartoloméo Diaz : cap de Bonne-Espérance (1487) → ..... .
3. Vasco de Gama : route des Indes (1497-1499) → ..... .
4. Magellan et Elcano : tour du monde (1519-1522) → ..... .

b) Quelle expédition a prouvé que la Terre était ronde ?

....

c) Quel est le premier d'entre eux à ouvrir une route pour concurrencer le commerce arabe et méditerranéen ?

....

4 ★★★ L'Europe au XVIe siècle au temps de Charles Quint

Observe la carte et réponds aux questions.

a) Pourquoi François Ier s'allie-t-il à Soliman le magnifique ?

....
....
....
....
....

b) Pourquoi est-ce scandaleux pour Charles Quint ?

....
....
....

6 Humanisme, Réforme et conflits religieux

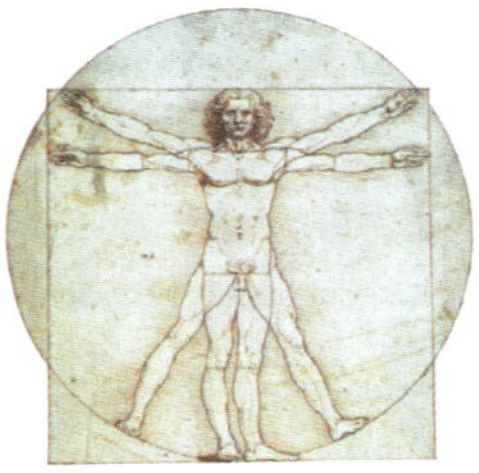

Léonard de Vinci (1452-1519), Le Canon de Vitruve

À savoir

Les humanistes et la science

- **Copernic**, puis **Galilée** démontrent que la Terre tourne autour du Soleil.
- **Descartes** fonde la démarche scientifique sur le principe du doute méthodique et **Newton** sur le primat de l'expérimentation. Ils sont à l'origine de la science actuelle.

Retiens l'essentiel

1 L'humanisme

À partir du XVe siècle le **mouvement humaniste** place **l'homme et la raison** au centre de la création. Les humanistes traduisent la Bible et les écrits des auteurs grecs et latins. Par l'éducation, ils veulent construire un homme nouveau, cultivé et tolérant. Grâce à l'invention de **l'imprimerie,** en 1450, par Gutenberg, leurs idées sont diffusées dans toute l'Europe. **Érasme** critique la corruption de l'Église. Au même moment, la Renaissance artistique s'appuie sur les modèles de l'Antiquité.

2 La Réforme

Au XVIe siècle, **Luther**, moine allemand, conteste l'autorité du pape et l'utilité du clergé. Il traduit la Bible en Allemand, dénonce le culte des saints, prétend que seule la foi peut assurer le salut de l'âme. **Calvin** pense que seuls seront sauvés ceux que Dieu a désignés à l'avance (prédestination).

3 Les conflits religieux

▶ Les rois catholiques combattent les dissidents protestants.

- En France, les **guerres de religion** se succèdent de 1562 à 1598.
- Dans l'Empire, **Charles Quint** se heurte dès 1531 aux princes protestants allemands. En 1555, la **paix d'Augsbourg** autorise chaque prince allemand à choisir la religion de son État.
- En Angleterre, Henri VIII rompt avec Rome et crée l'**Église anglicane.**

▶ Une Europe du Nord protestante s'oppose à une Europe du Sud catholique.

Comment faire ?

▶ Lire un texte dans son contexte historique

1° Présente l'auteur et le texte.

Moine et donc lettré, Rabelais devient médecin et écrivain (*Pantagruel*, *Gargantua*, *Tiers* et *Quart livre*).

2° Repère et explique les éléments importants du texte.

→ ***« Abîme de science »*** : Tous les domaines de connaissance sont concernés. Les **langues** permettent un accès direct aux textes anciens et arabes, sans la censure de l'Église. ***« Histoire, faits de nature, médecine, droit civil »*** : la connaissance s'ouvre au monde réel et s'intéresse à la pratique comme les dissections sur cadavres (nouveauté que pratiquait Rabelais).

→ **Apprendre la chevalerie** exige une culture du corps : *« un esprit sain dans un corps sain »*.

→ Enfin, ***« science sans conscience n'est que ruine de l'âme »*** signifie que la connaissance doit s'appuyer sur une morale fondée sur la religion et l'amour des autres.

3° Conclus sur les idées de Rabelais sur l'éducation.

Rabelais propose ici un programme d'éducation, en opposition avec celle du Moyen Âge, ouvert sur le monde, exigeant et optimiste.

« J'entends que tu apprennes les **langues** parfaitement, premièrement la grecque [...] que tu connaisses l'**histoire**, les **faits de nature**, puis revisite les **livres des médecins** grecs, arabes et latins [...] et par fréquentes dissections, acquiers toi parfaite connaissance de l'homme. Poursuis l'étude des arts libéraux (géométrie, arithmétique, musique, astronomie) et sache par cœur les beaux textes du **droit civil**. En somme, que je voie en toi un **abîme de science**. Tu deviens homme [...] et il te faudra **apprendre la chevalerie** pour défendre ma maison.
Mais parce que **science sans conscience n'est que ruine de l'âme**, il te convient servir, aimer et craindre Dieu [...]. Sois serviable à tous tes prochains et les aime comme toi-même. »

Rabelais, *Pantagruel*, chapitre VIII « Lettres de Pantagruel à son fils Gargantua », 1534.

S'entraîner

Corrigés → livret, p. 33

QUIZ-TEST

Coche la (ou les) bonne(s) réponse(s).

1 Les humanistes :

a) sont contre la religion. ☐
b) croient en l'importance de l'éducation. ☐
c) sont intolérants. ☐

2 Les protestants refusent :

a) le baptême. ☐
b) le culte des saints. ☐
c) la communion. ☐

3 ★★★ Les voyages d'Érasme

L'humaniste Érasme (1469-1536) a beaucoup voyagé. Tu trouveras ci-dessous quelques-uns de ses circuits.

Premier voyage : Anvers-Londres-Oxford-Paris-Orléans.

Deuxième voyage : Paris-Lyon-Milan-Bologne-Florence-Venise-Rome-Constance-Bâle-Louvain.

Troisième voyage : Louvain-Mayence-Bâle-Fribourg.

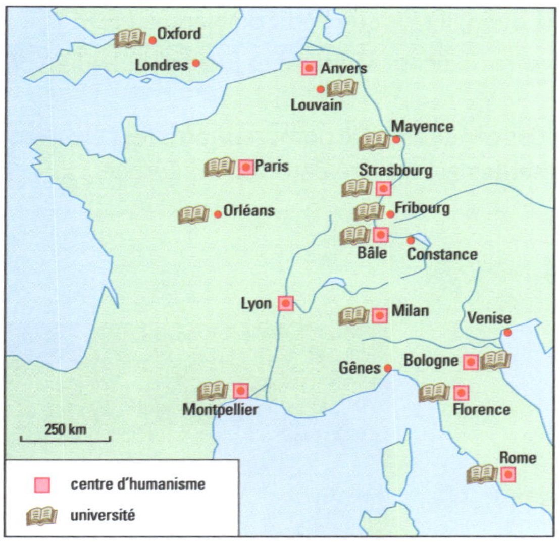

a) Trace les trajets d'Érasme sur la carte.

b) Par combien d'universités est-il passé ?

....

....

c) Pourquoi faisait-il ces voyages ?

....

....

d) Pourrais-tu faire cela facilement aujourd'hui ? Pourquoi ?

....

4 ★★ Les hommes de la Renaissance

Réponds aux questions suivantes.

a) Qui a inventé l'imprimerie ?

....

b) Qui affirme que la Terre tourne autour du Soleil ?

....

c) Nomme un grand peintre de la Renaissance.

....

5 ★★★ Religions catholique et protestante

Lis le « Retiens l'essentiel » et les principes de la religion catholique et de la religion protestante ci-dessous et complète le tableau.

« La foi suffit à un chrétien, il n'a besoin d'aucune œuvre. [...]
Nous sommes tous prêtres. [...] Nous avons tous le même baptême. » (Luther.)
« L'Intercession des saints n'est qu'invention. » (Calvin.)

	catholiques	protestants
Comment gagne-t-on son salut ?	par la foi et par les œuvres	par ....
Combien de sacrements ?	7 sacrements	communion et ....
Peut-on prier la Vierge et les saints ?	....	....
Doit-on obéir au pape ?	....	....
A-t-on besoin d'un clergé ?	....	....

7 Du prince de la Renaissance au pouvoir absolu

Retiens l'essentiel

1 Règne de François Ier (1515-1547)

▸ Après la guerre de Cent Ans, **François Ier consolide le pouvoir royal**. Il renforce la fiscalité et développe l'administration, dont le français devient la langue officielle.

▸ Il nomme les évêques et soumet la noblesse. C'est un **grand mécène** qui soutient les artistes (Léonard de Vinci) et les intellectuels.

2 Règne d'Henri IV (1589-1610)

▸ **Henri IV rétablit la paix** en mettant fin aux guerres de religion (1562-1598) grâce à l'édit de Nantes (1598).

▸ Il rétablit la prospérité avec son ministre des finances, **Sully**. Il embellit la capitale (place des Vosges) et donne l'image d'un roi pacifique et paternel.

3 Règne de Louis XIV (1643-1715)

▸ C'est l'apogée de la **monarchie absolue**. Le roi prétend tenir son pouvoir de Dieu : c'est un roi de **droit divin**. Il révoque l'édit de Nantes (1685).

▸ Le roi détient **tous les pouvoirs** : exécutif, législatif et judiciaire. Louis XIV gouverne seul dès 1661.

▸ Le roi étend le royaume par des conquêtes. De nombreux artistes célèbrent sa gloire. Le **château de Versailles** est admiré dans toute l'Europe.

À savoir

L'édit de Nantes

L'édit de Nantes, dit «de tolérance », autorise le culte protestant dans les lieux où il existe en 1598.

Les conseils sous Louis XIV

Le roi se fait aider de **conseils** : le conseil d'En-haut pour les grandes décisions, le conseil des Finances, le conseil des Parties pour la justice, le conseil des Dépêches pour l'administration.

Comment faire ?

▸ Analyser un tableau

1° Présente d'abord le tableau.

→ **Le sujet :** il est indiqué par le titre, c'est un portrait du roi.

→ **La date :** 1701, le roi a 63 ans.

→ **L'auteur** : Hyacinthe Rigaud est un peintre de l'académie royale de peinture (au service du roi).

→ **Les dimensions** : 2,77 m sur 1,94 m : il est fait pour être vu de tous (propagande).

2° Décris ensuite le tableau.

→ **La composition :** le roi occupe l'ensemble du tableau, dans un riche décor.

→ **Les éléments significatifs** : Louis XIV est représenté en habit de sacre avec tous les attributs du pouvoir (Ⓐ épée : pouvoir militaire ; Ⓑ sceptre et couronne : pouvoir exécutif ; Ⓒ main de justice : pouvoir de justice ; Ⓓ collier de l'ordre du Saint-Esprit : pouvoir religieux).

3° Analyse les intentions de l'artiste.

Il veut illustrer la monarchie absolue : le roi est représenté « en majesté ». Son attitude décontractée montre sa parfaite maîtrise du pouvoir.

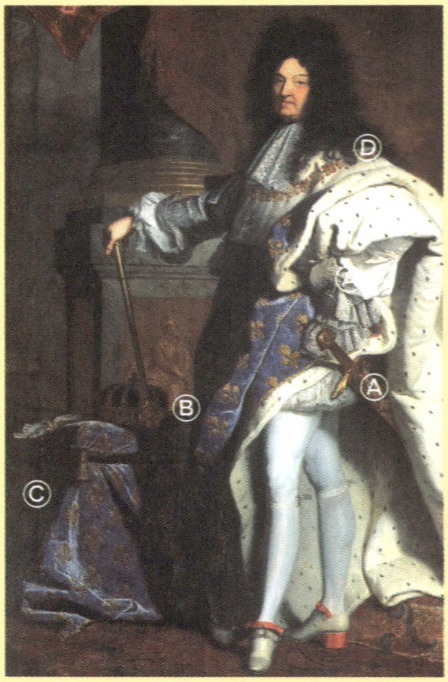

Louis XIV en costume de sacre par Hyacinthe Rigaud, 1701 (277 × 194 cm).

Corrigés → livret, p. 33

S'entraîner

QUIZ-TEST

Coche la (ou les) bonne(s) réponse(s).

1 Dans la monarchie absolue, le roi tient son pouvoir :

a) du peuple. ☐
b) de la noblesse. ☐
c) de Dieu. ☐

2 Sully est le ministre des finances sous :

a) François Ier. ☐
b) Henri IV. ☐
c) Louis XIV. ☐

3 ★ Des règnes qui durent

Aide-toi de la frise chronologique pour répondre aux questions.

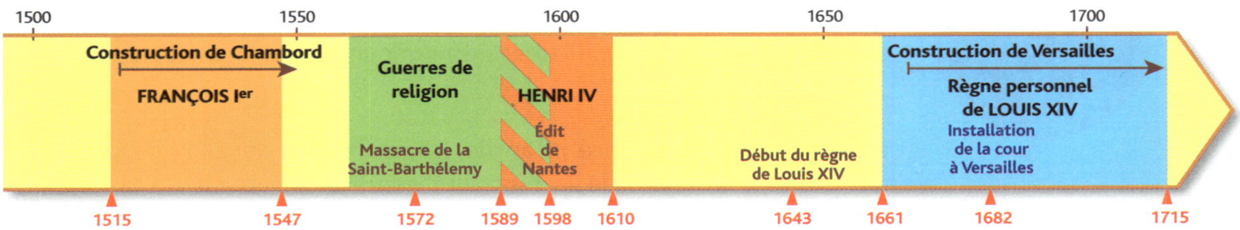

a) Calcule la durée du règne de chaque roi.

François Ier .... Henri IV .... Louis XIV ....

b) Que leur permet la durée de leurs règnes ? Donne un exemple pour un roi.

....

....

....

c) Quel château symbolise le règne de Louis XIV ? Pourquoi ?

....

....

4 ★ Des rois mécènes

Relie chaque roi à l'artiste ou à l'œuvre qui lui correspond.

a) François Ier •
b) Henri IV •
c) Louis XIV •

• 1. Le Nôtre
• 2. Léonard de Vinci
• 3. Place des Vosges à Paris
• 4. Château de Chambord
• 5. Le Louvre
• 6. Molière
• 7. Rubens

8 La croissance de la population et ses effets

Retiens l'essentiel

À savoir

La population mondiale

Le monde compte aujourd'hui environ **7,6 milliards d'habitants** et devrait atteindre 9 milliards vers 2050.

1 L'augmentation de la population de l'Inde

Avec 1,3 milliard d'habitants, l'Inde est presque aussi peuplée que la Chine. Sa population augmente de 18 millions de personnes par an. La pauvreté est massive. Les besoins de base en nourriture, éducation, logement et santé sont considérables dans ce **pays émergent** grand comme six fois la France.

2 L'explosion démographique du continent africain

Les pays du Maghreb, de l'Afrique subsaharienne et de l'Afrique australe ont tous une **population très jeune**. Plus de la moitié des habitants ont moins de vingt ans. Les États n'ont pu satisfaire les besoins des populations en forte croissance. Les difficultés économiques entraînent des migrations.

3 Un allongement de la vie généralisé

La **baisse de la mortalité infantile**, les **progrès médicaux** et l'**hygiène** ont entraîné la chute de la mortalité et un allongement de la vie. Le vieillissement, déjà ancien dans les pays du Nord, concerne de plus en plus les pays du Sud. De nouvelles politiques de santé sont à mettre en place.

Comment faire ?

▸ Commenter un graphique

1° Tout d'abord **vérifie le sens des mots** utilisés dans le titre et la légende du graphique.

2° Observe la courbe qui indique l'évolution de la population totale de l'Inde de 1955 à 2018.

Pour cela, tu lis, grâce à l'axe vertical de droite, le nombre d'habitants en Inde exprimé en millions :
– en 1955 : l'Inde a 400 millions d'habitants ;
– en 2018 : L'Inde a 1 353 millions d'habitants.
Tu peux calculer que, de 1955 à 2018, la population de l'Inde a été multipliée par 3,38.

3° Observe les courbes représentant les taux de natalité et les taux de mortalité.

⟶ Sur l'axe vertical à gauche, tu lis le nombre de naissances ou de décès pour 1 000 personnes selon la courbe.
– En 1955, le taux de natalité est de 45 ‰. En 2018, le taux de natalité est de 18 ‰.
– En 1955, le taux de mortalité est de 25 ‰. En 2018, le taux de mortalité est de 7 ‰.

⟶ Tu peux calculer le taux d'accroissement naturel qui est la différence entre le taux de natalité et le taux de mortalité. En 1955, l'accroissement naturel est de 20 ‰ et, en 2018, il est de 11 ‰.

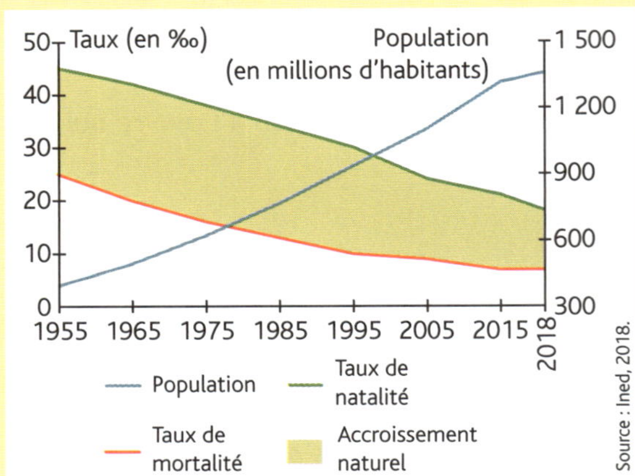

Évolution de la population de l'Inde de 1955 à 2018

4° Bilan

Tu peux observer que la population de l'Inde a plus que triplé en plus de 60 ans malgré une baisse de la natalité et de l'accroissement naturel. Ceci est lié à la baisse régulière de la mortalité et à un niveau de la natalité moyen.

Corrigés → livret, p. 33

S'entraîner

QUIZ-TEST

Coche la (ou les) bonne(s) réponse(s).

1 Actuellement, la population mondiale est estimée à :

a) 5,3 milliards de personnes. ☐
b) 6,5 milliards de personnes. ☐
c) 7,6 milliards de personnes. ☐

2 La population mondiale augmente rapidement en raison du taux :

a) de natalité très élevé. ☐
b) de natalité en hausse. ☐
c) de mortalité en diminution. ☐

3 ★★ La croissance inégale des populations

Observe le graphique et complète les phrases.

a) Les deux continents les plus peuplés en 1950 étaient .... et ....

b) Les deux continents les plus peuplés en 2050 seront certainement .... et ....

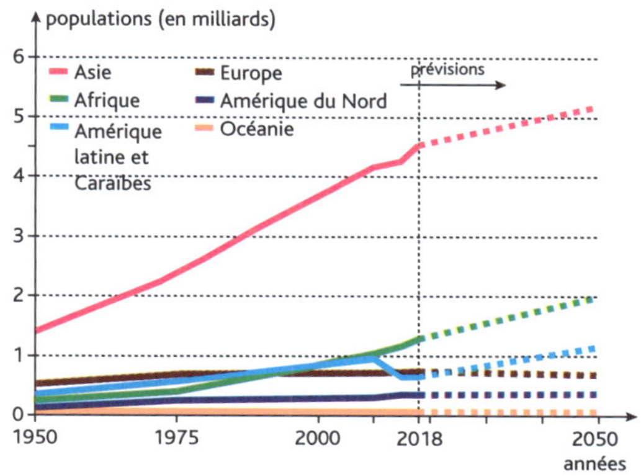

4 ★★★ Les contrastes démographiques dans le monde

À l'aide de la carte ci-contre, réponds aux questions.

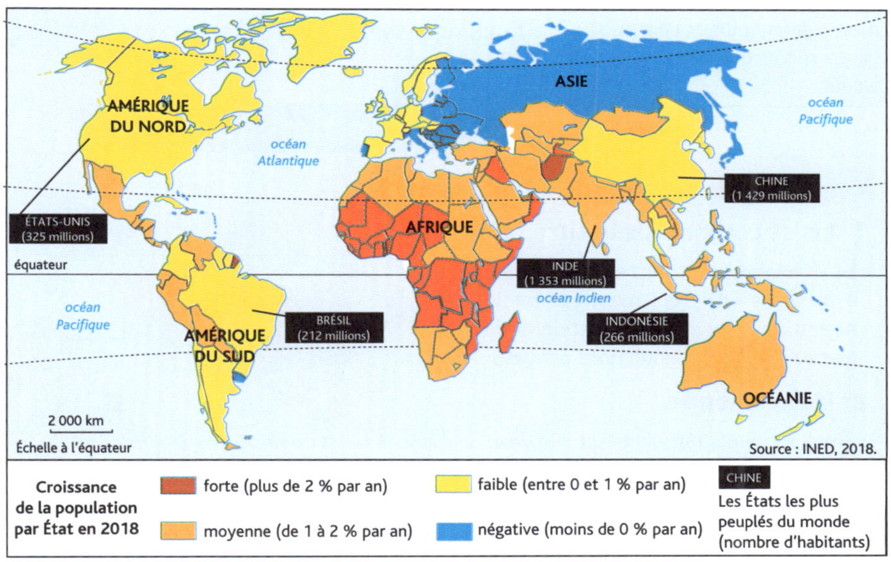

a) Nomme les cinq pays les plus peuplés du monde par ordre décroissant.

....

b) Quel est le continent à la croissance démographique la plus forte ?

....

c) Quelle est l'évolution de la population de la Russie ?

....

Géographie

9 Richesse et pauvreté dans le monde

Retiens l'essentiel

Mots-clés

Produit National Brut (PNB) : Valeur des biens et des services créés par un pays.

Indice de Développement Humain (IDH) : Indice statistique qui prend en compte l'espérance de vie à la naissance, le taux d'alphabétisation des adultes et le PNB par habitant.

À savoir

Revenu médian

Le revenu médian est la valeur qui départage une population en deux parties égales selon son revenu. Une moitié gagne plus et l'autre gagne moins que cette valeur.

1 Outils de mesure de la richesse et de la pauvreté dans le monde

- Le **Produit National Brut** (PNB) permet des comparaisons entre les économies des pays. Le PNB par habitant renseigne sur le niveau de vie moyen des habitants.
- L'**Indice de Développement Humain** (IDH) indique en plus du PNB par habitant le niveau de santé et d'alphabétisation de la population.
- La **richesse culturelle** des personnes et des pays ne peut être évaluée par des statistiques.

2 Dans les pays du Sud

- L'extrême pauvreté a reculé mais les **inégalités sociales** restent très fortes.
- L'**Afrique** est très riche en ressources naturelles du sol et du sous-sol mais la majorité des habitants n'ont pas accès à l'eau potable, à l'école, à la nourriture et leur vie quotidienne est très difficile.

3 Dans les pays du Nord

- L'IDH et le PNB par habitant sont élevés mais la **concentration des richesses** et les inégalités sociales s'accentuent.
- Les États-Unis ont le premier PNB mondial mais un habitant sur cinq vit au-dessous du seuil de pauvreté. Les **pays scandinaves** répartissent mieux leurs richesses.

Comment faire ?

Lire une carte

1° Lis et comprends le titre.

Le développement humain est calculé à partir de l'IDH qui renseigne sur le niveau de longévité, d'instruction et de niveau de vie des populations par pays.

2° Lis la légende.

Chaque couleur renseigne sur le niveau moyen de l'IDH par pays. Plus on se rapproche de 1, plus l'IDH est élevé et plus la couleur est foncée plus l'IDH est fort. À l'échelle mondiale, le niveau moyen de l'IDH est 0,728 en 2017.

3° Comprends la carte.

Les contrastes entre les pays sont forts. L'IDH est supérieur à la moyenne mondiale dans les pays dits du Nord. Les pays avec un IDH faible sont des pays dits du Sud. La Chine, la Turquie, l'Arabie saoudite, le Brésil, l'Argentine, le Chili, le Mexique sont en position intermédiaire.

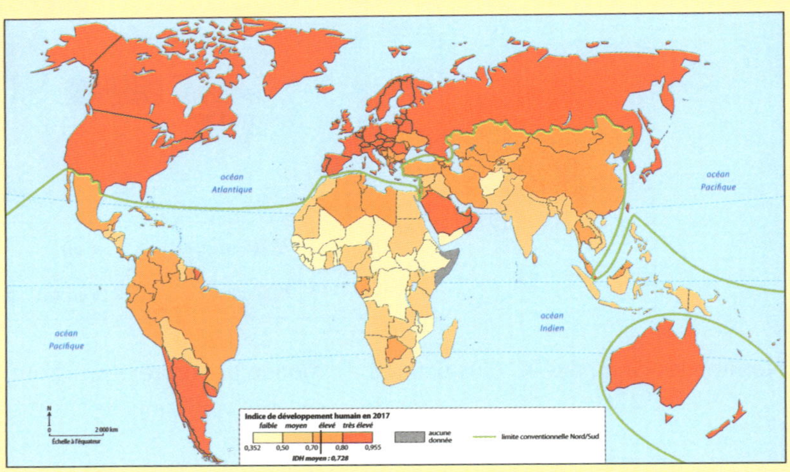

Les contrastes du développement humain dans le monde en 2017

Voir aussi carte du dépliant.

Corrigés → livret, p. 33

S'entraîner

QUIZ-TEST

Coche la (ou les) bonne(s) réponse(s).

1 Le sigle IDH signifie :

a) Indicateur de Destruction de l'Habitat. .... ☐
b) Indice de Développement Humain. .... ☐
c) Information des Droits Humains. .... ☐

2 La sous-nutrition est :

a) une alimentation riche et déséquilibrée. ..... ☐
b) le manque de médicaments. .... ☐
c) une alimentation quotidienne insuffisante. . ☐

3 ★ La sous-alimentation dans le monde

	2005	2010	2017
Afrique	196	200	256
Asie	686	570	515
Amérique Latine et Caraïbes	51	41	39
Océanie	2	2	3
Amérique du nord et Europe	10	7	6
Monde	945	820	819

Estimation du nombre de personnes sous-alimentées dans le monde (en millions)

Source : FAO, 2018.

Observe le tableau de chiffres et réponds aux questions.

a) Nomme le continent où le nombre de personnes sous-alimentées est le plus important.

....

....

b) Nomme le continent où le nombre de personnes sous-alimentées a le plus augmenté depuis 2005.

....

....

c) Caractérise l'évolution de la sous-alimentation dans le monde depuis 2005.

....

....

....

....

4 ★★ L'inégal accès à l'eau potable

Lis le texte et réponds aux questions.

« 844 millions d'individus n'ont pas accès à l'eau potable estiment l'Organisation mondiale de la santé (OMS) et l'Unicef. [...] L'eau potable est, avec l'alimentation et le logement, un pilier essentiel de la qualité de vie. D'abord pour une question d'hygiène : l'eau souillée est l'un des vecteurs majeurs des maladies qui font le plus de morts sur la planète, notamment les diarrhées. Ensuite, parce qu'on ne peut vivre sans eau potable : ceux qui n'y ont pas accès sur place sont forcés de consacrer une grande part de leur temps et de leur énergie à s'approvisionner, en se déplaçant vers des sources aléatoires dont la qualité est mal contrôlée. »

D'après *l'Observatoire des inégalités*, 2018.

a) Qu'est-ce-que l'Unicef ?

....

....

....

....

b) Nomme les trois piliers de la qualité de vie.

....

....

....

....

c) Pourquoi l'eau potable est-elle un besoin vital ?

....

....

....

....

10 Ressources et développement durable

Mot-clé

Développement durable

Le développement durable est un concept défini par l'ONU en 1987 comme « la capacité à répondre aux besoins des générations présentes sans compromettre celles des générations futures à assurer les leurs ».

À savoir

La consommation d'eau

L'agriculture consomme 70 % de l'eau douce.

Depuis 1950, la consommation mondiale d'eau a été multipliée par 5 et la population par 2,5.

Retiens l'essentiel

1 Les trois dimensions du développement durable

Pour garantir l'avenir de nos sociétés, le développement doit être durable, c'est-à-dire :
– **viable** économiquement : produire sans épuiser les ressources ;
– **vivable** écologiquement : garantir un environnement sain pour tous ;
– **équitable** : permettre la justice sociale et les droits humains pour tous.

2 L'eau douce, une ressource vitale

L'eau douce est **très inégalement répartie** sur la Terre (régions arides). Les **pollutions** industrielles, urbaines et agricoles dégradent cette ressource. L'**eau potable** est essentielle pour la santé ; or plus d'1 milliard d'humains en sont privés.

3 La transition énergétique

Depuis deux siècles, les **énergies fossiles** (charbon, pétrole, gaz naturel, uranium) satisfont les besoins en éclairage, chauffage, transport, industrie, agriculture et informatique. Mais les émissions de gaz à effet de serre, l'épuisement de ces ressources (ce sont des énergies non renouvelables) et les risques liés au nucléaire nécessitent des économies d'énergie et l'utilisation des **énergies renouvelables** : le solaire, l'éolien, l'hydroélectricité, la géothermie et le biogaz.

Comment faire ?

▸ Comprendre une affiche

1° Repère le commanditaire.

WWF (Fonds Mondial pour la Nature), repérable par le logo du panda, a commandé cette affiche pour une campagne de sensibilisation en 2016-2017.

2° Observe et décris l'image.

Au centre de ce photomontage, on observe un pélican seul sur un fond blanc avec une bouteille en plastique en travers du gosier. En bas à droite est écrit « D'ici 2050, 9 oiseaux marins sur 10 auront avalé du plastique. Il est urgent d'agir. Protéger les océans, c'est sauver notre planète. »

3° Résume le message transmis par l'image.

L'affiche dénonce la pollution massive des océans par les déchets en plastique. Ceux-ci sont avalés par les animaux marins et ils entraînent maladies et forte mortalité. Le but est de sensibiliser à la lutte contre les plastiques car ils ne sont pas biodégradables et menacent la biodiversité marine.

Campagne de sensibilisation du WWF, 2016-2017

Corrigés → livret, p. 33

S'entraîner

QUIZ-TEST

Coche la (ou les) bonne(s) réponse(s).

1 Le développement durable a été défini par l'ONU il y a environ :

a) 10 ans. ☐
b) 20 ans. ☐
c) 30 ans. ☐

2 La consommation d'eau augmente :

a) plus vite que la population. ☐
b) aussi vite que la population. ☐
c) moins vite que la population. ☐

3 ★ Récupération et développement durable

Lis le texte et réponds aux questions.

« Emmaüs, les recycleries, les ressourceries sont des exemples du dynamisme des circuits de récupération et de réemploi des biens. La collecte, la valorisation et la commercialisation d'objets divers sont réalisées par des salariés en insertion et des bénévoles. En luttant contre le gaspillage, ils permettent de redonner une seconde vie à des objets inutilisés et à tous de les acquérir à prix modiques. »

D'après Emmaüs et les ressourceries, 2018.

a) Que signifient les mots suivants ?

Emmaüs : ....

Recyclerie et ressourcerie : ....

....

b) Pourquoi ces activités sont-elles durables ?

....

....

4 ★★ La production d'électricité en Europe

À l'aide du graphique ci-après, réponds aux questions.

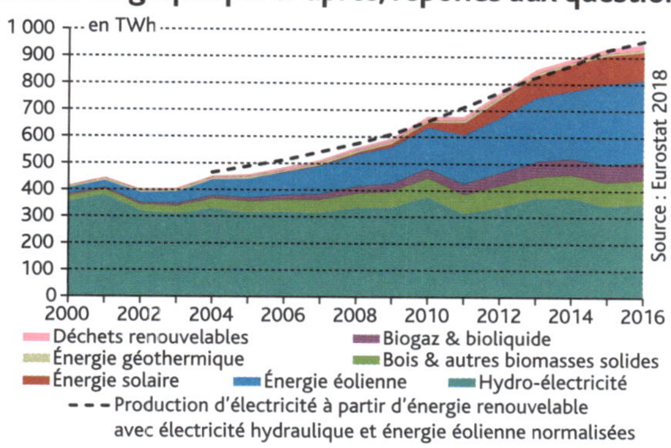

Production brute d'électricité provenant de sources renouvelables dans l'Union européenne depuis 2000

a) Définis les mots suivants.

Λ hydro-électricité : ....

Λ biogaz : ....

Λ géothermie : ....

b) Quelles sont les sources d'énergie renouvelables de plus en plus utilisées en Europe pour produire de l'électricité ?

....

....

5 ★★ Les différentes énergies

Observe le schéma et réponds aux questions.

Énergies non renouvelables	Énergies renouvelables
Le charbon : chauffage, centrales électriques	**Le Soleil :** panneaux solaires, centrales électriques
L'uranium : centrales nucléaires	**L'eau :** barrages hydroélectriques
Le gaz : chauffage, centrales thermiques	**Le vent :** éoliennes pour la production d'électricité
Le pétrole : carburant, centrales thermiques	**La biomasse :** chauffage, production de biocarburants
	La géothermie : chauffage, centrales géothermiques

a) Donne les définitions de :

– énergies non renouvelables : ....

– énergies renouvelables : ....

b) Quelles sont les énergies non renouvelables qui émettent des gaz à effet de serre ?

....

c) Quelles sont les énergies renouvelables utilisées depuis des siècles ?

....

11 Agricultures et alimentation

Retiens l'essentiel

1 Nourrir les hommes

La population mondiale est passée de 3 milliards en 1960 à plus de 7,5 aujourd'hui. Malgré une hausse suffisante de la production agricole, 1 milliard de personnes environ continuent de souffrir d'un manque d'accès à l'alimentation. **L'insécurité alimentaire** est associée aux conflits et à la mauvaise répartition des ressources alimentaires.

2 La prédominance de l'agro-industrie

L'**agriculture productiviste** permet aux pays d'Europe, d'Amérique du Nord et du Brésil de maîtriser le marché de l'alimentation et des agrocarburants. Mais elle utilise beaucoup de terres, d'énergie et d'eau. Ses produits sont bon marché mais ils perturbent la santé (trop salés, sucrés et gras).

3 La diversité de l'agroécologie

Pour répondre à la demande, l'**agriculture vivrière** marchande s'intensifie autour des villes du Sud. L'agriculture urbaine, l'agroforesterie (associant arbres, cultures et élevage extensif) et l'agrobiologie se développent pour garantir la qualité des produits et préserver l'environnement. L'agroécologie est durable et doit être encouragée.

À savoir

Les difficultés d'accès à l'alimentation

- **Sous-nutrition :** Ration alimentaire quotidienne insuffisante (moins de 2 200 calories pour un adulte).
- **Malnutrition :** alimentation inadaptée aux besoins des populations en quantité et en qualité.
- **Famine :** manque de nourriture provoquant la mort de nombreuses personnes.
- Actuellement 40 millions de personnes par an meurent de faim.

Comment faire ?

Savoir observer une photographie

1° Analyse les différents éléments de la photographie.

→ Les personnes sont des femmes. L'une porte son enfant dans un pagne noué au dos, l'autre bine la terre.

→ L'outil employé est une houe à manche long.

→ Le milieu végétal : les taros et les maniocs sont plantés sous les bananiers qui protègent les plants. Leurs feuilles retiennent l'humidité et participent au renouvellement des sols.

→ Il s'agit de l'agriculture vivrière marchande.

Culture vivrière au Burundi (taro, manioc, banane)

2° Fais une recherche sur les mots utilisés.

→ L'**agriculture vivrière** produit pour nourrir la famille. Le **vivrier marchand** se caractérise par des productions agricoles variées à vendre en ville.

→ Le **manioc** est un tubercule, dont les racines sont transformées en semoule, base de l'alimentation avec le riz en Afrique subsaharienne.

3° Fais la synthèse des informations recueillies.

L'Afrique subsaharienne vit une mutation de l'agriculture vivrière en réponse aux besoins alimentaires des villes. Le vivrier marchand en plein essor repose sur le travail et la capacité d'innovation des femmes, actrices majeures du développement.

S'entraîner

Corrigés → livret, p. 34

QUIZ-TEST

Coche la (ou les) bonne(s) réponse(s).

1 Combien de personnes meurent de faim chaque année ?

a) 10 millions. ☐
b) 20 millions. ☐
c) 40 millions. ☐

2 La malnutrition est due à :

a) une ration alimentaire insuffisante. ☐
b) un manque de vitamines, de fer et de protéines. ☐
c) la suralimentation. ☐

3 ★ Expliquer les famines

Complète le schéma avec les mots suivants :
famines – sécheresses ou inondations – mauvaise répartition des richesses – guerres.

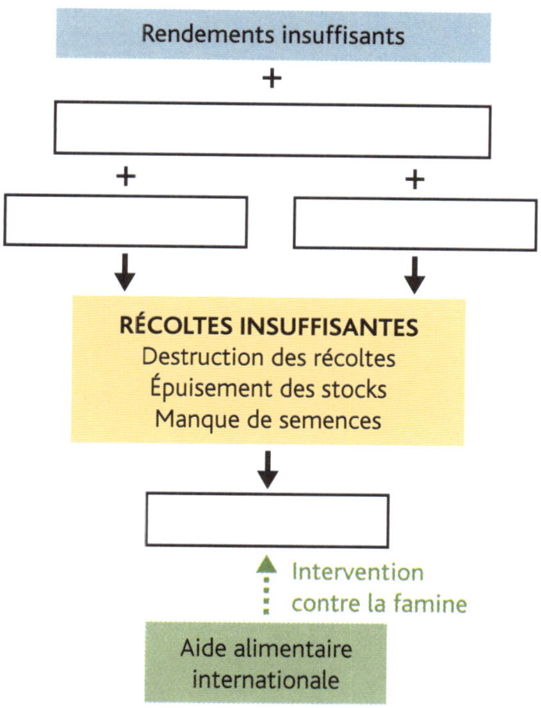

4 ★★ Définitions

Relie chaque mot aux productions agricoles qui lui correspondent.

a) Aquaculture •	• 1. Betterave et canne à sucre
b) Agroforesterie •	• 2. Fruits et légumes
c) Agrocarburants •	• 3. Algues ou poissons
d) Maraîchage •	• 4. Arbres et céréales

5 ★★ Réinventer l'agriculture

Lis le texte et réponds aux questions.

« Pour couvrir ses besoins alimentaires, l'humanité a eu recours à deux moyens. D'une part, la hausse des rendements par l'agrochimie qui dégrade les sols et la qualité de l'eau. D'autre part, l'extension des terres par la déforestation qui appauvrit la biodiversité et accélère le changement climatique. Il est crucial de réinventer une agriculture à la fois productive et respectueuse des équilibres naturels dans un contexte d'augmentation de la population. »

D'après *Alternatives économiques*, Hors-Série, octobre 2018.

a) Définis l'agrochimie.

....

....

b) Selon le texte, quels sont les inconvénients de l'agrochimie ? et ses avantages ?

....

....

c) Quel autre moyen a permis à l'humanité de couvrir ses besoins alimentaires ? En quoi ce moyen pose-t-il un problème d'environnement ?

....

....

d) Relis la page de gauche de cette leçon et cite des agricultures respectueuses de l'environnement.

....

....

12 Les sociétés face au changement climatique

Retiens l'essentiel

À savoir

Les actions pour le climat

- En **1988** est créé le **GIEC** : Groupe d'experts intergouvernemental sur l'évolution du climat.
- En **1997**, par le **protocole de Kyoto**, de nombreux États s'accordent pour limiter les émissions de gaz à effet de serre (GES).
- En **2015**, par l'accord de Paris (**COP 21**), les États s'engagent à limiter la hausse globale des températures sous 2 degrés d'ici 2100.

1 Le réchauffement de la planète

Les émissions de gaz à effet de serre **(GES)**, liées à l'essor industriel depuis deux siècles, provoquent la hausse des températures. Ceci menace les écosystèmes et les **modes de vie**. Les gouvernements négocient les actions pour freiner cette hausse lors de conférences annuelles (COP).

2 Des régions inégalement touchées par le réchauffement global

- Les **régions littorales** sont les plus affectées, or elles sont très peuplées. Elles doivent faire face à la violence des tempêtes, la hausse du niveau de la mer, l'érosion des côtes et la salinisation des sols.
- Les **zones tropicales** sont les plus menacées. La hausse des températures entraîne sécheresses, cyclones fréquents, inondations et maladies.

3 Des initiatives pour diminuer les GES

Les économies d'énergie, les énergies renouvelables, le transport par train des personnes et des marchandises, la limitation et le recyclage des déchets, la lutte contre le gaspillage alimentaire, l'agroécologie, les innovations technologiques pour limiter les GES... contribuent à freiner le dérèglement climatique.

Comment faire ?

Savoir lire un graphique circulaire

1° Repère le thème du graphique.

→ Le **titre** te donne le contenu. Ici, le graphique montre la part en pourcentage des différents secteurs d'activité en France dans l'émission de **gaz à effet de serre** (GES).

→ Sous le graphique est indiquée la **source**. Pour ce graphique, les données proviennent d'un site Internet gouvernemental et datent de 2018.

Émissions de GES par secteur en France (en %)

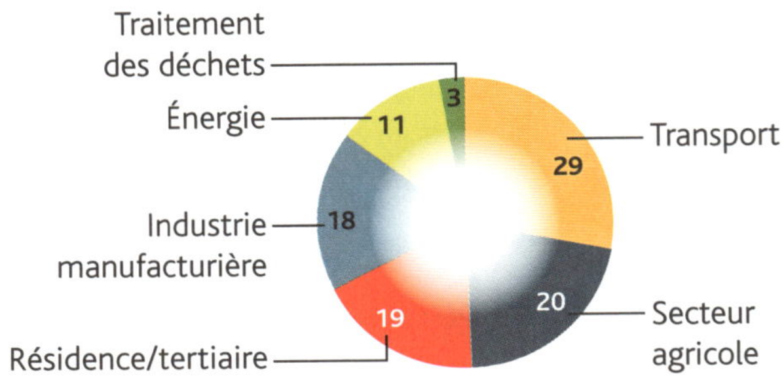

Source : Ministère de la transition écologique et solidaire, 2018.

2° Lis et hiérarchise les informations.

→ Six secteurs sont concernés et représentés chacun par une couleur différente. Note que sont regroupées les émissions en GES dues au fonctionnement des bâtiments pour les bureaux, le commerce (tertiaire) ou les logements (résidence).

→ On peut classer par ordre d'importance les différents secteurs : les transports représentent près d'un tiers des émissions de GES, puis l'agriculture (un cinquième), les bâtiments, puis l'industrie presque à égalité, l'énergie (plus d'un dixième) et enfin le traitement des déchets, en dernier.

S'entraîner

Corrigés → livret, p. 34

QUIZ-TEST

Coche la (ou les) bonne(s) réponse(s).

1 Le réchauffement climatique peut être :

a) arrêté si nous le souhaitons tous. ☐
b) limité par nos actions collectives. ☐
c) accéléré par nos actions collectives. ☐

2 Les conclusions de la COP 21 recommandent des actions pour un réchauffement :

a) inférieur à 1 degré d'ici 2030. ☐
b) inférieur à 1,5 degré d'ici 2050. ☐
c) inférieur à 2 degrés d'ici 2100. ☐

3 ★ Strasbourg et la qualité de l'air

Lis le texte et réponds aux questions.

Depuis 15 ans, Strasbourg a engagé différentes politiques dont les résultats ont amélioré la qualité de l'air :
- le réseau de transports collectifs a plus que triplé sa fréquence de 1994 à 2015 ;
- le réseau cyclable est le premier de France ;
- la part de la voiture dans les transports a fortement diminué ces 15 dernières années : le trafic sur l'avenue du Rhin a diminué de 30 % et celui en entrée de ville de 40 %.

À cela s'ajoutent un grand programme de lutte contre l'étalement urbain et le « zéro pesticide ».

D'après ADEME, 2018.

a) Quelles sont les mesures prises à Strasbourg pour diminuer les émissions de GES liées aux moyens de transport ?

....

....

b) Pourquoi l'étalement urbain est-il combattu ?

....

....

c) À quoi sert le programme « zéro pesticide » ?

....

....

4 ★★ Les émissions de CO_2 liées aux transports

À l'aide du tableau, réponds aux questions.

Marche	Vélo	Bateau	Rail	Bus	Voiture	2 roues motorisées	Avion
0	0	20-150	30-110	30-130	80-220	80-220	90-250

Émissions directes de CO_2 par voyageur pour un kilomètre parcouru, exprimée en grammes

Source : GIEC, 2018.

a) Quel est le transport collectif de passagers le moins polluant ?

....

b) Quel est le transport collectif de passagers le plus polluant ?

....

5 ★★ Les émissions mondiales de CO_2

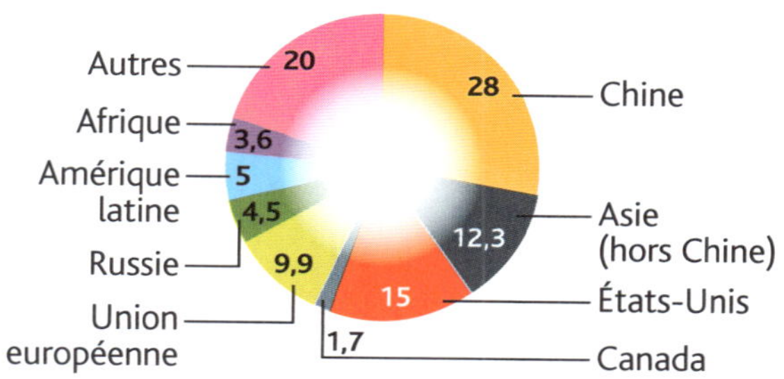

Émissions de CO_2 en 2016 en % du total

a) Nomme les deux pays les plus grands émetteurs de CO_2.

....

....

b) Calcule la part de l'Asie dans les émissions de CO_2.

....

c) Pourquoi la pollution est si importante dans les pays d'Asie ?

....

....

13 Les sociétés face aux risques naturels, industriels et technologiques

Retiens l'essentiel

À savoir

Nouveaux risques

Les **nouvelles technologies** (nanoparticules, OGM...) entraînent de nouveaux risques.

1 Des risques de nature variée

- Les risques **naturels** ont une cause liée au fonctionnement de la planète : inondations, tempêtes, cyclones, éruptions volcaniques, séismes...
- Les **risques industriels** sont liés à la production, au transport, au stockage et à l'utilisation de produits nocifs pour les hommes et leur environnement.
- Les **risques climatiques** actuels associent les risques naturels et les risques industriels.

2 Les principaux risques industriels

- Les **accidents nucléaires** ont irradié des régions entières.
- Les **explosions chimiques** et les **marées noires** sont des risques majeurs.
- Les villes doivent faire face aux risques liés aux **pollutions multiples** de l'air et de l'eau.

3 Des sociétés inégalement vulnérables face aux risques

- En Europe, en Amérique du Nord et au Japon, des services sont spécialisés dans la prévention et la gestion des risques. Depuis l'explosion de l'usine chimique de Seveso (Italie) en 1982, les zones industrielles européennes dangereuses sont soumises à une **réglementation stricte** (directive Seveso).
- Dans les pays pauvres, ces services sont faibles ou inexistants et les catastrophes ont des conséquences humaines et matérielles dramatiques.

Mots-clés

Risque : Danger qui peut menacer une société.
Vulnérable : Sensible aux dégâts potentiels que pourraient provoquer une catastrophe.
Catastrophe : Réalisation d'un risque qui provoque un grand nombre de victimes et de dégâts.

Comment faire ?

Analyser un texte

« À Tchernobyl, en 1986, une déflagration disperse d'énormes nuages radioactifs. [...] À Fukushima, en 2011, [...] la fusion des trois cœurs [de la centrale est] la pire catastrophe du nucléaire civil, il faudra des décennies pour remédier aux conséquences de l'accident. La plus grave est la pénétration de masses radioactives dans les nappes d'eau souterraines et dans la mer à la suite du *melt out*[1]. La radioactivité s'épanche dans les nappes phréatiques. L'eau douce, l'eau potable, l'eau de l'agriculture vont devenir radioactives pendant trois cents ans sur une étendue considérable ! »

1. Le combustible nucléaire fond par surchauffe, détruit la base de la centrale et pénètre dans le sol.

Jean-Louis Basdevant, *Maîtriser le nucléaire*, Éditions Eyrolles, 2012.

1° Présente le document.

L'auteur de ce texte est Jean-Louis Basdevant. Il écrit après Fukushima, « la pire catastrophe du nucléaire civil », et alerte sur les dangers.

2° Classe les informations du texte.

Lieu de l'accident	Tchernobyl (Ukraine)	Fukushima (Japon)
Année	1986	2011
Caractéristique technique	Explosion d'un réacteur nucléaire	Fusion des réacteurs nucléaires
Conséquences	Énormes nuages radioactifs	Pénétration de masses radioactives dans l'eau souterraine, la mer, l'eau potable, l'agriculture pour 300 ans.

3° Conclus sur l'intérêt de ce texte.

Ce texte informe sur l'extrême gravité des accidents nucléaires due à la diffusion de la radioactivité dans l'air, l'eau, les sols et les productions agricoles pour des siècles.

S'entraîner

Corrigés → livret, p. 34

QUIZ-TEST

Coche la (ou les) bonne(s) réponse(s).

1 En 2011, à Fukushima au Japon, il y a eu :

a) un tsunami. ☐
b) un accident nucléaire. ☐
c) une éruption volcanique. ☐

2 Le mot « Seveso » évoque :

a) une ville italienne. ☐
b) un accident industriel. ☐
c) des mesures de prévention contre les risques industriels. ☐

3 ★★ Agir contre la pollution de l'air

Observe le document et réponds aux questions.

a) Quelles sont les modes de déplacement recommandés sur cette brochure ?

....

....

....

b) D'après toi, pour quelles raisons sont-ils recommandés ?

....

....

....

4 ★★ Mots croisés

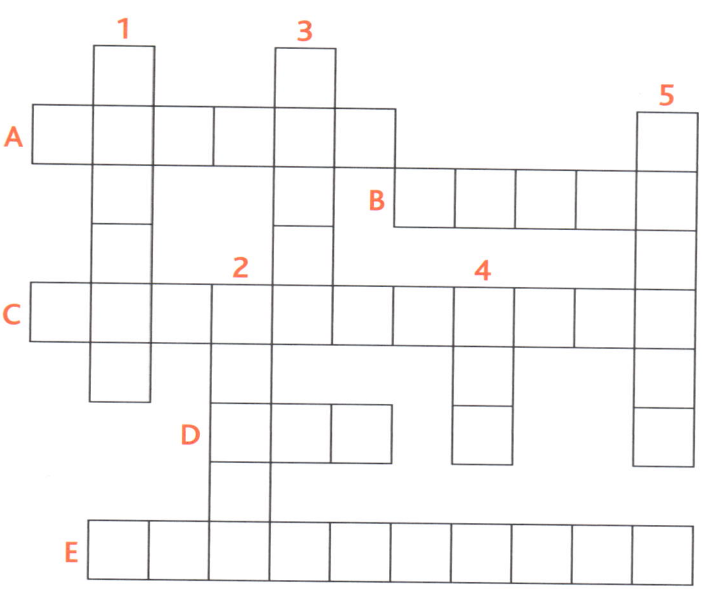

Horizontalement

A. Industrie dangereuse et polluante.
B. Un code y règle la circulation pour limiter les accidents.
C. Accident majeur.
D. Organisme modifié par la génétique.
E. Politique visant à éviter les accidents ou à limiter leurs effets.

Verticalement

1. Ville indienne touchée par une pollution chimique.
2. Nom de la famille de « atomique ».
3. Peut contaminer un organisme vivant ou un ordinateur.
4. Organisation planétaire de protection de la santé.
5. Réglementation européenne pour les sites industriels dangereux.

14 Égalité et lutte contre les discriminations

Retiens l'essentiel

Mot-clé

Discrimination

Traitement défavorable subi par une personne en raison de son sexe, son âge, son apparence physique, son handicap ou sa religion pour l'obtention d'un emploi, un service, un logement.

1 L'Égalité juridique

« Les hommes sont nés libres et égaux en droit » selon l'article 1 de la *Déclaration des droits de l'homme et du citoyen* adoptée en 1789. Tout citoyen a droit à **l'égalité devant la loi**. Il peut donc, en toute liberté, réclamer justice, postuler à une fonction, se présenter à un concours.

2 L'Égalité politique

Le suffrage universel masculin est adopté en 1848 en France. Auparavant, seuls les plus riches pouvaient voter et être élus. Les femmes n'accèdent au droit de vote, et donc à la pleine citoyenneté, qu'en 1944.

3 L'Égalité sociale

- C'est d'abord le droit à l'instruction, devenue gratuite et obligatoire depuis Jules Ferry (1882). C'est aussi le droit au travail, inscrit dans la Constitution depuis 1946, avec le droit à la protection sociale et à la liberté syndicale.
- L'Égalité implique la lutte contre les **discriminations** et l'éducation à la citoyenneté. Nul ne peut être mis à l'écart quels que soient son sexe, sa couleur de peau ou sa religion. Les personnes handicapées doivent pouvoir participer à la vie sociale et citoyenne.

Comment faire ?

Comprendre le message d'une affiche

Une affiche associe des images et des mots pour faire passer un message.

1° Décris les images.

Les images sont des dessins très simplifiés. Le bonnet rouge en haut de l'image, porté lors de la Révolution française, symbolise la liberté retrouvée par référence au bonnet phrygien rouge des esclaves affranchis de l'Antiquité. C'est aussi le logo de la Ligue des droits de l'Homme. Les figurines, alternant un homme et une femme de différentes couleurs représentent une chaîne humaine dans sa diversité avec le respect de la parité homme-femme.

2° Analyse les textes.

Les textes sont de nature différente :
– en haut de l'affiche, la phrase d'accroche « *on ne naît pas citoyen ou citoyenne, on le devient* » actualise la maxime « *on ne naît pas citoyen, on le devient* » (du philosophe hollandais Spinoza, XVIIe siècle) ;
– au centre, « *Concours "Écrits pour la fraternité" Édition 2015-2016* » indique l'objet de l'affiche ;
– en bas à gauche, « *Ligue des droits de l'Homme fondée en 1898* » donne le nom du commanditaire de l'affiche et organisateur du concours.

3° Explique le message de l'affiche.

La Ligue des droits de l'Homme annonce, par cette affiche, le thème de son concours annuel ouvert à toutes les classes. Elle s'adresse aux élèves, aux enseignants et aux parents. Cette association de la défense des droits de l'Homme veut, par cette action, contribuer à faire de l'enfant un citoyen avisé, conscient et actif.

Corrigés → livret, p. 34

S'entraîner

QUIZ-TEST

Coche la (ou les) bonne(s) réponse(s).

1 **La *Déclaration universelle des droits de l'Homme* a été écrite en :**

a) 1789. ☐
b) 1848. ☐
c) 1948. ☐

2 **En France, les femmes ont le droit de vote depuis :**

a) 1791. ☐
b) 1907. ☐
c) 1944. ☐

3 ★★★ Les droits de l'Homme

Lis les articles ci-dessous, extraits de la *Déclaration universelle des droits de l'Homme* (1948), puis attribue à chacune des associations citées un ou plusieurs articles lui correspondant plus particulièrement.

Articles

- *Art. 2* – Chacun peut se prévaloir de tous les droits et de toutes les libertés proclamées [...] sans distinction aucune, notamment de race, de couleur, de sexe, de langue, de religion, d'opinion politique [...], d'origine nationale [...].
- *Art. 5* – Nul ne sera soumis à la torture [...].
- *Art. 10* – Toute personne a droit, en pleine égalité, à ce que sa cause soit entendue [...] par un tribunal indépendant et impartial.
- *Art. 23* – Tous ont droit, sans aucune discrimination, à un salaire égal pour un travail égal.

Associations

a) Amnesty International.

Art. ....

b) Ligue des Droits de l'Homme.

Art. ....

c) Ligue des Droits de la Femme.

Art. ....

d) Association des Chrétiens pour l'abolition de la torture.

Art. ....

e) Mouvement contre le racisme et pour l'amitié des peuples (MRAP).

Art. ....

4 ★★ Les droits de la femme en France

À l'aide des informations ci-dessous, réponds aux questions.

1907 : les femmes mariées peuvent disposer librement de leur salaire.
1944 : les femmes ont le droit de vote (les hommes adultes votent depuis 1848).
2007 : Chaque semaine, les hommes salariés consacrent en moyenne 14 heures aux tâches domestiques, les femmes salariées plus de 23 heures.
2000 à 2013 : lois sur la parité, c'est-à-dire l'égal accès des femmes et des hommes aux mandats électoraux et aux fonctions électives.

L'Assemblée nationale, élue le 18 juin 2017, comprend 39 % de femmes : une forte hausse par rapport à 2012 où ce taux était de 27 %. Cette augmentation est due en partie aux obligations paritaires pour les listes de candidatures et a été, d'autre part, facilitée par l'interdiction du cumul des mandats en place depuis 2017. Il ne faut pas oublier qu'il y a vingt ans encore l'Assemblée ne comptait que 10 % de femmes.

D'après l'Observatoire des inégalités, 2018 (www.inegalites.fr)

a) Combien de temps les femmes ont-elles dû se battre pour avoir les mêmes droits politiques que les hommes ?

....

b) Comment s'appellent les représentantes élues à l'Assemblée nationale ?

....

c) La parité femmes-hommes est-elle atteinte à l'Assemblée nationale en 2017 ?

....

Corrigés → livret, p. 35

Histoire-Géographie : fais le bilan !

Coche, pour chaque exercice, la bonne réponse. Reporte-toi ensuite aux corrigés, livret p. 35, pour obtenir ton score sur 10.

1 L'Hégire, point de départ du calendrier musulman a lieu en :

a) 612 après J.-C. ☐
b) 622 après J.-C. ☐
c) 632 après J.-C. ☐

2 La taille est :

a) un impôt sur le sel. ☐
b) un impôt sur les foyers. ☐
c) un impôt sur le vin. ☐

3 Charles Quint est :

a) un roi. ☐
b) un empereur. ☐
c) un roi et un empereur. ☐

4 *« Science sans conscience n'est que ruine de l'âme. »* est une formule de :

a) Rabelais. ☐
b) Érasme. ☐
c) Luther. ☐

5 Dans la monarchie absolue, le roi :

a) a tous les pouvoirs mais pas de devoirs. ☐
b) a tous les pouvoirs et des devoirs importants. ☐
c) n'a pas tous les pouvoirs. ☐

6 L'accroissement naturel de la population signifie :

a) la croissance sans limitation des naissances. ☐
b) le surplus des naissances sur les décès. ☐
c) l'augmentation de la natalité. ☐

7 Le produit national brut par habitant renseigne sur :

a) le niveau de vie moyen des populations d'un pays. ☐
b) les écarts de richesse à l'intérieur d'un pays. ☐
c) la valeur totale des productions d'un pays. ☐

8 Les énergies fossiles sont :

a) des ressources inépuisables. ☐
b) des ressources extraites du sous-sol. ☐
c) le pétrole, l'eau, la houille. ☐

9 L'agriculture vivrière marchande correspond à :

a) la vente de productions agricoles familiales. ☐
b) l'élevage industriel. ☐
c) de grandes exploitations agricoles. ☐

10 Face au réchauffement climatique de la planète :

a) les sociétés ne peuvent rien faire. ☐
b) les modes de vie sont à adapter. ☐
c) les gaz à effet de serre sont à maintenir. ☐

TOTAL BILAN .... /10

Physique-Chimie Technologie

1 Le circuit électrique

Retiens l'essentiel

Mots-clés

Dipôle : Élément du circuit comportant deux bornes ou deux pôles.
Isolant électrique : Matériau qui ne laisse pas passer le courant électrique (bois, verre, plastique...).
Conducteur électrique : Matériau qui laisse passer le courant électrique (métaux : fer, cuivre, aluminium...).

1 Réalisation d'un circuit simple

- Un **circuit électrique** simple forme une boucle. Il contient un dipôle générateur (pile, photopile, batterie, générateur) relié à des dipôles récepteurs (lampe, diode, DEL, moteur...) par des fils de connexion.
- Une **pile** (dipôle générateur) transfère de l'énergie électrique à une lampe (dipôle récepteur) qui la convertit en énergie lumineuse.

2 Commander le circuit

- L'**interrupteur** permet de commander le circuit.

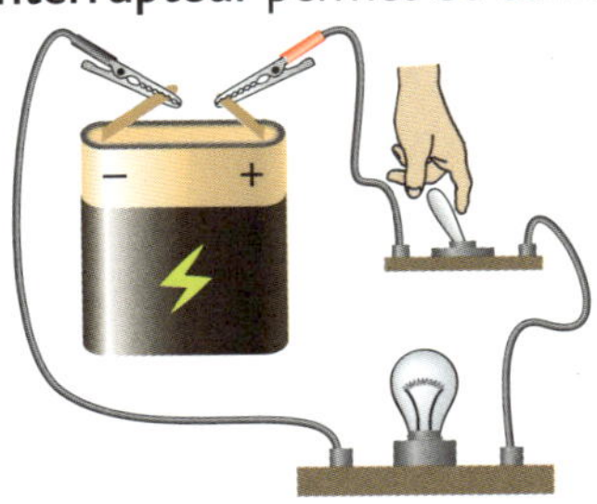

- Lorsqu'il est **ouvert**, le courant ne circule pas. La lampe ne brille pas. L'interrupteur se comporte comme un isolant électrique.

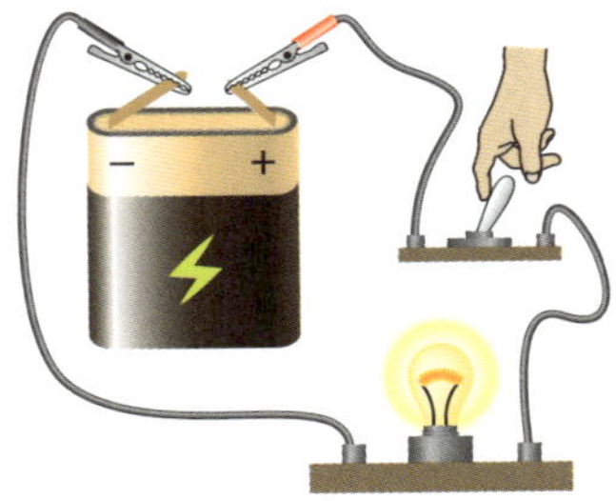

- lorsqu'il est **fermé** le courant circule. La lampe brille. L'interrupteur se comporte comme un conducteur électrique.

3 Les dangers du courant

- Le courant électrique est **dangereux** car le corps humain est conducteur électrique. Il peut provoquer une **électrisation** (choc électrique) voire une **électrocution** (la mort).
- Un fil de connexion placé aux bornes d'un dipôle générateur provoque un **court-circuit**. Il entraîne un échauffement du générateur voire sa destruction.

Court-circuit

Dans une habitation, un court-circuit peut provoquer un incendie.

Comment faire ?

Déterminer si un matériau est un conducteur ou un isolant électrique

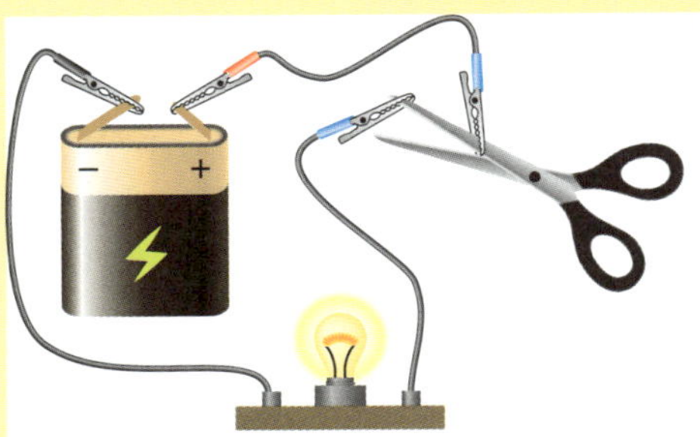

→ Réalise un circuit simple contenant une pile, une lampe et le matériau à tester.

– Si la lampe brille alors le matériau est conducteur électrique.

– Si la lampe ne brille pas alors le matériau est isolant électrique.

Corrigés → livret, p. 35

S'entraîner

QUIZ-TEST

Coche la (ou les) bonne(s) réponse(s).

1 Une pile :

a) est un dipôle générateur. ☐
b) est un dipôle récepteur. ☐
c) fournit de l'énergie électrique. ☐

2 Un conducteur électrique :

a) fournit de l'énergie électrique. ☐
b) laisse passer le courant électrique. ☐
c) ne laisse pas passer le courant électrique. ☐

3 ★ Générateur ou récepteur ?

a) Entoure le mot entre parenthèses qui convient.

1. Une pile est un (récepteur/générateur) électrique. Elle (fournit/utilise) l'énergie (électrique/lumineuse).

2. Une lampe est un (générateur/récepteur) électrique. Elle (fournit/utilise) l'énergie (électrique/lumineuse) et la convertit en énergie (électrique/lumineuse).

b) Complète le tableau avec les mots suivants.
pile – lampe – DEL – batterie – moteur – générateur – diode – photopile

dipôles générateurs	dipôles récepteurs

4 ★ Que la lumière soit !

a) Relie les dipôles entre eux afin de réaliser un circuit simple.

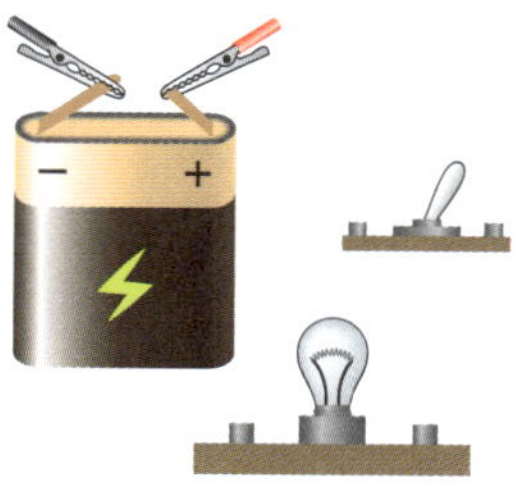

b) Quel est le rôle de chaque dipôle ?

c) Quelle doit être la position de l'interrupteur pour que la lampe brille ?

d) Comment se comporte l'interrupteur lorsque la lampe brille ?

5 ★★ Fourchette

Grégoire veut vérifier si la matière qui constitue la fourchette de la cantine laisse passer le courant électrique.

a) Comment nomme-t-on une matière qui ne laisse pas passer le courant électrique ? Cite un exemple.

b) Quelle expérience doit réaliser Grégoire pour tester sa fourchette ? Justifie ta réponse.

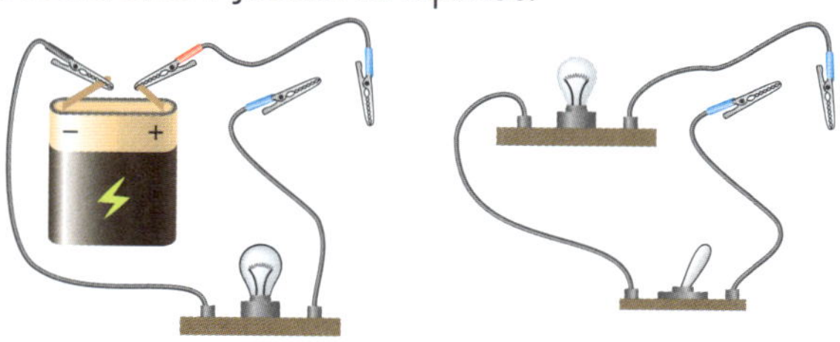

Expérience A — Expérience B

c) Lorsqu'il place la fourchette dans le circuit A, la lampe brille. Que peut-il en conclure ?

2 Circuits en série et en dérivation

Mots-clés

Symbole normalisé : Représentation codée d'un dipôle.
Circuit en série : Circuit ne comportant qu'une seule boucle.
Circuit avec dérivation : Circuit comportant plusieurs boucles.

Ordre des dipôles

Dans un circuit en série, l'ordre des dipôles n'a pas d'influence sur le fonctionnement du circuit.

Retiens l'essentiel

1 Schématiser le circuit électrique

Un dipôle est représenté par un **symbole normalisé**.

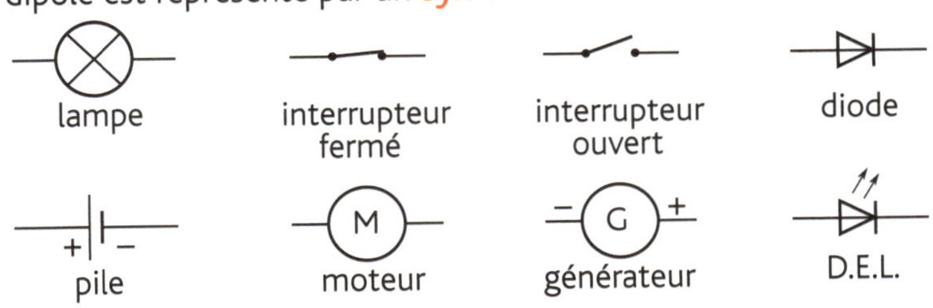

2 Les deux types de circuit

Le circuit en série

– Les deux lampes se suivent dans le circuit. Le circuit ne contient qu'une seule boucle. Les lampes sont montées en **série**.

– Si on en dévisse une, l'autre va s'éteindre.

Le circuit avec dérivation

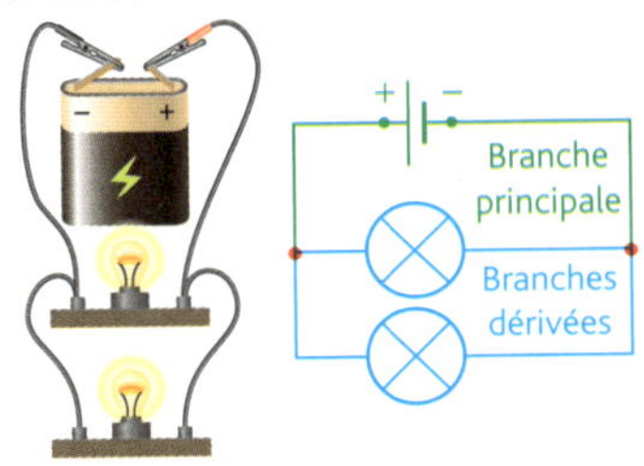

– Les deux lampes ne se suivent pas dans le circuit. Le circuit contient plusieurs boucles. Les lampes sont montées en **dérivation**.

– Si on en dévisse une, l'autre continue de briller.

3 Le sens du courant

Par convention, on dit que le courant sort par la borne positive du générateur. Sur un schéma électrique, on le représente par une flèche rouge.

Comment faire ?

Représenter le schéma électrique d'un circuit

→ Identifie les dipôles de ton circuit puis suis les étapes de la schématisation.

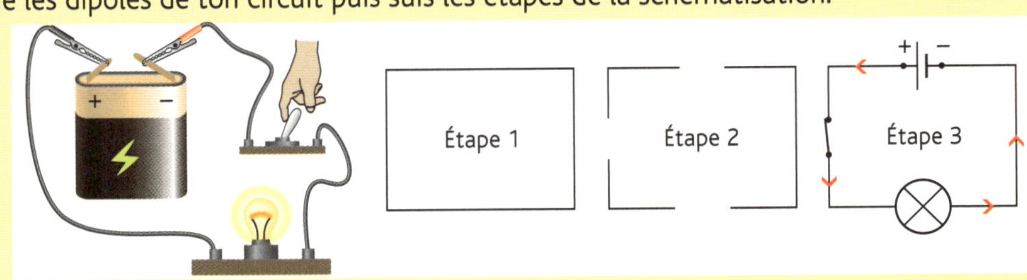

→ Ton circuit doit être tracé à la règle et avoir une forme rectangulaire.

S'entraîner

Corrigés → livret, p. 35

QUIZ-TEST

Coche la (ou les) bonne(s) réponse(s).

1 Le symbole de la lampe est :

a) 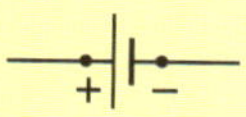 ☐

b) 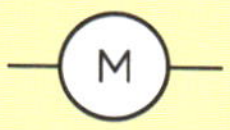 ☐

c) 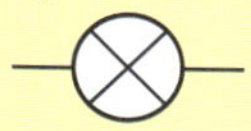 ☐

2 Par convention, le courant sort par :

a) la borne positive du générateur. .... ☐
b) la borne négative du générateur. .... ☐
c) les deux côtés du générateur en même temps. .... ☐

3 ★ Schéma électrique !

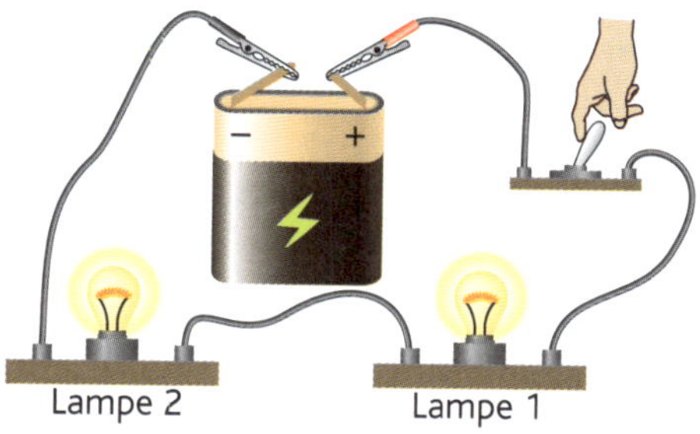

a) Schématise le circuit représenté ci-dessus et représente le sens conventionnel du courant.

b) S'agit-il d'un circuit en série ou d'un circuit avec dérivation ? Justifie ta réponse.

....

....

....

c) Que va-t-on observer si on dévisse la lampe 1 ?

....

....

....

4 ★★ Les deux types de circuits

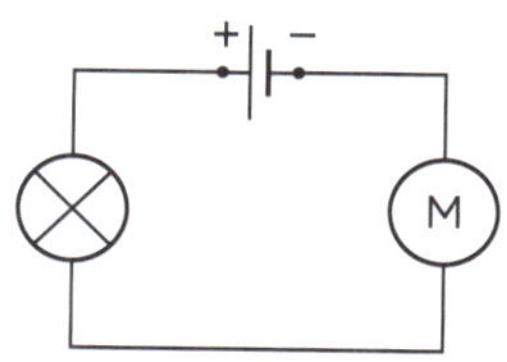

Schéma A

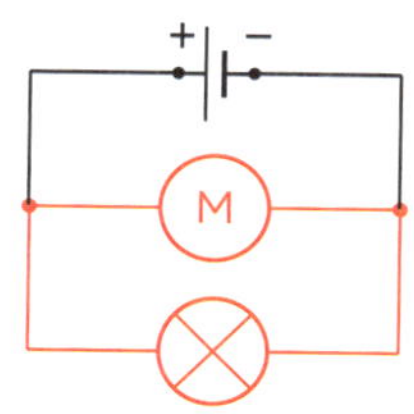

Schéma B

Vrai ou faux ? V F

a) Les circuits contiennent les mêmes dipôles. ... ☐ ☐

b) Les deux schémas sont identiques. .... ☐ ☐

c) Dans le circuit A, si on inverse le moteur et la lampe alors la lampe brille moins. .... ☐ ☐

d) Dans le circuit B, si la lampe est dévissée le moteur continue de fonctionner. .... ☐ ☐

e) Sur le schéma B, la partie rouge du circuit constitue les branches dérivées. .... ☐ ☐

5 ★★ Devinette électrique !

Mon circuit contient un générateur et deux lampes. Lorsque je dévisse l'une des lampes, l'autre continue de briller.

Schématise le circuit d'après sa description.

3 Les propriétés de l'eau

Retiens l'essentiel

Mots-clés

État : Forme que peut prendre une matière : solide, liquide ou gazeuse.
Solvant : Substance liquide (eau, alcool…) pouvant dissoudre une autre substance.
Solution : Mélange homogène obtenu par dissolution d'un soluté par un solvant.
Soluté : Substance pouvant être dissoute.

1 Les changements d'état de l'eau

▶ Sur Terre, l'eau existe sous trois **états** : solide, liquide et gaz. On appelle **changement d'état le passage de l'eau d'un état vers un autre.**

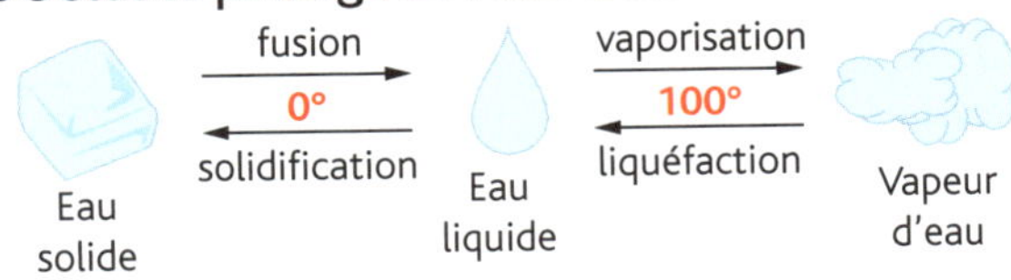

▶ **La masse se conserve** lors du changement d'état d'un corps pur.

▶ **Le volume varie** lors du changement d'état d'un corps pur.

2 L'eau est un solvant

▶ L'eau est un **solvant** car elle est capable de dissoudre certaines substances (solide, liquide ou gaz). Ces substances sont solubles dans l'eau.

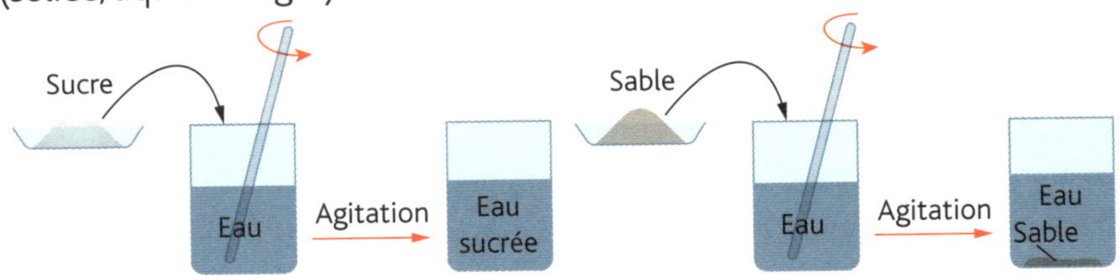

▶ Le sucre est soluble dans l'eau. L'eau et le sucre forment un **mélange homogène**.

▶ Le sable est insoluble dans l'eau. L'eau et le sable forment un **mélange hétérogène**.

3 La dissolution

▶ Une **solution** aqueuse est obtenue par dissolution d'un **soluté** dans un **solvant**.

▶ Lorsqu'il n'est plus possible de dissoudre le soluté dans le solvant, la **solution** est dite **saturée**.

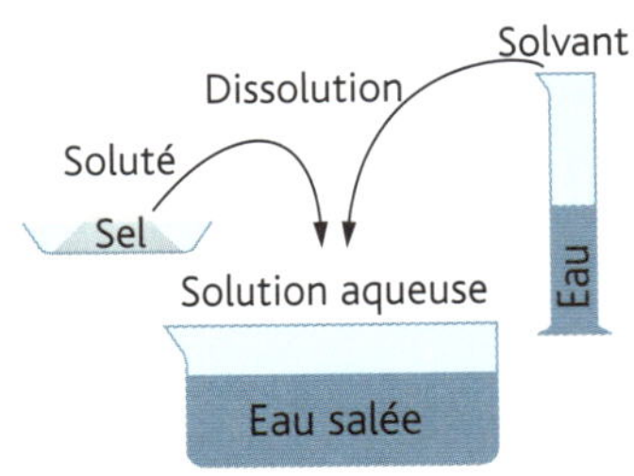

Ne pas confondre

- La **dissolution** est un mélange.
- La **fusion** est un changement d'état.

Comment faire ?

▶ Montrer que la masse se conserve lors d'une dissolution

→ Lors de sa dissolution, le sel se décompose en minuscules particules, invisibles à l'œil nu.

→ Le sel ne disparaît pas mais se disperse dans l'eau.

La masse totale se conserve lors d'une dissolution.

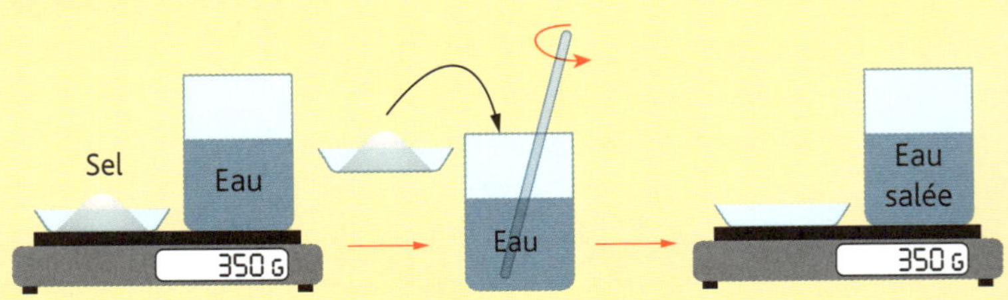

Corrigés → livret, p. 35

S'entraîner

QUIZ-TEST

Coche la (ou les) bonne(s) réponse(s).

1 La solidification de l'eau pure s'effectue :

a) à 20 degrés Celsius. .... ☐
b) à 0 degré Celsius. .... ☐
c) à température constante. .... ☐

2 Lors de la dissolution du sucre dans l'eau :

a) le sucre fond. .... ☐
b) le sucre se dissout. .... ☐
c) la masse totale se conserve. .... ☐

3 ★ Nom d'un changement !

Indique le nom des changements d'état suivants :

a) État liquide → .... → État solide

b) État gazeux → .... → État liquide

c) État liquide → .... → État gazeux

4 ★ Soluble ou insoluble ?

Différents solides sont mélangés avec de l'eau. Après agitation, on obtient les résultats suivants :

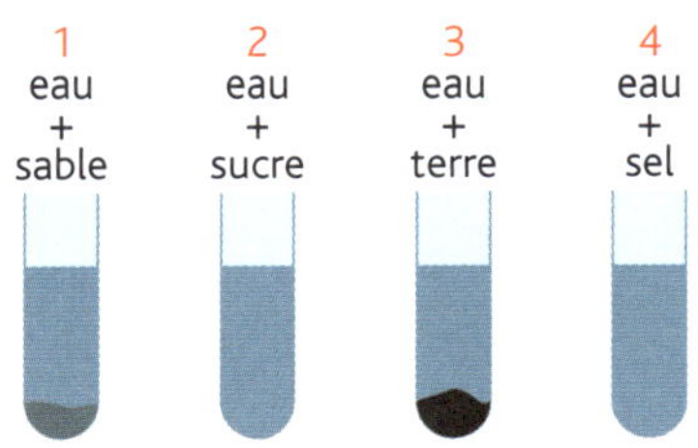

a) Indique quels sont les solides solubles dans l'eau.

....

b) Avec quel(s) solide(s) l'eau forme-t-elle un mélange hétérogène ? Justifie ta réponse.

....

....

5 ★★ Un pain de glace

Pour préparer un pain de glace, une bouteille d'eau est remplie aux trois-quarts puis elle est placée au congélateur pendant 5 heures.
Avant congélation, la masse de la bouteille est de 800 grammes.

a) Quel changement d'état subit l'eau ?

....

b) Quelle grandeur a été modifiée lors de ce changement d'état ? ....

c) Pourquoi serait-il dangereux de remplir la bouteille à ras bord ? ....

d) Détermine la masse de la bouteille après congélation. Justifie ta réponse.

....

6 ★★ Dissolution

On verse des cristaux de sulfate de cuivre dans l'eau. Après agitation, les cristaux ne sont plus visibles.

Vrai ou faux ? Le sulfate de cuivre :

	V	F
a) fond dans l'eau.	☐	☐
b) se décompose en minuscules particules.	☐	☐
c) disparaît lors de la dissolution.	☐	☐
d) est soluble dans l'eau.	☐	☐

7 ★★ Masse de soluté

Margaux mélange du sel avec de l'eau. Après agitation, le sel est totalement dissous. Elle réalise des pesées à différents instants de son expérience.

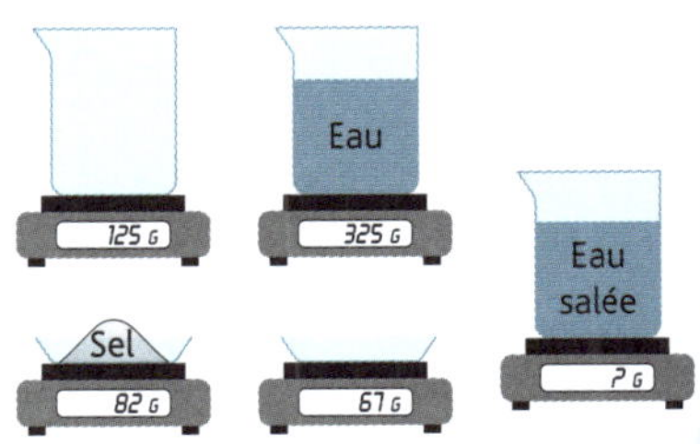

a) Calcule la masse d'eau contenue dans le bécher.

....

b) Calcule la masse de sel utilisée.

....

c) Quelle grandeur se conserve lors d'une dissolution ?

....

d) Calcule la masse d'eau salée contenue dans le bécher.

....

4 Représentation de la matière

Retiens l'essentiel

1 Molécules d'eau et états de la matière

- À l'état **solide**, les molécules d'eau sont liées entres elles et disposées régulièrement. L'état solide est **compact** et **ordonné**.
- À l'état **liquide**, les molécules d'eau glissent les unes contres les autres. L'état liquide est **compact** et **désordonné**.
- À l'état **gazeux**, les molécules d'eau se déplacent rapidement. Entres elles règne le vide. L'état gazeux est **dispersé** et **désordonné**.

2 Corps pur et mélange

- Un **corps pur** est constitué de molécules toutes identiques.
- Un **mélange** est composé des molécules différentes.

Ce gaz contient deux types de molécules, c'est un mélange.

Ce gaz ne contient qu'un seul type de molécules, c'est un corps pur.

3 Conservation de la masse

- Lors d'un changement d'état, comme le passage de l'état solide à l'état liquide, le **nombre** de molécules ne change pas. Seule leur **disposition** change.
- La **masse se conserve** lors d'un changement d'état.

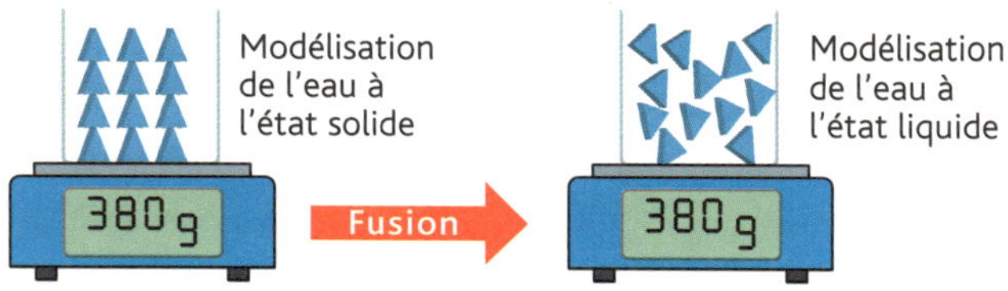

À savoir

Modèle des molécules

Les molécules constituent la matière qui nous entoure. Elles sont si petites qu'elles sont invisibles à l'œil ou au microscope. On les représente par des formes géométriques : cette représentation simplifiée se nomme modèle.

Ex. : Modèle d'une molécule d'eau

Comment faire ?

Repérer un corps compressible avec le modèle des molécules

Une matière est compressible lorsque les molécules qui la composent sont dispersées. En effet, les molécules n'étant pas en contact les unes avec les autres, il est possible de réduire l'espace qui les sépare.

S'entraîner

Corrigés → livret, p. 36

QUIZ-TEST

Coche la (ou les) bonne(s) réponse(s).

1 Que peut-on dire de l'état liquide ?

a) Il est compact est ordonné. ☐
b) Il est compact et désordonné. ☐
c) Il est dispersé et désordonné. ☐

2 Un corps pur est composé :

a) de molécules toutes identiques. ☐
b) de différents types de molécules. ☐
c) d'aucune molécule. ☐

3 ★ Modélisation

Associe chaque modélisation à l'état de l'eau correspondant : solide, liquide, gazeux. Indique pour chaque état s'il est ordonné, désordonné, dispersé, compact.

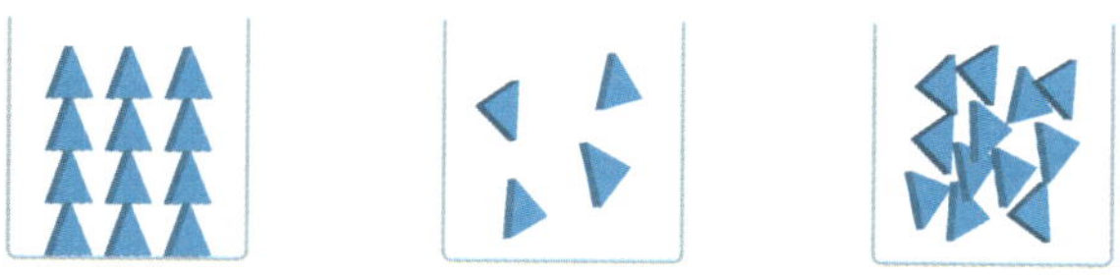

1 2 3

....

....

....

4 ★ Corps pur ou mélange ?

1 2 3

a) Parmi ces schémas, lesquels représentent un corps pur, lesquels un mélange ?

....

....

....

b) Justifie ta réponse.

....

....

5 ★★ Molécules et masse

Le schéma ci-dessous représente un changement d'état de l'eau.

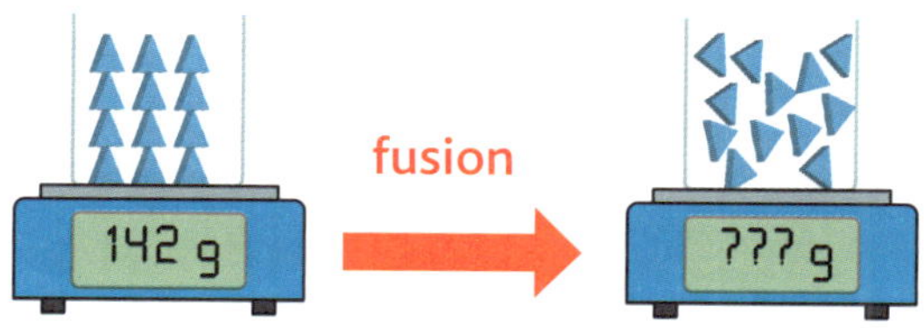

a) Quel est l'état de l'eau sur le schéma 1 ? sur le schéma 2 ?

....

....

b) Quelle est la valeur qui devrait s'afficher sur la balance après le changement d'état ? Pourquoi ?

....

....

6 ★★★ L'eau est-elle compressible ?

On remplit une seringue avec de l'eau liquide, puis on la ferme avec un bouchon.

a) Décris l'état liquide.

....

b) Modélise les molécules dans la seringue.

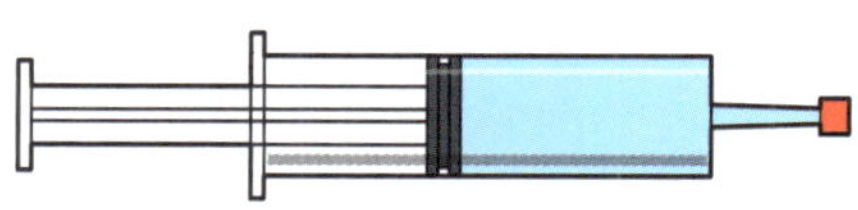

c) Pourquoi est-il impossible de comprimer l'eau liquide contenue dans la seringue ?

....

5 L'air et ses propriétés

Retiens l'essentiel

1 La composition de l'air

▶ L'air n'est pas un corps pur mais un **mélange** de plusieurs gaz.

▶ Les principaux constituants de l'air sont le **diazote** (environ 80 % en volume) et le **dioxygène** (environ 20 % en volume).

▶ Le dioxygène est nécessaire à la vie.

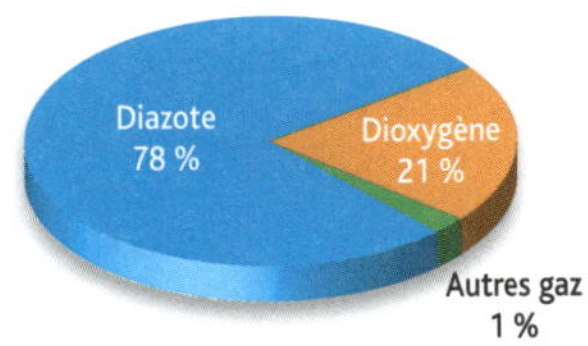

2 Les propriétés de l'air

▶ Un gaz prend la forme du récipient qui le contient : il n'a **pas de forme propre**.

▶ Un gaz occupe tout le volume qu'on lui donne : il n'a **pas de volume propre**.

▶ Lorsqu'on réduit le volume d'un gaz, sa **pression** augmente. On dit qu'un gaz est **compressible**.

3 La pression

▶ La pression *P* de l'air s'exprime en **pascal (Pa)** ; on utilise souvent l'hectopascal **hPa** (1 hPa = 100 Pa). L'unité de pression des gaz comprimés est le **bar** (1bar = 10^5 Pa).

▶ La pression se mesure avec un manomètre.

4 La masse de l'air

▶ Comme tous les gaz, l'air est pesant. Il possède une masse.

▶ Dans les conditions habituelles de température (25 °C) et de pression (1 013 hPa), un litre d'air pèse 1,2 gramme.

À savoir

L'atmosphère

L'atmosphère terrestre, d'environ 500 km d'épaisseur, est la couche de gaz qui entoure la Terre. Elle contient l'air que l'on respire.

Fumée et gaz

Fumée et gaz ne désignent pas la même chose : une fumée est constituée de particules solides (poussières) en suspension dans un gaz.

Comment faire ?

▶ **Peser la masse d'un litre d'air**

→ Pèse un ballon bien gonflé puis prélève un litre d'air par déplacement d'eau.

→ Pèse à nouveau la masse du ballon.

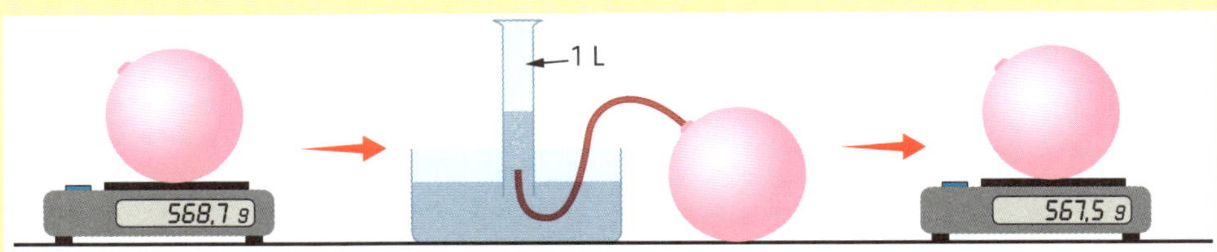

→ Donc la masse d'un litre d'air = 568,7 – 567,5 = **1,2 g**.

S'entraîner

Corrigés → livret, p. 36

QUIZ-TEST

Coche la (ou les) bonne(s) réponse(s).

1 L'air est composé d'environ :

a) 20 % de diazote et 80 % de dioxygène. ..... ☐
b) 80 % de diazote et 20 % de dioxygène. ..... ☐
c) 50 % de diazote et 50 % de dioxygène. ..... ☐

2 L'air :

a) a un volume propre. ..... ☐
b) est compressible. ..... ☐
c) n'a pas de masse. ..... ☐

3 Vrai ou faux ?

Que peut-on dire de l'air ? V F

a) C'est un corps pur. ☐ ☐

b) C'est un mélange de plusieurs gaz. ☐ ☐

c) Il est contenu dans l'atmosphère. ☐ ☐

d) Il contient principalement du dioxygène. ☐ ☐

e) 1 litre d'air pèse environ 1 kg. ☐ ☐

f) La pression de l'air se mesure en hectopascal. ☐ ☐

4 ★★ Pression

Une seringue contenant de l'air est bouchée avec le doigt.

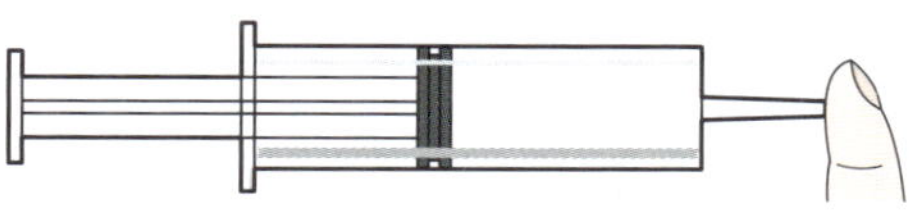

Comment varie le volume de l'air et sa pression :

a) lorsqu'on pousse le piston ?

.....

.....

b) lorsqu'on tire le piston ?

.....

.....

c) Quelle propriété de l'air permet d'expliquer ces observations ?

.....

.....

5 ★★ Bien gonflé

L'appareil ci-dessous est relié à valve d'un pneu de vélo.

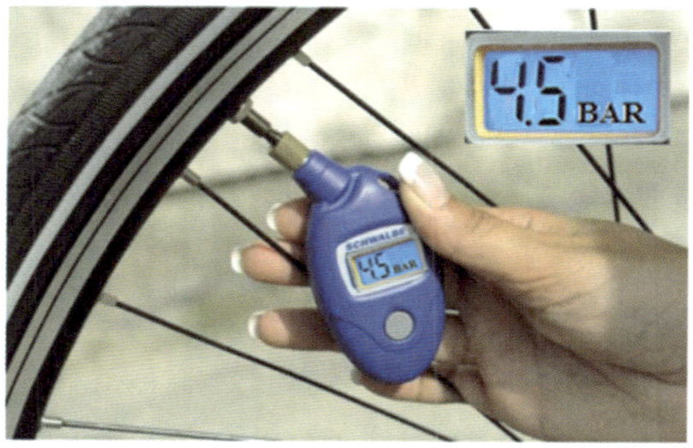

a) Quel nom porte cet appareil ?

.....

b) Quelle grandeur physique permet-il de mesurer ?

.....

c) Quelle est l'unité affichée sur l'écran de l'appareil ? Pourquoi ?

.....

.....

6 ★★★ Masse de l'air

Le ballon officiel du kin-ball mesure 1,22 mètre de diamètre et pèse 1 kg vide. Il peut contenir 950 litres d'air.

a) Pourquoi l'air prend-il la forme du ballon ?

.....

b) Calcule la masse de l'air contenu dans le ballon.

.....

.....

6 La lumière

Mots-clés

Objet diffusant : Objet qui réémet une partie de la lumière qu'il reçoit.
Opaque : Se dit d'une matière qui ne laisse pas passer la lumière (bois, carton...).
Transparent : Se dit d'une matière qui laisse passer la lumière et qui permet de voir nettement à travers (verre, eau, plexiglas...).
Rayon lumineux : Modélisation du trajet de la lumière par une droite fléchée.
Faisceau lumineux : Ensemble de rayons lumineux issus d'une source de lumière.

Retiens l'essentiel

1 les sources de lumière

▶ Une **source primaire** produit la lumière qu'elle diffuse.
Ex. : Le Soleil, les étoiles, une lampe, un laser, la flamme d'une bougie...

▶ Un objet diffusant **(source secondaire)** ne produit pas sa propre lumière. Il **diffuse** une partie de la lumière qu'il reçoit.
Ex. : Les planètes, la Lune, un livre, un crayon...

2 Conditions de visibilité d'un objet

▶ Pour qu'un objet **soit visible**, il faut :
– qu'il soit éclairé par une source de lumière (source primaire ou secondaire) ;
– que la lumière qu'il diffuse parvienne jusqu'aux yeux de l'observateur sans rencontrer d'obstacles opaques.

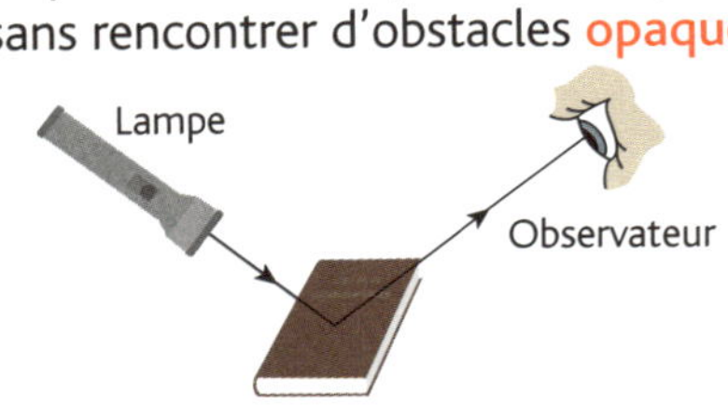

La lampe éclaire le livre. Le livre diffuse une partie de la lumière vers les yeux de l'observateur. Le livre est visible.

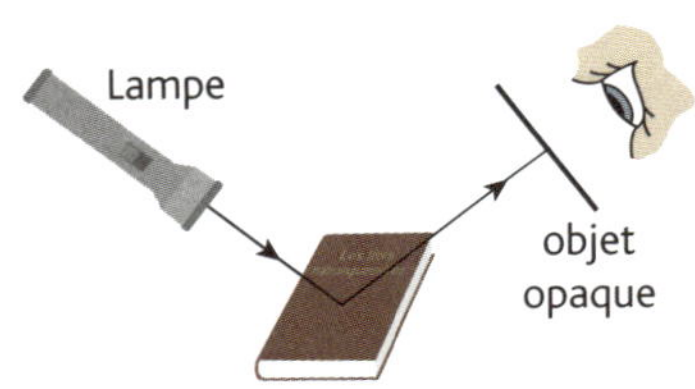

Un objet opaque est placé devant l'observateur. Le livre n'est plus visible.

3 La propagation de la lumière

▶ Dans un milieu transparent et homogène (comme l'air, l'eau, le vide, le verre...), la lumière se propage en ligne droite.

▶ La lumière ne se voit pas. Pour la représenter, on utilise le modèle du rayon lumineux.

Ne pas oublier

- La lumière produite par un laser est dangereuse pour l'œil.
- Un objet noir absorbe la lumière. Il n'en diffuse pas.

Comment faire ?

▶ **Comment représenter le trajet de la lumière ?**

→ Trace deux droites entre la source lumineuse et la zone éclairée de l'écran.
→ Ajoute une flèche sur chaque droite afin d'indiquer le sens de propagation de la lumière.
→ Colorie en jaune la zone éclairée : c'est le faisceau lumineux.

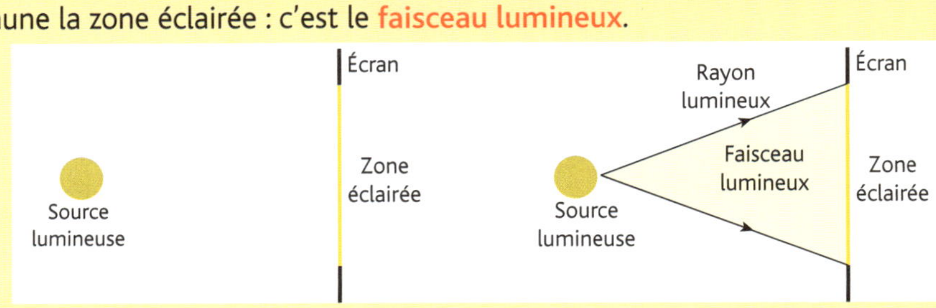

Corrigés → livret, p. 36

S'entraîner

QUIZ-TEST

Coche la (ou les) bonne(s) réponse(s).

1 Le Soleil :

a) est un objet diffusant. ☐
b) est une source primaire. ☐
c) est une source de lumière. ☐

2 La lumière peut se propager dans :

a) l'air. ☐
b) l'eau. ☐
c) le bois. ☐

3 ★ Différents types de sources ?

Classe les sources lumineuses en deux catégories.

livre – flamme d'une bougie – Soleil – Terre – Lune – yeux d'un chat – écran de télé allumé – étoile – écran de cinéma – gilet fluorescent – luciole

source primaire	objet diffusant
....	....
....	....
....	....

4 ★ *Wouaf* ou pas *wouaf* ?

a) Quelles sont les deux conditions pour qu'Eliot puisse voir sa balle ?

....

....

b) Pour chaque situation, dis si Eliot peut voir sa balle.

....

....

....

5 ★★ Le trajet de la lumière

Regarde bien le dessin et coche la bonne réponse.

Vrai ou faux ? V F

a) Le livre est une source primaire. ☐ ☐
b) La lampe est une source primaire. ☐ ☐
c) Le livre renvoie la lumière qu'il reçoit. ☐ ☐
d) Les yeux de Théo envoient de la lumière. ☐ ☐
e) La lumière se propage du livre vers Théo. ☐ ☐

6 ★★★ Représenter la lumière !

Représente le trajet de la lumière dans chaque situation en prolongeant les rayons lumineux.

a)

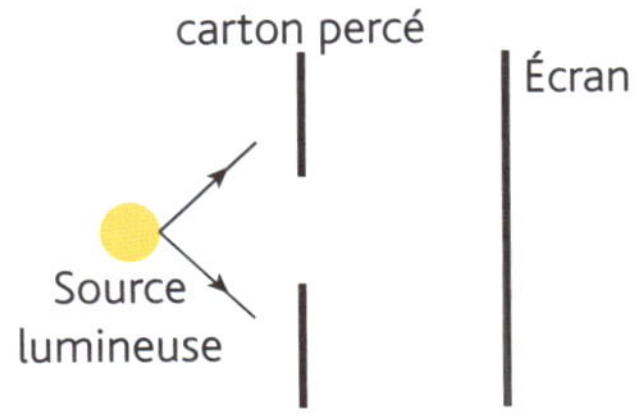

b)

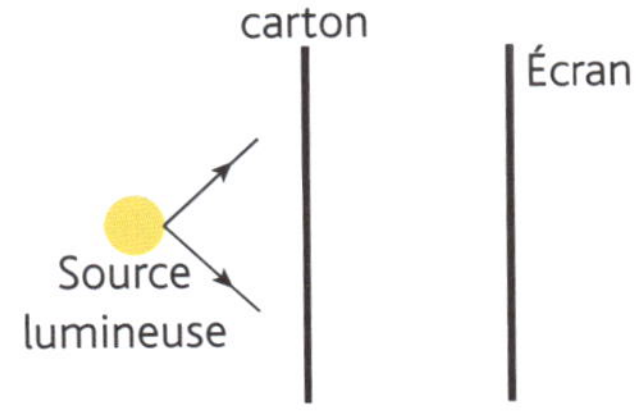

c)

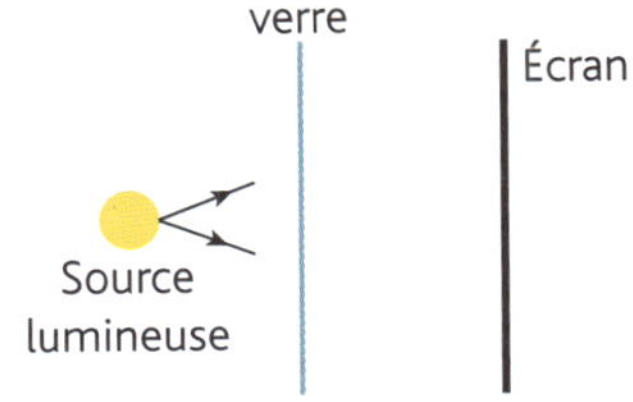

7 Le mouvement

Retiens l'essentiel

1 Réferentiel et mouvement

Avant de décrire un mouvement, il faut d'abord définir le **référentiel** dans lequel on va l'étudier. Le plus souvent, on utilise le sol comme référentiel.

Ex. : Par rapport à la route (le sol), les passagers de la voiture sont en mouvement. Par rapport à la voiture, les passagers sont immobiles.

2 Les différents types de mouvements

- Lorsqu'un objet effectue une translation (déplacement linéaire), on parle de **mouvement rectiligne**.
- Lorsqu'un objet effectue une rotation, on parle de **mouvement circulaire**.

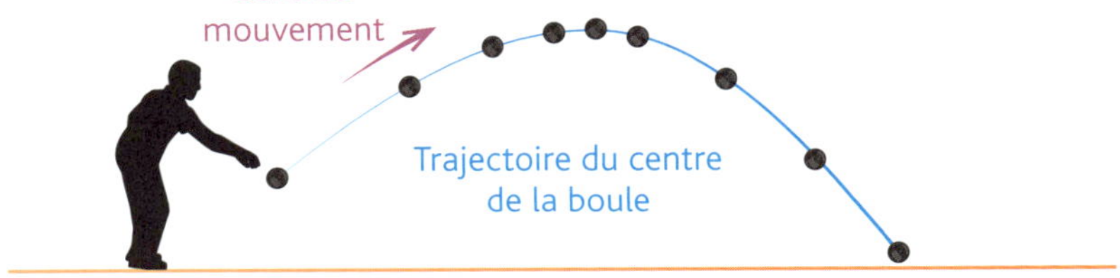

Relativité du mouvement

Un objet peut être en mouvement dans un référentiel et immobile dans un autre : on dit que le mouvement est relatif.

Mots-clés

Chronophotographie : Représentation, à intervalles de temps égaux rapprochés, des positions d'un objet en mouvement. Elle permet de comparer les distances parcourues pendant des intervalles de temps égaux.

Trajectoire : Ensemble des positions occupées par un point d'un objet pendant son déplacement.

Comment faire ?

Décrire un mouvement

Pour décrire l'allure d'un mouvement, on peut utiliser une chronophotographie.

→ **Mouvement uniforme** : les distances parcourues pendant des durées égales sont égales. La vitesse est constante.

→ **Mouvement accéléré** : les distances parcourues pendant des durées égales augmentent.

→ **Mouvement ralenti** : les distances parcourues pendant des durées égales diminuent.

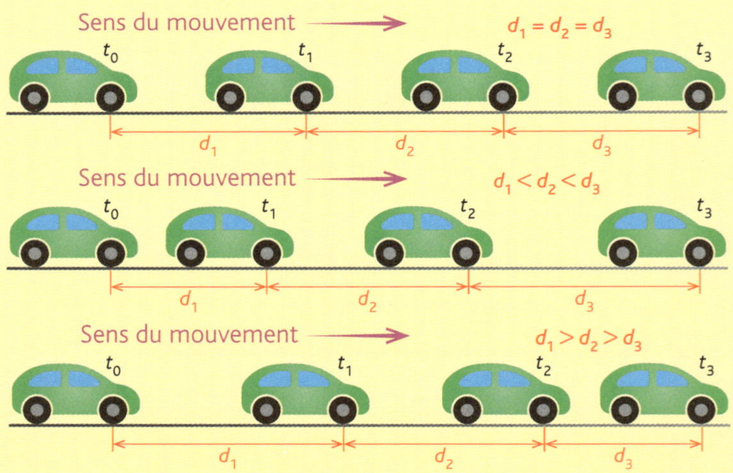

Corrigés → livret, p. 36

S'entraîner

QUIZ-TEST

Coche la (ou les) bonne(s) réponse(s).

1 Lorsqu'un objet est en mouvement, l'ensemble des positions occupées par un point de cet objet se nomme :

a) référentiel du point. .... ☐
b) mouvement du point .... ☐
c) trajectoire du point. .... ☐

2 Si la vitesse d'un objet est constante, le mouvement est :

a) accéléré. .... ☐
b) uniforme. .... ☐
c) ralenti. .... ☐

3 ★ Description de mouvements

Assis sur le bord de la route, le chien regarde le bus scolaire passer.

a) Entoure le ou les objets en mouvement dans le système de référence « sol » :

chien – passagers du bus – bus

b) Entoure le ou les objets en mouvement dans le système de référence « bus » :

chien – passagers du bus – bus

c) Que peut-on dire du mouvement d'un objet selon le référentiel choisi ?

....

4 ★ Référentiel

On étudie les objets A, B et C dans le référentiel sol, puis dans le référentiel escalator.

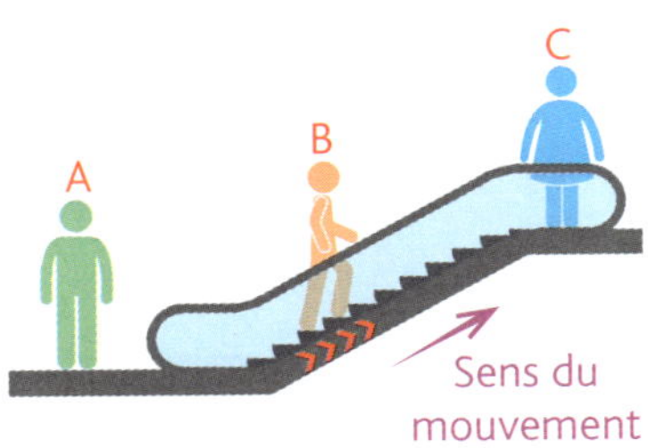

Indique, dans le tableau, pour chaque référentiel, si l'objet est immobile ou s'il est en mouvement.

	objet A	objet B	objet C
référentiel sol			
référentiel escalator			

5 ★★ Chronophotographies

Utilise les chronophotographies pour décrire l'allure de chaque mouvement. Justifie ton choix.

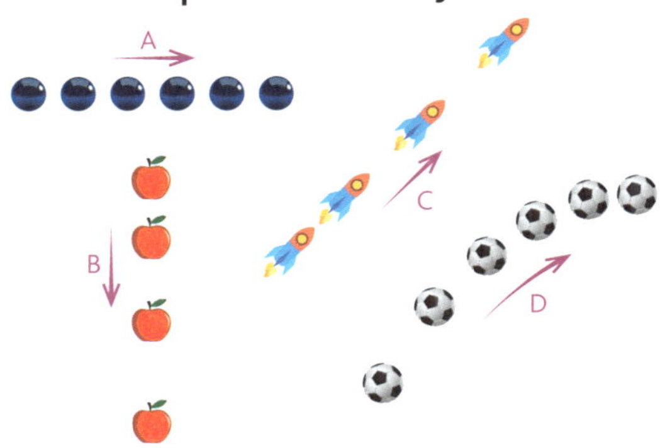

Mouvement A : ....

Mouvement B : ....

Mouvement C : ....

Mouvement D : ....

6 ★★ Looping

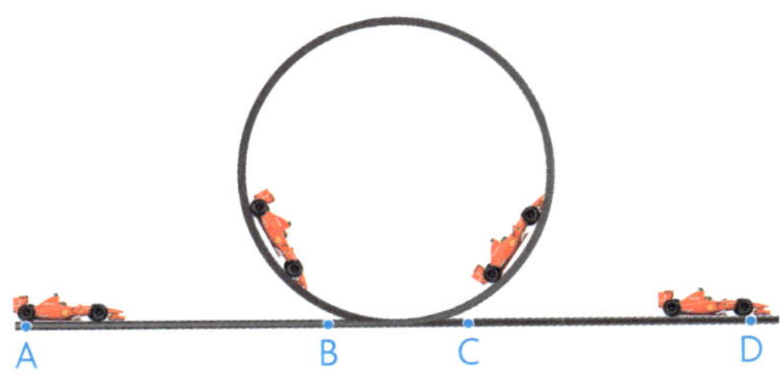

a) Que peut-on dire du mouvement de la voiture entre les points A et B ?

....

b) Que peut-on dire du mouvement de la voiture entre les points B et C ?

....

8 Outil de représentation de données : le tableur grapheur

Mots-clés

Tableur grapheur : Logiciel qui permet de saisir des données, d'effectuer des calculs et représenter les données par un diagramme.

Diagrammes : Représentations graphiques de données numériques.

Colonne

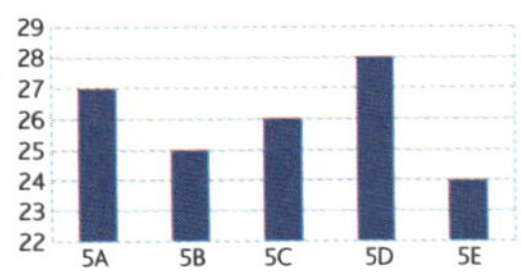

Secteur

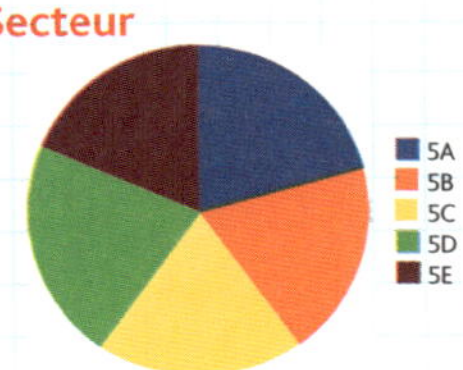

Ligne

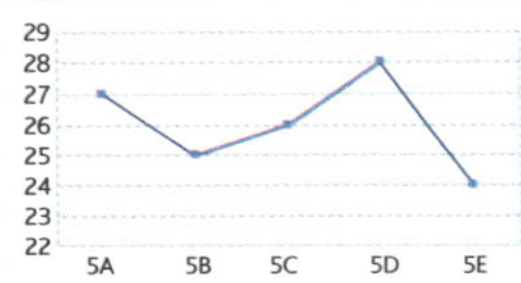

Retiens l'essentiel

1 La feuille de calcul

▸ La feuille de calcul du **tableau grapheur** est composée de cellules rangées en lignes et en colonnes. Les lignes sont repérées par des nombres et les colonnes par des lettres.

▸ Une **cellule** est l'intersection entre une ligne et une colonne. Sa référence est composée de la lettre de la colonne et du numéro de la ligne.

Ex. :

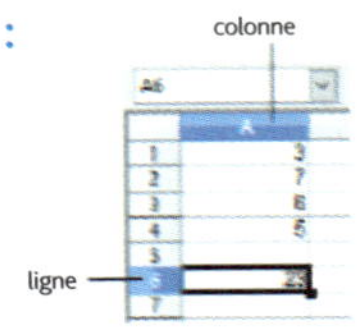

Dans la feuille de calcul, la cellule A2 contient le chiffre 7. La cellule A6 est sélectionnée, elle contient le nombre 23.

2 Écrire une formule

Pour effectuer un calcul automatique, il faut saisir une formule dans une cellule. La formule doit commencer par le signe « = ». Elle peut contenir des valeurs numériques, des références, des opérateurs mathématiques ou des fonctions.

Ex. :

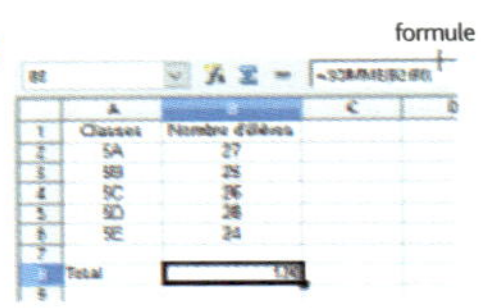

Pour effectuer la somme des cellules B2 à B6 et faire apparaître le résultat dans la cellule B8, il faut écrire la formule =SOMME(B2:B6) dans la zone de saisie de la cellule B8.

3 Les différents modes de représentation

Un tableur permet de représenter les données sous la forme d'un **diagramme** comme le diagramme en colonnes, en barres, en secteurs, en lignes...

Comment faire ?

▸ Comment construire un diagramme avec Open Office ?

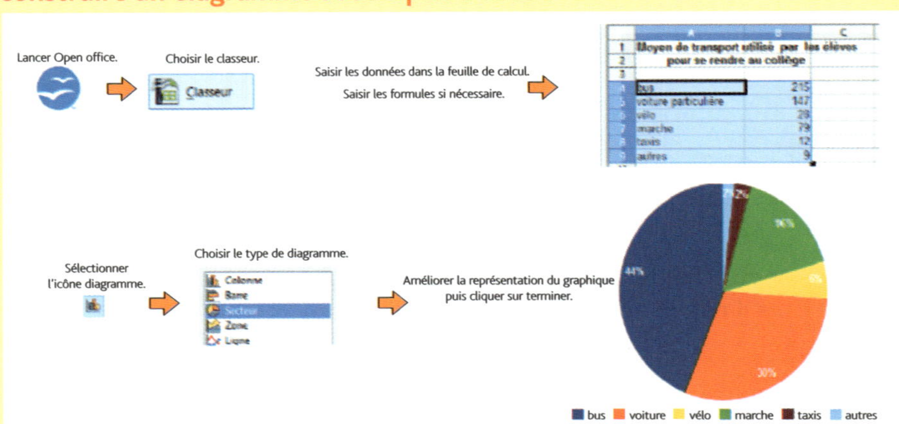

Corrigés → livret, p. 37

S'entraîner

QUIZ-TEST

Coche la (ou les) bonne(s) réponse(s).

1 Le tableur grapheur est un :

a) graphique. ☐
b) tableau de données. ☐
c) logiciel. ☐

2 La case d'une feuille de calcul est appelée :

a) ligne. ☐
b) cellule. ☐
c) colonne. ☐

3 ★ Lecture d'une feuille de calcul

La feuille de calcul ci-contre présente le nombre de livres empruntés au CDI selon le genre pour le mois de mai 2017.

	A	B
1	genre	nombre de livres empruntés
2		
3	BD	25
4	Roman	17
5	Documentaire	29
6	Poésie	8
7	Conte	12
8		
9	total	91

a) Quel est le titre de la colonne B ?

....

b) Sur quelle ligne trouve-t-on le nombre de livres documentaires empruntés ? ....

c) Quelle information contient la cellule B4 ? ....

....

d) Quelle valeur contient la cellule B4 ? ....

e) Nomme la cellule sélectionnée dans la feuille de calcul.

....

4 ★★ La bonne formule

La feuille de calcul ci-dessous présente les achats effectués par un collège.

D4 | =(B4*C4)

	A	B	C	D
1	Article	prix unitaire	quantité	prix total
2	feutre rouge	2,50 €	20	50,00 €
3	recharge rouge	0,60 €	50	25,00 €
4	brosse	8,00 €	3	24,00 €
5	produit nettoyant	7,50 €	2	15,00 €
6	tableau blanc	75,00 €	2	150,00 €
7				
8			total	264,00 €

a) Complète le tableau ci-dessous en recopiant la donnée figurant dans chaque cellule.

B3	C6	D1	A2

b) La valeur figurant dans la cellule D8 est obtenue en effectuant la somme des cellules de D2 à D6. Propose une formule correspondant à ce calcul.

....

5 ★★★ Construire un tableau

Une commande de 200 composants est arrivée en vrac dans un carton contenant 4 sacs. Un groupe d'élèves décide de faire un inventaire des composants afin de vérifier la commande.

Sac 1	**Sac 2**
Moteur : 8 Lampe 1,5V : 10 DEL rouge : 20 Interrupteur : 30	Lampe 6 V : 20 Buzzer : 12 DEL rouge : 20
Sac 3	**Sac 4**
Moteur : 4 Lampe 6V : 10 Lampe 1,5V : 10 Buzzer : 10	Pile 4,5V : 10 Pile 9V : 16 Pile 1,5V : 20

a) Utilise les brouillons afin de compléter la feuille de calcul ci-dessous.

	A	B	C	D	E	F
1	composants	sac1	sac2	sac3	sac4	total
2	moteur					
3	Lampe 1,5V					
4	Lampe 6V					
5	Pile 1,5 V					
6	Pile 4,5 V					
7	Pile 9 V					
8	DEL rouge					
9	interrupteur					
10	buzzer					
11						
12					total	

b) Utilise un tableur (Open office) et recopie le tableau dans une feuille de calcul.

c) La valeur figurant dans la cellule F2 est obtenue en effectuant la somme des cellules de B2 à E2. Propose une formule correspondant à ce calcul puis effectue le même travail pour les cellules F3 à F10.

....

....

d) Utilise le logiciel afin de présenter la répartition des composants sous la forme d'un diagramme en colonnes.

Corrigés → livret, p. 37

Physique-Chimie Technologie : fais le bilan !

Coche, pour chaque exercice, la bonne réponse. Reporte-toi ensuite aux corrigés, livret p. 37, pour obtenir ton score sur 10.

1 Une pile est un :

a) générateur électrique. ☐
b) récepteur électrique. ☐
c) isolant électrique. ☐

2 Lorsqu'il est ouvert, l'interrupteur d'un circuit :

a) laisse passer le courant. ☐
b) ne laisse pas passer le courant. ☐
c) se comporte comme un conducteur électrique. ☐

3 Dans un circuit série contenant deux lampes, si une lampe grille alors l'autre lampe :

a) continue de briller. ☐
b) brille plus. ☐
c) s'éteint. ☐

4 Le passage de l'eau solide à l'eau liquide se nomme :

a) solidification. ☐
b) liquéfaction. ☐
c) fusion. ☐

5 En chimie, une solution est :

a) le résultat d'un calcul. ☐
b) un mélange hétérogène. ☐
c) un mélange homogène. ☐

6 Lors d'un changement d'état :

a) le nombre de molécules diminue. ☐
b) le nombre de molécules ne change pas ☐
c) le nombre de molécules augmente. ☐

7 Dans les conditions habituelles de température et de pression :

a) un litre d'air pèse 1,2 g. ☐
b) un litre d'air pèse 1,2 kg. ☐
c) l'air n'a pas de masse. ☐

8 Quel astre est une source primaire de lumière ?

a) La Lune. ☐
b) La Terre. ☐
c) Le Soleil. ☐

9 Lorsque la vitesse d'un objet diminue :

a) son mouvement est uniforme. ☐
b) son mouvement est accéléré. ☐
c) son mouvement est ralenti. ☐

10 La somme des cellules G2 à G7 s'obtient par la formule :

a) =SOMME (G2 : G7). ☐
b) =SOMME (G2+ G7). ☐
c) =SOMME (G2 ; G7). ☐

TOTAL BILAN .... /10

SVT

La planète Terre

Le vivant et son évolution

Le corps humain et la santé

1 La dynamique du globe terrestre

Retiens l'essentiel

1 Structure du globe terrestre

▶ La Terre est une **planète tellurique** de notre système solaire.

▶ Des données sismologiques ont révélé sa structure interne en **enveloppes concentriques** de la surface vers le centre de la Terre : croûtes océaniques et continentales, manteau puis noyau.

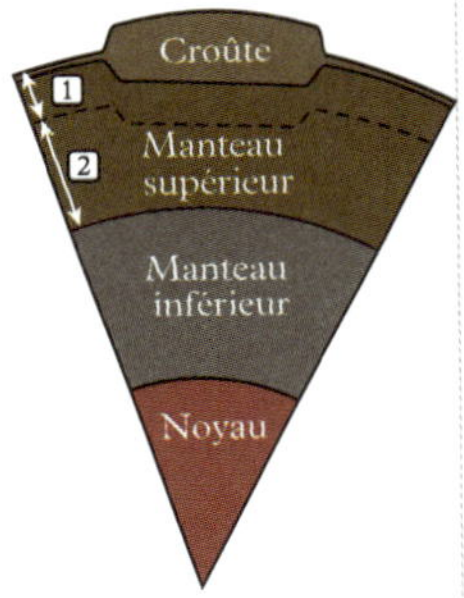

Structure interne du globe terrestre ▶
1. Lithosphère rigide. 2. Asthénosphère moins rigide

2 Séismes et éruptions volcaniques

▶ Un **séisme**, ou tremblement de terre, est dû à une rupture profonde des roches entraînant la propagation d'ondes sismiques au sein du globe terrestre et des dégâts matériels et humains en surface.

▶ Une **éruption volcanique** est une émission de lave fluide (volcanisme effusif) ou visqueuse (volcanisme explosif) au niveau d'un édifice volcanique.

▶ La répartition mondiale des zones sismiques et volcaniques délimite des zones géologiques calmes appelées **plaques lithosphériques**.

3 Dynamique interne et tectonique des plaques

Les plaques lithosphériques rigides sont en mouvement sur l'asthénosphère : c'est la **tectonique des plaques**. Les frontières de ces plaques sont soumises à trois types de mouvements qui entraînent séismes et volcanismes.

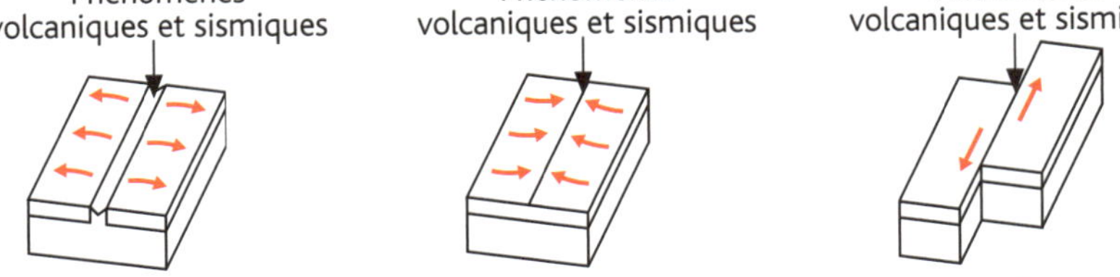

À savoir

Planètes telluriques et gazeuses

- Les **planètes telluriques** (Mercure, Venus, Terre et Mars) sont constituées de roches et de métaux.
- Les **planètes gazeuses** (Jupiter, Saturne, Uranus, Neptune) sont constituées de gaz, essentiellement hydrogène et hélium.

Mot-clé

Lave : Roche en fusion (magma) qui remonte en surface.

Comment faire ?

▶ Modéliser une éruption volcanique

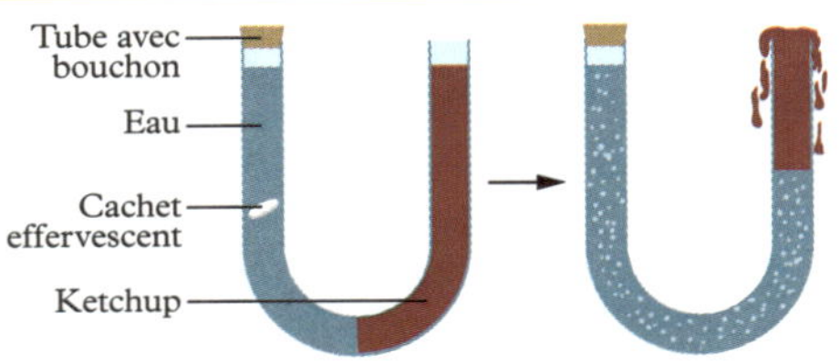

Modèle d'éruption effusive

La pression du cachet pousse le ketchup hors du tube qui s'écoule à la façon d'une lave fluide.

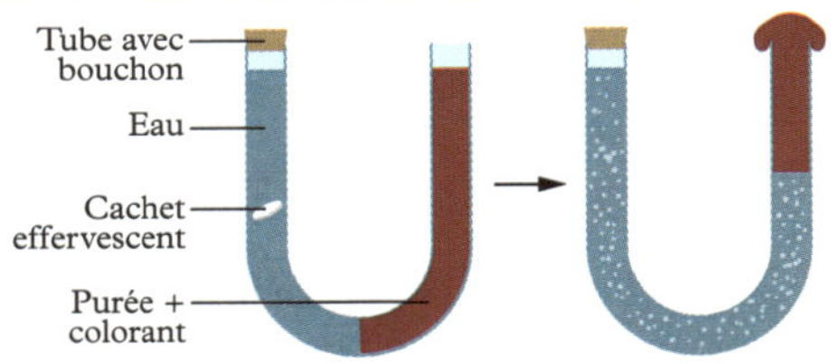

Modèle d'éruption explosive

La pression du cachet pousse la purée hors du tube qui forme un dôme en haut du tube à la façon d'une lave visqueuse.

Corrigés → livret, p. 37

S'entraîner

QUIZ-TEST

Coche la (ou les) bonne(s) réponse(s).

1 Une éruption volcanique est :

a) une secousse violente du sol. .... ☐
b) un déplacement important de masses d'eau. ☐
c) une émission de lave. .... ☐

2 Une plaque lithosphérique est constituée :

a) de croûte et de manteau. .... ☐
b) de croûte, de manteau et de noyau. .... ☐
c) de croûte et de noyau. .... ☐

3 ★ Éruption volcanique

Aide-toi du schéma ci-dessous pour compléter le texte en choisissant les bons mots entre parenthèses.

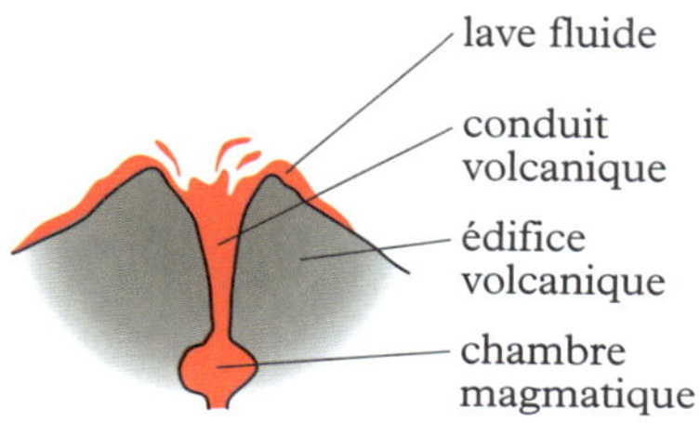

Lors d'une éruption volcanique (*effusive / explosive*), la lave fluide s'écoule le long de (*l'édifice / la montagne*) volcanique. Cette lave provient du (*noyau / magma*) qui est stocké en profondeur dans une chambre (*asthénosphérique / magmatique*). Ce volcanisme se retrouve en limite des (*plaques / océans*) lithosphériques et est souvent associé à des (*tornades / séismes*).

4 ★ Le mouvement des plaques

Indique sous chaque schéma le type de mouvement entre les plaques qu'il représente.

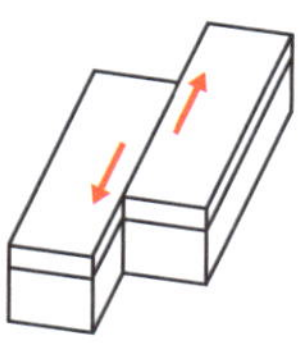

a) ....
....

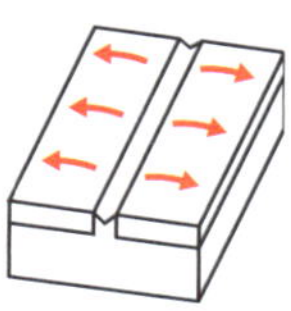

b) ....
....

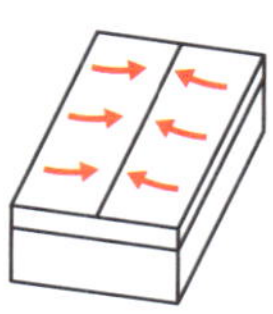

c) ....
....

5 ★★ Océan Atlantique

Observe le planisphère et réponds aux questions.

L'océan Atlantique a une largeur maximale de 6 700 km. Au centre de cet océan se trouve la limite entre deux plaques lithosphériques.

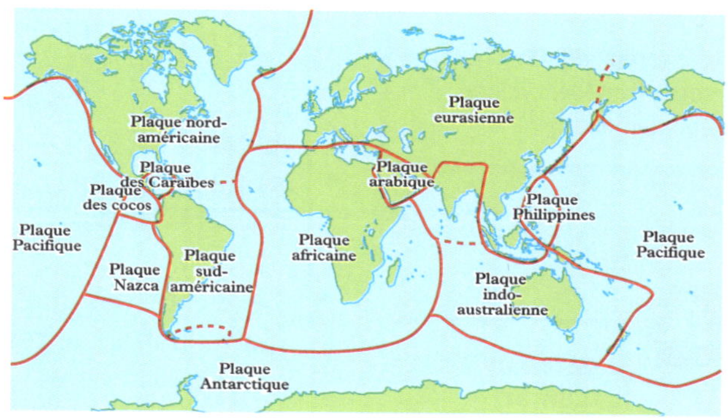

a) En sachant que l'océan Atlantique s'agrandit de 3 cm par an en moyenne, calcule sa largeur maximale il y a 1 million d'années.

....

....

b) Repère sur la carte et nomme les plaques lithosphériques limitrophes au nord et au sud de l'océan Atlantique.

....

....

c) Précise le type de mouvement visible entre ces plaques lithosphériques. Justifie ta réponse.

....

....

2 Climat et météorologie

Retiens l'essentiel

1 Les zones climatiques de la Terre

On distingue trois grandes **zones climatiques** en fonction de la température et de la **pluviométrie** :
– les **zones froides** (températures très froides durant toute l'année) ;
– les **zones tempérées** (quatre saisons marquées) ;
– les **zones chaudes** (températures élevées et alternance de saisons sèche et humide).

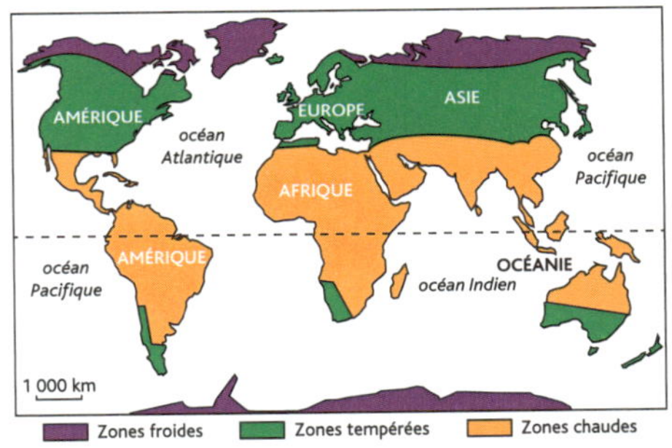

Schéma simplifié des zones climatiques

2 Aléas et risques naturels

▶ Un **risque** est le croisement entre un **aléa** et la **vulnérabilité** d'une zone.

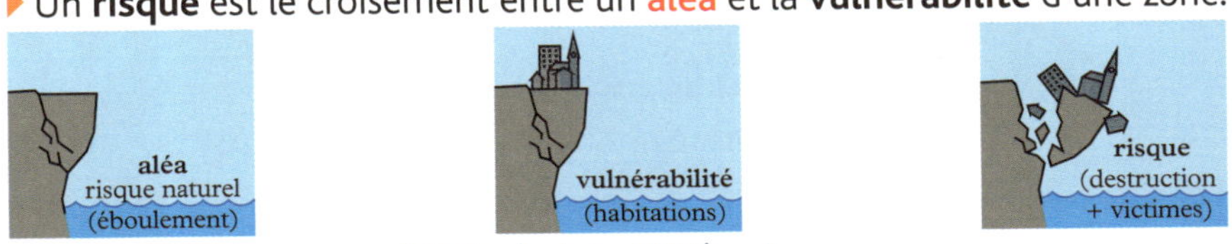

(aléa) × (vulnérabilité) = risque

▶ Il existe des mesures de prévention, de protection, d'adaptation, ou d'atténuation de ces phénomènes.

3 Dynamique des masses d'eau et d'air

▶ Ce sont des différences de température et de pression qui mettent en mouvement les masses d'air et sont à l'origine du **vent**.

▶ Les **courants océaniques de surface** (les vagues) sont couplés aux mouvements des masses d'air.

▶ Ce sont des différences de température et de salinité qui mettent en mouvement les masses d'eau profondes et sont à l'origine des **courants océaniques profonds**.

Mots-clés

Climat : Ensemble des conditions physiques et météorologiques (température, humidité, pression, vent…) qui caractérisent un lieu donné.
Pluviométrie : Mesure de la quantité de pluie tombée.
Aléa : Possibilité qu'un phénomène naturel dangereux affecte une zone (tornade, cyclone, éboulement…).

Météo et climat

- La **météo** désigne le temps qu'il fait en ce moment ou qu'il fera dans les jours qui viennent.
- Le **climat** désigne les valeurs moyennes du temps sur des semaines et des années.

Comment faire ?

▶ **Observer l'effet de la température sur le mouvement des vents**

1° Il te faut : un livre, un bloc de glace, un bâton d'encens.
2° Fais les expériences suivantes.
3° Tire une conclusion de tes observations.
La diminution de la température de l'air le rend plus dense, ce qui entraîne une descente de l'air froid.

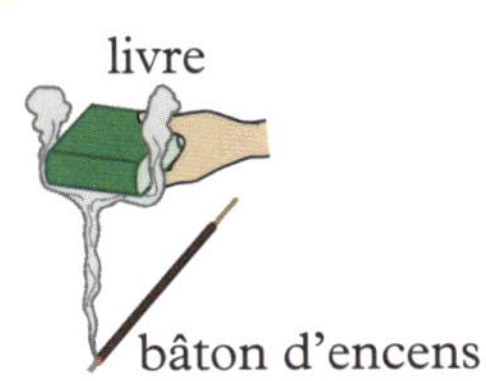

Condition 1
Bâton d'encens sous un livre à température moyenne.

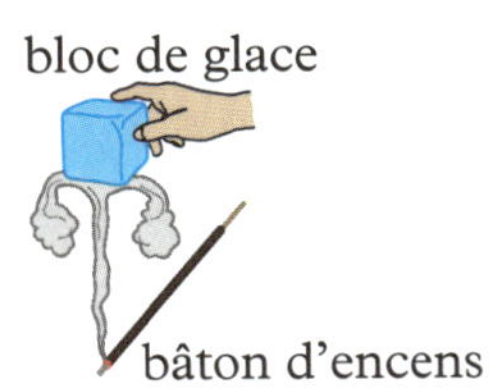

Condition 2
Bâton d'encens sous un bloc de glace à basse température.

Corrigés → livret, p. 37

S'entraîner

QUIZ-TEST

Coche la (ou les) bonne(s) réponse(s).

1 La destruction d'une ville par une tornade est :

a) un risque naturel. .... ☐
b) un aléa naturel. .... ☐
c) lié à la vulnérabilité de la zone géographique concernée. .... ☐

2 Les quatre saisons que l'on observe en France :

a) sont caractéristiques de la zone tempérée. ☐
b) existent partout sur la planète. .... ☐
c) existent dans les zones tempérées et les zones chaudes. .... ☐

3 ★ Zone géographique et zone climatique

Pour chaque zone géographique, précise la zone climatique.

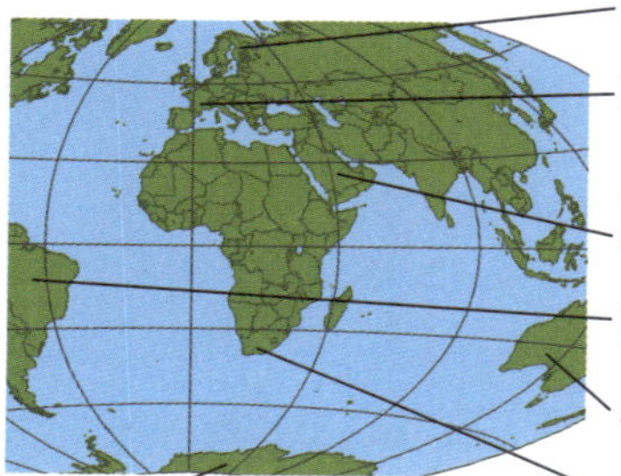

Finlande : ....
France : ....
Arabie saoudite : ....
Brésil : ....
Australie : ....
Afrique du Sud : ....
Antarctique : ....

4 ★ Risque, aléa ou vulnérabilité ?

Complète les phrases avec les mots suivants.
un risque – un aléa – une vulnérabilité

a) Un tsunami est ....

b) La destruction d'un village suite à une tornade est ....

c) La présence d'une école dans une zone inondable crée ....

d) La construction d'habitations sur une zone à fort risque sismique crée ....

e) Un éboulement est ....

5 ★★ Salinité, température et courants d'eau profonds

Justine réalise les expériences suivantes pour mettre en évidence l'influence de la température et de la salinité de l'eau sur sa mise en mouvement.

Partie 1 : Expériences sur la salinité

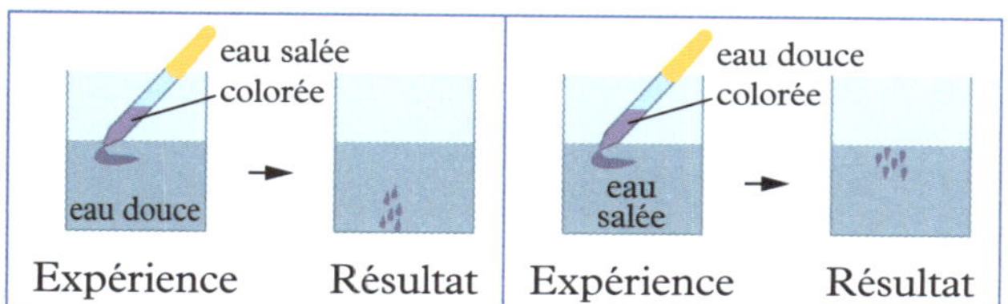

.... | ....

Partie 2 : Expériences sur la température

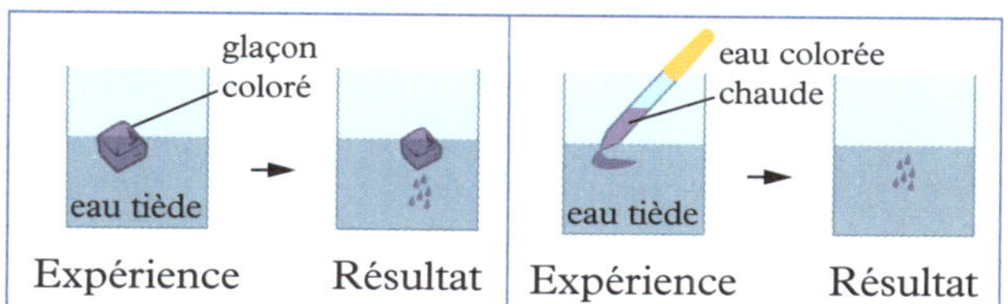

.... | ....

a) Trace une flèche sur chaque schéma représentant le trajet de l'eau colorée.

b) Décris le résultat de chaque expérience dans le cadre sous chaque schéma.

c) Conclus sur l'effet de la température sur la mise en mouvement des masses d'eau.

....

d) Conclus sur l'effet de la salinité sur la mise en mouvement des masses d'eau.

....

3 L'exploitation et la gestion des ressources en eau

Retiens l'essentiel

1 Les ressources en eau

- L'eau douce naturelle peut-être prélevée :
– dans les rivières et les lacs pour être traitée dans les **usines de traitement** ;
– au niveau des sources et des nappes souterraines pour être embouteillée sur place (eaux minérales naturelles).
- L'eau est une ressource inégalement répartie sur la planète.

2 L'utilisation de l'eau par l'Homme

L'eau est utilisée : pour produire de l'**énergie** (énergie nucléaire ou hydroélectricité), au **quotidien dans les foyers** (boisson, cuisine, hygiène, sanitaires...), dans l'**agriculture** (irrigation des cultures et élevages) et dans l'**industrie**.

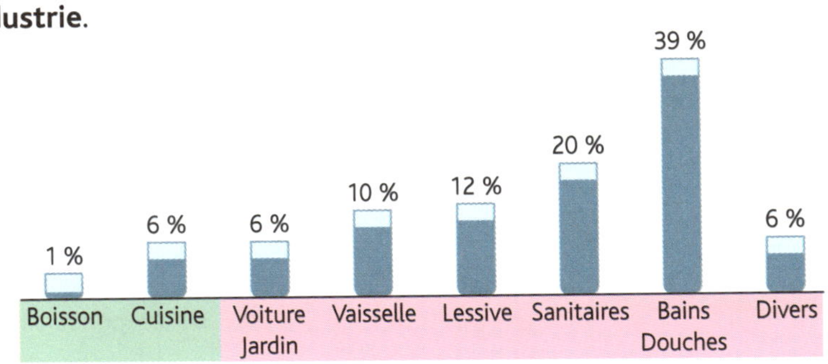

La consommation d'eau journalière d'un Français dans son foyer

3 La gestion de l'eau

- Les **eaux naturelles** deviennent des **eaux potables** après traitement dans les usines de production d'eau potable. Cinq étapes sont nécessaires pour obtenir l'eau du robinet et les eaux minérales.
- Le **stockage de l'eau** se fait dans des châteaux d'eau et la **distribution** par des réseaux de canalisation souterrains.
- Les **stations d'épuration** permettent de traiter les eaux usées (60 % d'origine industrielle et 40 % d'origine ménagère) pour éviter qu'elle soit source de pollution.

L'eau sur la planète

Sur Terre, on trouve 97 % d'eau salée, 2 % d'eau bloquée sous forme de glace et seulement 1 % d'eau douce liquide disponible.

À savoir — Quantité d'eau utilisée par chaque secteur en France

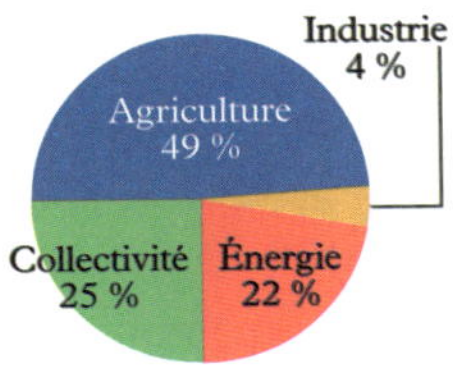

Mot-clé

Potable : qui peut être consommé sans risque pour la santé.

Comment faire ?

Comprendre le fonctionnement d'une station d'épuration

Plusieurs étapes sont nécessaires pour traiter les eaux usées :
– un traitement physique pour enlever les éléments en suspension dans l'eau : dégrillage, dégraissage et décantation ;
– un traitement biologique réalisé par des micro-organismes.

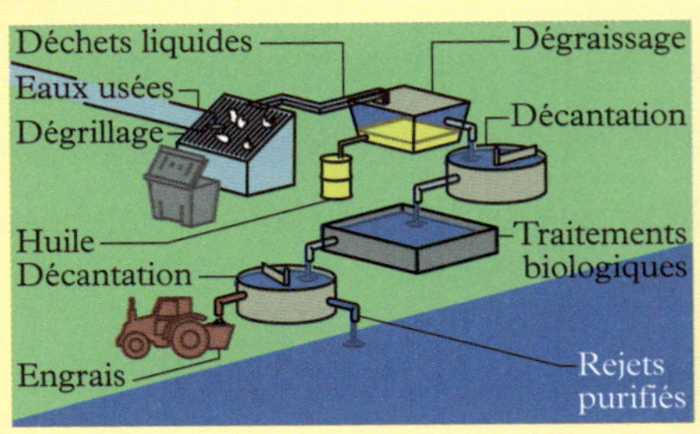

Corrigés → livret, p. 38

S'entraîner

QUIZ-TEST

Coche la (ou les) bonne(s) réponse(s).

1 Une nappe souterraine contient de l'eau :

a) salée. ☐

b) douce naturelle. ☐

c) douce potable. ☐

2 L'eau utilisée dans les chasses d'eau des sanitaires est de l'eau :

a) potable. ☐

b) usée. ☐

c) naturelle non traitée. ☐

3 ★ L'eau, ça compte !

En t'aidant du cours, complète les phrases suivantes avec les bons chiffres.

a) L'eau douce liquide représente .... % de l'eau présente sur Terre.

b) L'agriculture représente, en France, ... % de l'utilisation de l'eau.

c) Pour obtenir de l'eau potable à partir de l'eau naturelle, il y a .... étapes nécessaires dans les usines de production.

4 ★★ Évolution de la consommation en eau

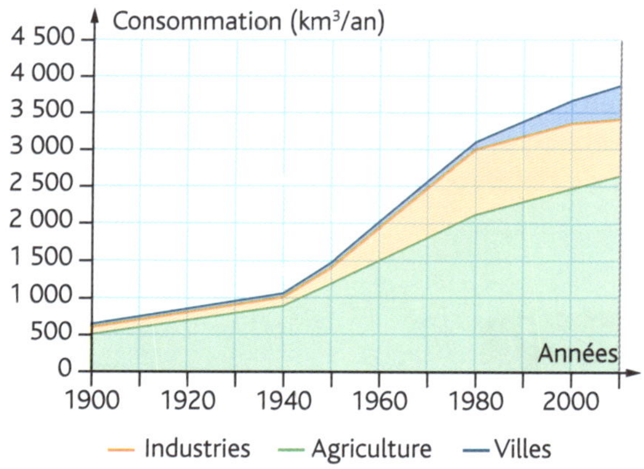

L'évolution de la consommation en eau depuis 1900

a) Précise, en donnant une valeur chiffrée, le secteur qui consomme le plus d'eau en km^3/an dans les années 2000.

....

....

....

....

....

b) Décris l'évolution de la consommation en eau depuis 1900.

....

....

....

c) Explique pourquoi, selon toi, il est important de bien gérer cette ressource au niveau planétaire.

....

....

....

5 ★★★ Irrigation agricole

Un agriculteur doit irriguer régulièrement ses cultures afin d'assurer leurs besoins en eau. Il utilise également des produits tels que les engrais pour favoriser leur croissance.

Explique comment les engrais peuvent polluer les eaux souterraines.

....

....

....

6 ★★★ L'eau de puits

Emmanuelle découvre un puits peu profond au fond de son jardin.

a) Quelle peut-être l'origine de l'eau présente dans le puits ?

....

b) Selon toi, cette eau est-elle consommable directement ?

....

SVT

4 Les besoins des végétaux

Retiens l'essentiel

1 La plante échange avec son milieu de vie

▸ À l'obscurité, la plante **respire.** Elle absorbe donc du dioxygène (O_2) et rejette du dioxyde de carbone (CO_2) au niveau des feuilles.

▸ À la lumière, la plante réalise la photosynthèse. Elle absorbe du dioxyde de carbone (CO_2) et rejette du dioxygène (O_2) au niveau des feuilles.

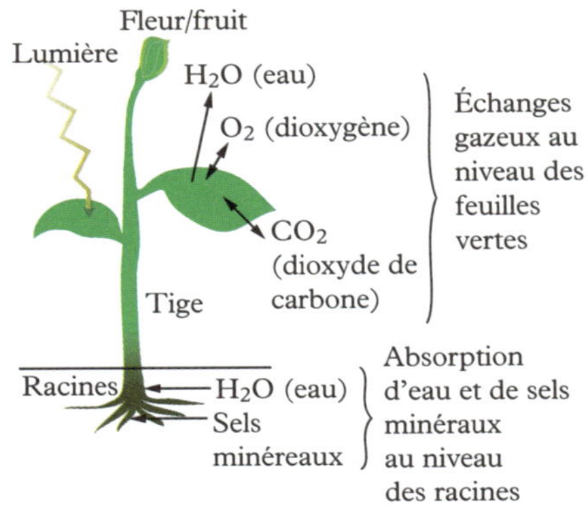

Schéma fonctionnel des surfaces d'échange d'une plante chlorophyllienne

Mots-clés

Photosynthèse : processus qui permet aux plantes vertes de synthétiser de la matière organique en utilisant la lumière du soleil (« photo » vient du grec ancien *phôtós* qui signifie « lumière »).

Chlorophylle : pigment qui donne la couleur verte aux végétaux verts.

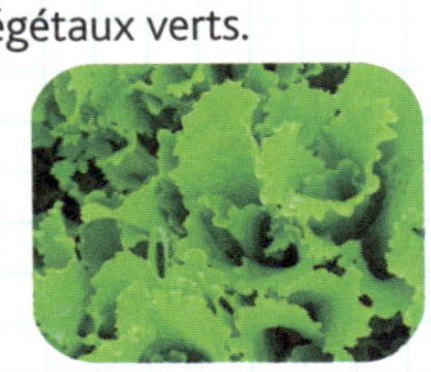

La salade, un végétal chlorophyllien

2 La production de matière

▸ La production des **molécules organiques** est permise grâce à la photosynthèse en présence de lumière.

▸ La **photosynthèse** nécessite de la chlorophylle et ne se fait donc que dans les parties vertes de la plante. Les feuilles sont appelées des **organes de synthèse**.

3 Le stockage de matière

Ces molécules organiques permettent à la plante de fonctionner et de grandir en fabriquant sa matière organique. Un stockage de cette matière est possible dans les **organes de réserve :** graines, fruits, tubercule...

Comment faire ?

▸ Écrire la formule de la photosynthèse

Lors de la photosynthèse, une plante verte absorbe de l'eau (H_2O) et du dioxyde de carbone (CO_2) et rejette du dioxygène (O_2). Cette réaction qui nécessite de la lumière lui permet de fabriquer sa matière organique. À partir de ces informations, écris la formule simplifiée de la photosynthèse.

1° Repère dans le texte les éléments à placer dans l'équation :

– les éléments absorbés : eau et dioxyde de carbone ;
– les éléments fabriqués : dioxygène et matière organique ;
– les éléments nécessaires : lumière et chlorophylle.

2° Respecte la construction de l'équation.

éléments nécessaires

éléments absorbés ⟶ éléments fabriqués

3° Rédige l'équation de la photosynthèse.

lumière

eau + dioxyde de carbone ⟶ molécules organiques + dioxygène

chlorophylle

Corrigés → livret, p. 38

S'entraîner

QUIZ-TEST

Coche la (ou les) bonne(s) réponse(s).

1 De l'eau est rejetée par les plantes au niveau :

a) des racines. ☐
b) des feuilles. ☐
c) de la tige. ☐

2 La chlorophylle :

a) permet de réaliser la photosynthèse. ☐
b) donne sa couleur à la plante verte. ☐
c) n'est active qu'à l'obscurité. ☐

3 ★ Photosynthèse ou respiration ?

a) Pour chaque phrase, précise s'il s'agit d'un échange gazeux lié à la respiration ou à la photosynthèse.

Le végétal absorbe du dioxygène :

....

Le végétal absorbe du dioxyde de carbone :

....

Le végétal rejette du dioxyde de carbone :

....

Le végétal rejette du dioxygène :

....

b) Surligne les échanges gazeux qui nécessitent la présence de lumière.

4 ★★ Ça bulle ?

Édouard veut acheter un aquarium. Le vendeur lui conseille de placer des végétaux aquatiques à l'intérieur pour que l'eau soit plus riche en dioxygène.

a) Explique comment les végétaux aquatiques améliorent l'oxygénation de l'eau.

....

....

....

b) Édouard remarque des bulles sur les feuilles de ces végétaux une fois placés dans l'eau. Que représentent-elles ?

....

....

5 ★★★ Expérimentation

L'expérience ci-après est réalisée pour mettre en évidence le rejet de dioxyde de carbone lors de la respiration d'une plante verte.
Le bocal est placé dans un lieu où l'obscurité est complète.
Le résultat obtenu après quelques jours est : l'eau de chaux devient blanche.
Rappel : l'eau de chaux seule est transparente ;
l'eau de chaux + dioxyde de carbone est blanche.

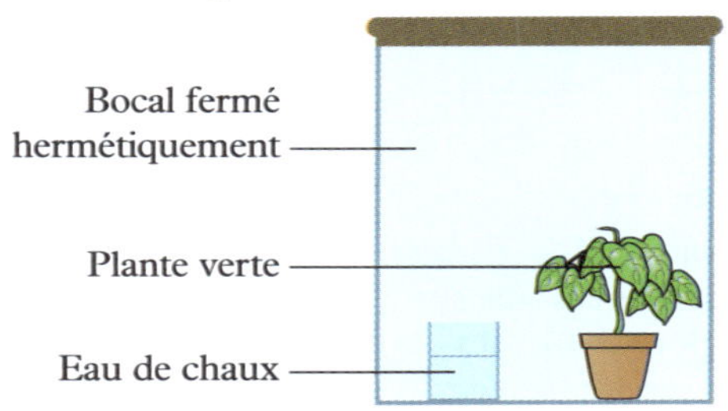

a) Pourquoi l'obscurité doit-elle être complète lors de l'expérience ?

....

....

b) Explique le résultat obtenu au niveau de l'eau de chaux.

....

....

c) À ton avis, cette expérience aurait-elle fonctionné avec une plante non verte ? Justifie ta réponse.

....

....

....

....

SVT

5 Le transport au sein de la plante

Retiens l'essentiel

1 La nécessité d'un transport

- L'eau et les sels minéraux prélevés par les racines vont permettre à la plante de faire la **photosynthèse** dans les feuilles vertes. La **matière organique** créée par cette photosynthèse devra à son tour être transportée dans toutes les autres parties de la plante.
- Il faut donc des **voies de transport** permettant de faire circuler ces éléments dans la plante sans qu'ils se mélangent.

Mot-clé

Sève : Liquide qui circule dans les différentes parties de la plante et qui la nourrit.

2 Le flux d'éléments nutritifs

La sève **brute** provient des racines, elle contient de l'eau et des sels minéraux. Elle circule dans l'organisme végétal uniquement dans le **sens ascendant**, c'est-à-dire des racines aux feuilles, où elle sera utilisée pour fabriquer la matière organique.

3 Le flux de matière

La **sève élaborée** provient des feuilles vertes, elle contient de l'eau et les molécules organiques (principalement des glucides) synthétisées grâce à la photosynthèse. Elle circule dans le végétal principalement dans le **sens descendant**, c'est-à-dire des feuilles vers le bas de la plante. Elle peut cependant aller dans toutes les parties de la plante pour assurer la croissance de l'ensemble des organes.

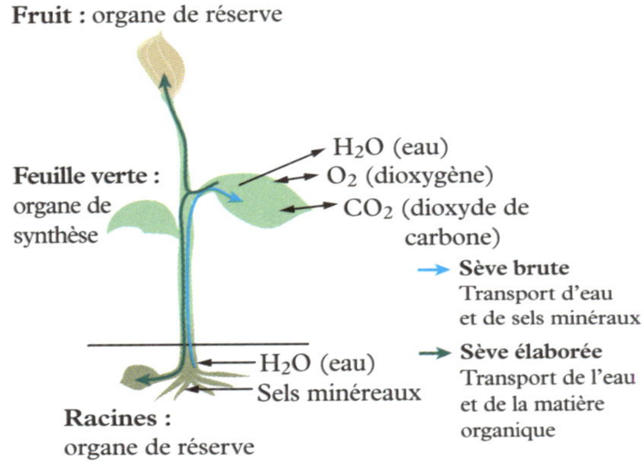

Sens de circulation des différentes sèves dans la plante

À savoir

Nervures des feuilles

Les nervures que tu observes sur les feuilles des arbres sont les « tuyaux » dans lesquels circulent les deux types de sèves.

Comment faire ?

Visualiser la montée de l'eau dans une plante

1° Prépare ton expérience.

Il te faut : quelques fleurs blanches, du colorant alimentaire, un vase.

2° Réalise l'expérience.

Verse de l'eau aux trois quarts d'un vase. Ajoute quelques gouttes de colorant et mélange bien. Place les fleurs dans le vase et laisse-les au moins trois heures.

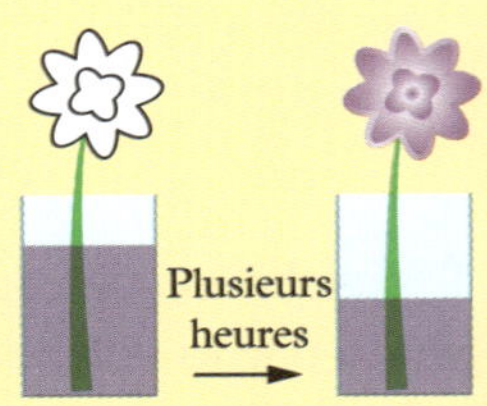

3° Tire une conclusion de tes observations.

Tu vas observer que les fleurs prennent la couleur du colorant. Ce phénomène se produit car l'eau colorée monte lentement dans la tige.

Corrigés → livret, p. 38

S'entraîner

QUIZ-TEST

Coche la (ou les) bonne(s) réponse(s).

1 L'eau et les sels minéraux constituent :

a) la sève élaborée. ☐
b) la sève brute. ☐
c) les deux types de sèves. ☐

2 La sève élaborée est utilisée par :

a) les feuilles. ☐
b) toutes les parties de la plante. ☐
c) les racines. ☐

3 ★ Question de bon sens

a) Sur chaque schéma, retrace successivement par des flèches ascendantes ou descendantes le mouvement des sels minéraux, des glucides et de l'eau.
b) Précise pour chaque élément comment il va être utilisé par la plante.

Sels minéraux .... Glucides .... Eau ....

4 ★★ La guttation des végétaux

La guttation est l'apparition de gouttelettes d'eau à l'extrémité des feuilles des végétaux à la fin de la nuit.

a) Indique si la sève qui apparaît à l'extrémité des feuilles est de la sève brute ou de la sève élaborée et présente le trajet qu'elle a parcouru pour se retrouver à l'extrémité des feuilles.

....

....

b) Explique l'intérêt pour la plante de faire venir cette eau jusqu'à la feuille.

....

....

5 ★★★ Tubercule racinaire

La carotte est un tubercule racinaire, c'est-à-dire un organe de réserve qui se forme à partir d'une racine qui assure le stockage de matière organique (essentiellement des glucides) fabriquée par la plante.

a) Précise quel organe assure la synthèse de cette matière organique.

....

....

b) Précise quels éléments sont nécessaires à la fabrication de cette matière organique et leur lieu de prélèvement au niveau de la plante.

....

....

....

c) Selon toi, pourquoi la sève élaborée est aussi appelée « sève sucrée » ?

....

....

d) En sachant que ses réserves seront utilisées par la plante lors de la floraison, explique pourquoi on peut dire que la sève élaborée circule dans deux sens.

....

....

....

....

....

6 La reproduction sexuée et asexuée

Retiens l'essentiel

1 La reproduction asexuée

La reproduction asexuée permet d'obtenir un nouvel individu à partir d'un seul parent, sans distinction de mâle ou femelle. Le nouvel individu est strictement identique à son parent.

Reproduction par bourgeonnement de l'hydre (animal aquatique)

2 La reproduction sexuée

▶ La reproduction sexuée nécessite la rencontre entre une cellule reproductrice mâle et une cellule reproductrice femelle : c'est la **fécondation**. Elle donnera une cellule-œuf qui deviendra le nouvel individu.

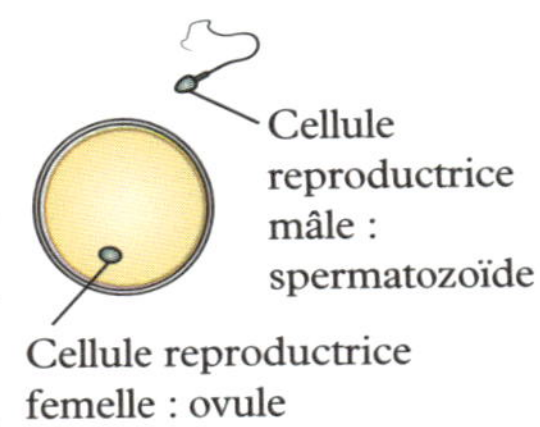

Cellules reproductrices animales

▶ **Chez les animaux**, il y a deux types de fécondation :
– la **fécondation externe** lorsqu'elle a lieu dans le milieu de vie. *Ex.* : grenouille, oursin.
– la **fécondation interne** lorsqu'elle a lieu dans l'organisme femelle. Elle nécessite un accouplement du mâle et de la femelle. *Ex.* : mammifère.

▶ **Chez les végétaux**, les **étamines** contenant le pollen sont les organes reproducteurs mâles et le **pistil**, l'organe reproducteur femelle. La fécondation a lieu dans le pistil et permet sa transformation en **fruit**.

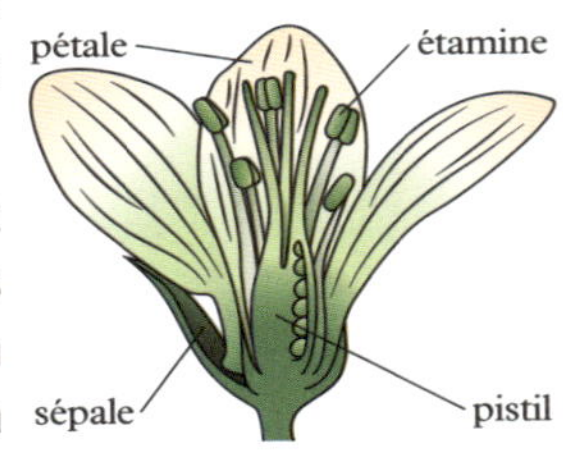

Anatomie d'une fleur

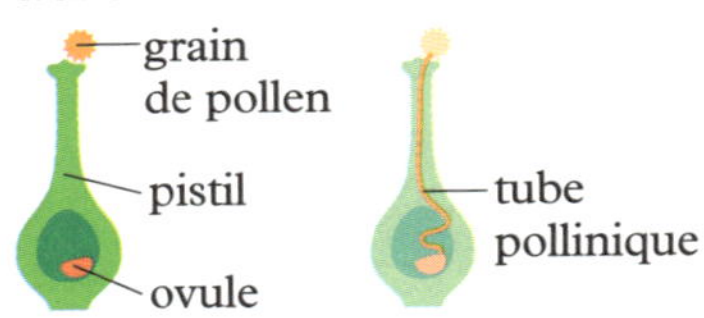

Les étapes de la fécondation végétale

Lorsqu'un grain de pollen se dépose au sommet du pistil, un tube pollinique se forme et s'enfonce dans le pistil jusqu'à l'ovule pour permettre la fécondation.

Ovipare ou vivipare

Les espèces animales peuvent être :
- **ovipares** : l'embryon se développe dans un œuf jusqu'à éclosion ;
  Ex. : poule.
- **vivipares** : l'embryon se développe à l'intérieur de l'utérus de la mère et sa naissance nécessite un accouchement.
  Ex. : espèce humaine.

À savoir — Milieux et mode de reproduction

Généralement, les **espèces aquatiques** font une fécondation externe et les **espèces terrestres** une fécondation interne. Il y a quelques exceptions comme le requin ou la roussette.

Comment faire ?

▶ **Réaliser une bouture de l'éphémère, un exemple de reproduction asexuée chez les végétaux**

→ Coupe une branche de la plante puis place-la dans un petit récipient rempli d'eau. Assure-toi que la bouture ne manque jamais d'eau.

→ Tu vas voir apparaître de jeunes racines sur la tige. Quand les racines atteindront environ 1 cm, tu pourras mettre en terre ta jeune plante.

S'entraîner

Corrigés → livret, p. 38

QUIZ-TEST

Coche la (ou les) bonne(s) réponse(s).

1 **Une bactérie peut se diviser en deux afin de donner deux bactéries strictement identiques. C'est un exemple de :**

a) fécondation. .... ☐
b) reproduction sexuée. .... ☐
c) reproduction asexuée. .... ☐

2 **Pour se reproduire, les chats s'accouplent puis la femelle porte dans son utérus les chatons en développement pendant environ 2 mois. C'est une reproduction :**

a) asexuée. .... ☐
b) sexuée à fécondation interne. .... ☐
c) sexuée à fécondation externe. .... ☐

3 ★ La fécondation

Complète la définition suivante en choisissant les bons mots entre parenthèses.

La fécondation est la rencontre entre une cellule reproductrice (*mâle / aquatique*) et (*un organe / une cellule*) reproductrice (*femelle / mâle*) qui donnera une (*cellule reproductrice / cellule-œuf*) à l'origine du nouvel (*individu / organe*).

4 ★ Vocabulaire de la reproduction

Relie chaque mot à sa définition.

a) Spermatozoïde •	• 1. Organe reproducteur femelle des végétaux
b) Pistil •	• 2. Organe reproducteur mâle des végétaux
c) Ovule •	• 3. Cellule reproductrice femelle
d) Étamine •	• 4. Cellule reproductrice mâle des végétaux
e) Pollen •	• 5. Cellule reproductrice mâle des animaux

5 ★★ La naissance d'un veau

Après l'accouplement du taureau et de la vache, neuf mois sont nécessaires à la gestation du veau dans l'organisme maternel. Pendant toute la gestation, les besoins alimentaires de la vache augmentent.

Le vêlage durera environ trois heures et permettra la naissance d'un veau.

a) Précise le type de fécondation de cette espèce. Justifie ta réponse.

....

b) Précise si l'espèce est ovipare ou vivipare en justifiant ta réponse.

....

c) Selon toi, pourquoi les besoins alimentaires de la vache augmentent pendant la gestation ?

....

6 ★★★ Le pistachier

Nathan a reçu un pistachier pour son anniversaire et le plante dans son jardin avec l'espoir d'obtenir rapidement des pistaches : le fruit du pistachier.

Le pistachier a la particularité de ne posséder que des fleurs mâles ou femelles sur un arbuste. Celui de Nathan ne porte que des fleurs femelles.

a) Cite l'organe reproducteur présent au sein des fleurs de l'arbuste de Nathan.

....

b) Explique pourquoi l'arbuste de Nathan ne produira jamais de pistache.

....

SVT

7 Les écosystèmes

Retiens l'essentiel

1 Un écosystème en fonctionnement

▶ Un écosystème est l'ensemble d'un **milieu physique**, des **organismes** qui vivent dans ce milieu et des **interactions** au sein de ce milieu entre les organismes eux-mêmes et entre les organismes et leur milieu.

▶ Il y a un **flux de matière et d'énergie** au sein des écosystèmes qui se traduit, entre autres, par l'existence de réseaux alimentaires entre les organismes vivants au sein de l'écosystème.

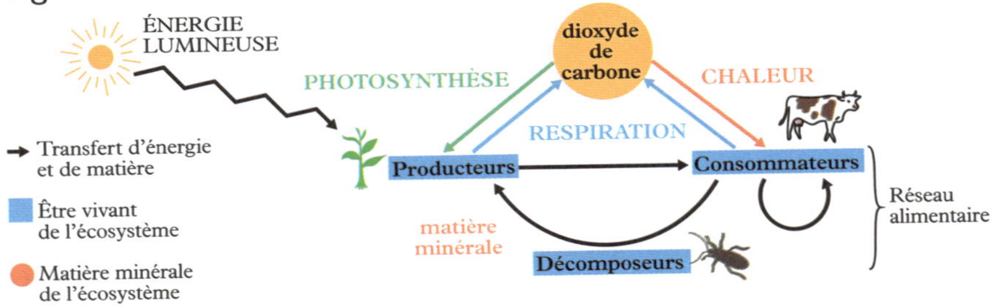

Le fonctionnement d'un écosystème

2 Activité humaine à l'échelle locale

▶ Un écosystème est un ensemble stable : les organismes s'adaptent constamment aux conditions du milieu de vie.

▶ Cette stabilité peut être perturbée par l'action de l'Homme de trois façons :
– par l'**épuisement des ressources** car l'Homme puise dans son environnement des ressources énergétiques ;
– par la **pollution** des eaux, de l'air et des sols ;
– par la **destruction des habitats**. En aménageant son environnement, l'Homme modifie les habitats et peut entraîner la diminution de la biodiversité d'un écosystème.

Mot-clé

Réseau alimentaire : Ensemble de plusieurs chaînes alimentaires reliées entre elles au sein d'un écosystème.

À savoir

Étymologie d'« écosystème »

« Éco » vient du mot grec ancien qui veut dire « maison ». « Système » veut dire « éléments qui interagissent ». Donc, le mot écosystème nous indique que les différentes parties existent ensemble comme dans une maison et qu'elles agissent les unes sur les autres.

Comment faire ?

▶ **Lire un réseau alimentaire**

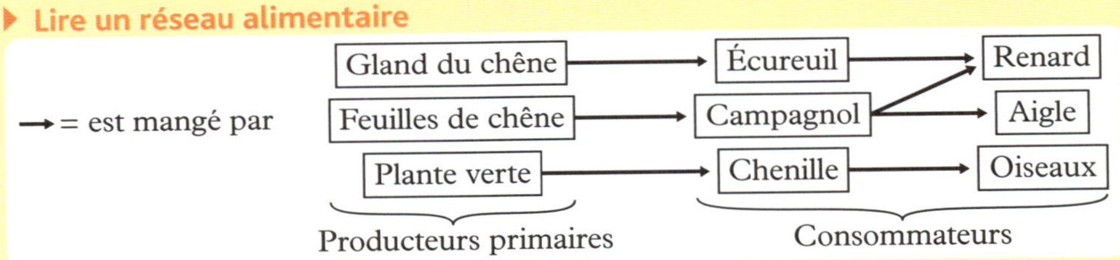

→ Pour lire le réseau, il faut lire chaque chaîne individuellement.

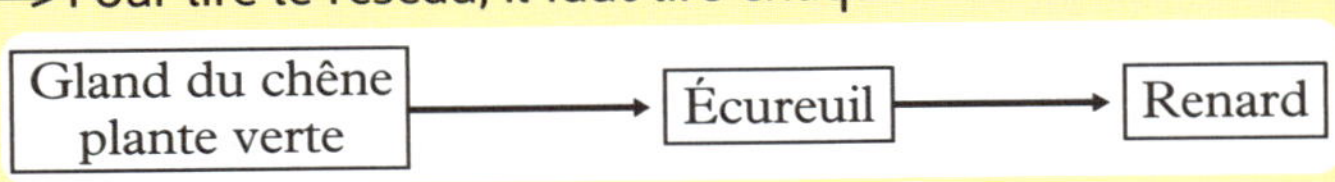

La chaîne ci-dessus se lit comme ceci : le gland est mangé par l'écureuil. L'écureuil est mangé par le renard.

S'entraîner

Corrigés → livret, p. 39

QUIZ-TEST

Coche la (ou les) bonne(s) réponse(s).

1 Un écosystème est un milieu naturel :

a) sans trace humaine. ☐
b) où toutes les composantes sont interdépendantes. ☐
c) peuplé d'organismes vivants. ☐

2 La photosynthèse :

a) permet un transfert d'énergie au sein de l'écosystème. ☐
b) est réalisée par les producteurs de l'écosystème. ☐
c) assure la synthèse de matière minérale au sein de l'écosystème. ☐

3 ★ Le fonctionnement d'un écosystème

Pour chaque affirmation coche la bonne réponse.

Vrai ou faux ? V F

a) Les organismes vivants de l'écosystème s'adaptent à l'évolution des paramètres du milieu. ☐ ☐
b) Les décomposeurs déstabilisent l'écosystème. ☐ ☐
c) La respiration constitue un transfert d'énergie au sein de l'écosystème. ☐ ☐
d) Un producteur est forcément un végétal vert. ☐ ☐

4 ★★ L'écosystème d'un étang

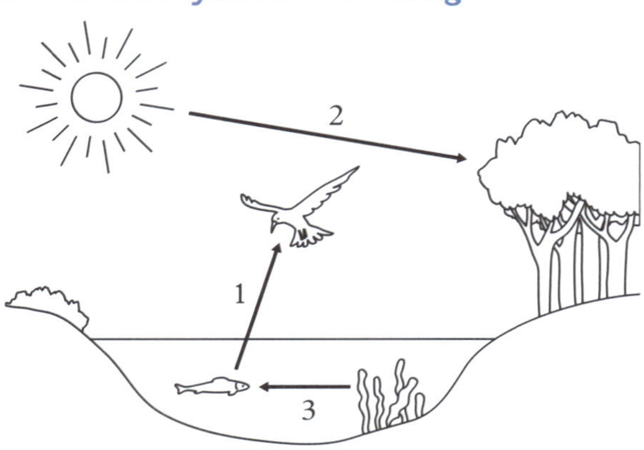

a) Colorie au sein de cet écosystème :
– en vert, les producteurs ;
– en bleu, les consommateurs ;
– en jaune, le milieu physique.

b) Associie à chaque numéro sa légende.

☐ ..... Transfert d'énergie
☐ ..... Transfert de matière de producteur à consommateur
☐ ..... Transfert de matière de consommateur à consommateur

c) À ton avis, où sont les décomposeurs dans cet écosystème ?

....

....

5 ★★★ Marée noire

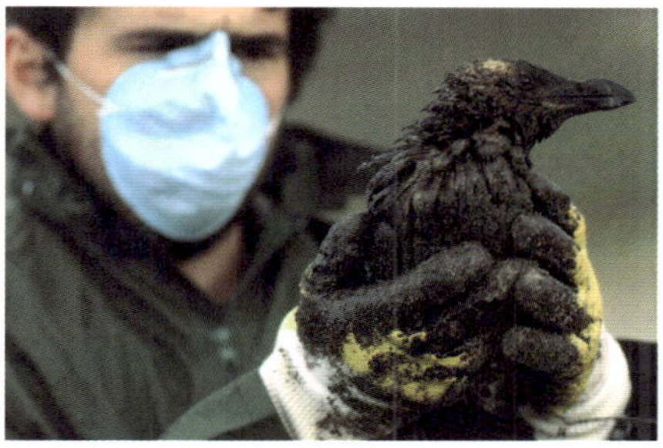

Le 7 octobre 2018, la collision de deux bateaux a causé l'écoulement d'une vaste nappe de fioul en mer méditerranée. Cette marée noire peut toucher une partie de la faune et la flore présentes au large de la Corse.

Présente l'impact de cet accident sur l'écosystème corse.

....

....

....

SVT

8 La classification du vivant

Retiens l'essentiel

1 Les caractères partagés

Définir les attributs que possèdent en commun des organismes permet de réaliser un **tableau d'attributs**.

	bouche	poils	6 pattes	8 pattes	squelette externe
insecte	présente		présentes		présent
vache	présente	présents			
araignée	présente			présentes	présent

Mot-clé

Attribut : Caractère visible d'un être vivant (squelette, poils…).

2 Les groupes emboîtés

▸ Le tableau d'attributs permet de créer des **groupes emboîtés**. Les êtres vivants qui partagent un ou des attributs sont dans un même groupe. Un organisme possède les attributs correspondants aux boîtes dans lesquelles il se trouve.

▸ Plus les espèces partagent d'attributs et plus elles sont proches. L'insecte est plus proche de l'araignée (deux attributs en commun : squelette externe et bouche) que de la vache (un seul attribut en commun : la bouche).

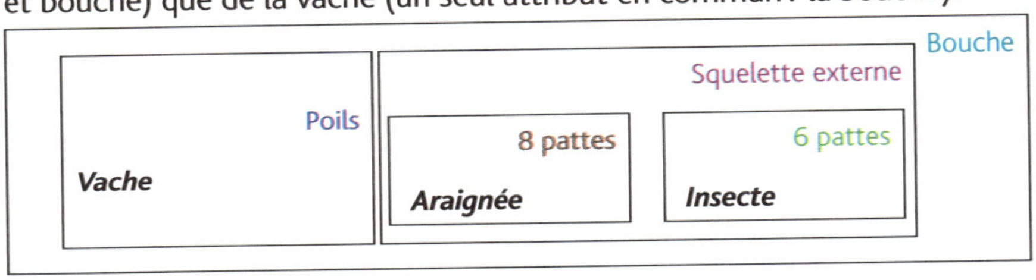

Ne pas confondre *trier et classer*

- **Trier** des organismes revient à les séparer ou les regrouper en fonction d'**un caractère** qu'ils possèdent ou non.
- **Classer** des organismes revient à les regrouper à partir de **plusieurs caractères** qu'ils possèdent en commun.

3 L'arbre de parenté

Les groupes emboîtés permettent de construire un arbre de parenté.

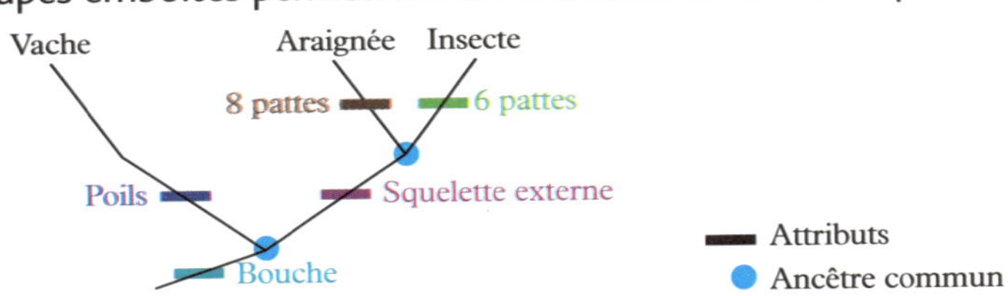

Comment faire ?

▸ **Lire un arbre phylogénétique**

→ Un arbre phylogénétique (de parenté) permet de préciser les parentés entre organismes.

→ Il se lit de bas en haut et les attributs sont placés sur les branches de l'arbre.

→ Un ancêtre commun possède tous les attributs présents sur les branches qui se trouvent sous lui.

Ex. : Sur l'arbre du cours, l'ancêtre commun à l'araignée et à l'insecte possède une bouche et un squelette externe.

S'entraîner

Corrigés → livret, p. 39

QUIZ-TEST

Coche la (ou les) bonne(s) réponse(s).

1 La présence de poils et de mamelles chez un animal atteste de son appartenance au groupe :

a) des vertébrés. ☐
b) des mammifères. ☐
c) des animaux. ☐

2 Dans une classification en groupes emboîtés :

a) deux attributs peuvent être placés dans la même boîte. ☐
b) le nom d'un même organisme peut apparaître deux fois dans deux boîtes différentes. ☐
c) la plus grande boîte contient toutes les autres. ☐

3 ★★ La classification en groupes

Observe le schéma et complète chaque affirmation.

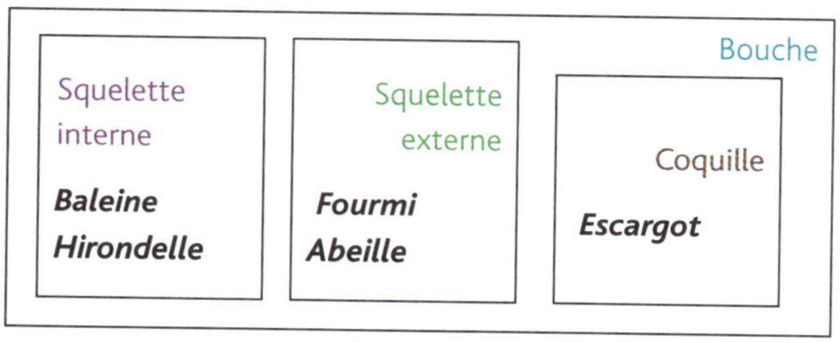

a) Ce document est une ....

b) La baleine possède une bouche et un squelette ....

c) La boîte de l'attribut « bouche » contient .... organismes.

d) La boîte de l'attribut « coquille » est la plus petite car elle contient le plus .... nombre d'organismes.

e) La fourmi est plus proche parent avec .... qu'avec l'hirondelle.

4 ★★★ Classification

	mâchoire	poils
canard	présente	
souris	présente	présents
Homme	présente	présents
brochet	présente	

	mamelles	nageoires	plumes
canard			présentes
souris	présentes		
Homme	présentes		
brochet		présentes	

a) Complète la classification suivante en plaçant les organismes dans les bons groupes à l'aide du tableau d'attributs ci-dessus.

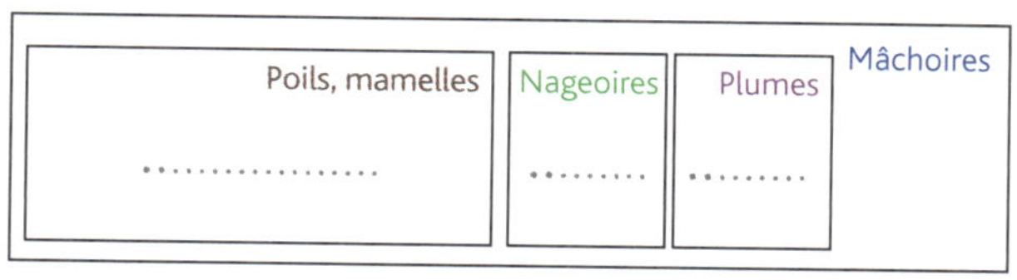

b) Choisis l'arbre qui te semble correct. Justifie ta réponse.

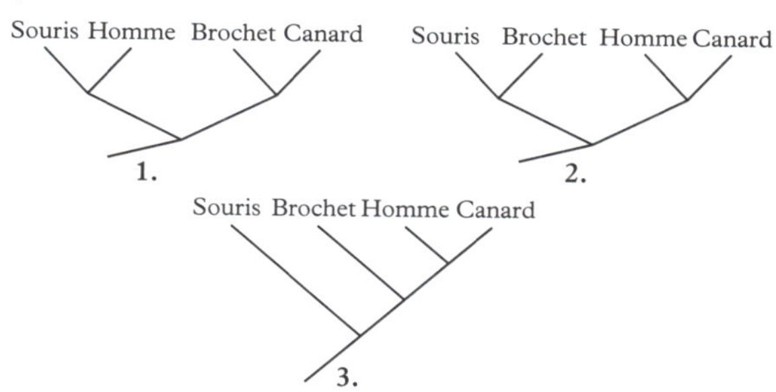

....

....

....

c) Complète l'arbre que tu as choisi en plaçant les attributs et les ancêtres communs.

9 La biodiversité au cours du temps

Retiens l'essentiel

1 La biodiversité actuelle et passée

- La biodiversité actuelle ne représente qu'une partie des espèces ayant existé depuis les débuts de la vie.
- L'étude des fossiles retrouvés dans les roches sédimentaires permet de reconstituer cette biodiversité passée. Les espèces apparaissent, disparaissent, se succèdent au cours des temps géologiques.

2 Les crises biologiques

- Une **crise biologique** est une courte période géologique au cours de laquelle, au sein d'une large zone géographique, le nombre d'espèces de plusieurs groupes diminue fortement. Une crise biologique est suivie d'une période de forte diversification des espèces qui se sont maintenues.
- **Cinq grandes crises biologiques** marquent l'histoire de la vie sur la Terre. À chaque fois, entre 70 et 90 % des espèces vivantes ont disparu.

3 L'impact de l'activité humaine sur la biodiversité

- La biodiversité change au cours du temps sous l'effet de nombreux facteurs, dont l'activité humaine. L'Homme a causé la disparition de plusieurs espèces vivantes, essentiellement à cause de la **pêche**, la **chasse** et la **pollution**.

Ex. : La pipistrelle (chauve-souris) de l'île Christmas a été déclarée espèce disparue en 2017 à cause de l'introduction d'espèces invasives par l'Homme.

- Les scientifiques s'inquiètent de la disparition accélérée de plusieurs espèces et craignent une **sixième crise biologique**.

Mots-clés

Roche sédimentaire : Sédiments enfouis à l'abri de l'air qui, en plusieurs millions d'années, ont durci pour former une roche pouvant contenir des fossiles.

Fossile : Reste ou trace d'un organisme vivant (animal et végétal) ayant existé dans le passé et conservé dans une roche sédimentaire.

À savoir

L'extinction des dinosaures

Il y a 65 millions d'années, une crise biologique a causé la disparition des dinosaures et de beaucoup d'autres espèces (essentiellement marines). Cette extinction a permis aux mammifères de se diversifier, leur principal prédateur ayant disparu.

Comment faire ?

Modéliser des fossiles

Fossiles sous forme de traces (empreintes de feuille ou de squelette)

Fossiles sous forme de restes (os, dents...)

→ Il te faut : un récipient, des coquillages et des feuilles, de l'eau et du plâtre à moulage.

1° Remplis à moitié d'eau les récipients et saupoudre de plâtre. Puis remue jusqu'à obtenir un plâtre pâteux.

2° Pose les coquillages et les feuilles en exerçant une légère pression.

3° Attends deux jours avant de démouler. Tu obtiens un moulage des feuilles et des coquillages visibles sur le plâtre.

Corrigés → livret, p. 39

S'entraîner

QUIZ-TEST

Coche la (ou les) bonne(s) réponse(s).

1 La biodiversité actuelle est :

a) la même qu'il y a 500 millions d'années. .... ☐
b) une étape de l'histoire des espèces. .... ☐
c) l'ensemble des espèces qui sont apparues successivement depuis 100 millions d'années. .... ☐

2 L'extinction des dinosaures, il y a 65 millions d'années :

a) correspond à une crise biologique. .... ☐
b) est la seule disparition d'espèce à cette période. .... ☐
c) a permis aux mammifères de se diversifier. . ☐

3 ★ Processus de fossilisation

Reporte sur chaque dessin le numéro de l'étape à laquelle il correspond.

Étape 1 : Mort de l'animal et dépôt sur le fond.
Étape 2 : Enfouissement de la coquille dans les sédiments.
Étape 3 : Dépôt de sédiments en grande quantité sur la coquille.
Étape 4 : Transformation des sédiments en roche sédimentaire.
Étape 5 : Érosion de la roche et fossile visible en surface.

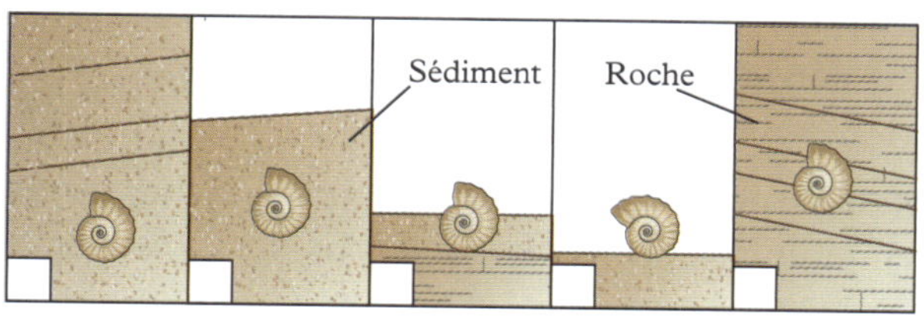

4 ★★ La biodiversité au cours du temps

Ces deux croquis illustrent la biodiversité en un même lieu mais à deux périodes géologiques différentes.

Cambrien
(– 500 millions d'années)

1. Méduse – 2. Corail
3. Algue – 4. Annélide
5. Trilobite

Crétacé
(– 100 millions d'années)

1. Corail – 2. Algue
3. Annélide – 4. Ostéichtyen
5. Ammonite

a) Complète le tableau suivant en plaçant les groupes présents à chaque période.

cambrien (– 500 millions d'années)	crétacé (– 100 millions d'années)

b) Explique pourquoi on peut dire que la biodiversité a changé au cours du temps dans ce lieu.

5 ★★ Étude d'une crise biologique

Il y a 252 millions d'années, 95 % des espèces marines mondiales ont disparu. Cette disparition serait due à la combinaison de phénomènes climatiques et géologiques.
Certaines espèces, notamment une espèce d'ammonites, ont été favorisées par cette crise et se sont diversifiées.

Repère dans le texte ci-dessus les informations qui permettent d'attester que la période décrite correspond à une crise biologique.

SVT

10 Les molécules organiques et les besoins alimentaires de l'Homme

Retiens l'essentiel

Mots-clés

Besoins énergétiques : Quantité d'énergie nécessaire à l'organisme pour fonctionner.

Dépenses énergétique : Quantité d'énergie dépensée (ex : marche à pied, sport, etc.).

Bilan énergétique : Différence entre les apports et les dépenses énergétiques. Un bilan équilibré est nul.

1 Besoins alimentaires de l'Homme

- Chaque individu a des **besoins alimentaires** qui dépendent de son sexe, de son âge, de sa taille, de son poids mais aussi de son mode de vie et de son activité physique.
- Pour être en bonne santé, l'Homme doit avoir un bon **équilibre alimentaire**, c'est à dire une alimentation qui équilibre les besoins et les dépenses énergétiques.

2 Les grandes familles de molécules organiques

	lipides (matière grasse)	glucides (sucres)	protides (protéines)
Aliments	Beurre, huile, jaune d'œuf	– Sucres lents : pain – Sucres rapides : bonbons, soda	Viande, épinard, blanc d'œuf

- Les molécules organiques sont des **molécules énergétiques**, c'est à dire qu'elles apportent de l'énergie à l'organisme.
- L'énergie se mesure en **joules** ou **kilojoules.**
- Les **vitamines et les minéraux** contribuent à l'équilibre alimentaire. Ils n'apportent pas d'énergie à l'organisme mais sont essentiels à son bon fonctionnement.
- Les différentes **familles d'aliments** sont plus ou moins riches en molécules organiques et en vitamines et minéraux, il faut donc manger chaque jour des aliments de chaque famille en fonction de ses besoins.

Manger et bouger !

Être en bonne santé résulte de la combinaison d'une bonne alimentation et d'une activité physique régulière !

Comment faire ?

Mettre en évidence les molécules organiques

→ **Test du papier** : frotte énergiquement l'aliment à tester sur une feuille de papier. Si une **tache** translucide apparaît, cela atteste la présence de lipides.

→ **Test à l'eau iodée pour les sucres lents** : place quelques gouttes d'eau iodée sur l'aliment. Si une coloration bleue apparaît, cela atteste la présence de sucres lents.

→ **Réaction du biuret** : dans un tube à essai, ajoute un peu de l'aliment, de la soude et du sulfate de cuivre. Si une coloration allant du rouge au bleu apparaît, cela atteste la présence de protéines.

S'entraîner

Corrigés → livret, p. 39

QUIZ-TEST

Coche la (ou les) bonne(s) réponse(s).

1 Les matières grasses :

a) sont mauvaises pour la santé. .... ☐
b) apportent de l'énergie à l'organisme. .... ☐
c) sont à consommer avec modération. .... ☐

2 Pour avoir un bon équilibre alimentaire, il faut que les apports énergétiques :

a) soient supérieurs aux dépenses énergétiques. ☐
b) soient inférieurs aux dépenses énergétiques. ☐
c) soient égaux aux dépenses énergétiques. .... ☐

3 ★ Dépenses énergétiques

Activités journalières de Lucie	Dépenses énergétiques en kilojoules
Trajet en bus pour se rendre au collège	150
Travail en classe	1 720
Devoirs à la maison	225
Temps passé devant un écran	270
Autres activités	1 255
Besoins liés au fonctionnement de l'organisme	5 273

a) Calcule les dépenses énergétiques de Lucie sur une journée.

....

b) Précise de quelle quantité devront être ses apports énergétiques pour qu'elle soit en bonne santé. Justifie ta réponse.

....

....

4 ★ Expérimentation

Les expériences suivantes sont réalisées afin de vérifier la présence de certaines molécules organiques dans le beurre et l'œuf.
Observe les résultats obtenus et coche la bonne réponse.

<table>
<tr><th>Test du biuret</th><th>Test du papier</th><th>Test à l'eau iodée</th></tr>
<tr><td>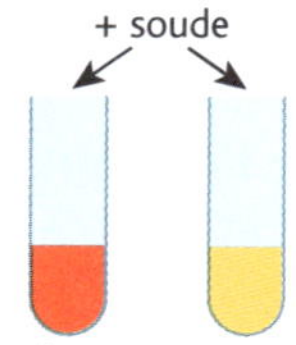
</td><td>Résultat après frottement du beurre sur le papier</td><td>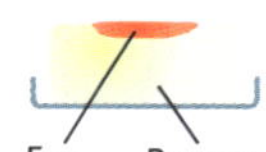
</td></tr>
</table>

Vrai ou faux ? V F

a) Le beurre contient des lipides. .... ☐ ☐
b) Le beurre ne contient pas de sucres lents. .... ☐ ☐
c) La coloration jaune de l'eau iodée atteste la présence de sucres lents. .... ☐ ☐
d) Le blanc d'œuf contient des protéines. .... ☐ ☐
e) Le jaune d'œuf contient des protéines. ...... ☐ ☐

5 ★★★ Régime alimentaire de sportif

Charlie entend à la télévision que les sportifs, pour être au maximum de leurs capacités, ont un régime alimentaire adapté et consomment des sucres lents avant un effort.
Avant le cours d'EPS, il décide d'aller à la boulangerie, achète et mange beaucoup de bonbons pour avoir une bonne note.
Explique simplement à Charlie pourquoi son idée est mauvaise et corrige son erreur en lui disant ce qu'il aurait dû manger avant le cours.

....

....

11 La digestion des aliments

Retiens l'essentiel

Mots-clés

Nutriments : Éléments nutritifs qui passent et circulent dans le sang pour être utilisés ensuite par les organes comme source d'énergie.
Système : Ensemble des organes qui participent à la même fonction. Le système digestif assure la digestion.
Sucs digestifs : Mélange d'acide et de molécules digestives.

À savoir

L'intestin grêle

La paroi externe de l'intestin grêle est un tube long de 8 m sur 3 cm de diamètre. La paroi interne de l'intestin a une structure particulière qui en fait une très bonne **surface d'échange** (grande surface de 302 m² + forte irrigation sanguine).

1 Le trajet des aliments

- La digestion est la transformation mécanique et chimique des aliments en **nutriments**. Elle est réalisée par le **système digestif**.
- Le système digestif comprend un **tube digestif** dans lequel passent les aliments et les **organes indispensables à la digestion.**

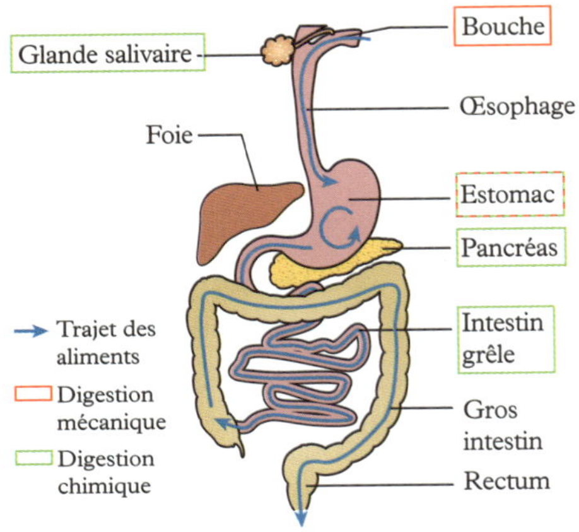

Le système digestif humain

2 Les deux types de digestion complémentaires

- La **digestion mécanique** est assurée par les dents (mastication) et l'estomac (brassage) et permet d'écraser les aliments.
- La **digestion chimique** est assurée par les **sucs digestifs** : la salive (fabriquée par les glandes salivaires), les sucs gastriques (estomac), les sucs intestinaux (intestin grêle) et les sucs pancréatiques (pancréas).
- Les **sucs digestifs** transforment les molécules qui constituent les aliments pour réduire leur taille et donner des nutriments.

3 Les produits de la digestion

- Les **nutriments** passent dans le sang au niveau de l'intestin grêle, c'est ce qu'on appelle l'**absorption intestinale**.
- Tout ce qui n'est pas digéré est éliminé de l'organisme par l'anus sous forme d'excréments.

Comment faire ?

Modéliser la surface d'échange qu'est l'intestin grêle

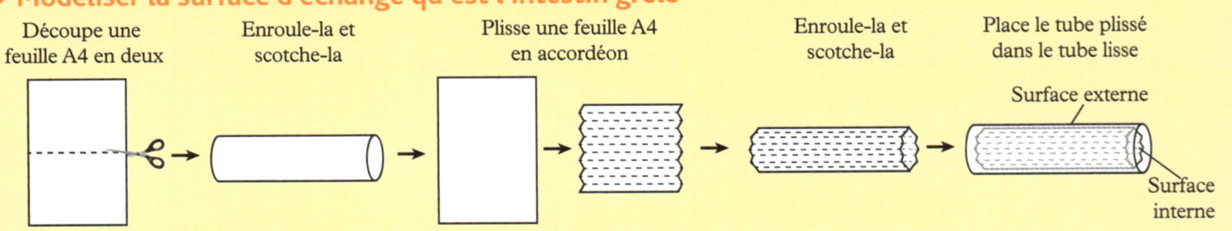

Corrigés → livret, p. 40

S'entraîner

QUIZ-TEST

Coche la (ou les) bonne(s) réponse(s).

1 Quel organe fait partie du tube digestif ?

a) Le foie. ☐
b) Les dents. ☐
c) L'œsophage. ☐

2 La digestion mécanique permet :

a) de découper les aliments grâce aux dents. ☐
b) d'écraser les aliments grâce à l'estomac. ☐
c) de faire passer les aliments dans le pancréas. ☐

3 ★ Le trajet des aliments

Replace dans l'ordre les organes suivants que traverse un aliment dans le tube digestif lors de sa digestion.

œsophage – rectum – bouche – intestin grêle – estomac – gros intestin

4 ★ Les étapes de la digestion

Entoure le mot qui convient pour chaque phrase.

a) Les dents permettent de réaliser la première étape de *(la digestion / l'absorption intestinale)* grâce à *(la mastication / le brassage)*.

b) L'estomac, en se contractant, écrase les *(aliments / nutriments)* et réalise une digestion *(mécanique / chimique)*.

c) *(L'intestin grêle / Le gros intestin)* libère des sucs digestifs qui transforment les aliments en *(nutriments / sucs intestinaux)*. Il participe aussi à l'absorption *(gastrique / intestinale)* qui permet le passage des nutriments dans le *(sang / foie)*.

5 ★★ Crise de foie !

Après un repas trop copieux, Christophe ne se sent pas bien et vomit ce qu'il a mangé. Sa maman lui dit qu'il a fait une « crise de foie » car son foie était trop plein d'aliments.

Explique pourquoi l'explication de la maman de Christophe concernant le rôle du foie dans son vomissement est faux.

6 ★★★ Expérience de digestion *in vitro*

Les expériences ci-dessous sont réalisées dans le but de tester l'effet des sucs digestifs sur l'amidon (constituant du pain). À la fin de chaque expérience, un test glucose (nutriment fabriqué par digestion de l'amidon) est réalisé afin de mettre en évidence ou non sa présence.

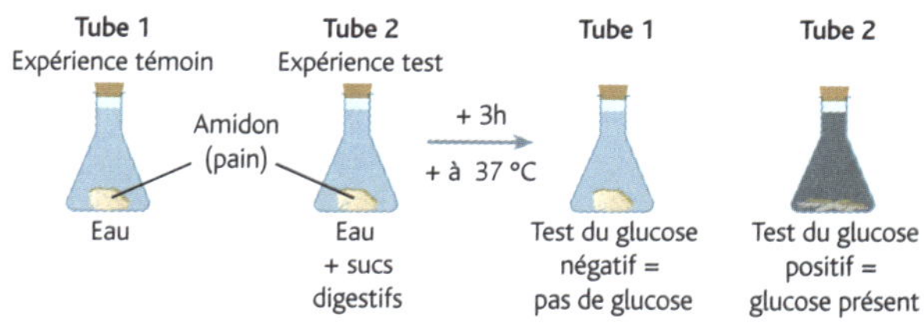

a) Selon toi, pourquoi les tubes sont placés à 37°C ?

b) En latin, « in vitro » signifie « dans le verre ». Explique pourquoi on parle d'expérience *in vitro*.

c) Décris chacun des résultats observés en commençant ta phrase par « je vois dans l'expérience que... ».

d) Conclus sur l'action des sucs digestifs en poursuivant la phrase :
J'en déduis que les sucs digestifs...

12 Le transport au sein de l'organisme animal

Retiens l'essentiel

1 Les organes en fonctionnement

L'organisme s'approvisionne en **nutriments** grâce à la digestion et en **dioxygène** grâce à la respiration. Ces éléments sont utilisés par les organes pour fabriquer de l'énergie nécessaire à leur fonctionnement.

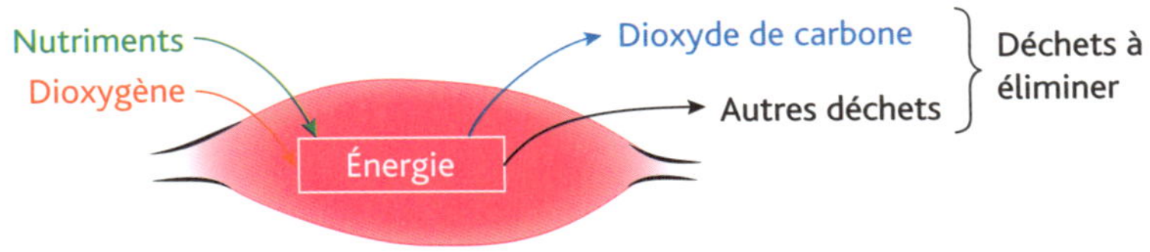

Échanges au niveau d'un muscle en fonctionnement

2 Les échanges gazeux respiratoires

Il y a un **échange gazeux** au niveau des alvéoles pulmonaires (150 millions par poumon) : le dioxygène (O_2) passe de l'air inspiré au sang et le dioxyde de carbone (CO_2) du sang à l'air expiré.

3 Circulation sanguine

- Chaque organe de l'organisme doit être approvisionné en **dioxygène** et en **nutriments** et débarrassé des déchets en permanence. La circulation sanguine assure ces échanges en continu.
- Le **cœur** est un muscle creux présent dans la cage thoracique. Son fonctionnement rythmique propulse le sang dans les vaisseaux sanguins partant du cœur.

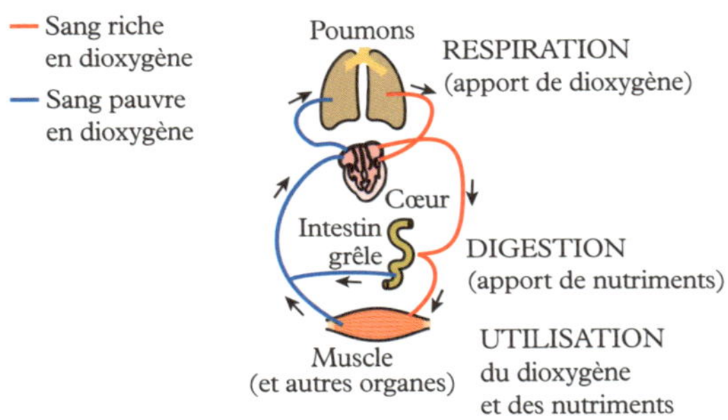

Le fonctionnement de la circulation sanguine

À savoir

Mouvements respiratoires

La respiration est la combinaison d'inspirations (l'air entre dans les poumons) et d'expirations (l'air sort des poumons).

Vaisseaux sanguins

Il y a trois types de vaisseaux sanguins :
- les **artères** qui amènent le sang du cœur vers les organes ;
- les **veines** qui amènent le sang des organes vers le cœur ;
- les **capillaires** sanguins qui sont situés dans les organes et qui relient veines et artères.

Comment faire ?

Distinguer une coupe transversale d'une coupe longitudinale

Il faut observer l'organe. Une coupe transversale se fait « en travers » de l'organe, tandis qu'une coupe longitudinale se fait dans le sens de la longueur de l'organe.

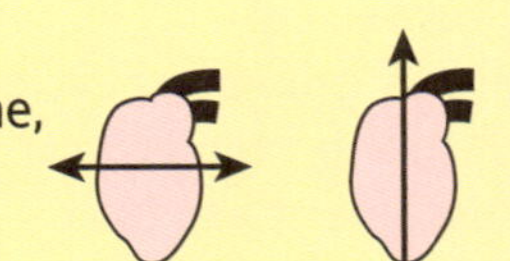

Coupe transversale — Coupe longitudinale

Corrigés → livret, p. 40

S'entraîner

QUIZ-TEST

Coche la (ou les) bonne(s) réponse(s).

1 Le cœur :

a) est dans l'abdomen. ☐
b) est un muscle creux. ☐
c) s'arrête lorsque l'organisme est au repos. ☐

2 Pour produire de l'énergie, un organe a besoin de :

a) dioxyde de carbone. ☐
b) nutriments. ☐
c) chaleur. ☐

3 ★★ La quantité de dioxygène dans le sang

Pour chaque organe, complète par « riche » ou « pauvre » selon la quantité de dioxygène dans le sang.

	Sang entrant		Sang sortant
a)	.... en dioxygène	→ Poumons →	.... en dioxygène
b)	.... en dioxygène	→ Muscles →	.... en dioxygène
c)	.... en dioxygène	→ Cerveau →	.... en dioxygène

4 ★★ L'alvéole pulmonaire

a) Complète les deux schémas en représentant par une flèche verte le trajet de l'air inspiré et par une flèche bleue le trajet de l'air expiré.

b) Complète le schéma de l'alvéole pulmonaire en représentant les échanges gazeux entre l'alvéole et le sang puis en situant le sang entrant et le sang sortant du vaisseau sanguin.

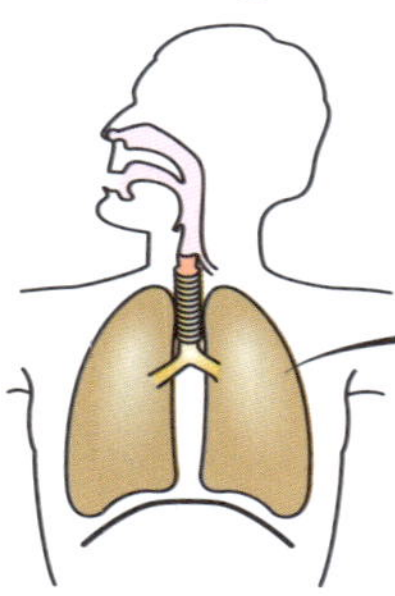

L'appareil respiratoire humain

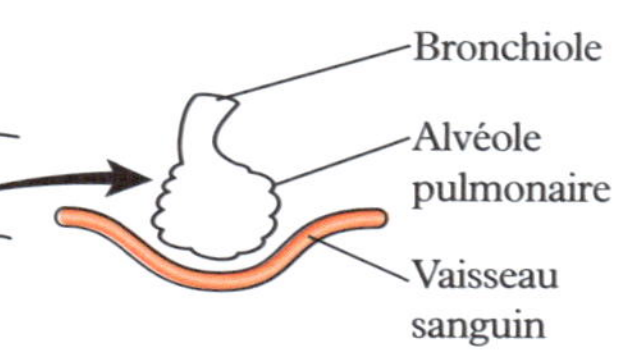

Le passage du dioxygène dans le sang au niveau des alvéoles pulmonaires

c) Précise si le sang entrant ou sortant est riche ou pauvre en dioxygène et dioxyde de carbone.

....

....

d) Précise où va ce sang issu des poumons.

....

....

....

5 ★★★ À cœur ouvert

Une coupe de cœur de mammifère est réalisée et le croquis ci-dessous représente l'observation.

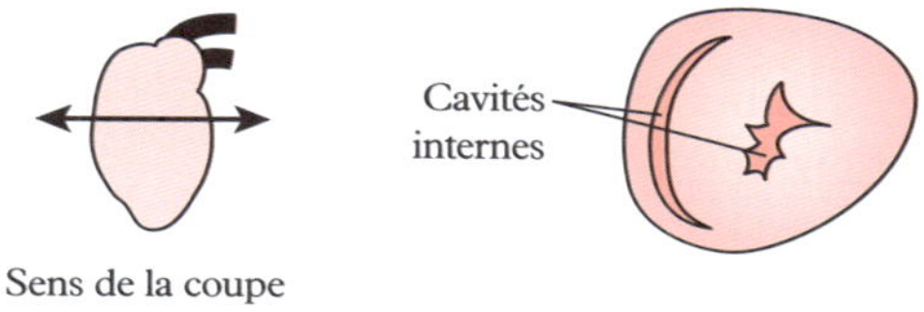

a) Précise s'il s'agit d'une coupe transversale ou longitudinale.

....

....

....

b) Combien de cavités peux-tu observer dans le cœur ?

....

....

....

c) Explique, selon toi, l'utilité de plusieurs cavités dans le cœur.

....

....

....

....

....

....

13 Les systèmes cardiovasculaire et respiratoire au cours de l'effort

Retiens l'essentiel

1 Les besoins des organes au cours de l'effort

Les organes ont besoin de **nutriments** (provenant de la digestion) et de **dioxygène** (provenant de la respiration) en continu pour fonctionner. Lors d'un effort, ces besoins augmentent proportionnellement à l'intensité de l'exercice.

2 Les fréquences cardiaques et respiratoires

▸ **Électrocardiogramme** = ECG = enregistrement de l'activité cardiaque

Pour calculer la fréquence **cardiaque**, on compte le nombre de battements cardiaques réalisés en 60 secondes (1 minute).

Ex. : Dans le document ci-contre, on lit 7 battements en 10 secondes.
Il y a 60 secondes dans 1 minute donc, $7 \times 6 = 42$ battements en 60 secondes.
La fréquence cardiaque = 42 bpm.

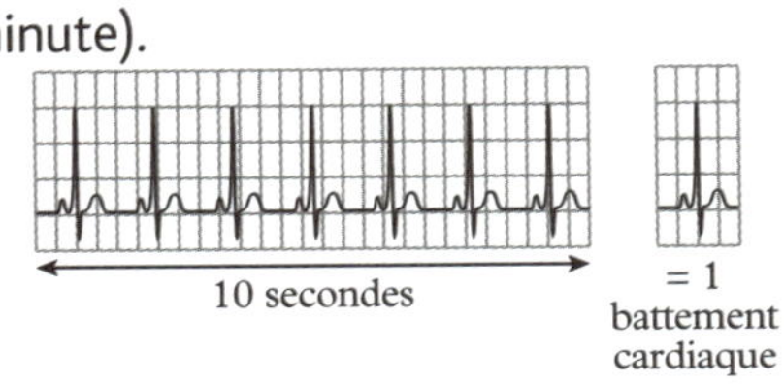

▸ **Spirogramme** = enregistrement de l'activité respiratoire

Pour calculer la **fréquence respiratoire**, on compte le nombre de cycles respiratoires réalisés en 60 secondes (1 minute).

Ex. : Dans le document ci-contre, on lit 5,5 cycles en 20 secondes.
Il y a 60 secondes dans 1 minute donc, $5{,}5 \times 3 = 16{,}5$ cycles en 60 secondes.
La fréquence respiratoire = 16,5 cycles/min.

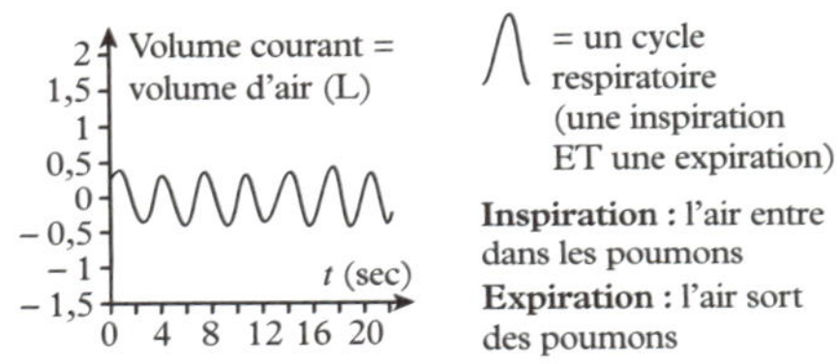

3 Les effets d'un effort sur l'organisme

▸ Les modifications visibles de l'organisme lors d'un effort sont : la chaleur, la transpiration, l'essoufflement, le cœur qui bat plus vite, la respiration qui s'accélère.

▸ Le but est de faire entrer plus de dioxygène dans l'organisme (fréquence respiratoire qui augmente) et d'amener plus rapidement le dioxygène et les nutriments aux organes qui en ont davantage besoin lors d'un effort (fréquence cardiaque qui augmente).

Mot-clé

Fréquence : Mesure du nombre de fois qu'un événement se produit par minute.

À savoir

Valeurs moyennes

- La fréquence cardiaque est en moyenne de 64 bpm chez un adulte en bonne santé.
- La fréquence respiratoire est en moyenne de 12 à 20 cycles/min chez un adulte en bonne santé.

Comment faire ?

▸ **Prendre son pouls et déterminer sa fréquence cardiaque**

1° Applique tes doigts au niveau de l'intérieur de ton poignet et appuie légèrement. Tu vas sentir les pulsations du sang qui se répètent.

2° Chronomètre pendant 1 minute et compte le nombre de ces pulsations durant ce laps de temps.

3° Tu obtiens alors ta fréquence cardiaque.

Corrigés → livret, p. 40

S'entraîner

QUIZ-TEST

Coche la (ou les) bonne(s) réponse(s).

1 Un cycle respiratoire correspond à :

a) une inspiration. ☐
b) une expiration. ☐
c) une inspiration et une expiration. ☐

2 Le cœur accélère lors d'un effort car :

a) il est fatigué. ☐
b) cela fait circuler plus vite le sang jusqu'aux organes. ☐
c) cela amène davantage de nutriments aux muscles. ☐

3 ★ Précautions

À ton avis, pourquoi est-il conseillé de ne pas pratiquer d'activité sportive intense à jeun (c'est-à-dire sans avoir mangé) ?

4 ★★ Fréquence cardiaque et effort

L'électrocardiogramme ci-dessous a été réalisé sur un homme adulte lors d'une course à pied. La mesure est faite sur 10 secondes.

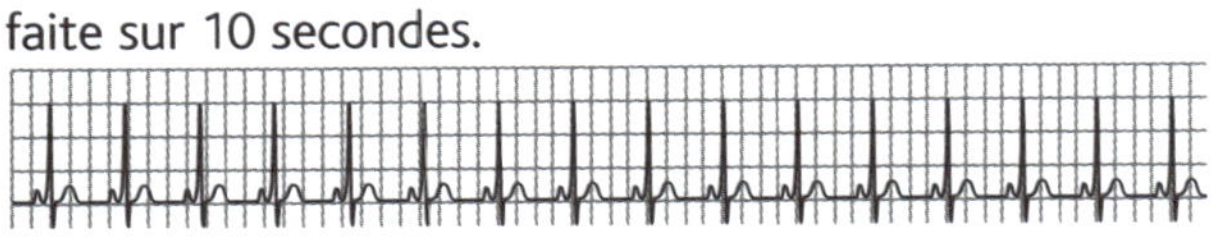

a) Calcule la fréquence cardiaque de l'homme à qui appartient cet ECG.

b) En sachant qu'une fréquence cardiaque au repos est en moyenne de 62 bpm, décris comment évolue la fréquence cardiaque au cours de l'effort.

5 ★★★ Consommation de dioxygène et effort

Le tableau ci-dessous présente l'énergie dépensée par l'organisme et la quantité de dioxygène consommée par les muscles au cours de différentes activités quotidiennes.

activité	rester immobile	marcher	courir
énergie dépensée (kJ/h)	420	800	1 500
dioxygène consommé par l'organisme (l/h)	24	48	84

a) Compare la quantité de dioxygène consommée par les organes lors du repos et d'une course.

b) Lors de l'effort, l'individu respire plus fort et plus vite. Quel lien peux-tu faire entre cette augmentation de la fréquence respiratoire et ta réponse à la question précédente ?

14 Le système nerveux

Retiens l'essentiel

1 Le message nerveux

Un message nerveux est un signal chimique ou électrique déclenché par un **stimulus** extérieur reçu par un **organe récepteur**, circulant dans l'organisme via les nerfs. Il ne peut circuler que dans un sens et permettant à l'organisme de répondre de façon adaptée.

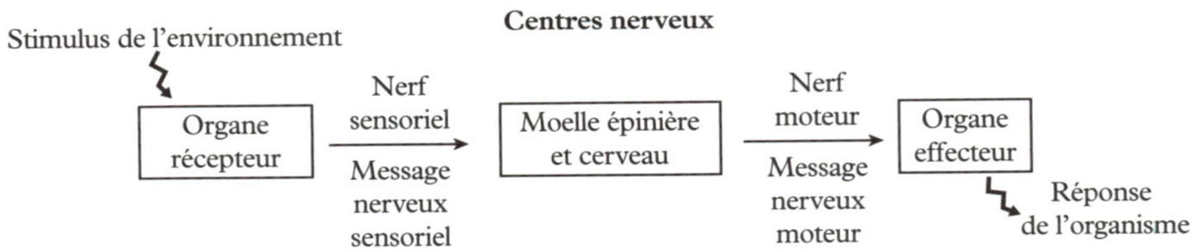

Le mécanisme de transmission nerveuse

2 Les centres nerveux

Les centres nerveux (moelle épinière et cerveau) reçoivent les messages nerveux sensoriels, les analysent et les transforment en messages nerveux moteurs avant de les envoyer aux **organes effecteurs**.

3 Les nerfs et les cellules nerveuses

- Les nerfs sont constitués de fibres nerveuses, aussi appelées **neurones**.
- Les neurones ont une structure spécialisée adaptée à leur fonction de transmission de message : un corps cellulaire contenant le noyau et de longs prolongements cytoplasmiques.

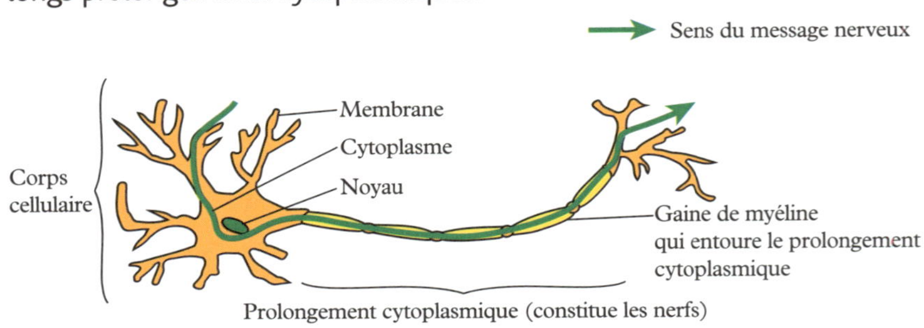

Schéma fonctionnel d'un neurone

Mot-clé

Stimulus : Élément qui déclenche une réaction.
Organe récepteur : Organe qui reçoit le stimulus.
Organe effecteur : Organe qui répond au stimulus (« effecteur » pour « effectuer »).

À savoir

Vitesse des messages nerveux

Les messages nerveux sont très rapides et peuvent aller jusqu'à 100 $m.s^{-1}$ (mètre par seconde).
Un prolongement cytoplasmique de neurone peut atteindre 1 mètre de long.

Comment faire ?

Observer un mouvement réflexe du corps humain

Le clignement des yeux est un mouvement réflexe des paupières qui se répète plus de 10 000 fois par jour. Il peut être contrôlé en partie (clin d'œil, fermeture des yeux). Ce réflexe est le plus rapide du corps humain (les paupières clignent en 125 millisecondes).

Corrigés → livret, p. 40

S'entraîner

QUIZ-TEST

Coche la (ou les) bonne(s) réponse(s).

1 Les centres nerveux permettent :

a) de recevoir un message nerveux sensoriel. .. ☐
b) d'analyser un message sensoriel. .... ☐
c) d'initier un message moteur. .... ☐

2 Une cellule nerveuse :

a) est un nerf. .... ☐
b) contient une membrane, un noyau et un cytoplasme. .... ☐
c) est une cellule sans structure particulière. ... ☐

3 ★ Action / réaction

Observe l'image ci-contre et retrouve :

a) le stimulus : ....
b) les organes récepteurs : ....
c) les organes moteurs : ....
d) la réponse de l'organisme : ....

4 ★ Vocabulaire de la transmission nerveuse

Complète les phrases en choisissant le bon terme entre parenthèses.

a) Les yeux sont les organes (*récepteurs / effecteurs*) de la vue.
b) Les nerfs sensoriels transmettent un message nerveux (*sensoriel / moteur*) aux (*centres nerveux / organes effecteurs*).
c) Les nerfs optiques qui relient les yeux au cerveau sont des nerfs (*sensoriels / moteurs*).
d) La moelle épinière reçoit des messages (*sensoriels / moteurs*) des organes (*récepteurs / effecteurs*). et les transforment en messages (*sensoriels / moteurs*) pour les organes (*récepteurs / effecteurs*).

5 ★★ Structure du nerf

Les croquis suivants ont été réalisés à partir d'observations microscopiques.

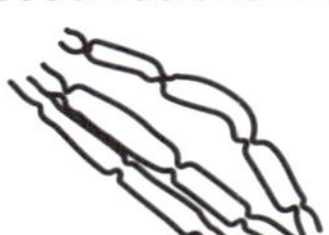

Nerf dilacéré
(déchiré sans sa longueur)

Coupe transversale de nerf

a) Quelle partie du neurone est visible sur les croquis, selon toi ?
☐ le corps cellulaire
☐ le prolongement cytoplasmique entouré de sa gaine myéline

b) Les nerfs propagent les messages sur de longues distances. En sachant qu'un prolongement cytoplasmique peut atteindre 1 mètre de long, explique pourquoi sa structure est idéale pour assurer cette fonction.

....
....
....

6 ★★★ Paraplégie et tétraplégie

Un individu paraplégique est paralysé des jambes.
Une paraplégie peut être causée, entre autres, par une section de la partie basse de la moelle épinière.

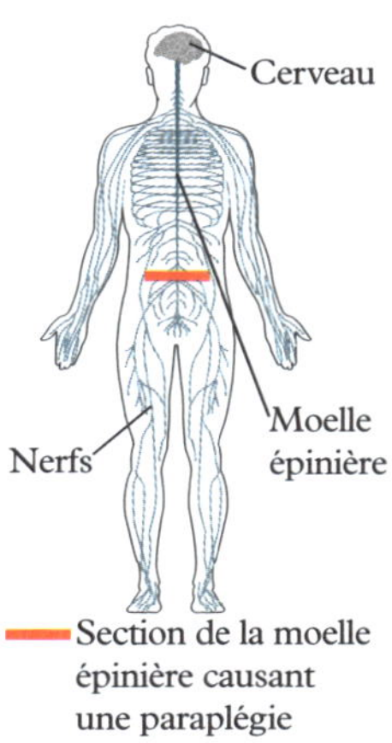

a) Explique pourquoi les messages nerveux moteurs émis par les centres nerveux ne sont pas pris en compte par les organes effecteurs chez une personne paraplégique.

....
....
....

b) Une personne tétraplégique est paralysée des quatre membres. Représente sur le schéma ci-dessus où doit avoir lieu la section de la moelle épinière pour causer une tétraplégie.

Corrigés → livret, p. 40

SVT : fais le bilan !

Coche, pour chaque exercice, la bonne réponse. Reporte-toi ensuite aux corrigés, livret p. 40, pour obtenir ton score sur 10.

1 La Terre est :

a) une planète tellurique du système solaire. ☐

b) une planète gazeuse du système solaire. ☐

c) la planète la plus proche du Soleil dans le système solaire. ☐

2 Les vagues sont dues aux :

a) différences de salinité de l'eau. ☐

b) mouvements de l'air au-dessus de l'eau. ☐

c) différences de température de l'eau. ☐

3 La photosynthèse permet de synthétiser la matière organique :

a) chez tous les organismes vivants. ☐

b) dans les parties vertes des végétaux. ☐

c) à partir d'eau et de dioxygène. ☐

4 La fécondation :

a) n'existe que chez les animaux et pas chez les végétaux. ☐

b) est un exemple de reproduction asexuée. ☐

c) est la rencontre entre des cellules reproductrices mâle et femelle. ☐

5 Un écosystème est :

a) l'ensemble des organismes vivants dans un milieu physique. ☐

b) un milieu physique avec des conditions précises. ☐

c) l'ensemble d'un milieu physique, des organismes qui y vivent et des interactions entre ce milieu et ces organismes. ☐

6 Les fossiles contenus dans les roches sédimentaires :

a) permettent d'étudier la biodiversité passée. ☐

b) sont des organismes vivants encore aujourd'hui. ☐

c) ne peuvent être que des restes animaux et ne renseignent pas sur la biodiversité végétale. ☐

7 L'énergie apportée par les aliments se mesure :

a) en kilojoules. ☐

b) en kilogrammes. ☐

c) en pourcentage. ☐

8 Les sucs digestifs :

a) permettent de transformer les nutriments en aliments. ☐

b) permettent de transformer les aliments en nutriments. ☐

c) sont présentes dans l'ensemble des organes du tube digestif. ☐

9 La fréquence cardiaque :

a) est toujours constante chez un individu en bonne santé. ☐

b) correspond au nombre de cycles respiratoires par unité de temps. ☐

c) augmente lors d'un effort physique. ☐

10 Un nerf moteur :

a) permet la circulation d'un message nerveux sensoriel. ☐

b) est constitué de plusieurs neurones. ☐

c) envoie les messages au cerveau. ☐

TOTAL BILAN .... /10

Dictées

Nous avons sélectionné ici des dictées bilans extraites du *BLED 600 dictées Collège*.

Proposez-les à votre enfant lorsqu'il a fini sa double page, afin qu'il puisse mettre en œuvre ce qu'il vient d'acquérir dans des phrases un peu plus élaborées.

Et si vous souhaitez un entraînement à la dictée plus intensif, découvrez le *BLED 600 dictées Collège*.

Dans le *BLED 600 dictées Collège*, vous trouverez :

- 600 dictées regroupées par niveaux (6e et 5e, 4e et 3e) et classées par ordre de difficulté croissante, pour développer chez l'enfant tous les réflexes nécessaires à une bonne orthographe ;
- toutes les règles d'orthographe, réexpliquées et illustrées par de nombreux exemples.

Dictées de phrases

Dictée-bilan de la leçon 1 (p. 8)

- Le chevalier se dressa fièrement sur sa monture.
- Les rideaux sont grisâtres ; il faut les laver.
- Pour tout achat, vous aurez un bon de réduction.
- Vous trouverez le charcutier près de la boucherie.
- Dans les régions sèches, la végétation est rare.
- J'ai bien l'intention de faire bonne impression.
- Attention ! la baignade est dangereuse ici.
- Il faut faire confiance aux montagnards.
- La fillette habitait une coquette maisonnette.
- Votre comportement est irréfléchi et inacceptable.

Dictée-bilan de la leçon 2 (p. 10)

- Pierre est au cinéma et il rentre à six heures.
- On a dit à mon frère que le concert a bien lieu.
- Es-tu d'accord pour venir avec nous ?
- Le cuisinier a prêté à Lucas son moule à tarte.
- Emma a manqué son bus ; elle ne sera pas à l'heure.
- Cette sauce au citron, c'est ce qui se fait de mieux.
- Ceux qui ont vu des Martiens s'en souviennent !
- J'attends mes camarades depuis dix minutes !
- Le principal a pris sa décision et n'y reviendra pas.
- Chez moi, on n'aime vraiment pas les épinards.

Dictée-bilan de la leçon 6 (p. 18)

- Il vous faut deux poires pour chaque tartelette.
- Line a fini son exercice et sait sa leçon.
- Je connais cette troupe de comédiens.
- Le château de sable ne résiste pas à la marée.
- Je vous prépare un dessert aux framboises.
- Utilisons des ampoules électriques à basse tension.
- J'aime ces profonds fauteuils en cuir noir.
- Des groupes rivaux veulent le terrain de sport.
- L'hôtel n'accepte pas les animaux de compagnie.
- Je veux remplacer nos vieux rideaux bleus.
- Les comportements brutaux sont dangereux.
- Gardons les jeux de société pour les jours pluvieux.
- Trois gros matous gris miaulent dans la cour.

Dictée-bilan de la leçon 7 (p. 20)

- Mona et Louise semblent très fatiguées.
- Ces pommes sont vraiment trop acides.
- Mes grands-parents sont garagistes en Normandie.
- Ces enfants seront ministres !
- Théo et Natacha sont très actifs dans notre club.
- Ces explorateurs sont dignes d'admiration.
- Ces potions magiques me semblent efficaces.
- Les enfants se voient en valeureux cosmonautes.
- Laurine et Nathalie ont été élues déléguées.
- Pourquoi tes amis sont-ils rentrés mécontents ?
- Je suis contrariée parce que je suis sa sœur.

Dictée-bilan de la leçon 8 (p. 22)

- Clara révise ses leçons pendant que tu t'amuses.
- Que regardes-tu par la fenêtre ?
- J'aime ce parc qu'entourent de grands arbres.
- Charles et toi avez remporté le premier prix.
- Je me dirige vers l'endroit d'où proviennent les cris.
- Pourquoi es-tu si heureux ce matin ?
- Les spectateurs applaudissent le musicien.
- Je cueille des fleurs et je les dispose dans un vase.
- Est-ce toi qui te chargeras d'accueillir nos invités ?
- Tu m'apportes des bonbons et je les mange !

Dictée-bilan de la leçon 10 (p. 26)

- Julia a fini de lire le programme de télévision.
- Dans mon rêve, le bus est conduit par une girafe.
- J'ai promis de rentrer de bonne heure à la maison.
- J'ai lu le mode d'emploi, mais je n'ai rien compris.
- Ses devoirs terminés, Sonia prépara son cartable.
- Les randonneurs, partis tôt, arrivèrent à midi.
- Ces garçons sont passionnés par le rugby.
- Mes cousines ont attrapé la varicelle.
- J'ai croisé Léa et je l'ai invitée à mon anniversaire.
- J'aime beaucoup la chanson que j'ai écoutée hier.

Dictée-bilan de la leçon 13 (p. 32)

- Le vent souffle et les cerises tombent !
- Le promeneur gravit la colline.
- Es-tu prêt à nous accompagner à la piscine ?
- Tes camarades disent n'importe quoi !

- Qui peut me donner un coup de main ?
- Vous pouvez entrer ! C'est ouvert !
- Tu as fait le trajet en métro ou en bus ?
- Faites-moi le plaisir de ramasser les papiers.
- Ne pas se pencher par la fenêtre.
- Ne pas parler au conducteur du bus.

Dictée-bilan de la leçon 14 (p. 34)

- Tu remplis les conditions pour faire partie du club.
- Pour tricoter ce pull, vous avez besoin de huit pelotes de laine.
- Nous avons séjourné sur une île grecque.
- Je vous conseille ces chocolats-ci ; vous les trouverez délicieux.
- Ces nuages paraissent bien sombres !
- Tu mangeras du fromage, si cela te fait plaisir.
- Vous nous raconterez ce que vous découvrirez durant votre voyage.
- Je n'ai pas reconnu ton frère sur la photo.
- L'été dernier, nous avons dormi sous la tente.
- Vous ne pouvez pas passer : cette rue est barrée.
- Si tu portais des lunettes, tu lirais plus facilement.

Dictée-bilan de la leçon 15 (p. 36)

- Tu avertis tes amis que je ne les oublie pas.
- Je parie que tu réussis ton contrôle d'histoire.
- Au fond de la classe, je n'entends pas bien.
- Comme tu mens, personne ne te croit.
- Le bus est complet et nous voyageons debout.
- Nous partageons le gâteau en six.
- Je ne suis pas d'accord : je rejette cette idée.
- Nous appelons notre chien Titus.
- Nous nettoyons la cuisine à fond.
- Tu t'appropries souvent ce qui ne t'appartient pas !

Dictée-bilan de la leçon 16 (p. 38)

- J'irai au bord de la mer l'été prochain.
- En septembre, mes cousins habiteront à la campagne.
- La citrouille se transformera en carrosse.
- Après la course, je boirai un litre d'eau.
- S'il pleut, nous nous réfugierons sous le préau.
- Si Jean était invité, il viendrait certainement.
- On m'a dit que nous pourrions récupérer notre ballon.
- Pourquoi ton équipe gagnerait-elle le match ?
- On aimerait plus d'enthousiasme de votre part.
- La prochaine fois, je distribuerai les cartes.

Dictée-bilan de la leçon 17 (p. 40)

- L'an dernier, je finissais mes cours à midi.
- Quand vous ne preniez pas le premier bus, vous attendiez longtemps le suivant.
- Autrefois, je plongeais sans crainte.
- L'été dernier, vous vous réveilliez très tôt !
- Ce jour-là, je croisai le principal et le saluai.
- Émilie et Anne firent de gros progrès.
- Je sortis et rejoignis Thomas.
- Jean voulut faire un cadeau original à son père.
- Il revint sur ses pas, mais il ne vit pas ses gants.

Dictée-bilan de la leçon 18 (p. 42)

- Mélangez les jaunes avec le sucre.
- Il est tard ; dépêche-toi de rentrer à la maison.
- Va faire un tour pendant que je travaille.
- J'exige que tu fasses ton lit chaque matin.
- Le professeur veut que tu saches tes leçons.
- Imaginons que vous habitiez sur une île déserte.
- Il se peut que nous allions une semaine à Milan.
- Je ne pense pas que vous puissiez jouer.
- Supposons que nous soyons d'accord…
- Il faut que vous ayez votre carnet de liaison.

Dictée-bilan de la leçon 19 (p. 44)

- Quand il eut débarqué, Léo se sentit mieux.
- Lorsque nous aurons fini, nous viendrons.
- Mes grands-parents étaient venus nous voir en train.
- Comment aviez-vous trouvé votre chemin ?
- Avais-tu pensé à emporter des gants ?
- Dès que vous serez arrivés, appelez-moi.
- Elles étaient allées à la bibliothèque.
- Le principal a averti tout le collège.
- Les vulcanologues auraient-ils pu prévoir cette éruption ?
- Léa est tombée malade au début des vacances !

Crédits photographiques

Dépliant : Histoire **Justinien, détail d'une tablette d'ivoire du VIe siècle, Musée du Louvre, Paris** © H. Josse, Photothèque Hachette Livre ; **Charlemagne, statue en bronze, IXe siècle, Musée du Louvre, Paris** © AKG-images / E. Lessing ; **La mosquée des Omeyyades** © Mohamad Al-Roumi ; **Miniature du XVe siècle** © Hachette-Livre ; **Jeanne d'Arc au sacre du roi Charles VII, dans la cathédrale de Reims (détail), Jean-Auguste-Dominique Ingres, 1855** © Shutterstock - AISA - Everett ; **Église Sainte-Foy,** Photo Richard List © Hachette-Livre ; **Cathédrale Saint-Étienne, Sens,** Photo Richard List © Hachette-Livre ; **Enluminure de la « Vie de Saint-Denis », par Yves, moine de Saint-Denis (XIVe siècle) : scène de la vie d'une ville** (sur la Seine, chanteurs dans une barque ; sur le pont, un changeur, un orfèvre, un fauconnier, un portefaix, un armurier) © Hachette-Livre ; **Enluminure du XIIIe siècle,** British Library, Londres © Leemage ; **Caravelle de Christophe Colomb partant pour découvrir l'Amérique, tapisserie du XIVe siècle** © Hachette-Livre ; **Portrait de Magellan** © Hachette-Livre ; **Portrait de Léonard de Vinci** © Hachette-Livre ; **Détail du plafond de la chapelle Sixtine** © Shutterstock - AISA - Everett ; **L'univers vu par Nicolas Copernic, extrait de Atlas céleste, A. Cellarius, 1708** © akg-images ; **Portrait de Gutenberg** © Hachette-Livre ; **Portrait de Luther** © Shutterstock - AISA - Everett ; **Vue du château de Versailles** © Hachette-Livre. Géographie **Calotte glacière** © Shutterstock - Ollie Taylor ; **Eaux de surface** © Shutterstock - George Allen Penton ; **Eaux souterraines** © Shutterstock - dmodlin01 ; **Agriculture** © Shutterstock - AFNR ; **Industrie** © Shutterstock - kessudap ; **Usages urbains et domestiques** © Shutterstock - Valua Vitaly.

Guide parents : **Photo de couverture** : © Shutterstock - Sergey Novikov ; **p. 3 :** © Shutterstock ; **p. 4 haut :** © Shutterstock ; **p. 4 bas :** © Shutterstock - Dayna More ; **p. 5 :** © Shutterstock - ZouZou ; **p. 6 :** © Shutterstock ; **p. 7 haut :** © Shutterstock - max sattana ; **p. 7 bas :** © Shutterstock - Pixel - Shot.

Intérieur de l'ouvrage : **p. 7 :** © Shutterstock – Ariwasabi ; **p. 51 :** Photothèque Hachette Livre ; **p. 65 :** © Shutterstock - Poznyakov ; **p. 123 :** © Shutterstock – Kanuman ; **p. 173 :** © Shutterstock – AndreyKlepikov ; **p. 174 :** enluminure du XVIe siècle représentant deux moines dans un atelier d'écriture au temps de Charlemagne (détail) © Shutterstock ; **p. 175 :** Miniature © Bridgeman images ; signature de Charlemagne © photo Josse, Photothèque Hachette Livre ; **p. 178 :** © Photothèque Hachette-Livre ; Ville de Fleurs, © BNF, Paris ; **p. 179 :** Miniature © Bridgeman Images ; Sculpture © Photothèque Hachette-Livre ; **p. 184 :** © Photothèque Hachette-Livre ; **p. 186 :** © Musée du Louvre/ Josse/ Leemage ; **p. 188 :** © Shutterstock - Thomas La Mela ; **p. 192 haut :** © Shutterstock - Deyan Georgiev ; **p. 192 bas :** © WWF Campagne 2016-2017, « Le Pélican », création Antoine Gesson/Thibault Chancerelle, 2e prix du jury Concours creative Awards 2016 by Saxoprint ; **p. 194 :** © Biosphoto / Christian Glen / Lineair ; **p. 199 :** © ADEME ; **p. 200 haut :** © Shutterstock - Konstantin Chagin ; **p. 200 bas :** © Ligue des Droits de l'Homme ; **p. 203 :** Mike © Fotolia ; **p. 205 :** © Shutterstock - Markus Mainka ; **p. 213 :** © Schwalbe ; **p. 215 haut :** © Shutterstock- Tomacco ; **p. 215 bas :** © Shutterstock-gst ; **p. 216 :** © Shutterstock- Evellean / Miceking / lana rinck ; **p. 217 :** © Shutterstock- graphic-line / Cory Thoman / Aref.ahm / rudall30 / Studio Barcelona / vasoch / Jane Kelly / Wth ; **p. 221 :** © Shutterstock – Jari Sokka ; **p. 228 :** © Shutterstock – Zelenenka Yuliia ; **p. 230 :** © Shutterstock – Wasant ; **p. 231 bas :** © Shutterstock – badztua ; **p. 231 haut :** © Shutterstock - jackboxs20 ; **p. 233 :** © Fotolia – Konstanze Gruber ; **p. 235 :** © Reuters/ Miguel Vidal ; **p. 238 de gauche à droite :** © Shutterstock - Cbenjasuwan ; © Shutterstock - Marcio Jose Bastos Silva ; © Shutterstock – Lefteris Papaulakis ; **p. 240 :** © Shutterstock – Yanlev.

- **Dessins de couverture :** © Shutterstock/tynyuk et Stéphanie Benoit
- **Conception et exécution de la couverture :** Stéphanie Benoit
- **Mise en page de l'ouvrage et du Guide Parents :** Grafatom/Soft Office
- **Mise en page du dépliant :** Domino/Grafatom
- **Dessins techniques :**
  - Maths : Grafatom
  - Physique-Chimie : Grafatom
  - SVT/Histoire/Géographie/Enseignement moral et civique : Grafatom/Domino
- **Illustrations des langues :** Pierre Botherel
- **Cartographie :**
  - Dépliant Histoire : Domino
  - Dépliant Géographie : AFDEC/Domino
  - Intérieur de l'ouvrage : Domino (pp. 183, 190)/Hachette Éducation

PAPIER À BASE DE FIBRES CERTIFIÉES

hachette s'engage pour l'environnement en réduisant l'empreinte carbone de ses livres. Celle de cet exemplaire est de : 1,4 kg éq. CO_2 Rendez-vous sur www.hachette-durable.fr

Achevé d'imprimer en avril 2021 en Espagne par Macrolibros
Dépôt légal : Mai 2021 - Édition 01 - 18/7297/6

Les verbes irréguliers en anglais

Anglais
Piste 29

Base verbale	Prétérit	Participe passé	Traduction
be	was/were	been	*être*
become	became	become	*devenir*
begin	began	begun	*commencer*
bite	bit	bitten	*mordre*
blow	blew	blown	*souffler*
break	broke	broken	*casser*
bring	brought	brought	*apporter*
build	built	built	*construire*
burn	burnt	burnt	*brûler*
buy	bought	bought	*acheter*
catch	caught	caught	*attraper*
choose	chose	chosen	*choisir*
come	came	come	*venir*
cost	cost	cost	*coûter*
cut	cut	cut	*couper*
do	did	done	*faire*
draw	drew	drawn	*dessiner*
dream	dreamt	dreamt	*rêver*
drink	drank	drunk	*boire*
drive	drove	driven	*conduire*
eat	ate	eaten	*manger*
fall	fell	fallen	*tomber*
feed	fed	fed	*nourrir*
feel	felt	felt	*(se) sentir*
fight	fought	fought	*se battre*
find	found	found	*trouver*
fly	flew	flown	*voler (avion)*
forget	forgot	forgotten	*oublier*
forgive	forgave	forgiven	*pardonner*
freeze	froze	frozen	*geler*
get	got	got	*obtenir*
give	gave	given	*donner*
go	went	gone	*aller*
grow	grew	grown	*grandir, pousser*
have	had	had	*avoir*
hear	heard	heard	*entendre*
hide	hid	hidden	*(se) cacher*
hit	hit	hit	*frapper*
hold	held	held	*tenir*
hurt	hurt	hurt	*(se) blesser*
keep	kept	kept	*garder*
know	knew	known	*savoir, connaître*
learn	learnt	learnt	*apprendre*
leave	left	left	*partir, quitter*
lend	lent	lent	*prêter*
let	let	let	*laisser*
lose	lost	lost	*perdre*
make	made	made	*faire, fabriquer*
mean	meant	meant	*signifier*
meet	met	met	*rencontrer*
pay	paid	paid	*payer*
put	put	put	*mettre*
read	read	read	*lire*
ride	rode	ridden	*faire (cheval, vélo)*
ring	rang	rung	*sonner*
run	ran	run	*courir*
say	said	said	*dire*
see	saw	seen	*voir*
sell	sold	sold	*vendre*
send	sent	sent	*envoyer*
shine	shone	shone	*briller*
show	showed	shown	*montrer*
shut	shut	shut	*fermer*
sing	sang	sung	*chanter*
sit	sat	sat	*être assis*
sleep	slept	slept	*dormir*
smell	smelt	smelt	*sentir (odeur)*
speak	spoke	spoken	*parler*
spell	spelt	spelt	*épeler*
spend	spent	spent	*passer, dépenser*
spoil	spoilt	spoilt	*abîmer, gâter*
stand	stood	stood	*être debout*
steal	stole	stolen	*voler (dérober)*
swim	swam	swum	*nager*
take	took	taken	*prendre*
teach	taught	taught	*enseigner*
tell	told	told	*dire, raconter*
think	thought	thought	*penser*
throw	threw	thrown	*jeter*
understand	understood	understood	*comprendre*
wake (up)	woke (up)	woken (up)	*(se) réveiller*
wear	wore	worn	*porter (vêtement)*
win	won	won	*gagner*
write	wrote	written	*écrire*

Conjugaisons

	Indicatif			Conditionnel	Subjonctif
	Présent	Passé composé	Plus-que-parfait	Présent	Présent
Être	je suis tu es il, elle est nous sommes vous êtes ils, elles sont	j'ai été tu as été il, elle a été nous avons été vous avez été ils, elles ont été	j'avais été tu avais été il, elle avait été nous avions été vous aviez été ils, elles avaient été	je serais tu serais il, elle serait nous serions vous seriez ils, elles seraient	que je sois que tu sois qu'il, qu'elle soit que nous soyons que vous soyez qu'ils, qu'elles soient
Avoir	j'ai tu as il, elle a nous avons vous avez ils, elles ont	j'ai eu tu as eu il, elle a eu nous avons eu vous avez eu ils, elles ont eu	j'avais eu tu avais eu il, elle avait eu nous avions eu vous aviez eu ils, elles avaient eu	j'aurais tu aurais il, elle aurait nous aurions vous auriez ils, elles auraient	que j'aie que tu aies qu'il, qu'elle ait que nous ayons que vous ayez qu'ils, qu'elles aient
Chanter (1er groupe)	je chante tu chantes il, elle chante nous chantons vous chantez ils, elles chantent	j'ai chanté tu as chanté il, elle a chanté nous avons chanté vous avez chanté ils, elles ont chanté	j'avais chanté tu avais chanté il, elle avait chanté nous avions chanté vous aviez chanté ils, elles avaient chanté	je chanterais tu chanterais il, elle chanterait nous chanterions vous chanteriez ils, elles chanteraient	que je chante que tu chantes qu'il, qu'elle chante que nous chantions que vous chantiez qu'ils, qu'elles chantent
Finir (2e groupe)	je finis tu finis il, elle finit nous finissons vous finissez ils, elles finissent	j'ai fini tu as fini il, elle a fini nous avons fini vous avez fini ils, elles ont fini	j'avais fini tu avais fini il, elle avait fini nous avions fini vous aviez fini ils, elles avaient fini	je finirais tu finirais il, elle finirait nous finirions vous finiriez ils, elles finiraient	que je finisse que tu finisses qu'il, qu'elle finisse que nous finissions que vous finissiez qu'ils, qu'elles finissent
Aller	je vais tu vas il, elle va nous allons vous allez ils, elles vont	je suis allé(e) tu es allé(e) il est allé, elle est allée nous sommes allé(e)s vous êtes allé(e)s ils sont allés, elles sont allées	j'étais allé(e) tu étais allé(e) il était allé, elle était allée nous étions allé(e)s vous étiez allé(e)s ils étaient allés, elles étaient allées	j'irais tu irais il, elle irait nous irions vous iriez ils, elles iraient	que j'aille que tu ailles qu'il, qu'elle aille que nous allions que vous alliez qu'ils, qu'elles aillent
Dire	je dis tu dis il, elle dit nous disons vous dites ils, elles disent	j'ai dit tu as dit il, elle a dit nous avons dit vous avez dit ils, elles ont dit	j'avais dit tu avais dit il, elle avait dit nous avions dit vous aviez dit ils, elles avaient dit	je dirais tu dirais il, elle dirait nous dirions vous diriez ils, elles diraient	que je dise que tu dises qu'il, qu'elle dise que nous disions que vous disiez qu'ils, qu'elles disent
Faire	je fais tu fais il, elle fait nous faisons vous faites ils, elles font	j'ai fait tu as fait il, elle a fait nous avons fait vous avez fait ils, elles ont fait	j'avais fait tu avais fait il, elle avait fait nous avions fait vous aviez fait ils, elles avaient fait	je ferais tu ferais il, elle ferait nous ferions vous feriez ils, elles feraient	que je fasse que tu fasses qu'il, qu'elle fasse que nous fassions que vous fassiez qu'ils, qu'elles fassent

	Indicatif			Conditionnel	Subjonctif
	Présent	Passé composé	Plus-que-parfait	Présent	Présent
Pouvoir	je peux tu peux il, elle peut nous pouvons vous pouvez ils, elles peuvent	j'ai pu tu as pu il, elle a pu nous avons pu vous avez pu ils, elles ont pu	j'avais pu tu avais pu il, elle avait pu nous avions pu vous aviez pu ils, elles avaient pu	je pourrais tu pourrais il, elle pourrait nous pourrions vous pourriez ils, elles pourraient	que je puisse que tu puisses qu'il, qu'elle puisse que nous puissions que vous puissiez qu'ils, qu'elles puissent
Partir	je pars tu pars il, elle part nous partons vous partez ils, elles partent	je suis parti(e) tu es parti(e) il est parti, elle est partie nous sommes parti(e)s vous êtes parti(e)s ils sont partis, elles sont parties	j'étais parti(e) tu étais parti(e) il était parti, elle était partie nous étions parti(e)s vous étiez parti(e)s ils étaient partis, elles étaient parties	je partirais tu partirais il, elle partirait nous partirions vous partiriez ils, elles partiraient	que je parte que tu partes qu'il, qu'elle parte que nous partions que vous partiez qu'ils, qu'elles partent
Prendre	je prends tu prends il, elle prend nous prenons vous prenez ils, elles prennent	j'ai pris tu as pris il, elle a pris nous avons pris vous avez pris ils, elles ont pris	j'avais pris tu avais pris il, elle avait pris nous avions pris vous aviez pris ils, elles avaient pris	je prendrais tu prendrais il, elle prendrait nous prendrions vous prendriez ils, elles prendraient	que je prenne que tu prennes qu'il, qu'elle prenne que nous prenions que vous preniez qu'ils, qu'elles prennent
Venir	je viens tu viens il, elle vient nous venons vous venez ils, elles viennent	je suis venu(e) tu es venu(e) il est venu, elle est venue nous sommes venu(e)s vous êtes venu(e)s ils sont venus, elles sont venues	j'étais venu(e) tu étais venu(e) il était venu, elle était venue nous étions venu(e)s vous étiez venu(e)s ils étaient venus, elles étaient venues	je viendrais tu viendrais il, elle viendrait nous viendrions vous viendriez ils, elles viendraient	que je vienne que tu viennes qu'il, qu'elle vienne que nous venions que vous veniez qu'ils, qu'elles viennent
Vouloir	je veux tu veux il, elle veut nous voulons vous voulez ils, elles veulent	j'ai voulu tu as voulu il, elle a voulu nous avons voulu vous avez voulu ils, elles ont voulu	j'avais voulu tu avais voulu il, elle avait voulu nous avions voulu vous aviez voulu ils, elles avaient voulu	je voudrais tu voudrais il, elle voudrait nous voudrions vous voudriez ils, elles voudraient	que je veuille que tu veuilles qu'il, qu'elle veuille que nous voulions que vous vouliez qu'ils, qu'elles veuillent
Voir	je vois tu vois il, elle voit nous voyons vous voyez ils, elles voient	j'ai vu tu as vu il, elle a vu nous avons vu vous avez vu ils, elles ont vu	j'avais vu tu avais vu il, elle avait vu nous avions vu vous aviez vu ils, elles avaient vu	je verrais tu verrais il, elle verrait nous verrions vous verriez ils, elles verraient	que je voie que tu voies qu'il, qu'elle voie que nous voyions que vous voyiez qu'ils, qu'elles voient

AMÉRIQUE CENTRALE

1 JAMAÏQUE
2 HAÏTI
3 RÉPUBLIQUE DOMINICAINE
4 ANTIGUA ET BARBUDA
5 DOMINIQUE
6 SAINT-VINCENT ET LES GRENADINES
7 TRINITÉ-ET-TOBAGO

AFRIQUE

8 BURKINA FASO
9 GHANA
10 TOGO
11 BÉNIN
12 GUINÉE ÉQUATORIALE
13 DJIBOUTI
14 MALAWI
15 SWAZILAND
16 LESOTHO

EUROPE

17 DANEMARK
18 BELGIQUE
19 LUXEMBOURG
20 SUISSE
21 AUTRICHE
22 ESTONIE
23 LETTONIE
24 LITUANIE
25 RÉPUBLIQUE TCHÈQUE
26 SLOVAQUIE